A LENDA de RUFF GHANOR

LEONEL CALDELA

A LENDA de RUFF GHANOR

VOLUME II

O HERDEIRO DO LEÃO

ILUSTRAÇÃO DE CAPA: Marco Teixeira
MAPAS: Vilmar Rossi Jr
PROJETO GRÁFICO, DIAGRAMAÇÃO E CAPA: André Carvalho
EDIÇÃO: Alexandre Ottoni e Deive Pazos
REVISÃO: Jair Barbosa
PRODUÇÃO EDITORIAL: Victória Cernicchiaro
EDITORA-CHEFE: Karen Soarele
DIRETOR-GERAL: Guilherme Dei Svaldi

A lenda de Ruff Ghanor, Vol. 2: O herdeiro do leão

PRODUÇÃO EDITORIAL

Rua Coronel Genuíno, 209 • Porto Alegre, RS
contato@jamboeditora.com.br
www.jamboeditora.com.br
@jamboeditora

2ª edição: dezembro de 2024 | ISBN 978658863491-2

C146l Caldela, Leonel
A lenda de Ruff Ghanor: O herdeiro do leão, v.2/Leonel Caldela.
— Porto Alegre: Jambô Editora, 2024.
384 p.

1. Literatura brasileira — Ficção. I. Caldela, Leonel. II. Título.

CDU 794:681.31

Para Emília, até o fim do mundo.

PREFÁCIO

CHEGUEI NUM PONTO da minha vida em que não tenho o menor pudor ou medo de entregar a minha idade, por isso vou dizer logo de cara: faz cerca de treze anos que conheci o Leonel Caldela.

Treze anos desde que conversamos num evento de RPG e ele me deu um conto baseado num cenário do qual sou fã. Antes de Ruff, de Santo Ossário, de Urag, de Vallen e Ellisa, antes da Tormenta.

Você pode não ver nada de mais nisso, e eu até entendo, mas acho sensacional. E é sensacional, porque isso me torna muito provavelmente o último ser humano a ver o Leonel como ele era. Como um cara que se esforçava e tinha como maior vontade na vida (vontade, não sonho, que fique claro) ser escritor. Até aquele momento, aquele instante em que a gente se cumprimentou e eu peguei o maço de papéis, é possível que ainda houvesse algo de dúvida, de incerteza.

Depois daquela fração de segundo, eu acho que algo dentro do Leonel soube que a primeira fase da missão dele estava concluída. Mesmo que eu mesmo não soubesse.

Quando saiu dali, Leonel começou um processo de amadurecimento profissional vertiginoso. Não à toa, quando finalmente entrei em contato com ele e, junto com o Marcelo Cassaro e o Rogerio Saladino, ofereci o projeto da primeira trilogia de romances de *Tormenta,* ele já estava pronto. Porque no fundo, já sabia.

O primeiro volume das aventuras de Ruff Ghanor é um livro redondo, enxuto, contido, certeiro como um boxeador extremamente técnico, que escolhe os golpes porque sabe que não precisa usar toda a força o tempo todo. Leonel odeia futebol, mas é como o zagueiro que sabe a hora de dar chutão, um atacante que abdica do tiro a gol em prol do passe a um companheiro mais bem colocado, um meia sem medo de voltar para marcar.

Num mercado tomado de séries forçosamente intermináveis, de personagens formatados à imagem e semelhança da moda da vez, de amadores megalomaníacos, é difícil e raro ser direto e fazer o básico do básico: contar uma história. E esse é o maior mérito de Leonel Caldela.

Se este segundo volume existe, é porque há mais a ser contado. Porque há uma jornada que não descansaria enquanto não chegasse ao maior número de leitores. Que jamais se contentaria em permanecer oculta num canto escuro e abandonado do plano das ideias.

Uma história que precisava de um servo e pela segunda vez encontrou Leonel Caldela. Um escritor de verdade.

Desde aquela tarde treze anos atrás.

Boa leitura.

J.M. Trevisan
Co-autor do universo Tormenta
Autor dos mangás *Ledd* e *Khalifor*

São Paulo, 19 de outubro de 2015

SUMÁRIO

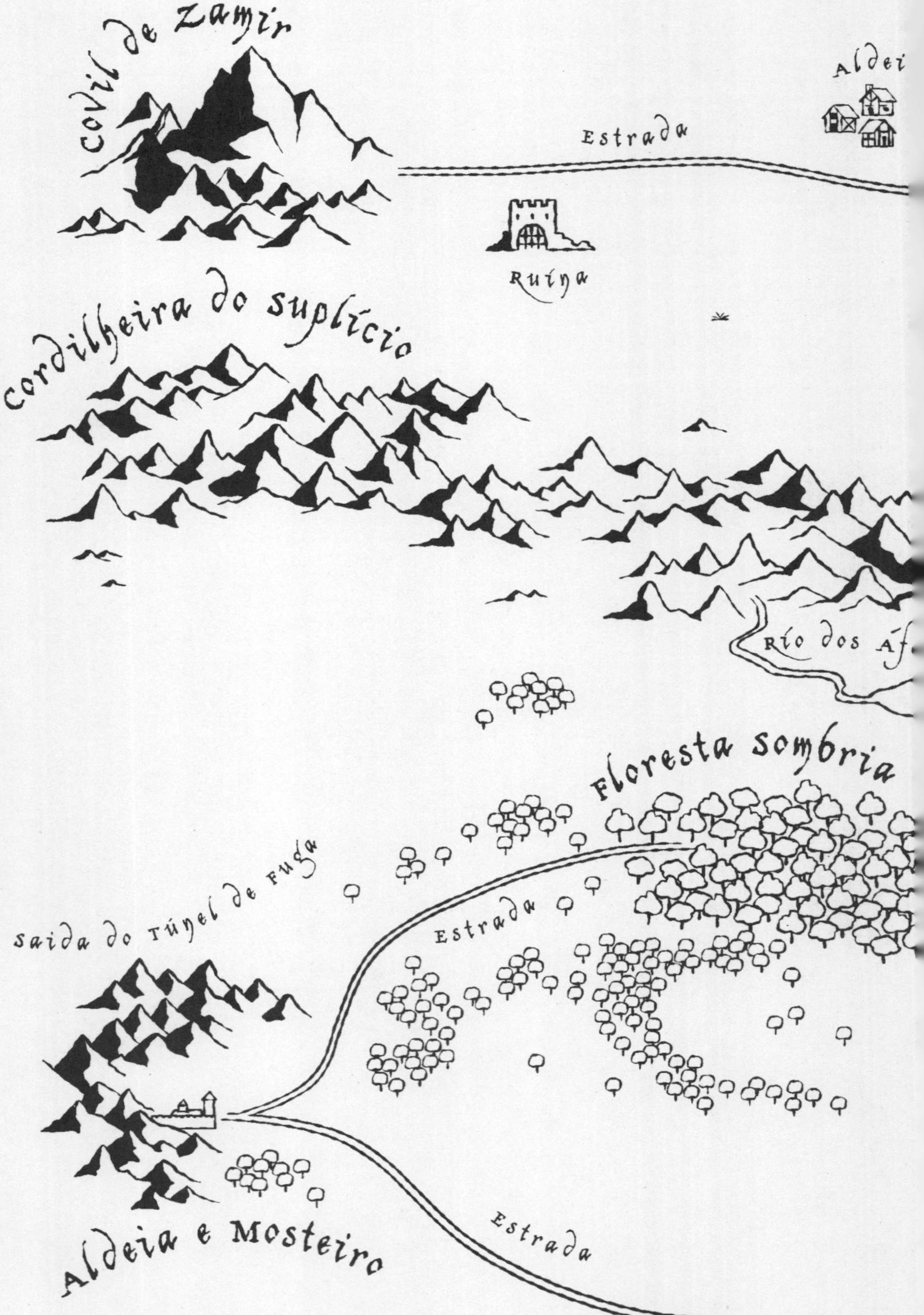
Covil de Zamir
Aldei
Estrada
Ruína
Cordilheira do Suplício
Rio dos Af
Floresta Sombria
Saída do Túnel de Fuga
Estrada
Aldeia e Mosteiro
Estrada

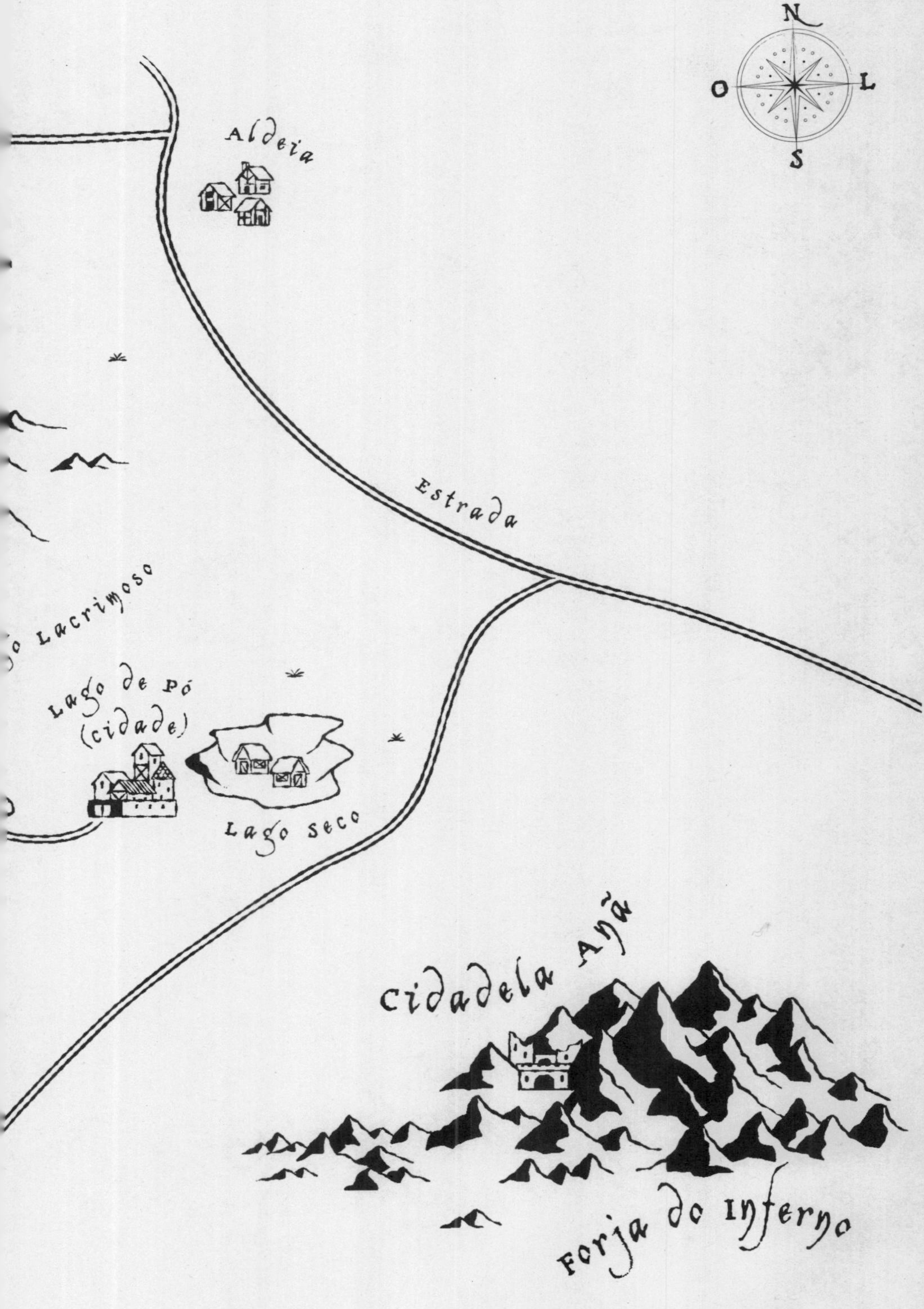

N
O
L
S
Aldeia
Estrada
Lacrimoso
Lago de Pó
(cidade)
Lago Seco
Cidadela Anã
Forja do Inferno

Cidadela de Ulma
Lago de Pó
Abismo Sereno

ântanos
cinzentos
Ghanor
telo do
ono Eterno
ocha
leste
Rocha Negra
Floresta Alta
N
L
O
S

o arauto da destruição

OS DEUSES ESTAVAM enfurecidos.

Eram uma confraria ancestral antiga como o tempo. Eram os criadores do mundo, dos mares e montanhas, dos animais e plantas, dos humanos, elfos e anões. Os criadores de tudo que existia.

E, em sua fúria, tudo odiavam.

Os deuses viam o mundo corrompido pela ganância, traição e maldade dos mortais. Passaram a considerar sua obra como um erro. Para corrigi-lo, criaram o Devorador de Mundos. Uma criatura de destruição, uma fera gigantesca destinada a apagar o erro dos deuses.

Mas o Devorador foi vencido. Após batalhas titânicas contra uma horda de dragões, tombou no meio de um deserto.

Os demônios, que morreriam à míngua sem a maldade dos mortais para alimentá-los, riram de triunfo. Os humanos, apavorados por verem a Criação se esfacelar a sua volta, suspiraram de alívio. Os instintos dos animais lhes disseram que era seguro voltar a correr e caçar, as plantas mais uma vez desfrutaram da luz do sol.

E os deuses... Os deuses odiavam.

Os deuses eram pacientes. Mil vidas dos mortais para eles eram um mero instante. Eles não esqueciam e não perdoavam. Continuaram vendo o mundo como um erro terrível. E suas criaturas como rebeldes insolentes que tinham ousado sobreviver quando a sentença era a morte.

O rancor divino perdurou, seu desejo de vingança apenas cresceu com os séculos. Em sua fúria fria, planejaram uma destruição que não poderia ser evitada. Um segundo Devorador de Mundos.

Aproveitaram-se de uma linhagem humana de grande poder. Uma família de reis esquecidos, cujo sangue carregava força e magia. Escolhendo o último filho vivo desse sangue, designaram um anjo para protegê-lo. O menino foi posto à prova incontáveis vezes ainda na infância. Então, seguindo seu destino, desgarrou-se e penetrou num local sagrado e terrível. Um espaço dentro de uma montanha, conhecido pelos humanos como Túnel Proibido.

Nem mesmo o anjo que o protegia entrou no túnel. Os segredos daquele lugar, suficientes para destruir a mente mortal, ficaram conhecidos apenas pelo garoto e pelos deuses que o condenaram à grandeza. Lá, ele se transformou. Deixou de ser uma criança e passou a ser uma arma. A arma mais mortal que a confraria divina pudera conceber.

No Túnel Proibido, ele se transformou no Devorador de Mundos.

O garoto foi encontrado por monges. Foi criado por um mestre mortal severo, mas justo, e treinado para ser um herói. Viveu no mosteiro de São Arnaldo, sob a tutela dos clérigos e a vigilância do anjo que o protegia. Cresceu para se tornar um guerreiro e um clérigo. Usava de armas e de magia divina, dotado de força de vontade e fé inquebráveis. Mais do que isso, cresceu para dominar seu estranho poder: o terremoto.

O toque do jovem clérigo fazia a terra tremer e desmoronar. Tudo ruía ante sua vontade. E a destruição alimentava-o, curava seus ferimentos, fazia inchar seus músculos, enchia-o de ânimo e energia. Ele viveu por vários anos sem perceber que o que fazia não era apenas destruir: era *devorar.*

Até que enfrentou o dragão vermelho. O último remanescente das feras que derrotaram o primeiro Devorador de Mundos. E a fera descobriu que ele era ainda mais poderoso. Enquanto o primeiro Devorador era um monstro de puro caos e devastação, o jovem clérigo era também inteligente. Era amado por todos a seu redor.

Sob sua influência, em vez de enfrentar o Devorador de Mundos, os humanos o auxiliaram.

Ele fez tombar o último dragão vermelho. Os deuses estavam satisfeitos. Agora nada mais se interpunha entre o humano e seu grande destino.

O anjo enfim se revelou para ele. Contou-lhe a verdade, o plano dos deuses e a jornada que ele trilharia. O caminho que não permitia desvio, o futuro que já estava escrito.

Ele gritou de desespero por saber que seria o responsável pela morte de todos que amava, pelo fim de tudo que existia.

Ele chorou, e os deuses sorriram.

Estavam orgulhosos de seu arauto de destruição. Olhavam o rapaz com a satisfação de quem forjou um instrumento perfeito. Era o único humano que não odiavam. O único que não julgavam merecer a morte, o único visto por eles como um filho valoroso. O único cujo nome se preocuparam em aprender:

Ruff Ghanor.

1 O mosteiro quieto

O QUE ACONTECERA até aquele momento, desde o início da Criação, tinha pouca importância. O mundo foi criado e seus criadores decidiram que deveria ser destruído. Dragões se ergueram e foram derrubados, impérios ascenderam e foram esquecidos. Milhões de pessoas viveram e morreram, cada uma protagonista de sua própria história. Sábios fizeram descobertas, guerreiros travaram batalhas, jovens amaram, velhos amaram; pais choraram por seus filhos e filhos por seus pais.

Nada disso importava.

A soma total da história do mundo até então era que Ruff Ghanor, clérigo de São Arnaldo, último descendente de uma linhagem de reis, o Santo de Pés Descalços, o garoto-cabra, o Devorador de Mundos, precisava atravessar um desfiladeiro.

Os olhos de Ruff secaram, castigados pelo vento. A sensação dos cílios congelados era estranha. O nariz e os lábios também congelariam se não estivessem escondidos por trás de uma manta grossa de lã. Ele carregava seu equipamento de guerra em uma pesada mochila nas costas. Cobrindo o corpo, camadas sucessivas de roupas quentes encimadas por uma grande pele de urso negro. Ele mesmo matara o animal com as próprias mãos, meses atrás. Era a única forma de permanecer quente. As botas eram forradas com pelo de animais e tinham, sob as solas, plataformas largas, para que ele não afundasse na neve. As luvas grossas dificultavam o movimento dos dedos, mas ele os abria e os fechava, de tempos em tempos, para verificar se ainda conseguia mexer as mãos. Antes de se meter naquela região, Ruff achava que conhecia o frio. Agora via que o frio verdadeiro era aquele, um frio branco e estonteante, que ameaçava devorá-lo ao menor descuido.

Nada daquilo importava, assim como não importava qualquer coisa que acontecera desde que o mundo fora criado. A única coisa importante era que Ruff Ghanor era fustigado por neve fina, estava cercado de montanhas brancas por todos os lados. Estava com muito frio e precisava atravessar um desfiladeiro.

Andou mais dois passos até a beira do penhasco. Não tinha muita firmeza nos pés com as botas esquisitas feitas para andar sobre a neve. E, com as orelhas tapadas para que não congelassem, perdia boa parte da audição. Assim, era difícil notar quando o gelo se quebrava ante seu peso. Era quase impossível adivinhar o que era rocha firme coberta pela brancura e o que era apenas frágil gelo que não aguentaria seu peso.

O outro lado do desfiladeiro ficava a pouco mais de cinco metros de distância. Lá se erguiam dois paredões brancos, ameaçadores e terrivelmente altos. Havia um caminho estreito entre os dois. Pelo menos pareciam oferecer algum abrigo contra o vento e a neve.

Sem confiar na beira do precipício o bastante para chegar muito perto, Ruff achou uma corda enrolada com um arpéu em sua mochila. Tomou a corda nas mãos, girou-a para obter impulso e arremessou o arpéu ao outro lado do penhasco. Uma das pontas metálicas enterrou-se na neve fofa. Ruff continuou puxando, até que o objeto de aço se prendesse no gelo. Testou mais algumas vezes. Parecia tão sólido quanto poderia ser.

Enterrou um espeto de metal no gelo a seu lado e amarrou a outra ponta da corda. Possuía agora uma ponte improvisada. Tudo que importava era chegar do outro lado. Se chegasse do outro lado, poderia — talvez — alcançar seu objetivo antes que a comida acabasse. Então — talvez — o mundo teria uma chance.

Olhou o fundo do abismo, calculando a queda. Morte certa.

De certa forma, seria um alívio, mas ele não queria morrer. E, mesmo que quisesse, não podia.

— Você não pode se dar ao luxo de cair e quebrar o pescoço, seu idiota — murmurou para si mesmo. — Então atravesse essa porcaria e chegue vivo do outro lado.

Respirou fundo e continuou:

— Se Korin estivesse aqui, diria que falar sozinho é o primeiro sinal de loucura. Mas que eu já demonstrava sinais claros de loucura há muito tempo.

Balançou a cabeça.

— Se Korin estivesse aqui eu não precisaria falar sozinho apenas para ouvir algo que não fosse esse vento desgraçado.

Deu um passo em direção à corda e, para sua surpresa, viu algo se mexendo do outro lado.

Primeiro achou que fosse um truque da luz refletida pela brancura interminável do gelo e da neve. Mas não: era algo vivo.

Algo humano.

Quem quer que fosse, não estava preparado como ele para as condições inclementes das montanhas geladas. Vestia-se em trapos imundos que esvoaçavam como se lutassem para se desgarrar do corpo. Andava com dificuldade, apoiado por um cajado retorcido. Era um velho. Seu rosto era cheio de pústulas e feridas. Seus cabelos e sua barba eram ralos, quebradiços, revelando manchas e rugas na pele macilenta. As mãos encarquilhadas tinham unhas amarelas e compridas. Por entre seus lábios rachados, surgiu uma voz rouca:

— Eu sou o guardião das pontes desta terra. E, se quiser atravessar a ponte, deve responder a meu enigma.

Apesar de si mesmo, Ruff sentiu os olhos arderem, lacrimejando, pela voz feia do velho. Ele perdera a conta de quanto tempo passara sem ouvir outra voz. Qualquer voz. Lembrava-se das vozes de Dunnius e Niccolas, do prior e de Thondin, de Korin e de Áxia. Mas simplesmente travar um diálogo com outra pessoa, por mais absurdo que fosse, naquele momento era extasiante.

A figura alquebrada mantinha-se firme do outro lado do desfiladeiro.

— Sei reconhecer um sinal sobrenatural quando vejo — disse Ruff. — Se está neste lugar deserto e surgiu quando fiz uma ponte rudimentar, você não pertence ao mundo dos mortais. Então não falarei como se você fosse um mero humano. Mas aviso que não deve tentar deter meu avanço.

O velho soltou uma risada horrenda.

— Nenhuma ameaça me assusta, jovem. Nenhum destino me amedronta, pois meu destino já é o pior! Sou vítima de uma maldição, condenado por minha própria covardia. Estou em todos os lugares ao mesmo tempo, e em nenhum! Vivo eternamente na tarefa fútil de guardar pontes que não me pertencem. Repito enigmas que não criei, punindo aqueles que não conhecem suas respostas arbitrárias. Minha vida não tem sentido, e qualquer sofrimento seria uma diversão. Qualquer coisa que não fossem pontes ou charadas!

— Minha missão é deter o fim do mundo.

— Talvez, com o fim do mundo, eu tenha descanso. Ou, talvez, eu também guarde a ponte que um dia levará todos os mortais ao além-túmulo. E, mesmo se eu desejasse não fazer a pergunta, sou incapaz disso. Então perguntarei. Se quiser atravessar a ponte, responda ao enigma.

Ruff engoliu em seco.

— Fale.

O velho ergueu os braços, num gesto teatral.

— *Responda!* O bravo me teme, o tolo me conhece. O pobre me possui e de mim o rico tem falta. O que sou eu?

Como em resposta ao gesticular do velho, o gelo ao redor dos pés de Ruff começou a rachar. Os paredões do outro lado do desfiladeiro soltaram fragmentos, o vento ficou mais forte. Quem quer que fosse, o homem era amaldiçoado com um poder terrível — assim como o próprio Ruff.

— *Responda!*

O coração do jovem clérigo acelerou. Um riso fraco surgiu em seu peito. Sua vida, a sobrevivência do mundo, tudo dependia de uma charada. Como um jogo de crianças.

E ele não sabia a resposta.

Ruff começou a rir.

O velho bateu com o cajado no chão. Atrás de Ruff, uma montanha sacudiu-se em avalanche. Ele não sabia a resposta. Sua mente estava vazia, ele só conseguia pensar no absurdo que era seu fracasso antes mesmo de começar, por algo tão sem sentido quanto um velho amaldiçoado e um enigma simplório.

Enquanto a brancura se desfazia num desmoronamento atrás dele, Ruff gargalhava. Não conseguia pensar em nada.

Nada.

— *O que sou?*

De repente, surgiu-lhe a resposta:

— *Nada!* — berrou o clérigo.

O velho abaixou os braços. Deu um sorriso cansado, fazendo sua pele expelir líquido nauseabundo pelas feridas.

— Correto.

E, mesmo enquanto falava aquilo, ele fazia uma centena de perguntas e respostas em uma centena de lugares. Ruff era só mais um, a ponte era só mais uma.

O velho afastou-se e sumiu na neve erguida pelo vento.

Ruff Ghanor segurou-se em sua ponte de corda improvisada e atravessou o desfiladeiro.

Seguiu por entre os dois paredões e enfim avistou a enorme construção de pedra.

Meses antes.

— *Você, Ruff Ghanor, é o Devorador de Mundos.*

As palavras do anjo ressoaram em seus ouvidos. Ruff sentia como se tivesse acabado de levar um golpe na cabeça. Estava tonto, desorientado. Foi tomado de um medo primitivo. Medo de si mesmo.

Medo da verdade.

Com os olhos arregalados, as sobrancelhas arqueadas, a boca aberta de horror, olhou para Korin, em busca de alguma palavra, alguma piada, algum conforto. Mas o amigo afastou-se um passo. Ergueu a mão, como se para se proteger dele. Korin estava com medo.

A enviada dos deuses sorria. Um sorriso lindo e benevolente. Ela parecia ter dado a alguém a melhor notícia de sua vida. Seu rosto estava corado e seu brilho dourado era mais forte do que nunca.

— Não — Ruff protestou com voz fraca.

— Não tente rejeitar seu destino, Ruff Ghanor — disse o anjo. — Não tente abrir mão da honra que os deuses lhe concederam. Você é o escolhido.

— *Não...*

— O escolhido para destruir o mundo.

Ruff tremia. Notou que estava agarrando o martelo com força; achou que o cabo podia rachar. Korin se afastou ainda mais. A verdade era terrível, e então Ruff Ghanor abandonou tudo que aprendera desde que fora achado na caverna. Abandonou as palavras e a civilização: ergueu sua arma e atacou o anjo, com um urro bestial, uma fúria cega. Como uma criança, pensou que, se matasse a mensageira, poderia fingir que nada daquilo havia acontecido.

A mulher levantou sua espada de duas mãos num instante, bloqueando o golpe de Ruff. A arma celestial brilhou com a mesma luz dourada que o anjo emitia. Ela o empurrou para trás e o clérigo resvalou nas pedras. Então, derrotado, se deixou cair de joelhos.

— Sua raiva não é contra mim, Ruff Ghanor. Sua raiva não é contra o que é divino e bom. Vai aprender que sua raiva é contra a maldade deste mundo.

— Eu me recuso! — ele gritou.

A enviada sorriu. Em seu rosto, nenhum traço de agressividade.

— Ninguém pode recusar o destino que os deuses impõem. Você é o escolhido. Irá cumprir sua missão.

— Por quê? — foi o que restou ao clérigo.

— O mundo é mau, Ruff Ghanor. Olhe a seu redor. Existe morte. Fome. Ganância. Violência. Mesmo perto de seu mosteiro, que lhe parecia um pequeno pedaço do paraíso, humanos mataram uma velha senhora sem motivo nenhum. — Ela virou a cabeça de leve, com um sorriso bom e condescendente. — Um menino adoeceu e morreu sem que seu fim fizesse nenhum sentido.

O anjo falava da velha Ulma. De Rion, o irmão de Áxia. Episódios de morte e tristeza na vida de Ruff.

Ela se aproximou, flutuando, e tocou a cabeça do clérigo com a mão.

— E isso é só o que se passa em um mosteiro isolado, em uma pequena aldeia. Nestas terras, clérigos usam o nome dos deuses para oprimir o povo. Nobres escondem-se em fortalezas e mandam soldados para matar quem lhes desobedece. Monstros vagam pelas estradas. Nos reinos distantes, exércitos chacinam uns aos outros. Milhares entregam suas vidas para a guerra, a fome e a doença, em nome de um punhado de reis. Irmãos esfaqueiam irmãos, todos são cheios de medo e ódio. O mundo está doente e não há cura.

Ruff Ghanor engoliu em seco.

— Isso vem acontecendo há eras — continuou o anjo. — Há muito os deuses sabem que a Criação foi um erro e é preciso apagá-lo. Nossos senhores divinos já enviaram algo como você. Era uma criatura perfeita de destruição: uma fera pura, sem pecado, que existia apenas para devorar. Mas o Devorador de Mundos foi derrotado.

O anjo disse aquilo com uma expressão de pesar.

— Mas você é superior, Ruff Ghanor — seu rosto se iluminou de novo. — Você venceu Zamir. Agora nada pode detê-lo.

Uma percepção começou a descer sobre Ruff. Súbito, ele parou de tremer. Então uma tremedeira diferente começou. Era raiva.

— Desde que o primeiro Devorador foi vencido, os deuses esperaram — disse a celestial. — Eles não têm pressa, mas nunca esquecem. Por isso você está aqui. Já está cumprindo seu destino. Já matou demônios, já devorou parte da terra com o dom que os deuses lhe concederam.

Silêncio.

— Como é seu nome? — disse Ruff, de repente.

A mulher hesitou.

— Meu nome?

— Seu nome. Como é seu nome?

Ela abriu seu sorriso de novo.

— O nome que os deuses me concederam é Bellitz.

O clérigo se ergueu.

— Pois bem, Bellitz. Ouça minha resposta para os deuses.

Ele estreitou os olhos.

— *Nunca* — disse Ruff Ghanor.

Era muito maior do que o mosteiro de São Arnaldo.

O prédio que se erguia no meio do gelo tinha paredes imensas, altas e grossas, além de múltiplas torres com vários andares de altura. Não havia janelas na frente da construção e toda a estrutura parecia uma fortaleza. No entanto, o exterior das paredes era entalhado com esmero, baixos relevos retratando a vida de incontáveis santos. Lá estava Santa Imuen passando despercebida por entre exércitos inimigos. São Theodric sendo torturado por invasores estrangeiros para defender seus irmãos em armas. Santa Fryeda sendo queimada e seu corpo nunca se consumindo nas fogueiras dos hereges. Ruff conhecia todas aquelas histórias.

Destacando-se no meio das figuras, a imagem de Santa Crysnia. A clériga surda e muda que conseguia compreender todos os idiomas do mundo, expressar-se por sinais e pensamentos para todas as pessoas e animais. Diziam as lendas que Santa Crysnia podia entender qualquer criatura apenas olhando-a com atenção, perceber seus sentimentos e suas verdadeiras intenções. Era a padroeira dos viajantes que chegavam a terras estranhas e precisavam compreender os nativos, dos estudantes que mergulhavam em tomos escritos em línguas perdidas, de todos aqueles que desejavam se comunicar e não conseguiam. A representação da santa era maior que todas as outras, e imagens de seus fiéis estavam entalhadas por toda a volta da gigantesca porta de pedra.

Ruff agarrou a aldrava, que tinha o formato de um grande anel no nariz de uma face grotesca, feita de bronze. Bateu uma, duas, três vezes na porta. Em um instante, suas batidas foram respondidas pelo soar de um sino numa das torres altas. A cada badalada, uma chuva de fragmentos de gelo caiu por sobre o clérigo. Todo o ambiente branco e quieto foi tomado pelo som metálico.

Então tudo ficou em silêncio.

Alguns minutos depois, Ruff começou a ouvir um som de rangido dentro das muralhas. Laboriosamente, as portas se abriram. Um espaço de menos de meio metro surgiu por entre a pedra e, daquele vão estreito, saiu um homem baixo.

Era totalmente careca, seu rosto envelhecido, mas não maltratado. Tinha os olhos quase fechados e exibia um sorriso tranquilo. Vestia-se num hábito monástico simples — algodão cru – amarrado na cintura por uma corda esfiapada. Calçava sandálias abertas. O frio não parecia incomodá-lo.

Olhou para cima, mirando o rosto de Ruff Ghanor.

— Preciso entrar no mosteiro — disse Ruff.

O homenzinho olhou-o de cima a baixo. Deu uma risada curta e então lhe virou as costas. Sumiu pelo vão, retornando ao interior do prédio, e as portas se fecharam.

Ruff permaneceu de pé, atônito como um paspalho, olhando as paredes e a porta, a pedra trabalhada e indiferente.

Bateu mais algumas vezes, e os sinos ressoaram, mas ninguém veio vê-lo. Então decidiu sentar e esperar.

A noite chegou cedo, e a manhã não demorou. Ele dormiu encolhido dentro de suas roupas e acordou meio coberto por uma camada de neve. Comeu uma das últimas partes de sua ração de viagem e bateu na porta.

Os sinos badalaram, como ele esperava. Veio um novo som de rangido e, sem demora, o mesmo homem baixo e velho surgiu pela abertura estreita.

— Este é o mosteiro de Santa Crysnia, não? — disse Ruff. — Sei que vocês são monges enclausurados, mas também sei que admitem peregrinos. Descobri sua localização e fiz a viagem sozinho, a pé, como ditam as tradições. Trilhei o caminho santo e enfrentei as provações que os deuses me enviaram. Tenho o direito de entrar.

O outro mediu-o do capuz às botas mais uma vez. Deu um suspiro de decepção, balançou a cabeça e virou-se para desaparecer no interior do mosteiro.

As portas se fecharam.

Ruff insistiu de novo, batendo repetidas vezes com a aldrava na porta fechada. Os sinos badalaram em resposta, e ele bateu de novo e de novo, irritando-se cada vez mais.

— Não querem me deixar entrar? — disse para a porta fechada. — Vou incomodá-los até que deixem!

E a vastidão de gelo e neve foi tomada pelo badalar dos sinos durante quase uma hora, mas nada aconteceu. Por fim, Ruff deixou-se cair sentado e esperou mais um dia passar.

Comeu. Só tinha ração para mais um dia.

De manhã, bateu de novo à porta. Depois do esperado badalar dos sinos e do rangido dos mecanismos internos, mais uma vez surgiu o homenzinho vestido em seu robe grosseiro.

Encontrou Ruff Ghanor de pé, tremendo de frio. Ele havia removido as peles e as camadas de lã espessa. Vestia apenas uma túnica e calças de pano. Agarrava a si mesmo, tentando em vão se aquecer. Seus lábios já estavam azuis.

— É isso que você quer, não? — gaguejou Ruff. — Quer que eu prove meu valor vivendo como vocês. Bem, não tenho um robe de monge, mas isto também não me aquece nada! Aqui estou. Deixe-me entrar.

O homem olhou para ele. Balançou a cabeça e se virou. Pelo menos daquela vez não houve nenhum riso de desdém.

Ruff chutou e esmurrou as portas fechadas.

— Eu não preciso disso! — gritou. — Não preciso me submeter a seu teste, o que quer que seja! Posso fazer a terra se abrir e suas paredes se racharem! Posso entrar nesse pardieiro por bem ou por mal!

Mas, é claro, não fez isso.

Na manhã seguinte, ele estava quase morto. Resistira ao frio apenas pela magia de São Arnaldo, rezando por um pouco de calor. Também havia consumido a última parte da ração. Bateu na porta sem força, exaurido por aguentar a temperatura.

Quando o velho baixo surgiu, Ruff abriu a boca para dizer algo, mas se conteve. Ficou em silêncio.

O homenzinho balançou a cabeça e voltou para o interior do mosteiro.

Ruff passou o dia com fome e frio terríveis. Canalizou toda sua força de vontade para que a magia do santo o aquecesse. Quando veio a manhã, ele não se levantou, não bateu na porta. Ficou sentado de pernas cruzadas, pensando em sua missão, em si mesmo, em sua vida. Então o próprio frio apagou todos os pensamentos. Ele até mesmo deixou de rezar, abriu mão da magia divina. Por um instante, pensou que estava morrendo. Completamente passivo, desistiu de resistir às sensações, de tentar ordenar a mente.

Desistiu de bater na porta.

Apenas aceitou qualquer coisa que lhe acontecesse.

As horas passaram. Então ele ouviu o rangido lá de dentro. As portas se abriram e o homenzinho surgiu por entre o vão. Observou Ruff por longos momentos. O jovem clérigo não se levantou. Nem mesmo ergueu os olhos. Apenas ficou parado, aceitando o que o mundo lhe impunha.

— Você está pronto — disse o velho monge. — Entre.

Antes.

Bellitz sorriu de novo — mas dessa vez era um sorriso condescendente, como se o clérigo fosse uma criança. Um menino que acabara de falar algo muito ignorante, mas mesmo assim gracioso.

— Oh, Ruff Ghanor. Oh, mortal. Ninguém diz não aos deuses. Não seja tão presunçoso.

— Eles querem que eu *destrua o mundo?* — Ghanor rosnou. — Nunca! Não usarei mais o poder do terremoto! Viverei o resto de meus dias isolado na floresta!

— Você acha mesmo que tem controle sobre o próprio destino?

— Posso não ter controle sobre minha vida... Mas tenho sobre minha morte.

Ruff se abaixou de repente, agarrou uma espada que estava caída no chão. Segurou o cabo com as duas mãos e apontou a lâmina para a própria garganta.

— Nada podem fazer com um Devorador de Mundos morto!

— Haverá outro — disse Bellitz, com voz suave. Quase triste.

Ruff interrompeu o movimento antes que a ponta da espada perfurasse a pele.

— Você é o segundo Devorador de Mundos, Ruff Ghanor, mas não o último. Não se falhar em sua missão. Os deuses conhecem os mortais, sabem que não existe chance de redenção. O tempo da humanidade acabou, todos devem morrer pelo julgamento divino. Se você se recusar, os deuses arranjarão para que tenha de lutar de novo. E, se você morrer, nascerá outro Devorador. Talvez um humano, como você mesmo. Talvez uma fera, como seu antecessor. Talvez uma força da natureza, como um tufão ou um maremoto. De uma forma ou de outra, o Devorador atacará o mundo corrupto e irá destruí-lo.

Ruff não estivera blefando. A morte seria uma saída fácil naquele momento, mas não era uma opção. Ele não poderia fugir à responsabilidade. Como acontecera desde seu nascimento, ele não escolhia seus deveres, mas precisava cumpri-los mesmo assim. Os erros de outras pessoas, os anseios de deuses, as expectativas de mestres inclementes. Tudo jogado em seu colo — e não lhe restava alternativa, exceto enfrentá-los.

Largou a espada.

Ficou um longo tempo calado.

Notou que havia muitos olhos nele. Korin tentando conter o pavor. Os soldados esforçando-se para compreender o que se passava. Os hobgoblins sobreviventes, prostrados por estarem diante do homem que matara seu mestre e de uma legítima manifestação divina.

Os olhos de Bellitz, que traziam o julgamento dos deuses, seu presente terrível.

Ruff esperou que alguma ideia lhe viesse. Alguma resposta. Qualquer coisa.

Mas era um jogo sem vencedor. Tudo já estava planejado muito antes de seu nascimento, continuaria em movimento mesmo que ele morresse. Ruff Ghanor era o Devorador de Mundos e, caso recusasse a tarefa, ela seria desempenhada por outro. Ele ficou em silêncio por um longo tempo.

— O que... — disse, por fim. — O que quer que eu faça?

— Apenas continue trilhando seu caminho, Ruff Ghanor. Faça o que lhe for natural. Volte para a cidade onde estão seus amigos e reaja ao que acontece a seu redor. Você *vai* cumprir seu destino. O mundo *será* destruído.

Então, em uma premonição, um delírio ou apenas uma imaginação desenfreada, Ruff enxergou a guerra. Viu-se no comando de um exército, na linha de frente. Viu-se golpeando o chão e fazendo a terra se abrir. Vales desapareciam ante seu toque, batalhões inimigos eram tragados pela devastação. Viu múltiplas bandeiras se erguendo contra ele e umas contra as outras. Era o caos. E ele no centro de tudo, impondo a ordem pela morte.

Transformando o que existia em nada.

Viu-se sozinho numa terra árida e rachada. Sua imagem ergueu o punho e o céu começou a escurecer. Como se nem mesmo aquilo pudesse resistir a seu toque.

Tudo em que ele tocava morria.

— Fique em paz, Ruff Ghanor — Bellitz aproximou-se e tocou sua testa. — Você é o mais abençoado entre todos os mortais. No meio de todas as criaturas que vivem sem saber por que, que agem sem certeza de fazer o certo, você pode ficar calmo. Conhece o propósito de sua vida e o caminho correto a seguir. Você é o maior dos santos, pois não precisa duvidar de si mesmo.

Houve uma explosão de brilho dourado e o anjo sumiu.

Ruff Ghanor deixou-se cair no chão despedaçado. Korin precisou da ajuda de dois guerreiros para mover seu corpo inerte.

Ele atravessou o pórtico para o mosteiro de Santa Crysnia e imediatamente desabou de frio e fraqueza. Os monges que vieram ajudá-lo usavam os mesmos hábitos leves, de algodão cru, do velho que o recebera. Colocaram Ruff numa tina de água quente, para que seu corpo recuperasse a temperatura. Depois deixaram que descansasse num quarto que mais parecia uma cela. Deram-lhe suas roupas quentes. Mas ninguém falou com ele.

Ruff acordou depois de quase um dia inteiro dormindo. Devorou a comida que lhe serviram e sentiu-se como se mais uma vez tivesse 7 anos, acabando de chegar ao mosteiro de São Arnaldo. Depois, decidiu sair do quarto.

Diferente do lugar onde ele fora criado, ali não havia ninguém que não pertencesse à ordem. Homens e mulheres trajados com os mesmos robes simples, aparentemente sem sentir frio, e todos em silêncio. Tudo que se ouvia no mosteiro de Santa Crysnia eram os passos nos corredores amplos, o som de esfregões limpando o chão e o virar de páginas de pesados livros nas salas de estudo.

O prédio era enorme e gelado. Tinha vários andares ligados por escadarias imensas, serpenteantes. Ruff não fazia ideia de quantas pessoas viviam lá ou de como sobreviviam no meio do gelo. A comida que haviam lhe servido era uma espécie de mingau sem gosto, mas muito nutritivo. Mais tarde, descobriu que era feito de raízes que cresciam sob o solo congelado.

Ele procurou o velho, na esperança de que fosse a autoridade ali. Encontrou-o após vagar sem rumo algumas horas. Estava meditando num pátio aberto, a neve caindo sobre seus ombros e sua cabeça calva.

— Imagino que saiba por que estou aqui — disse Ruff.

O monge não respondeu.

— Já percebi que fazem votos de silêncio. No lugar onde fui criado, esse costume foi abandonado eras atrás. Estávamos mais preocupados com servir às pessoas da aldeia a nosso redor. E o prior preocupava-se em enfrentar o dragão Zamir. Mas imagino que, pela natureza do que vocês têm aqui, precisem ficar calados.

Silêncio.

Não apenas silêncio: Ruff parecia não existir. O monge não lhe dava qualquer atenção, não reagia.

Conhecendo religiosos por tempo suficiente para entendê-los, Ruff Ghanor tirou suas roupas quentes, sentou-se no chão perto do velho e parou de falar. Em pouco tempo, sua mente vagava sem amarras, numa meditação livre, até que ele parou de pensar qualquer coisa. Sentia o frio da neve sobre a pele nua, a dureza do chão de terra congelada, o cheiro úmido da pedra que formava as paredes.

Ficou assim até anoitecer. Não percebeu quando o monge se ergueu e foi fazer outra coisa. Quando notou o tempo que passara, também se levantou. Andando a esmo pelo mosteiro, viu que serviam um jantar no enorme refeitório. A comida era o mesmo mingau insosso. Ele se sentou e comeu sem prazer, sem desgosto. Todos estavam em silêncio, o único barulho vinha das colheres raspando nas tigelas de argila. Tudo ao redor era marrom, cinza ou bege. Quase não havia estímulos. Ninguém olhava em seus olhos.

Ruff sentiu-se perdido naquela multidão quieta. Quase esquecia de si mesmo, de quem era, de seu destino. Isso lhe trouxe uma paz tremenda. Quando acabou o mingau, ficou de pé e, sem que precisasse receber ordens, achou a cozinha, onde se pôs a lavar as tigelas. Depois foi dormir, acordou e quis ficar ali para sempre.

— Talvez este seja meu lugar — murmurou para si mesmo. — Que mal pode fazer um Devorador de Mundos que não faz parte do mundo?

Perdeu a conta dos dias, envolto na delícia de quase não existir. Ninguém dava nenhuma mostra de notar sua presença. Todos se ignoravam mutuamente, exceto quando precisavam trabalhar juntos. Ninguém lhe dava ordens. Todos os dias eram iguais e não rumavam para qualquer ponto culminante. Não havia objetivo. Não havia futuro.

Por isso parecia também não haver passado.

Certo dia, os sinos badalaram um toque diferente. Ele não ouvira ainda aquela cadência e imaginou o que significava.

Então uma surpresa: no fundo do corredor, uma voz humana.

Aquele era um dia especial. O dia em que um dos irmãos era liberado de seu voto de silêncio e podia falar o que quisesse. Ruff surpreendeu-se quando o homem — um tipo alto e loiro, com quem ele cruzara diversas vezes desde que chegara ao mosteiro — veio até ele.

O monge chegou bem perto de Ruff e disse:

— Seu lugar não é aqui.

Ruff, atônito, não respondeu.

— Você não é como nós — continuou o outro. — Um monge que traja uma armadura? Que carrega armas? Você desfruta agora da paz de nosso mosteiro, mas vem carregado de turbilhão. Você foi criado com obrigações brandas e votos fracos. Não aprendeu a ficar em silêncio e imagino que podia sair de seu mosteiro quando quisesse. Você não era enclausurado. Não é um de nós. Sugiro que faça o que veio fazer e vá embora.

Com aquelas palavras, o paraíso falso de Ruff Ghanor acabou. Fora uma boa ilusão durante alguns dias, mas nunca poderia ser realidade. Ele não era um monge sem nome, perdido num claustro inacessível, junto a outros irmãos enclausurados e silenciosos. Era um guerreiro. Tinha um nome que ressoava nas eras. Tinha um destino.

E tinha um propósito. A paz era tentadora, mas ele não viajara até ali para obter paz.

— Eu li sobre seu fosso — disse Ruff. — Leve-me até lá.

— Muitos descobriram sobre o fosso ao longo dos séculos — o monge respondeu. — Poucos chegaram até aqui. Dentre os que chegaram, apenas um punhado realmente teve coragem para usá-lo. Nem mesmo nós, nos dias em que recebemos permissão de falar, ousamos utilizar essa bênção. O que é tão importante que merece ser dito no fosso?

Ruff deu um sorriso lupino. Definitivamente não era um monge enclausurado. A inquietude queimou dentro dele como um incêndio.

— Há quase um ano, os deuses me mandaram uma mensagem — ele disse. — E agora precisam ouvir a resposta.

2 | o tribunal

ELE ABANDONOU o silêncio. A Ruff Ghanor não pertencia a paz, a quietude, a reclusão.

A ele pertencia o terremoto.

Ruff procurou até achar alguém que pudesse levá-lo ao Fosso de Santa Crysnia. Falou com os religiosos que tinham jurado não falar. Profanou o mosteiro quieto com sua voz forte. Sentia-se como um touro raivoso num palácio. Seu lugar não era ali e sua simples presença era um desequilíbrio.

Dois monges jovens seguraram seus braços e conduziram-no pelos porões do mosteiro. Os três desceram escadas sucessivas. Os primeiros salões subterrâneos eram desertos, mas esculpidos por mãos humanas. Logo, contudo, adentraram cavernas naturais, túneis que não pareciam nunca ter sido alterados artificialmente. A escuridão era total, então eles carregavam tochas. Por fim, os dois monges deixaram Ruff na boca de um túnel vertical, um prosaico buraco no chão que sumia rumo ao desconhecido. Um fosso.

Deram-lhe uma tocha, nada mais. Viraram as costas sem nenhuma palavra e foram embora.

Ruff deixou a tocha cair lá embaixo. Foi uma queda demorada e, quando o objeto atingiu o chão, mal era possível ver sua luz. Não havia opção a não ser escalar para baixo. Ruff tentou achar apoios para as mãos e os pés na semiescuridão e começou a descida.

Era enervante tatear sem enxergar nada. Pior ainda, a pedra áspera das paredes do fosso estava coberta de gelo, os dedos escorregavam e queimavam de frio. Sem equipamento, sem saber direito aonde ia, ele continuou. Alguns minutos depois, sentiu os pés resvalarem, encontrando um apoio que na verdade era gelo frágil. As mãos foram fracas demais para segurá-lo, e ele se viu sem apoio nenhum. Num pânico momentâneo, Ruff contorceu-se no ar, bateu a cabeça na pedra. Meio cego de dor, sentiu-se cair, aterrissou pesado sobre um ombro e uivou de agonia.

Ergueu-se com dificuldade, segurando o ombro machucado. Rilhou os dentes para aguentar a sensação.

Com o braço direito latejando, segurou a tocha com a mão esquerda. Olhou ao redor e viu-se em uma caverna estreita. Só havia uma saída: um túnel mais alto que um homem, que serpenteava para algum lugar. Ruff seguiu por esse caminho, guiado pela luz bruxuleante da tocha.

Enfim, começou a escutar um barulho alto, indefinível. Primeiro achou ser o rugido de um rio subterrâneo, mas não era contínuo. Então, por mais absurdo que fosse no subterrâneo, achou serem trovões intermitentes. Ou o ruído de algo muito pesado sendo arrastado. O barulho variava — era parte rosnado de uma fera gigantesca, parte gelo quebrando. Parte o som de uma engrenagem enferrujada, parte algo sendo rasgado.

Então ele viu as luzes.

O corredor foi banhado por maravilhosas luzes coloridas. Os tons se alternavam entre verde, azul e roxo. Coordenavam-se com os ruídos e com eles formavam combinações, numa sinfonia de estranheza. Prosseguindo à frente, Ruff ficou quase ensurdecido pelo som, quase cego de ofuscação pelas luzes.

O túnel desembocou numa imensa caverna de gelo.

A brancura das paredes era tingida pelas luzes. O gelo semitransparente refletia, refratava, desfazia cada raio de luz em múltiplos matizes. Ele largou a tocha no chão. Cristais que surgiam das paredes e do piso formavam prismas. Alguns eram quase espelhos e mostravam-lhe sua própria imagem distorcida.

Por toda a caverna, cadáveres.

Estavam preservados pelo frio ou por algum milagre daquele lugar santo. Alguns trajavam armaduras. Outros, hábitos monásticos. Havia dois em roupas nobres. Alguns estavam prostrados no chão. Outros, jogados contra as paredes com ossos quebrados, como se tivessem sido arremessados lá. E havia um cadáver de joelhos, mãos postas em reza.

Todos estavam em volta de um imenso buraco no chão e na parede mais longe de Ruff. Era grande o suficiente para que um navio passasse por ele. De lá vinham as luzes e os ruídos. Era quase impossível olhar diretamente para o buraco, doloroso ficar perto dele. Ruff avançou, tapando um ouvido contra o som terrível, estreitando os olhos para se proteger do brilho agressivo.

Aquilo era o eco distante das vozes dos deuses, um mero vislumbre da sombra de um deles.

Porque, no Fosso de Santa Crysnia, dizia a lenda, um mortal poderia falar com os deuses. E ser ouvido.

Ruff sabia que, para o que ele desejava, de nada adiantava rezar. São Arnaldo ouvia suas preces, concedia-lhe magia divina e proteção quando ele precisava. Mas nenhum santo realmente podia — ou queria — mudar o destino do mundo nem de nenhum ser humano.

E os deuses nunca sequer fingiram ouvir as preces de seus filhos.

Os deuses eram distantes. Ninguém sabia seus nomes e havia intermináveis discussões teológicas sobre quantos eles eram, quem ou o que protegiam. Por isso havia os santos.

Fora preciso um anjo, um anjo em forma de mulher chamado Bellitz, para comunicar a verdade dos deuses a Ruff Ghanor. Ele poderia ter respondido na mesma hora, se fosse capaz. Mas a revelação deixou-o arrasado, catatônico por quase um mês, atendido por Korin, Dunnius e Niccolas na cidade de Lago de Pó. Quando pensou em sua resposta, Bellitz não estava em parte alguma. Ruff rezou para que ela voltasse, mas não teve resposta.

Então se pôs a pesquisar e encontrou uma forma de falar com os deuses.

Sem intermediários. Sem anjos e sem santos.

Ele era sua cria, o Devorador de Mundos, e eles teriam a obrigação de ouvi-lo.

Ruff Ghanor chegou na beira do fosso.

— Ouçam-me! — gritou. — Deuses criadores do mundo, o Devorador tem sua resposta!

O abismo rugiu, as cores piscaram em mil tons diferentes.

◆—•••••—◆

Ruff tentou falar, mas não conseguiu.

A luz e o som, de alguma forma, pareceram empurrá-lo. Sua boca ficou seca, os pulmões não conseguiam expelir ar. O ombro não doía mais, pois todas as outras sensações eram mais fortes. De repente, um clarão ainda maior teve uma espécie de força física. Ruff foi arrastado para trás, resvalou no gelo, segurou-se no chão com as mãos.

Tentou falar, mas não conseguiu.

Ergueu-se e caminhou com dificuldade de volta até a beira do abismo.

O som de trovão-rugido deixou-o desnorteado. Quando deu por si, ele estava se ajoelhando, pedindo perdão apenas por existir.

Ele era o Devorador de Mundos. O único mortal que os deuses amavam. Por que estavam fazendo aquilo? Por que estavam punindo-o e atacando-o?

Então Ruff percebeu: os deuses *não estavam* atacando. Todo aquele poder, o que ameaçava anular sua força de vontade, jogá-lo para longe, destruir seu corpo, era apenas a relativa proximidade deles.

O que ameaçava matá-lo eram apenas os deuses prestando atenção a ele, um mortal.

O relance da sombra de um deus, o vago eco de sua voz, era suficiente para fazer aquilo. Não era a comunhão plena com São Arnaldo, ou mesmo o diálogo tenso que tivera com Bellitz, a celestial. O olhar dos deuses em sua direção foi aterrorizante, foi doloroso, fez com que sangrasse.

De muito longe, ele ouviu uma voz que era como a erupção de um vulcão.

— *Devorador.*

Era ele, os deuses o chamavam. Os deuses prestavam atenção a ele, e Ruff chorou lágrimas sangrentas. Os músculos do corpo todo se contraíram em convulsões, alguns dentes racharam.

— Não — conseguiu dizer, voz fraca.

Um clarão multicolorido assolou-o, seguido por um ruído titânico.

— *Não!* — Ruff Ghanor gritou.

A voz saiu de sua garganta para enfrentar a voz dos deuses. Ele sentiu o gosto ferroso do sangue banhando sua boca.

Fechou o punho e golpeou o chão.

A caverna tremeu. O gelo rachou, formando um padrão elaborado, semelhante a uma teia de aranha. Ruff bateu de novo e as cores pararam de piscar. O lugar foi tomado por um brilho único, azul. O rugido cessou por um instante, antes de recomeçar.

Seu toque não destruía apenas a terra. Destruía *tudo.*

Não iria ferir os deuses. Mas permitiria que ele falasse.

— Ouçam-me! Sou o Dev... — deteve-se.

Então corrigiu:

— Sou *Ruff Ghanor!* Sou um mortal! E vocês irão me ouvir!

Ele notou que seu golpe de terremoto alimentara seu corpo. Ele devorara uma parte do mundo.

— Eu tenho uma resposta!

As luzes e os sons se intensificaram. A garganta de Ruff sangrava por falar com os deuses. Seus olhos despejavam lágrimas fartas, vermelhas. Ele suava por todos os poros, apesar do frio terrível.

— Vocês condenaram o mundo à destruição por causa da maldade que nele existe. Disseram, por Bellitz, que continuarão enviando Devoradores até que a Criação seja desfeita. Mas eu tenho uma solução!

Fechou os olhos e reabriu.

— Vocês não *precisarão* destruir o mundo! Ficarão *satisfeitos* com sua Criação!

Mais do que o frio a seu redor, uma bola de gelo tomou-lhe o estômago. Ele quase não acreditava no que ia falar.

Mas falou:

— Porque *eu* irei acabar com a maldade no mundo!

O rugido ficou mais baixo. As cores alternaram-se com menor velocidade.

— Irei acabar com o pecado — ofegou Ruff Ghanor. — A ganância, a traição, a brutalidade dos mortais. Tudo isso ficará no passado. Eu sou o Santo de Pés Descalços e criarei o mundo que vocês desejam. Guiarei os mortais à bondade. Não será preciso destruir. Tudo será verde e bom, como vocês desejam.

O rugido se intensificou de novo, as luzes voltaram a piscar.

— *Então nos deixarão viver?* — Ruff gritou de novo. Estava chorando, mas não era apenas reação à proximidade divina. Lembrou-se de seus mortos queridos e de todos que queria salvar. Viu-se implorando àquelas entidades distantes. Viu-se desesperado. Desejava, com todas as forças, que a barganha fosse aceita e sabia que nenhuma prece aumentaria suas chances. — Então poderão nos perdoar por sermos quem somos? Se a maldade acabar, vocês nos deixarão em paz?

Eram juízes que ninguém conhecia. Capazes de proferir sentenças definitivas e pouco interessados em perdão. Juízes que puniam por crimes que ninguém sequer sabia ter cometido.

Ruff imaginou se seria capaz de aplacar os juízes. Se sua oferta seria suficiente.

— Em vez de destruir, consertarei o mundo! — repetiu. — A Criação não será mais um erro! Isso não é melhor?

A caverna sacudiu em um rugido. As cores explodiram, alternando-se num ritmo estonteante. Ruff foi jogado para trás de novo, bateu com as costas numa parede áspera. Ele sentiu uma vergonha funda, dolorosa. Vergonha de ser quem era.

Os deuses estavam *rindo.*

Ele era apenas mais um mortal arrogante, com planos que os deuses sabiam ser patéticos. Ruff era o único homem que as divindades amavam, era seu filho, mas ainda era visto como uma criança. E, assim como os adultos riem de uma criança com objetivos fantásticos, aqueles seres riam da intenção de salvar o mundo.

— Não é loucura! Vocês me tornaram capaz de mudar a Criação! Vocês me deram o poder de destruir o mundo! Posso usá-lo para mudar nosso destino!

A risada terrível aumentou. O teto da caverna começou a desmoronar, pedregulhos enormes esmagando os cadáveres daqueles que tinham vindo antes de Ruff Ghanor. Os deuses não tinham nenhum respeito por quem vinha se prostrar perante eles. Eram só cascas vazias de mortais presunçosos. Ruff foi atingido na cabeça por uma pedra, viu as cores psicodélicas misturarem-se com as manchas escuras que surgiram em sua visão.

Os rugidos-trovões pareceram, mais uma vez, formar palavras. Não era nenhuma língua dos mortais, mas vagos ecos que incutiam ideias na mente de Ruff. Em especial, uma ideia horrenda:

O destino é imutável.

Estava escrito, no plano odioso dos deuses, que a Criação seria destruída, e que ele era o Devorador de Mundos. Mudar o destino provocava o riso divino.

— Continuem rindo! — berrou Ruff. — Riam de nós, e nos ergueremos contra vocês! Sem demônios, sem dragões e sem deuses, iremos consertar o mundo!

A menção de demônios e dragões naquele ambiente sagrado provocou ira. Uma ventania com poder de furacão jogou Ruff para trás. Ele viu o mundo rodar, perdeu a noção do que estava acima ou abaixo. Deu de encontro a algo que não sabia ser chão, teto ou parede. Esfolou os antebraços e torceu o pé, rolando pela pedra.

— Deem-me a chance de devolver o mundo ao que era! Ao que *vocês* criaram! Ao que era verde e bom!

O tremor e a ventania continuavam, continuavam as luzes. A proposta fazia sentido, para a mente de um mortal. Mas Ruff não sabia o que era mais importante para os deuses — a lógica ou a punição?

A bondade ou a vingança?

— Eu sou Ruff Ghanor, o Devorador de Mundos, e eu posso trazer de volta a bondade!

O furacão cessou, a caverna parou de tremer. As luzes continuavam se alternando, mais vagarosamente. O trovão-rugido distante ecoava.

Ruff deixou-se cair sentado e murmurou:

— *Será que ao menos a bondade será suficiente para vocês?*

Não houve resposta. Ruff percebeu que estava há um longo tempo parado, sentado no frio que mal sentia.

Ergueu-se e seguiu de volta ao mosteiro.

Desejava ser capaz de cumprir a tarefa impossível que havia imposto para si mesmo. Desejava que seu conceito de bondade fosse o mesmo dos deuses — seres que condenavam, mas não guiavam. Desejava, acima de tudo, que entendesse o que significava um mundo "verde e bom" para entidades que destruíam sem remorso, matavam sem perdoar.

A vontade divina era insondável.

No mosteiro, os sinos badalavam. Era uma cadência ligeira, festiva, alegre.

Ruff encontrou um monge de joelhos, chorando de felicidade. Ele não podia falar, mas sua alegria era comunicação suficiente.

Em todos os jardins e pátios, nos cantos de todas as paredes, nasciam flores. As poucas árvores retorcidas e nuas ganharam folhas verdejantes.

Era um milagre.

Os monges corriam pelo prédio, extasiados com a dádiva divina. O velho que havia admitido Ruff no mosteiro encontrou-o. Segurou seus ombros, sorriu para ele e chacoalhou a cabeça para cima e para baixo.

Os deuses haviam dado sua resposta. A palavra mais maravilhosa que podia existir no mundo.

Sim.

Ruff vestiu suas roupas de frio, guardou seu equipamento na mochila e perdeu-se um pouco no mosteiro enorme, procurando a saída. Enfim avistou o saguão com as portas de pedra. Dois monges silenciosos apressaram-se para abri-las. O badalar dos sinos ainda preenchia os corredores, comemorando a aprovação dos juízes celestiais.

Com um rangido longo, o mundo surgiu pela abertura, trazendo neve carregada pelo vento.

E, de alguma forma, Korin estava lá.

Ruff esqueceu da solenidade do ambiente, dos clérigos e seus votos rígidos, e saiu correndo para encontrar o amigo. Segurou-o forte em seus braços cobertos de camadas de roupas. Korin tremia de frio, o pouco de seu rosto que era visível atrás da lã enrolada estava vermelho, como se ele combatesse um resfriado. Ruff nem percebeu quando as portas se fecharam atrás dele, selando o mosteiro de Santa Crysnia.

— O que você está fazendo aqui? — perguntou.

— O que eu sempre faço quando você parte em jornadas malucas? Vou com você, é claro. Sinal evidente de que sou um idiota, mas você é um idiota ainda maior, e alguém precisa garantir que consiga amarrar os cadarços direito.

— Eu vim até aqui sozinho!

— Sim, na mais completa solidão. E eu também, logo atrás.

— Foi uma peregrinação que...

— Não comece a se elogiar dizendo o quanto foi difícil atravessar esse purgatório de gelo, Vossa Santidade. Talvez para um clérigo acostumado com a vida pacata num mosteiro, engordando e incomodando aldeões, seja uma provação. Mas lembre que eu sou um guerreiro. Para mim isso é só mais um dia comum.

— Seu fanfarrão de bosta.

— Pelo menos não faço drama só por causa da vontade dos deuses, como uns e outros!

Abraçaram-se ferozmente.

Ruff engoliu em seco, tocado pelo comportamento do amigo. Por mais impressionante que fosse, o fato de Korin ter também viajado por meses apenas para garantir que ele estivesse bem não surpreendia. Isso *era* o que Korin fazia. E, na verdade, Ruff Ghanor não tinha falta de pessoas que o seguissem até o inferno, que arriscassem a vida por ele. Dos sobreviventes do mosteiro de São Arnaldo até o povo de Lago de Pó, havia centenas que o consideravam um líder inquestionável.

Mas Korin era mais do que isso.

Era um amigo.

Korin dizia que ele estava fazendo drama quando era tomado pelo desespero com seu destino. Korin falava que uma peregrinação longa e letal não era nada de mais. Korin caçoava dele, dizendo que não conseguia nem amarrar os cadarços sem ajuda.

Korin mantinha-o sendo uma pessoa. Para o guarda, Ruff Ghanor era só um sujeito.

— Não tentou entrar no mosteiro? — disse Ruff.

— Tentei. Bati nessa porcaria de porta até cansar. Surgiu um velhinho mudo. Tentei entrar e ele me barrou.

— O que você fez?

— Dei um chute nele, é claro. Então ele correu para dentro, fechou a porta e não adiantou bater mais.

Ruff desatou a rir. Sentiu o ar faltando com as gargalhadas e então caiu para trás.

— Sabe, sempre quis chutar um monge — disse Korin, controlando o riso. — Quer dizer, eles são tão *calmos*. É irritante! Estão ali, em paz, contemplando a perfeição divina... E você lhes dá um bom chute! Eles não esperam!

Caiu na gargalhada também. Estendeu a mão para Ruff, puxou-o da neve onde caíra.

— Então — disse o guarda, ainda entre risinhos. — Conseguiu falar o que queria?

Ruff fez que sim.

— E a resposta?

— Eles aceitaram.

Korin olhou-o por um momento.

— Aí está! Já sabemos qual é nosso próximo passo. Acabar com a maldade no mundo. Fácil. E, depois do jantar, o que você quer fazer?

Ruff deu um tapa forte, carinhoso, no ombro do amigo. Sem falar outra palavra, eles começaram o caminho de volta à civilização.

Eram melhores amigos, criados juntos. Nenhum deles sabia direito sua idade, mas tinham cerca de 25 anos. É claro que iriam acabar com a maldade no mundo.

Nenhum deles sabia como. Mas, até agora, o mundo não havia lhes apresentado nada que, juntos, não pudessem vencer.

Ruff olhou para trás, para o céu esbranquiçado. Lá no alto, pálida atrás das nuvens, brilhava a estrela dourada. A celestial Bellitz estava observando.

3 | Johrgrund

A NÉVOA ESTAVA baixa e espessa. Ruff não conseguia enxergar um palmo à frente do rosto. A trilha serpenteava no meio de um bosque. Eram árvores altas e esparsas, escuras e lúgubres. Korin vinha logo atrás. Os dois estavam a cavalo, pois o guarda havia comprado dois animais no caminho para o mosteiro de Santa Crysnia e deixado-os no estábulo de uma taverna antes de subir as montanhas.

Eles agora tinham dinheiro para isso. Depois da derrota do dragão Zamir, haviam saqueado o tesouro da fera. Era uma palavra feia, mas era a verdade — tinham roubado o que pertencera a Zamir, que, por sua vez, havia roubado tudo aquilo de incontáveis aldeias ao longo dos anos. Enquanto Ruff estivera semanas perplexo, derrubado pela revelação de que era o Devorador de Mundos, Korin, Dunnius e Niccolas haviam organizado a logística de redistribuir o ouro de Zamir e alimentar os famintos. A cidade de Lago de Pó tornou-se rapidamente um ponto de peregrinação — a notícia da queda do tirano se espalhou, e miseráveis e devotos de todas as terras iam até lá para ficar próximos ao homem que derrotara o dragão. E para receber comida, roupas e utensílios, sem perguntas e sem cobrança. Por maior que fosse o tesouro de Zamir, ele iria acabar mais cedo ou mais tarde, frente à caridade justa de devolvê-lo a seus donos de direito. Mas, por enquanto, era suficiente para dois cavalos robustos, que levavam os dois amigos através de uma floresta.

O cavalo de Ruff bufou, pressentindo algum perigo. A terra úmida fazia um barulho molhado sob os cascos. Ruff ainda tinha a pele de urso por sobre os ombros, mas já descartara as outras roupas de frio. Por sob a pele, trajava a garbosa armadura de Arcanium. A pelagem do cavalo era negra. Naquele bosque, cavalgando devagar no crepúsculo e sob a bruma, Ruff Ghanor era uma mancha escura, um cavaleiro sinistro. Korin cavalgava uma montaria branca, em contraste. Sua armadura reluzia de prateado e ele vestia uma túnica de lã também branca. Na névoa, parecia um fantasma.

O cavalo refugou, puxando a cabeça contra as rédeas e negando-se a seguir em frente.

— Eu também senti — Ruff murmurou para o animal.

Então virou a cabeça devagar para Korin. O guerreiro notara, é claro. Puxou a espada da bainha com calma, sem fazer barulho. Ruff colocou seu elmo. A peça diminuía seu campo de visão, mas seria essencial para uma luta. Ele não sabia o que esperar, e uma flecha na cabeça poderia matá-lo com a mesma facilidade com que dava cabo de um aldeão.

Algo se remexeu atrás das árvores. A bruma densa se agitou. Ruff apanhou o martelo no mesmo instante em que ouviu um urro bestial, e uma lâmina imensa surgiu sobre ele.

O clérigo tentou puxar as rédeas, mas teve tempo apenas de se mover para trás alguns centímetros, num repelão. A lâmina zuniu à frente de seu rosto, cortando a cabeça do cavalo. O sangue espirrou sobre Ruff, e o corpo da montaria tombou de imediato. Ele caiu de costas — tentou rolar para o lado, mas o cadáver do cavalo caiu sobre ele. Ruff sentiu o peso arrancando o ar de seus pulmões, forçando suas costelas. Num instante, colocou as mãos no flanco do animal morto, tentando empurrá-lo, e então surgiu o agressor.

— Esta terra é minha, homenzinhos — disse a voz por trás da barba espessa e emaranhada.

O inimigo deu um passo à frente, enquanto a enorme lâmina se erguia. Seu vulto tapou a visão do clérigo. Era um humanoide, mas muito maior que um humano ou mesmo um hobgoblin. Entre três e quatro metros de altura. Seus ombros eram largos, musculosos, quase desproporcionais à cintura. O peito inchado fazia a cabeçorra parecer pequena. Os olhos do gigante eram pontinhos negros no meio de uma confusão de cabelos e barba. Os dentes arreganhados eram surpreendentemente brancos, num esgar feroz. Ele vestia trapos — peles de várias criaturas costuradas de forma tosca. De perto, fedia a sangue e sujeira. Apenas sua espada não parecia um arremedo malfeito: era quase tão comprida quanto o corpo do próprio gigante, tinha lâmina grossa, mas afiada. No entanto, era pesada mesmo para o agressor: ele grunhiu de esforço ao subir a lâmina, preparando-a para outro golpe, e Korin aproveitou os instantes preciosos.

O guerreiro deu um grito e impulsionou a montaria contra o gigante, desviando-se das árvores no caminho. O animal jogou seu peso numa investida, Korin segurou a espada com as duas mãos e golpeou o corpanzil abrutalhado. Sua lâmina arrancou sangue, mas isso não deteve o inimigo.

Ele grunhiu sem palavras, enquanto Korin passou por ele cavalgando, e continuou o golpe na direção de Ruff.

O clérigo murmurou uma prece a São Arnaldo e sentiu seus músculos incharem. Pelas frestas da armadura, sua pele emitiu um brilho azulado, a força do santo preencheu-o. Ele empurrou o cadáver do cavalo, que rolou para frente, e então se arrastou para o lado no momento em que a espada gigantesca desceu. O golpe monumental do gigante enterrou a arma fundo no solo enlameado, enviando lodo preto para todas as direções. O gigante berrou de frustração e puxou a espada para atacar de novo. Cortou uma árvore por acidente e o tronco solto caiu perto de Korin. Ruff saltou de pé, resvalou no lodo. Correu para pegar o martelo que estava caído no chão.

— Olhe para mim, seu escroto imenso! — Korin já estava com um arco na mão. Com essas palavras, disparou uma flecha contra o rosto do gigante.

A seta encontrou a bochecha coberta de barba e o humanoide gritou. Virou-se para Korin, preparando a espada contra ele. Golpeou na horizontal, cortando mais uma árvore, mas o guerreiro fez seu cavalo dançar para longe.

Ruff Ghanor ergueu sua própria arma. Segurou o martelo com as duas mãos, correu pela floresta, saltou por cima de um tronco caído e golpeou as costas do gigante. A arma fez um estrondo como se tivesse batido numa muralha. A criatura rosnou — não estava realmente ferida, só mais raivosa.

— O que você quer? — disse Ruff Ghanor, controlando a voz.

O gigante ergueu as sobrancelhas peludas. Não parecia acostumado a esse tipo de pergunta. Não parecia acostumado a que suas vítimas sobrevivessem o bastante para falar qualquer coisa.

— Quero seu ouro, suas armas e suas armaduras, homenzinhos. Quero seus cavalos para comer. Se entregar tudo isso, talvez fiquem vivos. Ou vou matá-los e comê-los também.

— Não podemos entregar nossas armas e armaduras. Precisamos delas. Nosso ouro não é nosso, pertence a nosso povo. Então também não podemos entregá-lo.

— Ruff, o que você está fazendo? — disse Korin. — Conversando com um gigante?

Ruff deu uma olhada rápida para Korin, pedindo paciência silenciosamente.

— Certamente não posso deixar que nos mate e nos devore! — o clérigo continuou.

Mais uma vez, o gigante ficou confuso. Mas, remediando a situação, golpeou de novo.

Ruff abaixou-se, deixando a espada zunir por sobre sua cabeça. Arrancou a pele de urso dos próprios ombros e jogou-a contra o rosto da criatura, envolvendo sua cabeça por um momento. Enquanto o inimigo se distraía, livrando-se da pele, Ruff Ghanor bateu com o martelo em sua espada. Um clangor enorme tomou o bosque e a lâmina se partiu.

— Já está mais pobre do que era antes de me atacar — disse Ruff, respirando forte. — Perdeu sua espada, mas não precisa se ferir ainda mais. Vá embora.

Korin circundava o gigante, fazendo o cavalo trotar inquieto às costas da criatura. Tinha o arco em punho, uma flecha encaixada na corda.

— Não adianta falar com ele — disse o guarda em tom sombrio. — É quase uma fera.

— Claro que adianta. Ele está entendendo. — Então, para o humanoide: — Qual é seu nome?

Em resposta, o gigante atacou de novo. Descartou a espada quebrada e investiu contra Ruff com os braços estendidos, as mãos prontas para agarrar o pescoço e a cabeça. Ruff conhecia pelo menos doze contra-ataques para escapar daquele tipo de manobra. Decidiu-se por um dos mais simples e eficientes: avançou para o gigante e golpeou com o martelo num soco reto contra seu nariz, a arma como uma extensão de seu braço. Ouviu cartilagem se partir, e sangue espirrou por sob a cabeça metálica. Enquanto isso, duas flechas surgiram nas costas do gigante. Korin jogou o arco no chão e sacou a espada de novo. Fez o cavalo avançar com as duas patas dianteiras sobre a criatura, cortou suas costas com a espada. Continuou cavalgando e ficou ao lado de Ruff. O gigante levou as duas mãos ao rosto, enquanto Ruff postava-se em guarda.

— Infelizmente, já matou meu cavalo — disse o clérigo. — Era um ótimo animal, mas não pode mais ser salvo. Permito que o devore. Deixe-nos em paz.

— Não vou comer carne de cavalo! Sugarei o tutano de seus ossos, homenzinho!

Ghanor recuou enquanto o gigante avançava. Por instinto, olhou para o chão: seria fácil invocar o terremoto e acabar com a luta num instante. Imaginou a terra tremendo, a lama e as árvores sendo engolidas em rombos, o vazio consumindo o bosque. Imaginou o inimigo indefeso, escorregando e chafurdando em vagalhões de terra úmida. Sendo atingido pelos troncos, sumindo no chão, indefeso.

Imaginou aquilo e teve *fome.*

Sabia que, se invocasse o terremoto, seria tomado por uma sensação deliciosa. Sentiria as pequenas dores e os minúsculos ferimentos da viagem desaparecendo. A coxa esfolada pelo contato com o estofamento sob a armadura, os dedos que doíam pelo impacto com a espada enorme, o joelho que incomodava por uma queda. Tudo seria curado num instante sublime, e ele consumiria o bosque, consumiria a terra até estar empanturrado de sua energia. O gigante não teria chance.

Mas Ruff Ghanor agora sabia de onde vinha o poder do terremoto. Sabia o que aquela capacidade significava e quais eram as implicações de usá-la.

O gigante rosnava, seu rosto estava molhado de sangue. O nariz estraçalhado pingava, deixando sua face ainda mais distorcida de raiva. A flecha cravada em sua bochecha balançava. Ele circundou Ruff Ghanor — agora estava mais cauteloso, sabia que a força bruta não venceria aquele homenzinho estranho. Ruff observou-o pelo visor do elmo. Girou devagar para acompanhá-lo. Korin manteve-se no flanco da criatura. Estava com a espada na mão direita, guiando o cavalo com os joelhos. A bruma cinzenta escondia e revelava o corpo do inimigo. As árvores grandes e esparsas se interpunham no combate.

— Deixe-me pegar meu escudo — disse o clérigo.

O gigante grunhiu de confusão.

— Meu escudo — Ruff insistiu. — Está com o cadáver de meu cavalo. Se eu tiver meu escudo, vou conseguir me proteger de seus golpes. Mas, com apenas uma arma, terei de usar os contra-ataques mais agressivos e você vai se ferir mais.

— Está zombando de mim, homenzinho?

— Não. Eu só não quero matá-lo.

Isso foi demais para o gigante: ele urrou e investiu de novo. Subiu o punho e desceu-o a toda velocidade, como se fosse esmagar Ruff. O clérigo enxergou o movimento muito antes que acontecesse e seu corpo estava preparado para um punhado de respostas. O primeiro instinto foi usar a mais agressiva — acabar com o combate no mesmo instante, desabilitar o adversário.

Matar.

Ruff não era um estranho à morte. Matara muito, matara incontáveis hobgoblins. Ainda não matara seu primeiro humano — mas aquele inimigo não era humano. Nada deveria impedi-lo de matar mais uma vez, mas ele hesitou. Quando o punho chegou, em vez de um contra-ataque simples e eficaz, Ruff apenas pulou para o lado. Então o outro punho veio, pelo outro flanco, e ele se esquivou mais uma vez. A lama espirrava nos lutadores, enquanto o gigante esmurrava o chão. Um terceiro e um quarto punhos, e o clérigo entrou no ritmo dos ataques, saindo do caminho de cada um antes que eles chegassem.

Por isso um chute atingiu-o em cheio.

O gigante não era estúpido: notou a complacência de Ruff e surpreendeu-o com um pontapé certeiro no peito. A armadura adquiriu mais uma mossa, e Ghanor voou para trás, sem fôlego. Bateu de costas contra uma árvore, caiu sentado. O gigante veio correndo para ele, sorrindo cheio de dentes, já recuando o punho para um soco mortífero.

Korin fez o cavalo avançar. O animal de novo se jogou contra as costas do gigante e, no último momento, o guerreiro pulou da montaria, deslizando de costas na lama, por entre as pernas de criatura. Ergueu a espada e abriu um talho fundo da coxa do gigante, fazendo o sangue escorrer farto.

Mas o inimigo não deteve o ataque.

Ruff estava sentado, atordoado, sem ar, contra uma árvore. O gigante desferiu o punho, e o clérigo viu num instante a possibilidade de morrer ali mesmo, de forma idiota, porque se recusara a fazer o mais óbvio. Então, sem se erguer, ele fez o que era simples e agressivo.

No último momento, ergueu o martelo com as duas mãos, empurrando o antebraço do inimigo. Baixou a arma com força, esfacelando os ossos do antebraço. Sem parar, ergueu o martelo mais uma vez, batendo contra o pulso do gigante e destruindo sua mão. O gigante uivou de dor, segurou o membro arruinado e cambaleou para trás. Os ossos partidos rasgavam a pele, mal era possível reconhecer aquilo como uma mão. Ruff saltou de pé e avançou. Bateu com o martelo no estômago do gigante, fazendo-o curvar-se para a frente, então deu um chute poderoso em seu queixo. A criatura caiu de costas.

A luta estava terminada.

— Finalmente — ofegou Korin, sujo de lama, erguendo-se do chão.

— Eu não queria ter feito isso.

— Por quê?

— Ele não precisava morrer.

— Se vamos entrar em outra discussão sobre a moralidade de matar monstros, deixe pelo menos eu me limpar antes. É só um humanoide, Ruff. Como os hobgoblins.

— Talvez nós tenhamos matado hobgoblins demais.

— Agora você está arrependido por matar gigantes e hobgoblins?

Silêncio. O gigante grunhia de dor, segurando a mão, e sangrava pelo corte na coxa.

— Apenas não sei se, antes de vocês me acharem na montanha, eu era tão diferente deles.

Aquilo fora outra vida. Fora a infância sangrenta de Ruff Ghanor, encontrado num dia de tempestade por Dunnius, Niccolas e Korin. Na época, ele era um garoto selvagem que falava em matar.

Qual era a diferença entre ele e um hobgoblin? Apenas focinho e rosto peludo? Qual a diferença entre um menino feroz e um gigante? Só o tamanho?

— De qualquer forma, este aqui ainda não está morto — disse Ruff.

O gigante, estirado no chão, talvez não fosse durar muito. Ruff foi até o cadáver do cavalo e pegou seu escudo. Não era o escudo de Arcanium que o protegeu do fogo de Zamir durante o combate em que o tirano caiu. Era um escudo refinado e resistente, feito com a melhor técnica, mas era apenas aço. O escudo de Arcanium estava enterrado sob toneladas de pedra, no antigo covil do dragão vermelho. Talvez um dia fosse recuperado.

Ruff apanhou as algibeiras e colocou-as sobre o cavalo do amigo. Korin ajudou-o, enquanto mantinha um olho no gigante. Os dois começaram a se afastar.

Então Ruff estacou. Balançou a cabeça e deu meia-volta.

— Onde você vai? — perguntou Korin.

— Falar com ele.

— Ruff, é um gigante! Temos sorte de estar vivos!

O clérigo não deu importância.

— Como é seu nome? — disse.

O gigante não pareceu ouvi-lo. Ruff aproximou-se mais e repetiu a pergunta.

— Vou matá-lo! — rosnou o adversário ferido, a voz embargada de dor.

— Como é seu nome?

Sem resposta.

Ruff ajoelhou-se ao lado do gigante. Com cuidado, colocou a mão em seu ombro.

— Como é seu nome?

— Johrgrund — por fim.

— Ouça-me, Johrgrund, e pare com essas ameaças. Você pode morrer por causa do corte em sua perna. Mesmo se viver, sua mão vai ficar infeccionada se alguém não curá-la. A carne vai apodrecer, ficar negra, e então isso vai se espalhar pelo resto de seu corpo. Você vai ficar doente e morrer. É uma morte lenta, horrenda, e acho que você não a merece.

O gigante estava paralisado de agonia e confusão.

— Você estava aqui, sozinho, vestido em trapos, esperando algum infeliz passar para que você o roubasse. Não é uma boa maneira de viver, mas você parece desesperado. Por isso vou lhe oferecer uma chance.

Em resposta, um grunhido.

— Você quer que eu tente curá-lo, Johrgrund?

O gigante respirou fundo e abriu a boca para uma resposta, a baba escorrendo em meio ao sangue.

— Não diga que vai me matar — Ruff interrompeu. — Ambos sabemos que isso não é verdade. Olhe em meus olhos e diga se quer que eu tente curá-lo.

Nada.

— Também posso matá-lo agora e acabar com seu sofrimento. Não é o que quero fazer, mas é melhor do que morrer na podridão vagarosa.

O gigante rilhou os dentes.

— Aceita?

— Sim — admitiu Johrgrund.

O gigante se debatia de dor. Ruff sabia que estava correndo um risco: devolvendo-lhe a capacidade de atacar.

Mas sentia os deuses observando-o.

No passado, isso tivera um significado diferente. O olhar divino era paternal. Ele não gostaria de decepcionar os deuses, desejava corresponder a suas expectativas. Agora apenas não desejava provar aos deuses que estavam certos. Desejava provar que a morte não era a única solução para um problema.

Então, em vez de morte, Ruff ofereceu a Johrgrund a cura.

Ajoelhado ao lado do humanoide, abaixou a cabeça e estendeu as mãos. Murmurou uma prece repetida para São Arnaldo — se os deuses haviam se mostrado cruéis, o santo ainda parecia guardar verdadeira bondade. De qualquer forma, usar o poder divino valia a pena, quando era o poder da vida.

As mãos de Ruff brilharam com a luz azul a que ele estava acostumado. O gigante arregalou os olhos — na certa, nunca vira nada parecido. Então a luz aumentou, o brilho tragou os dois, e a bênção de São Arnaldo se despejou sobre o imenso humanoide.

Quando o brilho arrefeceu, Johrgrund parou de gemer.

— Estou curado — sussurrou, deliciado pelo alívio.

— Não — Ruff Ghanor disse, desapontado consigo mesmo. — Não está.

A dor diminuíra, porque a magia divina fechara o ferimento da coxa e colara alguns ossos. Mas o antebraço e a mão de Johrgrund ainda estavam muito longe de uma cura verdadeira. Ruff olhou com decepção os ossos que furavam a pele, os dedos que nunca mais seriam os mesmos. Mais uma vez, a cura mágica mostrava-se insuficiente para casos graves. Com um pouco de nojo de si mesmo, ele admitiu que não tinha tanto talento para curar quanto para ferir.

Mas, para Johrgrund, era suficiente. Em vez de agonia, ele sentia uma dor rombuda, latejante. De repente, olhou o clérigo com um ar feroz, fechou o punho que ainda funcionava e ergueu-o num relâmpago.

— *Ruff, cuidado!* — gritou Korin.

— Não — disse Ruff.

O gigante hesitou.

— Ele não vai fazer isso — o clérigo falou com tranquilidade. Então para Johrgrund: — Você acha que ainda quer me matar, mas isso é porque nunca ninguém tentou curá-lo. Acha que é isso que deve fazer, porque foi o que aprendeu. Mas você é capaz de conversar comigo, Johrgrund, então não precisa esmagar meu crânio.

Com o punho no ar, Johrgrund ficou em silêncio.

— Estou sem meu elmo. Estou vulnerável. Você pode me bater e me matar e então devorará minha carne, venderá minhas coisas e sobreviverá por alguns meses. Nunca mais usará esta mão, então não lutará tão bem. Mais cedo ou mais tarde, o ferimento se tornará maligno e sua carne vai apodrecer, como avisei antes. Matará mais alguns viajantes, até que alguém o mate ou até que a doença acabe com você. Sua vida será curta e sem sentido.

Nenhuma resposta.

— Ou você pode abandonar tudo que aprendeu. Pode permitir que eu termine de curá-lo. E então pode decidir viver para algo além de matar, roubar e comer.

Ruff manteve seus olhos azuis nos olhos minúsculos do gigante.

Johrgrund recolheu o punho.

— Por quê? — grunhiu a criatura.

— Porque não acredito que matá-lo seja o melhor caminho — o clérigo sorriu. — Porque matar é fácil demais e é o jeito covarde de resolver os problemas. Porque preciso provar tudo isso para alguém.

— Quem?

— Deixe que eu termine de curá-lo e vou contar tudo, Johrgrund.

O gigante permitiu, e então começou um dos dias mais estranhos da vida de Ruff e Korin.

O guerreiro achava que seu amigo enlouquecera. Mesmo dialogando com Johrgrund, achava que chamar um gigante pelo nome era uma temeridade e conviver com ele beirava o suicídio. Mas, como sempre, ajudou Ruff, com um olho atento no imenso paciente.

Enquanto Ruff se preparava para o que tinha de fazer, foi recolher madeira no bosque com Korin. Depois enterraram o cavalo morto, para que as moscas não enxameassem. Apesar de tudo, Ruff não quis que Johrgrund devorasse o cadáver do animal — parecia-lhe indigno.

— Os deuses realmente bagunçaram sua cabeça — disse Korin, terminando de jogar a última pá de terra sobre o corpo do animal.

— Por que diz isso? — Ruff desviou o olhar.

— Está com medo. Medo de seu poder. Medo de si mesmo.

— Isso não é novidade. Lembra dos túneis na montanha de Thondin? Quando os demônios fugiram? Eu tive medo de mim mesmo então.

— Não é a mesma coisa. Você acha que vai quebrar o mundo se fizer um movimento brusco.

— Bem, eu *posso* quebrar o mundo. Tenho de tomar cuidado.

— E isso significa salvar gigantes em apuros?

— Entre outras coisas.

Korin ficou em silêncio um tempo.

— Acho que é sempre ruim quando os outros decidem nosso futuro por nós.

— Isso é tudo que conhecemos em toda nossa vida — respondeu o clérigo, cansado.

— É o suficiente para enlouquecer qualquer um.

Ruff se apoiou na pá.

— É verdade.

Usando um machado de lenhador que carregava consigo, Ruff cortou uma árvore. Usou o toco liso como uma espécie de mesa. Os dois fizeram uma fogueira enorme, usando a madeira que haviam recolhido do bosque como lenha. Ruff apanhou o que restara da lâmina do gigante e afiou.

Quando tudo estava pronto, Ruff usou couro retirado de suas bolsas e de seu equipamento para confeccionar longas e resistentes tiras. Só podia rezar ao santo para que fossem mesmo fortes o bastante. Ele e Korin amarraram os braços e as pernas de Johrgrund com aquilo, atando as pontas opostas em árvores.

O pulso arruinado estava sobre a mesa feita com o toco de árvore. Ruff usou correias das armaduras para fazer um torniquete em volta do antebraço do gigante.

— Isso vai ser muito doloroso — avisou Ruff. — E, se você me matar no meio do processo, a dor será ainda pior.

— Não tenho medo de nada! — esbravejou Johrgrund, suando. — Faça logo!

Então Ruff Ghanor ergueu a lâmina com as duas mãos e desferiu o primeiro golpe logo abaixo do cotovelo do gigante. Johrgrund urrou de dor, tentou se debater, mas as tiras o mantiveram preso. Ruff golpeou de novo, usando toda sua força.

— *Maldito, vou matá-lo, comer sua carne, sorver seu cérebro...*

— Aguente firme!

O terceiro golpe rachou o osso. Johrgrund debateu-se com mais força — as tiras resistiram, mas ele arrancou uma árvore do chão com um repelão da perna. O quarto golpe enfim quebrou o osso do gigante e a árvore, presa pelas tiras ao tornozelo de Johrgrund, chocou-se contra o resto do bosque, enquanto ele se debatia.

O quinto golpe decepou toda a parte arruinada do braço direito do gigante.

— Agora só falta o pior — disse Ruff.

Então ele segurou o facão nas chamas da enorme fogueira, até que a lâmina ficasse alaranjada.

— *Filho de uma porca, solte-me...*

— Só falta o pior!

Encostou a lâmina incandescente no coto sangrento do antebraço e cauterizou o ferimento.

A dor foi demasiada e deu força ainda maior ao gigante: ele arrancou do chão outra árvore.

— Já acabou — disse Ruff, estendendo a mão e deixando que a luz azul banhasse o gigante de novo.

Johrgrund piscou e deixou sua única mão cair. A árvore presa a ela também caiu, com um estrondo enorme.

Não sentia mais dor nenhuma.

— Está feito — Ruff anunciou, com um misto de alegria e pesar. — Não pude salvar sua mão direita, infelizmente. Mas pude garantir que ela não fosse acabar com sua vida. E pude finalmente aliviar sua dor.

Johrgrund estava maravilhado e surpreso, como um animal que recebeu um petisco inesperado. Seu rosto peludo se iluminou.

— Você podia me matar, mas não matou — disse Johrgrund. — Os homenzinhos costumam ser burros, mas você deve ser muito idiota!

Ruff e Korin se entreolharam, mas o gigante não fez menção de atacá-los.

— Ajude-me a desamarrá-lo — disse Ruff para Korin.

— Acha que é seguro?

— Ele já está quase solto.

— Deixe o monstro errante preso, Ruff.

— Se ele continuar preso aqui, será o mesmo que condená-lo à morte. Não tivemos todo esse trabalho só para que Johrgrund morresse de qualquer forma. Vamos soltá-lo.

Korin resmungou, mas ajudou o amigo. Johrgrund ficou de pé, tocando com interesse o coto no braço direito.

— Quer enterrá-la? — perguntou o clérigo, olhando para a mão decepada.

— Está louco? — respondeu Johrgrund. — Ela era parte de minha força! Vou comê-la!

Controlando a náusea, Ruff Ghanor virou-se de costas enquanto Johrgrund devorava a própria mão direita.

Ruff e Korin reuniram seu equipamento, colocando-o em alforjes no cavalo branco. A partir dali, seguiriam caminhando. Johrgrund ficou olhando-os de esguelha, esfregando o coto, durante as horas que se seguiram. Korin continuou vigiando o gigante, a mão sempre perto do cabo da espada, caso precisasse se defender. Mas Ruff estava confiante de que não haveria problemas. Antes que a noite caísse e eles fossem obrigados a dormir com o ex-inimigo por perto, partiram. Saíram da floresta ainda durante a tarde. Johrgrund olhou-os desaparecer no horizonte.

Então, no crepúsculo, Korin notou a silhueta enorme destacando-se, escura, contra o céu.

— Ele está nos perseguindo — disse o guarda.

Virou-se e sacou a espada, brandindo-a contra o gigante, a dezenas de metros de distância. Longe, vendo a lâmina do homenzinho reluzir no sol poente, Johrgrund estacou.

— Vá embora! — gritou Ruff, mas sem pegar em armas. — Você está livre, Johrgrund! Não conseguirá nada vindo atrás de nós!

O gigante recuou, sumindo em uma formação rochosa.

Anoiteceu e eles fizeram acampamento. Os dois, silenciosos, sentiram o chão tremer de leve. A fogueira se agitou, lançando faíscas vagarosas pelo ar frio. O cavalo resfolegou.

— O gigante acha que está sendo furtivo — disse Korin.

— Não o ataque. Ele ainda não nos atacou.

— Como você vai resolver isso então?

Ruff se ergueu. Segurou o martelo de Arcanium com as duas mãos. Não desejava matar o gigante, mas tê-lo em seu rastro não era uma opção. E dormir com um monstro rondando por perto seria ainda pior.

— Johrgrund! — chamou Ruff. — Sabemos que está aí! Apareça!

A figura musculosa e peluda saiu do meio de um ajuntamento de árvores. Na tentativa de ser delicado, derrubou dois dos menores troncos com um safanão.

— Você não me dá ordens, homenzinho — rosnou.

— Use a vida que lhe dei! Deixe-nos em paz.

Johrgrund deu dois passos na direção deles.

— Fora!

O gigante rugiu, começou a se aproximar com mais velocidade.

Ruff deu um grito sem palavras e golpeou o chão. O terremoto não foi violento, mas se espalhou em um caminho largo e comprido até o gigante. A fogueira do acampamento se desfez, o cavalo empinou, apavorado. O pequeno bosque de onde Johrgrund viera sacudiu-se, algumas raízes surgindo de dentro da terra. O gigante deu um pulo para trás.

— Use sua vida, Johrgrund! Afaste-se!

Ameaçou bater no chão de novo, o intruso gigantesco deu meia-volta e correu.

Naquela noite, revezaram-se em vigília tensa.

— Ele está nos seguindo de novo — disse Korin, alguns dias depois, sem olhar para trás.

Era manhã, mas o sol já estava alto. O dia estava nublado, mas era possível notar o brilho esbranquiçado e difuso por trás das nuvens. A região era coberta de relva escura, pontilhada de pedregulhos maiores que um homem. De tempos em tempos, minúsculos bosques quebravam a monotonia da paisagem. Eles não enxergavam Johrgrund, mas um gigante nunca era furtivo. Mesmo de longe, ele fazia barulho para andar, para respirar, para comer. Quando o vento soprava de trás, seu fedor característico avisava sobre sua presença.

Ao meio-dia, Johrgrund apareceu no topo de uma elevação. Estava agachado, observando os dois de baixo para cima e mostrando os dentes, como um animal.

Korin puxou o arco.

— Não — disse Ruff.

— Chega — o guerreiro retrucou. — Essa coisa só vai nos deixar em paz quando estiver palitando os dentes com nossas costelas.

Johrgrund rosnou, farejando o ar.

— Isto não é...

— Não diga que isto não é certo ou que não é o que os deuses querem! Não me importo nem um pouco com o que as porcarias dos deuses querem! Já chega.

Korin encaixou uma flecha e disparou-a contra o gigante. A seta cravou-se no peito dele. Johrgrund grunhiu.

Então ergueu-se e começou a andar na direção deles.

— Vá embora! — outra flecha.

Esta se fincou no abdome do gigante. Johrgrund hesitou, mas deu mais um passo à frente.

— Recue, criatura!

A terceira flecha resvalou na orelha de Johrgrund, rasgando-a e fazendo o gigante uivar. Ele se curvou mais uma vez e fugiu.

— Vamos persegui-lo — disse Korin.

— Queríamos que ele fosse embora! Deixe que vá!

Não tiveram mais companhia pelo resto do dia. Mas, dois dias depois, o vento trouxe o cheiro acre da fera humanoide. Os dois amigos prepararam as armas. Então começaram a ouvir um outro rugido diferente, vindo do caminho à frente. O vento gelado carregou o fedor ácido de alguma outra criatura.

Então, de trás de uma enorme rocha cravada no solo, surgiram novos inimigos.

Eram criaturas abrutalhadas, de peito largo e sem pescoço, pouco maiores que um homem. A cabeçorra de olhinhos pequenos era afundada no tronco e tinham quatro braços musculosos. Uma carapaça negra envolvia seus corpos. Ruff e Korin contaram sete dos monstros, e eles começaram a cercá-los, correndo sobre pés e mãos como gorilas. Rugiram, mostrando presas enormes.

Atrás de Ruff e Korin, surgiu o gigante. As flechas ainda cravadas em seu corpo, a orelha coberta de sangue coagulado.

— Devíamos tê-lo matado quando tivemos chance — murmurou Korin.

Ruff engoliu em seco. Munido do escudo e do martelo, fez uma posição defensiva com o amigo, enquanto os brutamontes se aproximavam. Costas com costas, Ruff ficou virado para as criaturas e Korin encarou o gigante.

Johrgrund correu na direção deles.

As coisas de quatro braços gritaram um guincho enervante e também investiram.

Johrgrund pulou sobre Ruff e Korin e caiu como uma pedra de catapulta no meio dos monstros. Bateu num deles enquanto caía, o punho fechado quebrando a carapaça e afundando a cabeça da criatura. Então chutou um segundo, enquanto emitiu um urro bestial que gelou o sangue dos dois humanos.

Com gritos agudos, as feras de quatro braços se espalharam para todas as direções.

Sem ter desferido nenhum golpe, Ruff e Korin olharam a cena, ofegantes e pasmos.

Johrgrund voltou-se para eles. Olhou diretamente para Korin, rosnou. Começou a andar em sua direção.

— Fique onde está! — avisou o guarda, por reflexo.

Encaixou uma flecha na corda do arco. Ruff fez menção de detê-lo, mas então ficou parado. Korin apontou a flecha para o gigante que se aproximava e fez mais uma ameaça.

Ele continuou chegando perto.

O guarda disparou e a flecha se juntou às demais no corpo da criatura.

— Recue! Vamos matá-lo!

Ruff Ghanor permanecia estático, apenas observando.

Korin acertou outra flecha no peito largo de Johrgrund, sem fazer com que ele hesitasse. Ruff fez uma careta de dor, como se as flechadas fossem nele, mas Korin seguiu disparando. O guerreiro começou a recuar, mas Ruff continuou parado, e Johrgrund chegava cada vez mais perto, cravejado de flechas.

Uma flecha acertou-lhe a boca e ele gritou, mas continuou andando.

Então, perto de Ruff Ghanor, ele se agachou como um cão.

E olhou para o clérigo, expectante.

O vento gelado soprou.

— O que ele está fazendo? — perguntou Korin.

— Está se juntando a nós.

O guarda abaixou o arco. Johrgrund permaneceu abaixado, em atitude subserviente.

— É isso, não é mesmo, Johrgrund? — disse Ruff. — Desde o começo, você não estava nos perseguindo. Estava apenas nos seguindo.

O gigante concordou com a cabeça.

— Por quê?

— Você não me matou, homenzinho. Minha vida é sua.

— Pensei que eu fosse um homenzinho muito idiota.

— Você é! Mas tem minha vida.

Ruff ficou parado. Korin se aproximou.

— Você sabia que isso aconteceria? — disse o guarda.

— Não tinha certeza. Mas achava que sim.

— Então por que me deixou atirar nele?

— Eu queria ver o que iria acontecer.

Korin deu um passo para longe do amigo.

— O que vai acontecer agora?

— Vai ser útil ter um gigante conosco — disse Ruff. — Aqueles monstros fugiram dele sem que precisássemos lutar.

Korin fixou-o durante um tempo.

— Acha que podemos confiar nele?

— Acho que sim. Ele continuou vindo, mesmo com as flechas.

Korin sentiu uma frieza emanando do clérigo.

— Será que usar um gigante num exército é tão melhor que matá-lo?

— Vamos descobrir.

Johrgrund se ergueu, inúmeras flechas brotando de seu peito, o coto em seu braço direito começando a criar uma calosidade grossa. Mostrou os dentes num sorriso abrutalhado e então seguiu viagem com Ruff e Korin.

4 | A palavra do santo

UMA CHUVA FINA acompanhou-os por toda a viagem. Era gelada, entrava até mesmo nas frestas da armadura, ensopava o tecido em seu interior. Ruff e Korin estavam de mau humor e incomodados. Johrgrund não sentia nenhum desconforto.

Viajar com um gigante foi estranho. Mesmo antes que eles chegassem à cidade, as pessoas correram, apavoradas. Nas fazendas ao redor, as famílias se trancaram, rezando. Mais de um cavaleiro errante veio confrontar o "monstro" que caminhava na estrada.

Mas então todos viam o estandarte da cabeça de cabra e hesitavam.

— Este é Johrgrund, e é meu amigo! — anunciou Ruff Ghanor, para um cavaleiro que viera pronto para atacá-los com uma lança comprida. — Este é Johrgrund, e deve ser respeitado!

Korin ficou calado, mas sentiu um aperto no peito ao ouvir Ruff chamando o gigante de amigo. O clérigo acolhia todos, era verdade, mas havia um travo amargo na maneira como Johrgrund havia se unido a eles. Korin achou que nunca confiaria numa criatura como aquela, e a maneira como Ruff procedera parecia fria e manipuladora.

Mas, após duas semanas na companhia do gigante, ele se mesclava à paisagem, seus roncos se misturavam com os barulhos noturnos e não havia alternativa a não ser tratá-lo com naturalidade.

De qualquer forma, era um alívio ver tanta gente nas estradas. O dragão Zamir fora derrotado há mais de um ano e a notícia se espalhara. Comerciantes viajavam para vender suas mercadorias em feiras distantes. Aldeões ousavam ir até a vila vizinha para reencontrar parentes. Peregrinos andavam a locais sagrados para pagar promessas a seus santos e menestréis vagavam de cidade em cidade, espalhando música. Havia toda a população de hobgoblins para se preocupar — além de bandidos, companhias mercenárias, monstros e animais selvagens. Não era totalmente seguro viajar naquelas terras. Mas não existia mais a opressão organizada de Zamir. As pessoas não eram mantidas em suas casas, apavoradas com o que estava lá fora. Arriscar-se com bandidos era muito diferente de ter a certeza de ser apanhado e escravizado por patrulhas de humanoides.

E mesmo essa insegurança teria fim. Ruff Ghanor tinha certeza de que, quando seu trabalho terminasse, aldeões poderiam andar pelas estradas livremente, sem temer por suas vidas.

Quando avistaram Lago de Pó, foram saudados por uma enorme multidão de peregrinos.

— É o Santo de Pés Descalços! — gritou um menino esfarrapado. — Ele voltou!

A área ao redor da cidade fora tomada por uma espécie de acampamento permanente. No início, as pessoas se estabeleceram ali porque não havia mais lugar na cidade — nem mesmo no lago seco. As notícias de liberdade viajaram rápido. Centenas de camponeses chegaram a Lago de Pó, depois da queda de Zamir, em busca de um vislumbre do homem que o havia derrotado e do ouro que, diziam, seria presenteado em reparação aos anos de extorsão dos hobgoblins. As pessoas que não conseguiam mais fixar residência na cidade montaram barracas do lado de fora. A maioria acabou gostando da existência tão próxima ao herói e aos famosos clérigos de São Arnaldo, que eram capazes de curar ferimentos com as mãos. Então as barracas deixaram de ser improvisos temporários e tornaram-se residências permanentes. Logo, os primeiros construíram casas de madeira em meio ao acampamento. Um ou dois comerciantes espertos montaram tavernas entre as barracas. A primeira casa de tijolos naquele lugar não tardou e, dentro em pouco, Lago de Pó havia se expandido, com uma próspera comunidade vivendo (ainda que de forma precária) ao redor das muralhas.

Ruff sorriu ao ver aquele aglomerado. Estava longe do ideal, e ele sabia que muitas daquelas pessoas ainda viviam com dificuldade. Mas orgulhava-se de dizer que, pelo menos em Lago de Pó, ninguém passava fome. As doenças também eram mantidas em um mínimo pela magia dos clérigos. E, mesmo entre tantas pessoas vindas de locais diferentes, a violência era pouca. Aquele era seu povo. Difícil imaginar que, há poucos anos, ele e os outros refugiados de São Arnaldo foram recebidos aqui com desconfiança e tiveram de depor um barão para que fossem aceitos.

O povo comemorou a volta do herói, mas ficou longe porque seu santo chegava com um gigante. O rosto de Johrgrund estava ainda mais cheio de cicatrizes. Suas roupas ainda eram sujas e rasgadas. O coto em seu braço direito dava-lhe um ar ainda mais agressivo, de alguma forma.

— Não precisam se preocupar, ele é um cavalheiro! — exclamou Korin, suspirando e engolindo o estranhamento. Precisava ser forte para o povo. — Abateu um urso com uma cabeçada e devorou-o cru anteontem, mas, exceto por isso, é companhia agradabilíssima!

— Não os apavore ainda mais — Ruff repreendeu, sorrindo.

— O mundo está de ponta-cabeça, Vossa Santidade. Um gigante educado não é a coisa mais estranha que essa gente vai ver na vida.

— Não — Ruff disse baixinho, para si mesmo. — O mais estranho que verão é um mundo em paz.

Passando pelo acampamento, eles cruzaram o portão da cidade. No passado, Lago de Pó era vigiada por guardas que só admitiam a passagem daqueles que, em sua própria concepção, eram pessoas com algum valor. Agora a entrada era livre e os guardas mantinham a segurança nas ruelas estreitas.

Johrgrund espremeu-se por entre os prédios. Os aldeões correram dele, apontaram, espiaram-no detrás de janelas semicerradas. Ruff notou que o gigante respirava pesado, encolhido, começando a ficar acuado.

— Tenha calma, Johrgrund. Ninguém aqui vai lhe fazer mal.

O humanoide rosnava no fundo da garganta.

— Eles só estão assustados — insistiu Ghanor. — Nunca viram alguém como você antes.

Johrgrund pareceu tomar coragem para falar. Enfim:

— Existem... Existem mesmo *tantos* homenzinhos?

Ruff ficou mudo por alguns instantes. Ele mesmo, tendo sido criado numa comunidade humana, tivera dificuldade de assimilar a barulheira, a mistura de cheiros e a quantidade de gente que havia em uma cidade. Agora tudo para ele era um ruído de fundo, como um rio que corre constantemente ao longe.

Segurou o colossal antebraço esquerdo do gigante, num gesto que reconfortava.

— Existem muitos outros homenzinhos, Johrgrund. Muitos mesmo, mais do que você e eu podemos contar. Mas, com o tempo, você irá aprender a aceitá-los, com seu barulho e seu fedor. E eles irão aprender a aceitá-lo também, com seu tamanho e sua ferocidade.

Os mais corajosos chegaram perto de Ruff e pediram sua bênção. Ele ainda estranhava isso, mas o fato de tocar na cabeça dos aldeões e rogar para que São Arnaldo os abençoasse era importante para aquela gente. Enchia-lhes de uma confiança e de uma tranquilidade que eram quase equivalentes a uma bênção real.

Avistaram a igreja.

As duas maiores construções de Lago de Pó — o forte do antigo barão e a igreja — haviam se tornado as sedes do governo que Ruff e os clérigos estabeleceram. Na fortaleza, viviam Korin, os soldados, suas famílias e muitos funcionários da burocracia local. Os quartos suntuosos e os aposentos para nobres visitantes haviam sido transformados em salas de reunião e dormitórios que abrigavam duas ou três pessoas. Na igreja, viviam Ruff e os demais clérigos. O ouro que antes adornava as paredes foi vendido para dar de comer a quem precisava. Os mantos extravagantes dos clérigos que antes conduziam a fé na cidade foram doados para quem não tinha roupas ou também trocados por dinheiro.

Voltar à igreja de Lago de Pó era o mais próximo que Ruff Ghanor tinha atualmente de voltar para casa. Ele nunca mais poderia voltar para casa, mas podia voltar para onde estavam...

— *Dunnius! Niccolas!*

Ele viu os dois clérigos em meio à multidão e apressou-se para abraçá-los. O Irmão Dunnius e o Irmão Niccolas haviam encontrado Ruff na montanha próxima ao mosteiro, tantos anos atrás, com Korin. Haviam assumido o papel de guardiões do menino, embora seu treinamento e sua educação houvessem sido administrados pelo prior do mosteiro. Desde então, foram família para Ruff Ghanor, figuras que representavam tudo que era certo e constante no mundo. Ambos eram pouco mais de dez anos mais velhos que ele. Durante sua infância e sua adolescência, era um abismo de idade. Com os anos, foi se estreitando, até que Ruff se tornou uma espécie de mentor para os dois, e não o contrário.

Dunnius colocou os braços em volta do clérigo recém-chegado, apertando o corpo contra sua armadura.

— Você está bem de novo, Ruff. Posso ver em seu rosto! O desespero deixou sua alma. Sabia que você não ficaria abatido para sempre!

O Irmão Dunnius largou-o, e então Ruff foi abraçado por Niccolas, que disse apenas:

— Bem-vindo de volta, Irmão Ruff. Você fez falta.

Como sempre, a lealdade e a confiança dos dois tocou Ruff Ghanor fundo. Eles sabiam o que ele era, conheciam seu destino. Ruff lhes apresentara seu pior. Contara sobre a traição de Áxia, que ele tanto defendera. Nada abalara Dunnius e Niccolas por um instante sequer. Eles pareciam ter um conhecimento inato de que Ruff era uma boa pessoa, merecedora de sua fé e sua dedicação. Era bom ser visto assim.

— Precisamos conversar, Ruff — começou Dunnius. — Tivemos a visita de alguns nobres e um punhado de senhores da guerra. Dois grupos grandes de refugiados chegaram mês passado. Agora, que Zamir se foi, todos estão tentando... — deteve-se. Então olhou para cima e notou Johrgrund pela primeira vez. — Aquilo é um gigante?

Ruff Ghanor fez que sim.

O Irmão Dunnius desmaiou, mas Ruff conseguiu apanhá-lo antes que caísse. Então ele, Korin e Niccolas riram como nos velhos tempos, antes que tudo de ruim tivesse acontecido.

Dentro do forte, eles quiseram se reunir na igreja, mas era impossível acomodar Johrgrund. Pelo menos no pátio da fortaleza, o gigante ficava quase confortável. O Irmão Dunnius fora reanimado e, depois de um copo de água com mel e algumas explicações, aceitava o novo companheiro com tanta calma quanto era possível. Ele estava sentado com Ruff, Korin e Niccolas a céu aberto. Johrgrund agachado no chão perto deles.

— A verdade é que, por mais tirânico que fosse Zamir, ele impunha uma certa ordem — disse Niccolas. — Aldeões, camponeses e clérigos o temiam, mas bandoleiros e senhores da guerra também. Agora não há mais o que temer.

— A não ser eles mesmos — concluiu Ruff.

— Mais de sessenta pessoas vieram de uma aldeia a três semanas de viagem daqui — Dunnius explicou — porque tudo que tinham foi queimado. Um bando de guerreiros simplesmente chegou, tomou o que quis e destruiu o que não pôde levar.

— Também já ouvi rumores de pelo menos dois nobres se autoproclamando reis nos últimos meses — Niccolas continuou. — Além de uns oito ou nove duques e tantos condes e barões que já perdi a conta. Todos que têm alguns homens e algumas espadas se acham no direito de mandar em quem está em volta.

Ruff estava absorto em pensamentos.

— Estou com fome — anunciou Johrgrund.

— Eu também — disse Ruff. — Vamos comer algo.

— Ótimo! — o gigante se animou. — Vi uns homenzinhos gordos andando por aquele lado. Quer que eu os mate ou algum de seus servos fará isso?

Dunnius ficou branco e quase desmaiou de novo. Korin escondeu o rosto nas mãos.

— Não! — disse Ruff. — Não devoramos pessoas. Você nunca mais poderá devorar uma só pessoa sequer!

— Nenhuma?

O clérigo fez que não. Johrgrund pareceu decepcionado e nostálgico.

— Mas existem poucos animais aqui! — reclamou. — Posso trucidar os cavalos que estão guardados naquele canto, mas já aviso que sua carne será dura.

— Nada de matar cavalos também, meu amigo.

— *Não posso mais comer animais também?* — o gigante estava alarmado.

A franqueza de Johrgrund expunha alguns furos na moralidade humana, Ruff tinha que admitir. Mas achou que ficaria com dor de cabeça, então decidiu simplificar:

— Você só não pode matar os animais dos outros. Também não precisa matá-los com as próprias mãos. Nós damos dinheiro para as pessoas e em troca elas nos dão comida.

— Comer sem matar antes? — Johrgrund balançou a cabeça, devagar. — Não me admira que os homenzinhos sejam tão frouxos!

Mas ele admitiu que comer assim era mais fácil, ainda que tenha estranhado a carne cozida e não crua.

No dia seguinte, o mundo bateu à porta de Lago de Pó. Ruff acordou antes que o sol nascesse, com as trombetas que anunciavam a aproximação de um grupo armado. Um acólito entrou em seu quarto para chamá-lo, mas ele já estava de pé, vestindo uma armadura de cota de malha e agarrando o martelo.

Quando saiu da igreja, encontrou Korin já coordenando uma equipe de soldados rumo às muralhas. A cidade poderia resistir a um ataque, mas era preciso se preocupar com as pessoas fora dos muros. Em caso de perigo verdadeiro, Lago de Pó incharia com essa população excedente, enquanto um inimigo cercasse o lugar.

— Alguma ideia do que pode ser? — disse Ruff, em meia corrida.

— Pelo que ouvi, não são muitos — Korin respondeu. — Mas estão com armaduras.

— Humanos?

O guarda fez que sim com a cabeça. Ruff sentiu o coração acelerar. Talvez fosse aquele o dia em que mataria seu primeiro humano.

Eles emergiram dos portões, acompanhados por homens que carregavam o estandarte da cabeça de cabra. Atravessaram o acampamento e se depararam com o primeiro dos recém-chegados. Era um homem alto, barbudo e garboso. Trajava armadura completa e estava montado em um cavalo de guerra.

E mal conseguia ficar sentado na sela.

O homem ergueu a cabeça e falou:

— Água, por favor.

— Água! — Ruff repetiu. — Tragam água para este sujeito!

Então o cavaleiro desabou. Ruff mal teve tempo de correr até ele e deter sua queda. Era pesado. Quando o corpo quase inerte tocou o clérigo, manchou sua cota de malha de sangue. O cavaleiro estava ferido.

— Fique calmo — disse Ruff. — A magia de São Arnaldo vai salvá-lo.

— Não — o homem protestou. — Estou bem. Há vários em estado bem pior que o meu chegando. Guarde sua ajuda para eles.

Ruff então notou o brasão de São Theodric, um falcão carregando uma espada nas garras, na armadura do cavaleiro e no caparazão que cobria o cavalo. Ambos estavam sujos de lama e sangue e era difícil discernir o que representavam, mas agora não havia erro. O homem era mesmo um cavaleiro, membro de uma ordem honrada, apadrinhada por um santo.

Súbito, o estranho sorriu.

— Os boatos são verdadeiros? — com voz fraca. — Os clérigos desta cidade realmente operam milagres?

— São Arnaldo age por nós.

— Então acertamos. Pelos deuses, apostamos nossas vidas nesta jornada, mas acertamos. Abençoados sejam.

Logo chegaram os demais. Era uma coluna pequena, mas imponente. Ou pelo menos fora imponente, antes que estivessem todos à beira da morte. Cerca de trinta cavaleiros, homens e mulheres vestindo armaduras, carregando espadas e lanças. Em seus escudos, o mesmo símbolo que Ruff vira no primeiro. Alguns montavam em cavalos, outros arrastavam-se a pé. E realmente havia vários em condições bem piores que a do barbudo. Uma garota que não deveria ter mais de 16 anos segurava o próprio estômago, enfaixado com bandagens já tingidas de vermelho, e tinha cor pálida e esverdeada no rosto. Um grandalhão de longos cabelos loiros viajava desmaiado por sobre o cavalo. Só tinha um braço: o outro fora decepado na altura do cotovelo — poucos dias atrás, a julgar pelo sangue que manchava o curativo. E assim havia outros tantos. Um grupo que não parecia acostumado à derrota, ou ao menos não a uma derrota desse tipo.

Do centro, desgarrou-se uma mulher coberta de sangue seco. Ela apressou o cavalo para perto de Ruff, olhos arregalados. O clérigo piscou, como se assim pudesse clarear a visão. Nunca enxergara tanto sangue em alguém. Não era possível discernir a cor de seus cabelos, pois estavam presos e cobertos do vermelho-marrom coagulado. Como aquela cavaleira podia estar viva?

— Você é o governante aqui? — ela falou, em voz poderosa.

— Sou o líder — Ruff se empertigou.

— O matador do dragão — ela disse, com um toque de assombro. — Tão jovem!

— Venha — disse Ruff, descartando o comentário. — Deixe-me ajudá-la. Você precisa...

— Não preciso de nada, irmão. Este sangue não é meu, é de meus inimigos. Sou a única que não está ferida entre nós.

Ela desmontou. Korin já mandara chamar os clérigos para atender os feridos e o primeiro deles vinha correndo, esfregando o sono dos olhos e começando a rezar. A cavaleira pôs-se a ajudar seus homens. Então se virou para Ruff com um sorriso:

— Sou a Madre Heléne, do convento de São Theodric.

— Irmão Ruff Ghanor. Eu era do mosteiro de São Arnaldo. Mas acho que agora sou apenas daqui.

— Acho que ser daqui basta.

Ruff ajoelhou-se e estendeu as mãos sobre o cavaleiro que ela amparava. Fechou os olhos, rezou ao santo e então uma luz azul banhou o homem. Seus ferimentos se fecharam.

A Madre Heléne tapou a boca com a mão, contendo o espanto.

— É mesmo verdade. Benditos sejam todos os santos, é mesmo verdade.

Ruff sentiu-se corar, mas fingiu que tanto assombro era normal. Talvez, vindo de aldeões, já fosse.

Os cavaleiros que ainda conseguiam falar cantaram hinos aos santos, em agradecimento pelos milagres. Eles choraram de felicidade e êxtase místico, tremeram de emoção ao ver a magia divina dos clérigos de São Arnaldo. Os boatos circulavam, as notícias distorcidas corriam, o realismo fazia-os duvidar de tudo, mas a mágica estava na frente deles. Antes eles apenas ousavam ter fé na cidade que todos diziam conter o poder dos santos. Agora a fé daqueles clérigos guerreiros foi renovada. Havia pessoas capazes de curar com as mãos e isso significava que tudo estaria bem com o mundo.

O dia em Lago de Pó transcorreu em volta dos cavaleiros feridos. Os clérigos não pararam de atendê-los por um minuto e quase todos esgotaram suas capacidades milagrosas. Alguns cavaleiros de São Theodric já estavam quase plenamente recuperados. Outros ainda convalesciam. E uns poucos estavam em risco sério de vida, mesmo com a cura mágica.

Heléne, Ruff e Korin bebiam vinho na sacristia da igreja.

Heléne era apenas dez anos mais velha que Ruff. Mesmo assim, ocupava o posto máximo no convento de São Theodric há quase uma década. Uma responsabilidade grande, que não parecia intimidá-la nem um pouco. A Ordem de São Theodric era militante — clérigos guerreiros. O próprio santo era conhecido como "o Santo Cavaleiro", liderara uma elite de devotos contra invasores estrangeiros séculos atrás. Os clérigos de São Theodric não eram monges, mas cavaleiros, assim como seu patrono. Sem armadura e sem estar coberta do sangue de seus inimigos, Heléne parecia mais um nobre do que um soldado. Não era muito alta, usava os cabelos loiros em um coque displicente. Falava com um sotaque carregado que denotava alta educação e boas maneiras.

— Fomos pegos entre dois lados opostos — disse Heléne, depois de um gole de vinho. — Por isso tomamos essa surra. Quase vinte de nós morreram na viagem até aqui.

— O que foi tudo isso, afinal? — perguntou Korin.

— Guerra civil — Heléne esclareceu. — Dois nobres menores entraram em conflito pela supremacia na região. Um deles achava que os deuses estavam de seu lado e pediu nossa ajuda. Quando chegamos lá, averiguei a situação e vi que ambos estavam errados.

— Nenhum mais errado que o outro? — quis saber Ruff.

— Ambos os lados eram tão sujos quanto a boca de um mercenário. O grande devoto que pediu nossa ajuda invadiu as terras de seu rival, sem qualquer direito a elas. O rival, por sua vez, vingou-se massacrando algumas aldeias.

— O que você fez?

— O que poderia fazer? — Heléne secou a caneca de vinho. — Resolvi intervir.

A Madre Heléne, acompanhada de seus quatro melhores cavaleiros, pessoalmente foi até o lorde que a chamara e decretou que ele estava preso em nome do santo. A guarda pessoal do homem não foi páreo para os cavaleiros, mas o nobre teve tempo de soar uma trombeta e então vários batalhões de soldados atacaram as forças de São Theodric, alojadas em sua própria fortaleza.

O grande azar foi quando, ao mesmo tempo, o nobre rival atacou. Os cavaleiros de Heléne tiveram de lutar por suas vidas contra os dois lados. Mesmo sem a magia divina, não foi nada menos que um milagre que tenham conseguido se reunir e fugir.

— E você não foi ferida? — perguntou Korin.

— Eu nunca sou ferida em combate — Heléne sorriu. — Quem luta comigo é.

Os dois amigos se entreolharam. Algumas bravatas em meio à tragédia.

— De qualquer forma, já estávamos muito longe de nosso convento, em Rocha Celeste — a madre continuou. — Conseguimos ajuda em algumas aldeias pelo caminho, mas precisávamos de um lugar que nos acolhesse por bastante tempo. Então ouvimos falar de Lago de Pó.

Ruff sentiu o calor do orgulho dentro do peito. Lago de Pó era *sua* cidade e era bom que fosse conhecida como um centro que acolhia os necessitados.

Heléne, mesmo com o ar tranquilo dos guerreiros calejados, não conseguia evitar olhares fugidios para Ruff. Olhares de assombro e respeito. De tempos em tempos, parecia que ela não conseguia compreender os poderes dos monges de São Arnaldo. Como uma religiosa, devia ter acreditado na possibilidade daquilo a vida toda, mas enxergar a cura sendo realizada era muito diferente. A madre superiora precisava manter a postura durona, mas estava impressionada demais. Pareceu notar que ficara um tempo observando Ruff, de boca aberta, pigarreou e continuou:

— Eu já ouvi falar de você, é claro. O matador do dragão. Acho que todos nestas terras já ouviram, mesmo que não conheçam seu nome. Todos sentiram o aperto da garra de Zamir afrouxar e desaparecer.

Ruff pensou em corrigi-la. Os camponeses podiam chamá-lo de matador do dragão e não faria diferença em suas vidas. Mas Heléne deveria saber que Zamir não estava morto, e sim transformado em humano.

Com Áxia.

Ele não sentia mais nada por seu antigo amor. Lembrava de seu nome e não lhe vinha ternura ou raiva. Mas de alguma forma ainda queria protegê-la. Se Heléne soubesse que Zamir estava vivo e frágil, certamente iria caçá-lo. Ela era, afinal, capaz de tentar prender um lorde que lhe dava abrigo pelo crime de invadir as terras de alguém que ela nem mesmo conhecia. Não parecia a Ruff que a mulher conhecesse medo ou meias medidas. Iria caçar Zamir e encontrar Áxia. As duas lutariam e uma delas acabaria morta. A quem isso poderia beneficiar?

Melhor que ela continuasse pensando que Zamir estava morto.

— Sentiram afrouxar a garra de Zamir, mas muitas outras garras estão tomando seu lugar — disse Ruff, colocando as elucubrações para o fundo da mente. — Para um camponês, o que importa de onde veio a flecha? Ela se crava em seu peito, sendo de um hobgoblin ou de um mercenário humano.

— Verdade, mas nem a madre de um convento nem um matador de dragão podem estar em todos os lugares ao mesmo tempo.

— Não — Ruff admitiu. — Mas o povo não pode depender de heróis.

Curvou-se para frente na cadeira, entrando em um pensamento rápido. Franziu o cenho, debatendo consigo mesmo.

— Esqueça-o quando ele faz isso — disse Korin, servindo mais vinho. — Ele fica pensativo e não vê o mundo ao redor. Faz parte de sua loucura. Assim ele se acha importante, entende?

Heléne riu. Os dois começaram a falar algo, quando Ruff interrompeu:

— O povo não pode depender de heróis... A menos que tenhamos heróis em cada feudo.

Silêncio.

Então Korin desatou a rir.

— *Heróis?* — disse o guarda, incrédulo. — Você anda lendo histórias demais.

— Eu acho que *existem* heróis na terra! — Ruff fechou o punho com otimismo intenso. — Lembre-se da batalha contra as forças de Zamir. Nós sofremos, sangramos. Muitos de nós morreram. Mas a sensação não foi boa?

Korin ficou quieto um tempo.

— Foi — admitiu, por fim.

— Todos têm esse potencial — disse Ghanor. — Pelo menos todos os que pegam em armas. Eles passaram suas vidas amedrontados por Zamir, mas agora não há mais o que temer. Eles podem deixar de ser meros guerreiros e tornar-se mais!

— Podem se tornar heróis.

— Sim.

— Você é louco.

— Uma vez que superem seu próprio medo, eles sentirão o gosto de fazer o bem.

— O que os impede não é o medo. É o egoísmo.

— Bem, eu acredito que o egoísmo também possa ser superado.

— E o que vai fazer com aqueles que não quiserem se tornar pessoas melhores?

— Vamos convencê-los! Com nossas palavras e nosso exemplo.

— E aqueles que mesmo assim continuarem sendo canalhas?

— Vamos bater neles.

Korin riu de novo, mas Heléne estava séria.

— Você quer criar uma irmandade de nobres? — Heléne se curvou para frente.

— Nobres, chefes guerreiros, aventureiros, clérigos. Até mesmo magos, embora acredite que sejam poucos. Todos que têm força de armas ou algum poder excepcional. Atualmente estão usando-o para lutar entre si. Mas podem usá-lo para o bem.

— Heróis não existem — disse Korin.

— Não é esse o problema — a cavaleira balançou a cabeça. — Você fala de heróis, mas isso não está correto. Deveria falar de santos.

Ruff e Korin ficaram em silêncio.

— Ninguém aqui é... — começou Ruff.

— Para o povo, não importa — ela cortou. — Para *mim*, não importa. Vocês têm a magia dos deuses. Algo que, para todos nós, é apenas assunto de escrituras sagradas. Para qualquer um, vocês *são* santos!

— Eu não penso em me apresentar como santo por aí. Penso em fazer com que heróis surjam.

— Pouco importa o que você pensa, matador do dragão. Seus milagres ditam que sua vontade não importa. Está claro para mim que é uma ferramenta dos deuses.

Ruff sentiu-se gelar.

— Eu não sou...

— Como o povo lhe chama?

— O Santo de Pés Descalços — ele admitiu, meio contrariado.

— Aí está. O povo decidiu que você é um santo. Você tem razão em uma coisa: ficar enfurnado nesta cidade é errado. É mais que errado. É blasfêmia.

Aquilo estava avançando rápido demais para Ruff. A ideia de erguer guerreiros e nobres para impedir novos tiranos ganhou proporções messiânicas na mente da Madre Heléne.

— O povo inventou esse nome há muito tempo — ele ainda argumentou. — Eles não sabem...

— E você acha que sabe o que faz um santo? Melhor que os próprios deuses?

Ruff quis dizer que sim — os deuses não faziam ideia do que tornava alguém bom, muito menos santo. Mas ficou calado.

— Acho que é seu dever usar seu dom para espalhar a justiça, Irmão Ruff Ghanor — disse Heléne. — Isso é mais do que um propósito. É uma obrigação.

Silêncio.

— Mesmo assim, não me acho no direito de decidir quem as pessoas devem seguir, quem devem adorar. Acho que muitos têm tanto potencial quanto eu.

— As palavras de um homem abençoado.

Ruff franziu o cenho, um pouco preocupado com a intensidade da cavaleira. Korin decidiu quebrar a tensão:

— Esse é o tipo de loucura que Ruff Ghanor fala, Madre Heléne — disse o guarda, sem esconder um sorriso de admiração. — Continue, seu desgraçado, você tem nossa atenção.

— Os nobres não deveriam usar seus súditos como ração para espada! — disse Ruff. — Seu dever é justamente o contrário. Deveriam protegê-los.

— Isso é evidente — Heléne retrucou. — Mas a ganância dos homens fala mais alto. Eles são assim.

— Não precisam ser.

— O que pode mudá-los é a religião.

— A bondade.

— E você acha que existe bondade sem religião?

Korin achou que Heléne tinha certa razão, mas preferiu não contradizer o amigo de novo. Dirigiu um olhar significativo para Ruff e respeitou-o. Ele *precisava* acreditar que ganância e sanguinolência não eram a parte mais importante da natureza humana. E que era possível fazer isso sem depender de deuses, santos ou qualquer coisa que os dominasse. Porque isso significava que o mundo podia ser salvo.

— Nós podemos inspirá-los — o clérigo continuou. — Podemos criar uma irmandade para que todos vigiem todos e todos ajudem todos. Zamir nos oprimia porque estávamos divididos. Os abutres que estão devorando os restos de sua tirania podem fazer isso porque estão isolados. Mas se houvesse uma união nas terras, abutres poderiam se transformar em heróis. Se forem convocados e convencidos.

— Só há um problema — disse Korin. — Se você fizesse uma convocação dentro de Lago de Pó, todos responderiam. Aqui você é Ruff Ghanor, o Santo de Pés Descalços. Lá fora, é apenas um monge de armadura. As pessoas podem temê-lo se o enxergarem, mas não vão respeitá-lo.

Ruff suspirou.

— Todos que souberem de sua capacidade irão segui-lo — disse Heléne. — Os poderes que existem dentro desta cidade são capazes de mudar a vida de todas as terras. Salve uma vida e esta vida será sua. Alimente um faminto e, a cada refeição, ele agradecerá.

— Minha intenção não é essa — Ruff estava um pouco trêmulo.

— É a intenção dos santos, ou eles não teriam lhe dado este poder. Levaremos o sagrado de volta às vidas dos mortais, Irmão Ruff.

— E convocaremos o conselho — o clérigo insistiu.

— E convocaremos o conselho. Em nome de São Arnaldo, São Theodric e todos os deuses.

— Como vamos fazer isso? — Korin interrompeu.

— Eu havia pensado em algo. Mas lembre-se que foi você que começou com essa bobagem de brasão.

Heléne ergueu uma sobrancelha ao ouvir o conceito de um brasão ser descrito como "bobagem", mas ficou quieta.

— Deixe de baboseiras e fale!

— Vamos enviar arautos. Arautos com nosso estandarte. Vamos nos espalhar e deixar as pessoas saberem quem somos. Eu irei me apresentar como um nobre.

— A Ordem de São Theodric irá apresentá-lo como nosso salvador — disse Heléne.

— Vamos fazer o que for necessário para que a convocação funcione.

— Você vai precisar de um castelo para abrigar essa reunião — a madre superiora se levantou, pensativa. — Acho que conheço o lugar certo.

Silêncio.

De repente, aquilo pareceu real. Korin secou a garrafa de vinho, como se isso fosse prepará-lo para mais uma jornada repleta de impossibilidades. Era real. Eles iriam começar a transformar o mundo.

— Há muito tempo um dragão nos dizia o que pensar — Heléne sorriu. — Está na hora de voltarmos às leis eclesiásticas.

Nas semanas seguintes, vários estandartes com a cabeça de cabra foram fabricados. Os arautos foram enviados. A Madre Heléne pediu que Ruff abençoasse todos os cavaleiros sobreviventes e encomendasse as almas dos mortos. Então se dirigiu, com seus cavaleiros, para o castelo de uma amiga, que ela julgava que poderia acomodar a reunião, o peito inflamado de fé. Ruff, Korin, Dunnius e Niccolas partiram em suas próprias jornadas, para espalhar a convocação — além do nome e da palavra do Santo de Pés Descalços.

Eles testemunharam as histórias da gente daquela terra. Viram suas vidas transformadas pela queda do dragão e pela ascensão de uma centena de pequenos tiranos em conflito.

Numa aldeia, dois irmãos se abraçaram, ante os olhos de Korin. Era estranho, porque não se viam há mais de quinze anos. Mas, ao reconhecerem-se um no outro, ambos sentiram uma comoção instantânea.

— Como você pode estar aqui? — disse um deles, controlando as lágrimas.

Haviam sido separados ainda no fim da adolescência. Com a morte de seus pais, cada um foi criado por uma família diferente de tios — uma só família não poderia sustentar ambos. Eles sabiam que nunca mais se veriam, porque as aldeias eram distantes. Viagens sem necessidade estavam fora de questão. Ficava-se a vida toda na mesma aldeia, todos sabiam disso.

Mas, tantos anos depois, um irmão surgia para visitar o outro.

— Como você pode estar aqui? — repetiu o homem.

— Podemos viajar agora — disse o outro. — As estradas estão seguras.

— Mas os hobgoblins...

— Os hobgoblins estão espalhados, desorganizados. Não têm mais um exército.

— Então quem serve ao dragão?

— O dragão morreu, meu irmão! Parece que um santo chamado Ruff Ghanor o matou.

O Irmão Niccolas adentrou uma cidade longe dali. Uma cidade da qual nunca ouvira falar. Viu quase a mesma coisa que vira em Lago de Pó, anos atrás: algumas pessoas pobres, outras ricas. Uma igreja cheia de decorações, mas sem milagres. Ele sabia o que fazer: curaria os feridos, aliviaria os doentes. Com sua magia divina, espalharia a boa nova de Ruff Ghanor, o clérigo que matara o dragão e trazia consigo o poder dos deuses.

Contudo, na praça central, ouviu algo que o deixou desconcertado:

— Ele tem mais de três metros de altura! Cada um de seus golpes pode rachar uma montanha! Por onde ele passa, o trigo cresce forte e as vacas dão muito leite! Nunca é inverno onde está Ruff Ghanor!

Niccolas estacou, sob um murmúrio de assombro da multidão.

Um homem barbudo e sujo estava sobre um caixote, discursando a respeito de Ruff. Ele vestia mantos rasgados de um padre, o que sugeria que fosse um ex-religioso. Uma pequena multidão se reunia a seu redor. Milicianos ouviam com a mesma atenção de mães com seus filhos, velhos com suas rugas, trabalhadores com suas ferramentas.

— Ruff Ghanor matou o dragão! Derrotou os hobgoblins! Ele pode tornar fresco o leite azedo e trazer os mortos de volta à vida!

Ruff era um rapaz impressionante, pensou Niccolas, mas ali estavam duas proezas das quais ele não era capaz.

— Ruff Ghanor diz que não devemos acumular riqueza! Que nossas igrejas devem ser casas dos pobres! Por isso abandonei meu cargo e tornei-me um monge, assim como ele! Ruff Ghanor está na terra, e tudo ficará bem no mundo.

Antes que Niccolas fosse embora daquela cidade, o povo invadiu a igreja e compartilhou suas riquezas à força — tudo em nome do milagroso Ruff Ghanor.

Longe dali, era noitinha. Dunnius procurava um lugar onde acampar, quando ouviu o barulho das criaturas. Ele achava que, enquanto vivesse, não esqueceria a combinação de rosnados e palavras, o som de garras batendo umas contra as outras e armas tilintando em suas bainhas. Era o som de feras e de um batalhão militar. O som dos hobgoblins.

Os soldados bestiais estavam próximos dele — os sons vinham de uma colina acima. Dunnius olhou em volta, tentando achar um esconderijo, mas não havia nenhum. O barulho se aproximava. Logo os hobgoblins desceriam a colina, estariam sobre ele.

O Irmão Dunnius começou a correr. Os hobgoblins surgiram no topo da colina, descendo-a de forma atabalhoada. Dunnius ouviu:

— É um clérigo!

Seu estômago desceu aos pés. Tomado pelo pavor, ele tropeçou e caiu.

Olhou enquanto os hobgoblins se amontoaram no pé da colina, protegendo-se atrás dos escudos. De vez em quando, espiavam em sua direção. Ele se levantou e bateu a poeira dos robes.

Os hobgoblins pareciam estar com *medo.*

Uma das criaturas foi empurrada pelas outras. Cambaleou na direção do clérigo. Ficou a uma distância respeitosa e disse:

— Não queremos problemas!

— O quê? — Dunnius estava bestificado.

— Você é um clérigo, não? — o hobgoblin falou, com sua voz de rosnado, através dos dentes pontiagudos. — Não queremos problemas. Sabemos que você está sob a proteção do matador do dragão. Só estamos de passagem.

Dunnius sacudiu a cabeça, tentando pensar rápido.

— Bem... É isso mesmo! Todos nós, clérigos, somos protegidos do matador do dragão! — Engoliu em seco e tentou: — Ruff Ghanor?

Os hobgoblins recuaram meio passo diante do nome.

Dunnius suspirou aliviado, soltando um riso frouxo.

— E aldeões de viagem também estão sob a proteção dele! — arriscou. — E mercadores! E...

— Quem podemos atacar, então?

— Só quem atacá-los primeiro.

— Essa é a maior bobagem que já ouvi! — o hobgoblin indignou-se.

— *Ruff Ghanor!* — Dunnius gritou, como se fosse assustar uma criança. Deu certo: os hobgoblins deram um pequeno salto para trás.

— Está bem, está bem! — disse o hobgoblin. — Não invoque o matador do dragão sobre nós! Não queremos problemas!

O batalhão seguiu pelo lado contrário, ainda olhando de relance para Dunnius, como se ele pudesse lhes rogar uma maldição a qualquer momento. Uma das criaturas ainda gritou, voltando-se para ele:

— É verdade que ele pode causar terremotos com os punhos?

Outro hobgoblin deu-lhe um tapa na cabeça, repreendendo-o:

— Não seja idiota! Isso é impossível.

No meio de sua própria jornada, Ruff viu a estrela dourada no céu. Passou o dia inteiro contemplando-a enquanto caminhava.

Era estranho, mas aquele brilho era reconfortante. A estrela dourada surgira sem explicação, em vários pontos de sua vida, e sumira igualmente sem razão aparente. Mas sempre estava lá em momentos importantes. Bellitz era uma enviada dos deuses e trouxera-lhe a pior notícia de sua vida, mas também protegera-o muitas vezes. Ruff viu-se pensando nela. Imaginou se ela também pensava nele ou se apenas o vigiava.

De qualquer forma, ele viajou, e Korin viajou, e muitos arautos viajaram. Os cavaleiros de São Theodric viajaram, falando que os milagres tinham voltado ao mundo. Espalharam o nome de Ruff pela terra.

Parecia o começo de uma lenda.

5 Na beira do abismo

ERAM UM GRUPO estranho, no mínimo. Ruff Ghanor cavalgava com sua armadura de Arcanium, o escudo de aço mostrando o brasão da cabeça de cabra preso ao cavalo. Korin, o capitão de sua guarda, ia logo atrás, liderando um pequeno pelotão de guerreiros. Com eles estava o gigante Johrgrund. Dois acólitos também acompanhavam o bando, fazendo as vezes de escudeiros.

Eles seguiram um rio largo, que acabava em uma cachoeira. Árvores coníferas erguiam-se orgulhosas perto das margens, retendo um pouco de neve em seus galhos e combinando com o céu cinzento. O rio desaparecia no meio de uma enorme cidade murada e desaguava na cachoeira. Construída na beira de um precipício, aquela cidade era Abismo Sereno.

Centenas de barracas coloridas estavam montadas ao redor das muralhas, e os mais variados estandartes se erguiam, fincados no chão. Dentro da cidade, Ruff sabia, a aglomeração não seria menor: guerreiros e nobres de toda parte ocupavam cada estalagem e hospedaria, pousavam em casas de famílias transformadas em pensões, amontoavam-se nos quartos do castelo que havia no centro da cidade. Nas torres do castelo e nas janelas mais altas de incontáveis casas também havia infinitas bandeiras coloridas. Todos os cavaleiros, nobres, aventureiros, chefes de bandos e pretensos heróis queriam deixar clara sua presença ali.

Todos se afastavam ante a passagem do grupo de Ruff, mas isso era principalmente por causa de Johrgrund. Quando eles chegaram aos enormes portões, os guardas permitiram que atravessassem sem nenhuma pergunta.

Ruff estranhou.

— Sou Ruff Ghanor, de Lago de Pó — disse para um dos guardas, sentindo-se meio tolo por ter de se anunciar. — Clérigo de São Arnaldo.

— Passe — o guarda retrucou, sem lhe dirigir o olhar, com uma cuspida para o lado.

O gigante Johrgrund era o único que chamava a atenção, e mesmo ele não parecia ser a coisa mais estranha que aqueles guardas haviam visto nos últimos dias. Ruff era só mais um recém-chegado trajado em uma armadura reluzente.

— Vocês não estão entendendo — Korin interveio. — Este é Ruff Ghanor, o Santo de Pés Descalços! Ele convocou esta reunião e é o escolhido dos deuses!

O guarda olhou Ruff de cima a baixo e coçou a barriga.

— Já disse que pode passar.

— Ele é um santo — Korin falou em voz pequena. — Não vai anunciá-lo ou levá-lo ao castelo?

Mas o guarda já voltava sua atenção para o próximo grupo de visitantes: uma comitiva de tipos exóticos, com pintura de guerra e adornos de osso e ferro no nariz. Em seguida, chegou um grupo de mercenárias e uma companhia de saltimbancos, e Ruff viu que estava apenas atravancando o caminho. Deu de ombros e sinalizou para que o resto de seu grupo o seguisse para dentro, anonimamente.

Abismo Sereno era cortada pelo rio e existia sob o barulho constante de uma enorme cachoeira. Inúmeros moinhos aproveitavam o fluxo da água que corria no meio da cidade. Mas agora até mesmo o som do rio era emudecido pelos milhares de vozes que falavam ao mesmo tempo. Abismo Sereno estava tomada por grande parte dos guerreiros daquelas terras.

Lá estavam todos que possuíam uma espada e um cavalo e que com ambos tinham ganho dinheiro suficiente para erguer um estandarte e fazer valer sua vontade. Cavaleiros errantes de todos os tipos: aqueles que roubavam dos mais fracos e aterrorizavam estradas e aqueles que se lançavam em tentativas quase fúteis de proteger os inocentes. Senhores de terras que haviam conquistado seus domínios há pouco, no caos deixado pela queda de Zamir, e aqueles que descendiam de longas linhagens. Mercenários que eram pouco mais que bandidos de aluguel, e outros que formavam honradas companhias cheias de tradições e história. E, é claro, sempre havia aqueles que se chamavam de aventureiros: homens e mulheres que viviam pelas armas, sem jurar lealdade a ninguém, ganhando a vida de missão em missão, matando monstros e combatendo ameaças, salvando aldeias e saqueando tumbas ancestrais.

Todos reunidos em Abismo Sereno, e parecia que todas as armas do mundo estavam ali.

Ruff Ghanor tentava parecer altivo, como se conhecesse tudo e nada fosse capaz de surpreendê-lo. Mas a verdade era que, mesmo mais de um ano depois da luta contra o dragão, ele ainda se sentia pouco mais que um garoto caipira; um monge de sotaque esquisito, servindo a um santo protetor dos miseráveis, em um mosteiro perdido no meio do nada, que nem existia mais. E, como garoto caipira, ele precisava se controlar para não olhar tudo com assombro.

Quando ele convocara aquele conselho, soubera que milhares de pessoas compareceriam. Mas não sabia, na verdade, o que eram milhares de pessoas juntas. Não imaginava a aparência, o cheiro, a algazarra de tantos espremidos num lugar só. Abismo Sereno era, sem dúvida, a maior cidade que ele já vira. Lago de Pó, que lhe parecera tão impressionante anos atrás, mostrava-se pouco mais que uma aldeia crescida. Abismo Sereno contava com dezenas de estalagens, tavernas e outros estabelecimentos de reputação duvidosa. Abismo Sereno possuía *bairros* — vizinhanças mais ou menos delimitadas, cada uma conhecida por um tipo de habitante, uma modalidade de comércio ou outra característica qualquer. Não havia só a parte rica e a parte pobre da cidade, como fora em Lago de Pó: existiam os bairros próximos do rio, onde as tavernas mais sinistras pululavam; os aglomerados junto às muralhas, onde cidadãos miseráveis viviam em casas de vários andares, cada um ocupado por uma família; as regiões mais próximas ao castelo, onde ricaços tinham mansões... Além, é claro, da maior parte da cidade, onde viviam as pessoas que não eram nem ricas nem pobres — os comerciantes, mais perto do mercado; os ferreiros, mais perto do rio; e assim por diante.

O clérigo ainda se maravilhava com o tamanho dos prédios e a variedade de estabelecimentos, mas principalmente se surpreendia com a quantidade de pessoas.

Alguns dos guerreiros usavam armas que ele nunca vira: espadas delicadas e finas, que só serviam para estocar e não tinham corte. Outros ostentavam exóticas tatuagens subindo pelo pescoço e alcançando seu rosto. Alguns trançavam os cabelos em padrões elaborados, outros lixavam os dentes para que se tornassem pontudos e ameaçadores. Havia ali pessoas com diferentes tonalidades de pele, cabelos e olhos. Sotaques tão distintos que era quase como se falassem outra língua. Havia até mesmo alguns que não eram humanos; Ruff surpreendeu-se com um grupo de centauros que marchava orgulhoso por uma das inúmeras praças da cidade e com uma dupla de elfos que observava a multidão de uma sacada em uma casa nobre. Um batalhão de anões cumprimentou Ruff por sua armadura, claramente obra de armeiros da raça, mas riu quando o clérigo disse que fora feita sob instrução de Thondin. Todos sabiam que Thondin estava desaparecido e há muito não fabricava nenhuma peça.

Aquelas terras eram ricas e variadas, vastas e maravilhosas. Mesmo tendo lido sobre o que existia além do mosteiro, no fundo ele acreditara que o mundo todo não passava de regiões pedregosas, com humanos e hobgoblins. Mas isso era só o que Zamir permitira que ele conhecesse. Já há mais de um ano não existia domínio do dragão, e aos poucos os habitantes das terras começavam a conhecer a si mesmos, trocar experiências, sair de suas tocas.

Saíam de suas tocas para ir a Abismo Sereno — atendendo à convocação de Ruff. Até agora ele se surpreendia com o sucesso de seu chamado. Mas dera certo, e agora ele entrava no castelo para dar o primeiro passo em seu grande objetivo.

— Você conseguiu — disse Korin.

— Eles vieram, mas é só o começo. Ainda precisamos convencê-los.

— Para o inferno com isso. Estamos entrando em um castelo, e não é pela entrada dos servos. Também não estamos derrubando a porta e invadindo. Somos convidados de uma duquesa.

— Tudo graças à Madre Heléne.

— Pare de ser humilde. Aqui você não é um monge.

— Ela quer que eu seja um santo.

— Bem, cada vez mais pessoas acham que você é um santo.

Ele estava mais perto de seu objetivo, mas ser um monge — mesmo um monge que lutava contra um dragão — era mais confortável.

Antes de entrar no castelo, Ruff e os outros atravessaram a cidade, acotovelando-se com os outros visitantes. Ele viu um bando de peregrinos bradando sobre o santo que convocara o conselho, sobre como os deuses reinariam de novo no mundo. Mas não foi reconhecido e decidiu não se apresentar. Eles deveriam reconhecer seu estandarte, a cabeça de cabra, mas talvez esperassem um brasão religioso, que lembrasse São Arnaldo.

Ruff chegou ao outro extremo da cidade e teve um súbito engasgo com a beleza da paisagem. Algumas casas suntuosas se equilibravam na beira do abismo, assim como algumas torres de vigia. Toda a região estava sob os olhos dos guardas. A cachoeira despencava num vale majestoso, que abrigava um lago e era cortado por um rio. Dos dois lados, uma profusão de árvores com folhas amareladas, cercadas por montanhas de pedra branca. No céu azul e frio, a cena brilhava em cores tranquilas, e a cidade fazia jus ao nome de Abismo Sereno.

Ruff e Korin sorriram. Os acólitos e os soldados ficaram mudos. Johrgrund farejou o ar.

— Sinto um cheiro estranho — disse o gigante.

— É a cidade, Johrgrund — Ruff respondeu. — Você se acostuma.

— Não sei — resmungou o outro. — É um cheiro estranho.

Eles absorveram a vista e rumaram para o centro da cidade: o castelo.

O castelo tinha nome: era a Sentinela do Abismo. Uma construção alta, erguida sobre uma espécie de colina artificial dividida em duas, no meio da cidade. O rio passava pelo meio do castelo, dividindo a colina. O acesso era difícil: quaisquer pretensos invasores sofreriam para chegar à fortificação. A Sentinela do Abismo não tinha portões tradicionais. Visitantes entravam em uma balsa, que então trafegava pelo rio, até chegar à parte que ficava sob o castelo. Uma plataforma era abaixada e então os visitantes subiam nela. Quando a plataforma era erguida de novo, estava-se no primeiro salão, onde havia guardas e portões internos para as demais alas. Diferente da maior parte dos castelos, aquele não era um lugar público: não havia um mercado em seu interior, nenhum plebeu entrava e saía se não tivesse negócios específicos a tratar. Apenas os servos tinham permissão de trafegar livremente entre a Sentinela e o resto da cidade. Dois dias por semana, a senhora do castelo e da cidade recebia seus súditos, ouvindo pedidos, resolvendo disputas e fazendo justiça.

As balsas para a Sentinela do Abismo nunca haviam estado tão cheias. Os nobres e os guerreiros mais importantes estavam hospedados no castelo e observavam a agitação de janelas e sacadas. Os demais aglomeravam-se na margem do rio para entrar. Nem todos os visitantes compareceriam ao grande conselho, é claro: a maioria era composta de servos, comitivas, até mesmo comerciantes vindos de longe para aproveitar a ocasião. Cada grupo, cada casa nobre, cada companhia mercenária mandava apenas dois ou três representantes. Mesmo assim, eram centenas.

Ruff Ghanor, o homem que convocara o conselho, não era considerado importante o suficiente para ficar hospedado no castelo. Olhou de esguelha para Korin, enquanto ambos esperavam sua vez nas balsas. A seu lado, um bando de aventureiros — pessoas muito diferentes entre si, que nunca haveriam se juntado, exceto em nome de suas habilidades variadas e de seu desejo por riqueza e heroísmo. Do outro lado, um cavaleiro pomposo, nariz empinado e cabelos oleados, cercado por dois guarda-costas. Mais atrás, quatro representantes de um clã bárbaro, homens barbudos e cabeludos, que fediam e empurravam. E a fila continuava às margens do rio, até onde a vista alcançava. As balsas iam e voltavam, e Ruff Ghanor esperava sua vez. Foi reconhecido inúmeras vezes como aquele que convocara o conselho e recebeu cumprimentos de várias pessoas. Mas não havia sinal da devoção que plebeus simplórios tinham para com ele.

Nada do fervor religioso que a Madre Heléne prometera. Ruff era um dos mais exóticos, com sua armadura e seu amigo gigante. Johrgrund ocupava muito espaço, mas eles haviam recebido garantias de que o humanoide caberia no castelo. Ao menos em algumas partes.

— Tem certeza que é uma boa ideia ele vir conosco? — sussurrou Korin, apontando para Johrgrund discretamente.

— É um de nós.

— Eu estou quase aceitando que agora viajamos com ele — Korin respondeu. — Mas não sei se balsas foram feitas para acomodar gigantes. Além disso...

— Além disso o quê?

— Você não acha que já vai ter problemas suficientes?

Ruff não disse nada.

— Andar por aí com um gigante é uma coisa — Korin insistiu — Mas trazê-lo para um conselho?

— Ouça o que você está dizendo — Ruff de repente estava muito sério. — Acha que existem limites para o quanto podemos aceitar outra pessoa? Alguém poderia falar o mesmo dos anões, elfos ou centauros. Diabos, alguém poderia falar o mesmo do filho de um guarda, sem nenhum título de nobreza ou brasão próprio. Nós decidimos que este conselho seria aberto a todos e agora alguém está banido?

— Não, não — Korin ergueu o dedo. — Ouça o que *você* está dizendo, seu lunático. Ninguém falou em banir pessoas do conselho porque são diferentes ou porque são plebeias. Estamos falando em não apavorar os participantes.

— Não faz sentido! Pessoas já ficaram apavoradas conosco, apenas porque usamos magia divina!

Korin controlou-se para não contradizer o amigo.

— Seja realista, Ruff. Ele é um gigante.

— E...?

— E, porcaria, *um gigante é um monstro!*

— Quem decide quem é e não é monstro? Você?

— Você está insuportável. Se quer pregar, suba num caixote e diga que o fim do mundo está próximo. Não sou como os outros idiotas que acham que você mija água benta e peida incenso.

— Se todos tratarem Johrgrund como monstro, monstro ele será.

— Quem não o tratar como monstro corre o sério risco de morrer e ser devorado. Eu acredito que o sujeito pode mudar, e está mudando, sendo ou não um gigante. Mas não espere que toda essa gente pense isso!

— Estamos aqui para mudar o jeito como eles pensam!

Eles quase erguiam a voz, em sussurros que, se fossem um pouco mais altos, seriam ouvidos por Johrgrund. As pessoas ao redor olhavam: o homem que convocara o conselho discutia como um garoto?

— *Que bom que você é o enviado dos céus para nos dizer como devemos pensar!*

— *Você começou com essa bobagem de brasão, então não venha reclamar agora!*

Súbito, ambos se calaram.

Abrindo caminho por entre a multidão, surgiu um grupo de hobgoblins.

— O que... — começou Ruff.

Ele piscou e tentou dizer a si mesmo que estava enganado, mas não havia nenhum engano: eram hobgoblins. Mais altos que humanos, os rostos peludos, os olhos amarelos fundos, presas projetando-se da mandíbula. Empurravam aqueles que estavam a sua frente na fila. Carregavam machados e escudos com o brasão de Zamir. Contudo, levavam os escudos invertidos — sinal de que renegavam o antigo líder. Mas eram hobgoblins, trajavam os uniformes do exército do tirano. Certamente tinham as garras sujas de sangue inocente.

Eram hobgoblins.

Hobgoblins apresentando-se ao conselho.

O cavaleiro nobre perto de Ruff sacou sua espada, seus guarda-costas o imitaram. Então os bárbaros gritaram e empunharam seus machados. Uma arqueira fez mira contra as criaturas, que rugiram e brandiram suas próprias armas.

— Chega! — gritou Ruff Ghanor.

Todos ficaram estáticos. A violência pairou no ar, a tensão petrificada.

— O que estão fazendo aqui? — Ruff dirigiu-se aos hobgoblins.

Um deles dardejou os olhos pelas ameaças ao redor, então respondeu:

— Estamos aqui para o conselho.

O clérigo hesitou.

— Vocês carregam o símbolo do dragão — disse.

— Nós renegamos nosso antigo senhor — grunhiu o hobgoblin. — Somos guerreiros como quaisquer outros. Ouvimos o chamado. Estamos aqui.

— Eu decretei — Ruff empertigou-se — que os soldados de Zamir deveriam se apresentar à justiça.

— Eu não vi a morte de Zamir e não ouvi suas palavras, humano. Soube apenas que não precisava mais servir a ele e inverti meu escudo. Agora sou só um guerreiro. Se acha que mereço a morte, pode vir! Estou com fome e existem grandes banquetes no inferno.

Ruff olhou nos olhos daquela criatura.

Daquele *homem.*

Os hobgoblins eram guerreiros. Não eram humanos — mas elfos e anões também não eram. Havia ainda outras raças na cidade, raças das quais ele nunca ouvira falar. Não eram humanos. Ruff não conhecia a brutalidade de cada mercenário e nobre. Não sabia quais aldeias os clãs bárbaros haviam atacado, quais tumbas os grupos de aventureiros haviam saqueado. Não podia julgar os crimes de cada guerreiro que ali estava. Como podia julgar aqueles?

Por outro lado, eram *hobgoblins.* A simples visão das presas pontudas dava-lhe nojo, fazia seu sangue ferver. Hobgoblins, como aqueles que haviam destruído o mosteiro. Poderia proibir que comparecessem. Poderia pedir à duquesa que os expulsasse da cidade. Poderia matá-los ali mesmo, apenas por serem hobgoblins. A mão do martelo coçou e ele sentiu a arma ansiosa por quebrar ossos.

Mas não estava ali para matar.

— Não posso lhes dar permissão para participar do conselho — disse Ruff. — Porque a permissão já é sua. A convocação foi para todos os guerreiros desta terra. Vocês apenas atenderam ao chamado.

As armas foram guardadas lentamente, com olhares de desconfiança.

Hobgoblins estariam no conselho. Um gigante estaria no conselho. E ele mesmo, o Devorador de Mundos, estaria no conselho.

Hobgoblins haviam matado suas pessoas mais queridas, e ele havia matado muitos hobgoblins. Se alguém não quebrasse o ciclo, continuaria para sempre, até o fim do mundo.

Ruff engoliu em seco ao ver o interior da Sentinela do Abismo. Junto aos outros convidados do conselho, foi conduzido por guardas pelos corredores largos, decorados com tapeçarias. Armaduras vazias postavam-se junto às paredes. Eles desembocaram em um imenso salão circular, com quatro entradas. Ali, as paredes eram adornadas com pinturas — retratos dos antepassados da atual senhora do castelo, em variadas poses heroicas. Cadeiras de espaldar alto circundavam o salão, todas voltadas para o centro, onde não havia nada. Candelabros e lustres de cristal forneciam luz. Estátuas de mármore e ouro quebravam a monotonia. Ruff calculou que, apenas naquela sala, havia mais riqueza do que o mosteiro de São Arnaldo vira em toda sua existência. Pelo preço de apenas uma das estátuas, seria possível alimentar seu povo, radicado em Lago de Pó, por um ano.

O salão já estava tomado por burburinho. Os guerreiros conversavam entre si, olhavam-se, desconfiados. Trocavam impressões e confabulavam. Os hobgoblins estavam afastados dos demais, grunhindo segredos uns para os outros. Servos vestidos em túnicas douradas circulavam, oferecendo bebidas a todos — e alguns já estavam embriagados.

Quando notaram Ruff, todos os olhos se voltaram para ele. O gigante Johrgrund conseguiu se espremer para dentro do salão, tão grande era o espaço. Bateu com a cabeça em um lustre, mas não destruiu nada. Korin não evitou um meio sorriso. Ruff mostrou-se digno: fez um meneio de cabeça para todos, que então voltaram a ignorá-lo.

Havia clérigos trajados em armaduras pomposas, com o brasão do falcão carregando a espada, símbolo de São Theodric. Um deles se aproximou de Ruff, Korin e Johrgrund.

— Irmão Ruff Ghanor? — o cavaleiro cumprimentou-o.

Ruff hesitou por um instante, incerto de como se dirigir a ele. Era um nobre? Uma autoridade? A Madre Heléne havia se mostrado fervorosa na confiança em alguém capaz de fazer milagres, mas ele não a via desde que ela estivera em Lago de Pó. Os cavaleiros de São Theodric tinham sido salvos por ele e seus monges, mas ele não sabia o quanto a história já se espalhara, o quanto os outros clérigos guerreiros conheciam de seu poder, suas intenções e a fé que Heléne depositava nele. Decidiu-se por uma mesura contida. Korin notou que os outros dois clérigos trocaram um olhar satisfeito e um risinho sutil.

— Sou *sir* Andulff, cavaleiro e clérigo da Ordem de São Theodric. A Madre Heléne falou sobre você. Imaginei quando iria se apresentar a nós. Francamente, esperava que tivesse feito isso bem antes.

— Eu deveria ter me apresentado? — Ruff franziu o cenho.

— A Ordem de São Arnaldo está sem liderança desde a destruição de seu pequeno mosteiro. Vocês precisam de um guia. A Ordem de São Theodric ficaria feliz em tomá-los sob nossa proteção.

Ruff piscou, sem saber o que dizer.

— Ruff é o líder — Korin adiantou-se.

Andulff mediu o guarda de alto a baixo.

— Você não parece um clérigo — disse.

— Sou Korin, capitão da guarda de Ruff Ghanor.

Então o cavaleiro ignorou Korin e dirigiu-se a Ruff:

— Seu homem não ficaria mais à vontade com os outros servos?

O punho se fechou dentro da manopla de Arcanium.

— Korin não é meu servo, é meu companheiro. E ele tem razão, eu sou o líder da Ordem de São Arnaldo.

— É o atual prior? Onde está seu mosteiro?

— Nós não...

— Ouvi dizer que tomaram à força uma igreja de Santo Otto, numa cidadezinha qualquer. Parece que sua ordem depende de outras. Mas isso não é surpreendente ou errado, em se tratando de uma ordem mendicante. Aceitamos que você jure lealdade a São Theodric, Irmão Ruff. Poderá até mesmo manter seu brasão. Então cuidaremos de seus monges, protegeremos seus livros. Iremos ajudá-lo na cruzada que você parece estar tentando empreender.

Ruff entendeu na hora. Andulff queria, antes que o conselho começasse, colocá-lo numa coleira. Queria seus feitos, seus poderes, seu conhecimento. Heléne estaria por trás disso? Onde ela estava?

— Imagino também por que não quis deixar sua fera nos estábulos — disse Andulff, olhando para Johrgrund.

Mas, antes que Ruff pudesse responder, dois arautos entraram no salão e soaram um toque curto com suas trombetas. Então começou um rangido alto e um pedaço do teto se destacou.

Uma plataforma de pedra desceu bem no centro da sala. Ela carregava uma figura imponente, altiva. Era a senhora da Sentinela do Abismo. Com seu método único de entrada no salão, ela imediatamente estava no centro, sob os olhares de todos, sobre uma espécie de palco elevado.

Todos se curvaram, até mesmo os bárbaros e os hobgoblins. Ruff Ghanor era só mais um na multidão.

A Duquesa Ludmilla chegava.

A duquesa olhou todos de cima. Ela estava acompanhada de quatro guardas com capas vermelhas. Junto a ela também estava a Madre Heléne. Havia guardas do castelo também misturados aos convidados, mas não eram eles que garantiam o respeito que ela impunha. A senhora da Sentinela do Abismo exalava majestade, seus modos exigiam deferência. Ruff não se sentia daquele jeito desde que falara com o prior pela última vez. Naquele salão estavam nobres e guerreiros; até mesmo Heléne, uma autoridade eclesiástica. Mas ninguém que se comparasse à Duquesa Ludmilla, senhora de Abismo Sereno.

Ela se apresentava em trajes tão elegantes quanto intimidadores. Usava um vestido feito de cota de malha finíssima, mais delicada do que qualquer armadura de fabricação humana, com uma saia larga que se despejava pelo chão. Placas metálicas moldavam seu estômago e seus seios. Uma gola diáfana de metal quase transparente ladeava sua cabeça, erguendo-se a partir dos ombros. Podia-se ver suas clavículas, que eram sedutoras por si só. Tudo entremeado com fio de ouro branco — a roupa reluzia ante a luz dos candelabros. Seu rosto estava maquiado com arte, ressaltando o verde de seus olhos. Seus cabelos loiros também eram quase brancos e confundiam-se com a pele alva. Ruff achou que havia algo de inumanamente belo na duquesa e lembrou-se de Bellitz, o anjo. Mas a ascendência de Ludmilla revelou-se em suas orelhas: eram pontudas e compridas. Havia sangue élfico nas veias da duquesa. Ela carregava um cetro longo e pesado que era uma espécie de maça. Tanto símbolo de autoridade quanto arma.

Era mais do que apenas uma nobre recebendo convidados; apresentava-se como a protetora daquelas terras.

— Bem-vindos à Sentinela do Abismo — disse a duquesa. — Enquanto estiverem aqui, todos são meus convidados. E todos estão sob minha proteção. Vejo alguns rostos que conheço. A maioria, no entanto, é composta de novos aliados. Bem-vindos!

Ruff pensou que deveria dizer algo. Ele havia convocado o conselho. Aqueles guerreiros deveriam ser convidados *dele*. Tentou capturar o olhar de Heléne, que certamente saberia o que fazer. Mas a madre superiora estava altiva e distante, uma coadjuvante na preleção de Ludmilla. A nobre não lhe dava chance de se manifestar; continuou o pequeno discurso, como se toda a ideia fosse dela.

— Estamos aqui para definir quem protegerá nossa terra. Diz-se que Zamir, o dragão vermelho, está morto. Vejo aqui antigos soldados de Zamir. Vejo aqueles que sofreram sob as garras do dragão e aqueles que sob suas asas prosperaram. Agora estamos todos juntos.

— Nem todos — ergueu-se uma voz masculina.

Um guerreiro trajado em armadura brilhante destacou-se da multidão. Tinha longos cabelos castanhos e rosto quadrado, bem escanhoado.

— Não deveríamos tolerar monstros entre nós — o guerreiro apontou para os hobgoblins.

De imediato, as criaturas rosnaram. Em resposta a isso, os bárbaros ergueram seus punhos e gritaram, então aventureiros tentaram se interpor. O salão explodiu em uma algazarra. Ruff tentou falar mais alto que todos, mas foi ignorado. Olhou para Korin em busca de ajuda. Os dois gritaram, o que só aumentou a algazarra. Eram apenas vozes perdidas.

Foi a voz da duquesa que cortou a gritaria:

— Todos aqui são *meus* convidados! E quem desafiar minha lei enfrentará *minha* justiça!

Silêncio.

A maça reluziu sob a luz que vinha do lustre.

— Zamir mantinha todos em paz sob o medo — disse Ludmilla. — Mas esse regime acabou. Vocês não mais temerão. A paz agora será baseada em respeito e ajuda mútua. Hobgoblins serão protegidos, assim como humanos, elfos e anões.

— Faça algo — sussurrou Korin.

Ruff olhava em volta. Um anão disse algo para a duquesa, que respondeu com firmeza e polidez. A Madre Heléne afirmou que a Ordem de São Theodric se oferecia como braço militante e espiritual do novo regime. Ruff estava sendo ignorado.

— Nós não somos ninguém — ele falou em voz baixa, para si mesmo e para Korin.

— Faça algo! Você deveria ser o manda-chuva aqui.

— Nem mesmo fomos recebidos no castelo de início. Isso não vai dar certo.

— Os bárbaros das colinas do oeste dão passagem às tropas da duquesa! — anunciou um chefe tribal.

— Se os bárbaros abrem suas colinas — disse um centauro — então meu povo não ficará atrás. Iremos negociar para que estradas da duquesa possam ser abertas em nossas planícies.

— Precisaremos de permissão para operar nossas companhias sob a duquesa? — perguntou um líder mercenário.

O salão começou a zumbir em tratados de alianças, juras de lealdade à duquesa, acordos firmados com apertos de mão. O poder estava naquele salão, e todos reconheciam seu centro como sendo a pessoa mais nobre e altiva ali presente. Sem grande esforço, a Duquesa Ludmilla começava a tomar o lugar deixado vago pelo dragão.

— *Não!* — Ruff interrompeu.

Os acordos se calaram. Todos se voltaram a ele. A duquesa olhou-o como se observasse uma criança.

— Eis o homem que convocou todos até aqui! — disse Ludmilla. — Apresento-lhes Ruff Ghanor, clérigo de Lago de Pó. Tem alguma objeção, Irmão Ruff?

Heléne estava calada.

Ele respirou fundo.

— Não foi para isso que chamei este conselho. Aqui estão os maiores guerreiros, os mais importantes nobres, os...

— Para o que, então? — Ludmilla interrompeu.

— Como? — Ruff gaguejou.

— Para o que nos chamou, senão para fazer a paz? Por que reuniu este conselho, senão para garantir que o terror de Zamir acabou e que se inicia uma nova era de respeito?

— Em Lago de Pó, os clérigos têm poderes divinos! — ele argumentou, como se isso fosse uma resposta à pergunta da duquesa. — Somos abençoados por São Arnaldo.

A duquesa ficou calada, como se esperasse que ele dissesse algo relevante. Com os olhos sobre si, Ruff não conseguiu afirmar sua própria santidade. Não era algo em que ele acreditasse, e os convidados não pareciam dar muita importância para assuntos religiosos.

— Eu trago a bênção...

— E essa bênção é bem-vinda para curar o povo — Ludmilla interrompeu. — Heléne muito falou sobre seus milagres, Irmão Ruff. Serão bem utilizados, agora que as terras estão sob minha proteção.

— Não estamos sob sua proteção — o clérigo apontou para a duquesa. — Não iremos substituir um senhor por outro. Não devemos proceder dessa forma!

— Por que não? Protegi Abismo Sereno enquanto um dragão era nosso senhor. Por que não fazê-lo agora que somos livres?

Em toda a volta, Ruff sentia o cheiro da ganância. Muitos naquele salão ansiavam por poder.

— Não pode ser assim!

— Por que não?

Ninguém ali entendia, exceto ele mesmo e Korin. Se houvesse um novo senhor ou senhora, quem quer que fosse, haveria mais jogos de poder, mais guerra, mais opressão. Ali mesmo fermentava o ódio: o guerreiro acusava os hobgoblins; um cavaleiro de São Theodric desprezava a Ordem de São Arnaldo; todos desconfiavam de Johrgrund. Se aquilo continuasse, os deuses não perdoariam o mundo. Ruff teria falhado e precisaria destruir. Ou então um novo Devorador seria enviado.

— Não estamos aqui para erguer alguém acima dos demais — disse Ruff Ghanor. — Não entendem? Isso é o mesmo que Zamir fez! Logo haverá um novo exército impondo a vontade de uma só pessoa sobre todas. Esta terra não pode continuar assim.

— É a ordem natural, Irmão Ruff — retrucou Ludmilla. — Há muito não temos reis, pois o dragão se impôs sobre eles. Mas temos nobres. Pode haver um rei de novo.

A duquesa olhou de relance para um nobre que se postava a sua direita. Um olhar sutil, mas que Ruff Ghanor percebeu. Era uma deixa. Algo ensaiado. O nobre, por sua vez, disse:

— Um rei... Ou uma rainha, Vossa Graça.

Um novo burburinho eclodiu no salão. O diálogo era combinado como o roteiro de uma peça de teatro.

A Madre Heléne enfim encontrou os olhos de Ruff na multidão. Seu cenho estava franzido, ela parecia estar quase se desculpando em silêncio. Mesmo que a duquesa fosse sua amiga, não se mostrava uma amiga muito confiável, e Heléne realmente parecia não esperar o que estava acontecendo ali.

Os hobgoblins, ansiosos por alguém a quem servir, abriram caminho para grunhir seu apoio. Os grupos discutiam entre si, apressados — alguns tentando decidir uma posição antes que fosse tarde demais, outros argumentando que tinham mais direito ao trono.

— Não é assim que deve ser! — gritou Ruff, mas foi ignorado. — Estamos aqui para formar uma companhia de heróis, não para agarrar uma coroa!

Deveria ser seu grande anúncio, mas os poucos que o ouviram não deram a menor importância.

— Longa vida à nova rainha! — adiantou-se alguém.

— Estávamos melhor sob Zamir! — proferiu outro.

— Eu seria um rei bem melhor! — bradou algum aristocrata injuriado.

Ruff olhou para Korin e balançou a cabeça. Em menos de uma hora, a reunião se deteriorara. Naquele momento, era uma causa perdida.

Ruff Ghanor abriu caminho entre os convidados e deixou o salão. Mal foi notado.

6 | O salão dos heróis

A ESTALAGEM *A Donzela Cadente* ficava bem no centro de Abismo Sereno, perto do rio. A placa entalhada em madeira na entrada não exibia nenhuma palavra, porque poucos sabiam ler. Em vez disso, apresentava a figura de uma garota despencando de um penhasco — presumivelmente, o penhasco que emprestava nome à cidade. Era um lugar de mercadores, bardos, mercenários e viajantes; no passado, recebera os hobgoblins de Zamir. Agora estava mais lotada do que nunca.

A figura encapuzada entrou na estalagem e mal foi notada entre o alarido do salão comunal. Era tarde da noite; em qualquer outra época, a *Donzela* já estaria silenciosa. Mas, em meio ao encontro dos heróis, abrigava bebedeiras, rivalidades e juras de amizade eterna de sol a sol. Os guerreiros hospedados revezavam-se numa balbúrdia constante: quando alguns ficavam cansados demais para festejar, outros estavam acordando ou retornando de algum compromisso, sempre sedentos. Assim, mesmo na hora mais escura da madrugada, a porta abrindo e fechando rapidamente, deixando entrar três novos convivas, recebeu no máximo uma olhadela de meia dúzia de bêbados.

Os três recém-chegados usavam mantos e capuzes, mas a figura que tomava a frente era a mais misteriosa. Seus mantos eram pesados, reforçados com peles e lã. Não se podia ver seu rosto, ou mesmo se era homem ou mulher. Os dois que seguiam logo atrás eram claramente soldados — ombros largos e peito forte visíveis por sob os mantos. A figura encapuzada foi até o estalajadeiro, falou-lhe algo em tom quieto. Ele conduziu os três escadaria acima, para um dos quartos. Mal bateu na porta e ela se abriu.

— Você veio — disse Ruff Ghanor.

— Fui criada num convento e treinada para as cortes e as igrejas — retrucou a Madre Heléne. — Você é o primeiro homem que consegue me trazer a uma estalagem no meio da noite, matador do dragão.

Heléne e seus dois acompanhantes entraram no quarto que Ruff Ghanor dividia com Korin. Os dois homens retiraram suas capas e mostraram-se como cavaleiros de São Theodric. Korin cumprimentou-os com um meneio de cabeça. O resto do grupo de Ruff estava acampado, fora da cidade, com Johrgrund.

— O que aconteceu hoje à tarde no castelo, Heléne? — Ruff estava sério. — O que sua *amiga* está tentando fazer?

Heléne ignorou o tratamento informal. Não esperava de Ruff a mesma deferência que um monge comum teria, mas era estranho ouvir alguém se referindo a ela como uma igual.

— O que aconteceu foi o triunfo da ambição sobre a religião, Santo de Pés Descalços. O que aconteceu foi a blasfêmia. Justamente o que estamos tentando impedir.

Mais uma vez, o fervor de Heléne pegou Ruff desprevenido.

— Os clérigos de São Theodric não pareciam muito interessados em ajudar — ele retrucou, tentando trazer de volta o assunto mais importante. — Um de seus cavaleiros disse que minha ordem deveria se submeter à sua. E você ficou calada enquanto Ludmilla falava.

Heléne respirou fundo.

— Existem aqueles arrogantes demais entre minha ordem, é verdade. Já estou tomando conta disso. Mas acredite, matador do dragão, eu não pude fazer nada a mais durante o conselho. Era inútil tentar calar a duquesa.

— O que podemos fazer então?

— Nós? Talvez nada. *Você* pode.

Ruff ficou em silêncio. O peso das palavras de Heléne empurrou-o um pouco para baixo.

— Ludmilla é perigosa — ele falou, meio para si mesmo.

— Eu sabia que a duquesa era ambiciosa, mas não imaginei que fosse tentar algo tão descarado — disse a madre superiora.

— Você desceu ao salão com ela. Sobre o que estavam falando antes?

— Não devo dar satisfações sobre o que falo. Mas, se deseja saber, eu falava a Ludmilla sobre seus milagres. Sobre como estávamos lá para celebrar sua santidade.

— Não estávamos lá para isso... — Ruff falou baixo, balançando a cabeça.

— Não tive nenhuma intenção de traí-lo, se é isso que está sugerindo — a madre continuou. — Seu ideal é o nosso. Seus milagres salvaram as vidas de meus homens. Mas...

Deixou a frase incompleta.

— Fale.

— Mas talvez a maneira como você procede seja um pouco ingênua.

Ruff levantou-se da cadeira onde sentava e deu um chute numa mesa.

— Ingênua? — esbravejou. — Sou ingênuo porque acredito que as pessoas possam ser boas em vez de gananciosas?

— Eu já lhe disse, Irmão Ruff, e talvez a humildade impeça-o de aceitar. Cabe a *você* impor a vontade dos deuses sobre os mortais. Você matou o dragão e você cura com as mãos. Você deve trazer a palavra divina. Apenas convocar um conselho e esperar que haja heroísmo é tolice.

Ruff sentiu o rosto queimar de vergonha. Ao mesmo tempo, ainda que fosse tolice, era a esperança do mundo.

— Ainda podemos reverter a situação.

— Você viu o que aconteceu. O poder que era de Zamir está solto no ar e muitos tentarão agarrá-lo. Ludmilla é apenas quem tem o maior título nobre destas terras. Para ela, declarar-se rainha não é tão absurdo. Mas sem dúvida surgirão reis e rainhas às dezenas antes que tudo isso acabe.

— Não! Não pode ser assim. Este é o jeito errado. Não deve haver tiranos.

— Você parece ter *medo* de acreditar que os humanos são assim. Por quê?

Ruff ficou calado.

— Você tem segredos — Heléne deu de ombros. — Não posso questioná-lo como se fosse um plebeu ou um de meus acólitos.

— O que houve depois que fui embora? — Ruff desviou o assunto.

A cavaleira suspirou. Serviu-se de um jarro de hidromel que estava em um canto e deu um gole.

— Uma delegação de anões ofendeu um grupo de aventureiros. Um mago propôs que um conselho dotado de poderes arcanos tomasse o poder. Aqueles que já juravam lealdade eterna à *rainha* Ludmilla ameaçaram atacá-lo por sua insolência. E...

— Continue.

— E um de meus cavaleiros disse que você foi embora porque era um mentiroso e blasfemador. Mandei prendê-lo.

— Deve ser o mesmo homem que desejava que minha ordem fosse englobada pela sua.

— Meus clérigos são bravos. Mas muitos têm a arrogância que surge quando você vive muito tempo em um castelo. Eu puxei as rédeas da Ordem de São Theodric. Mas não consigo segurar as rédeas do mundo.

Ruff andou para um lado e para o outro no quartinho apertado. Parou, apoiou-se no encosto de uma cadeira e deixou a cabeça pender. Será que *alguém* sempre precisaria segurar as rédeas do mundo?

Ruff pensou na própria inocência. Ele convocara um conselho para que todos discutissem e chegassem ao acordo que *ele* queria. Mas as reais alianças haviam acontecido antes, aconteceriam depois. As reais alianças eram feitas em segredo, com sussurros e mensagens ocultas. Talvez alguns bárbaros, hobgoblins e aventureiros apenas dissessem o que pensavam às abertas para todos ouvirem. Mas, para nobres, intenções, palavras e ações eram três coisas totalmente diferentes entre si.

— Conseguiu falar com sua amiga depois?

— Brevemente.

— Ela apresentou alguma justificativa?

Heléne deu um riso sem humor, balançou a cabeça.

— Gente como a Duquesa Ludmilla não *precisa* apresentar justificativas, Ruff Ghanor. Ela nasceu com autoridade. Filha de um duque, cercada por riqueza, respeitada apenas por ter o sangue que tem. E aquelas orelhas... Ascendência élfica causa muito assombro em gente comum. Ela está acostumada a ser obedecida. Acostumada a que suas vontades estejam certas porque são suas. Ludmilla dobrava os joelhos para apenas uma criatura.

— Zamir.

— E agora Zamir está morto. Todos podem olhar para você e enxergar um santo, Ruff, mas Ludmilla enxerga-o como *seu* santo. Na visão dela, você matou o dragão para que *ela* ascendesse.

Era um pensamento estranho. No mosteiro, ele obedecia, mas a hierarquia baseava-se em sabedoria e experiência. Ninguém tinha autoridade apenas por seu nascimento. Quando Ruff começou a se destacar, ainda na infância, recebeu responsabilidades, mas também passou a ser ouvido. No mosteiro, não havia autoridade sem esforço. Subalternos eram pessoas que deviam ser guiadas e protegidas. Contudo, um nobre era autoridade sem esforço nenhum. Para um nobre, um guerreiro habilidoso não era uma pessoa, mas uma arma. Um clérigo sábio era uma maneira de falar com os santos. Todos eram ferramentas.

— A duquesa lhe falou algo? — perguntou Ruff, apenas para não ficar calado.

— Disse que estava muito feliz com minha presença no momento em que ela assumia seu lugar de direito. Disse que não iria esquecer a contribuição que eu dei. Disse para eu agradecer ao monge que tinha arranjado tudo isso, "qualquer que fosse seu nome".

Ruff fez uma careta.

— Ela já me esqueceu — disse ele. — Não sou ninguém. Meu conselho não é nada.

— É o modo das coisas, Ruff. Fique feliz por Ludmilla ser uma nobre justa. Não acho que ela será uma tirana.

Ele ficou em silêncio, deixando a indignação ferver dentro de si.

— Você nunca triunfará nos jogos de poder, Irmão Ruff. Seu poder não é secular. É divino.

A ideia fermentou em sua mente.

Heléne saiu, seguida por seus homens. Um cavaleiro fechou a porta atrás de si, deixando Ruff e Korin sozinhos. Tomaram mais um pouco de hidromel, apenas para fazer algo.

— E então? — disse o guarda. — O que acha dela?

— Não acho que seja traidora — respondeu Ruff. — Parece que estava mesmo tentando nos ajudar.

— Não, seu palerma. O que *acha* dela?

Ruff olhou-o como se ele fosse um animal raro.

— O quê?

— Bonita, não? E, apesar de ser madre superiora de um convento, não me parece muito chata. Agora ela está mais formal, mas em Lago de Pó ela bebeu e riu conosco sem nenhum melindre.

— Ela é mais velha.

— Que preconceito! Não despreze as mulheres mais velhas, elas podem lhe ensinar uma coisa ou duas. De qualquer forma, você parece um velho rabugento, então em espírito ela é bem mais jovem.

— Korin, você está falando de uma alta clériga.

— Garotas religiosas são loucas na cama! Se aprendi algo crescendo perto de um mosteiro foi isso.

— Certo, digamos que tudo isso seja verdade. Onde você quer chegar?

— Não se faça de idiota, Ruff. Acho que vocês dois seriam um bom par. Para algumas noites enquanto estamos aqui e talvez por mais tempo. Ela é uma grande guerreira, e muito inteligente! Não ficou nem um pouco atraído?

— O capitão de minha guarda agora é uma velha alcoviteira. Louvados sejam os deuses.

— Bem, você é estúpido a ponto de não notar o jeito como ela olha para você, então alguém tem de abrir seus olhos. Não havia problema em ser cego desse jeito quando éramos garotos, mas essa fase já passou. Você já deveria reconhecer os sinais das mulheres.

Silêncio.

— Ela me vê como um santo.

— Um santo que ela quer entre seus lençóis.

— Acha que ela olha para mim desse jeito mesmo?

— Claro. E, se não olhar, não significa que você não possa convidá-la para uma cerveja. O máximo que pode acontecer é ouvir uma recusa.

Ruff não respondeu por longos minutos. Até que:

— Há muito tempo eu não pensava em Áxia.

— Ruff...

— É impossível não pensar nela quando falo sobre outras mulheres! Não adianta fingir que ela não existiu.

— Ruff, Áxia foi uma garota com quem você esteve *anos* atrás. Agora ela é, no máximo, uma inimiga.

— Áxia foi mais do que isso. Estive apaixonado...

— Enfie essa paixão no rabo de um troll, seu demente! — Korin explodiu. — Isso foi *anos atrás,* Ruff! Anos! Tudo mudou! Quando você deitou com Áxia pela última vez, o mosteiro ainda estava de pé! O prior ainda estava vivo! Zamir ainda era um dragão!

— Mas...

— O mundo inteiro mudou, seu anormal! Por que fica se apegando a esse pesadelo que passou por sua vida?

— Eu não sinto mais nada por ela. Não penso em trazê-la de volta. Apenas...

— Apenas o quê? — Korin colocou as mãos na cintura, como um pai exasperado com o filho.

— Apenas não consigo deixar de comparar outras com ela.

— *Quais* outras, Ruff? Heléne é a primeira mulher que você sequer aceita discutir! Sua cabeça ainda gira em torno de Áxia, e isso só pode ser chamado de doença.

— Eu queria nunca tê-la conhecido.

— Mas conheceu, e ela nos traiu e causou a morte de todos a nossa volta. Isso nunca não terá acontecido! É o passado! E não tem *nada* a ver com você deitar com uma mulher esta noite!

Ruff ficou em silêncio de novo. Serviu-se de hidromel, mas estava tão nervoso que derramou a bebida.

— Por que precisa ser Heléne? — disse, por fim. — Por que a madre superiora de uma ordem de cavaleiros, que me vê como milagroso, envolvida na política das terras? Parece que, mais uma vez, as apostas são altas demais. Por que não pode ser uma camponesa, ou uma aventureira, ou uma porcaria de pessoa comum qualquer?

— Porque, francamente, você não quer. Você está numa cidade abarrotada de pessoas comuns e pelo menos a metade é formada por mulheres. Quer alguém assim? Saia deste quarto e puxe conversa, como um homem normal! Mas não. Você prefere ficar discutindo as implicações teológicas de investir em alguém.

— O que houve com Áxia foi mais do que uma tragédia. E se acontecer de novo? Nem mesmo conheço Heléne. E se ela se tornar uma tirana opressora? E se for uma conquistadora sanguinária? Uma cultista de demônios? E se ela roncar e roubar as cobertas?

Korin não achou graça.

— Pensei que poderia ter uma conversa normal com você, Ruff. Mas se quer continuar assim, ótimo. Fique criando justificativas para si mesmo e observando a vida passar. Tenho certeza de que, em sua cabeça, todo esse drama é mesmo muito emocionante.

— Korin...

— Para mim, chega. Não quero mais falar sobre Heléne ou sobre qualquer outra. Vou para o salão comunal beber com gente que não é escolhida dos deuses e que pode flertar sem temer pelo futuro da humanidade.

Saiu e bateu a porta.

Então voltou.

— Quer um conselho? — disse Korin. — Esqueça Áxia. Esqueça. Não pense no que ela fez, nem no quanto você sofreu. Apenas esqueça.

Mais uma vez, saiu batendo a porta.

Mas voltou de novo.

— E desculpe pelo comentário sobre você ser escolhido dos deuses. Foi golpe baixo e você não merece. Mas todo o resto é verdade.

Saiu e bateu a porta uma última vez.

Ruff ficou sentado, sem beber e sem fazer nada, por pelo menos uma hora. Então foi até a janela e olhou o céu noturno. A cidade estava tão iluminada e fumaça saía de tantas chaminés que as estrelas empalideciam. Mas, entre elas, uma brilhava mais, destacando-se.

Era uma estrela dourada.

Por alguma razão, Ruff sorriu.

A estrela dourada era o anjo que o protegia desde a infância. Bellitz. Uma enviada dos deuses e, portanto, perigosa. Portadora da revelação mais terrível de sua vida, pior até mesmo que a traição de Áxia. Mas, de alguma forma, a mulher celestial não lhe parecia maligna. Talvez, assim como ele, ela fosse usada pelos deuses, mas não tivesse a índole tirânica deles.

Ruff se ajoelhou.

— Bellitz — falou em voz baixa. — Não sei se pode me escutar, mas esta é a forma para se comunicar com um anjo, não? Então estou rezando para você.

A estrela continuou brilhando no céu.

— Preciso de ajuda. Se você, como os deuses, acreditar que o mundo precisa ser destruído, ignore-me. Mas, se tiver alguma confiança em nós, mortais, ouça. Eu preciso de ajuda. Não posso fazer isso sozinho. Tenho os melhores amigos que um homem poderia desejar, mas nem mesmo eles serão suficientes aqui.

Com as mãos postas, ele falou com mais fervor:

— Preciso mais uma vez de sua ajuda, Bellitz.

Lá fora, a cidade era uma algazarra. Mas Ruff não ouvia. Era como se estivesse em uma conversa particular com aquela criatura de quem só enxergava o brilho.

— Você já me ajudou tantas vezes. Sei que se preocupa comigo. E peço que acredite no que vou dizer. Eu *não* sou melhor que os outros mortais. Todos podem ser bons. Eu quero provar isso, Bellitz. Acredita em mim?

Não houve resposta. Nenhum sinal, nada de diferente.

Mas Ruff achou que não precisava.

O salão já estava lotado quando Ruff chegou, acompanhado de Korin e Johrgrund. O guarda não teve nenhuma palavra de desculpas pela discussão, nem Ruff. Não era preciso, e os dois sabiam que em breve aquilo também seria esquecido. Quando entraram no ambiente abarrotado, foram ignorados. No meio de guerreiros de armadura, anões com elmos chifrudos, bárbaros cheios de troféus de guerra e aventureiros exóticos, Ruff vestia-se com um humilde manto marrom. Era quase invisível, apenas Johrgrund chamava atenção.

Usava a mesma roupa que usara em seus dias de clérigo simples, no mosteiro.

Quando ele chegou, um brilho dourado ofuscou todos os presentes, e então todos olharam para ele.

A estrela materializou-se no meio do salão, sua presença empurrando todos para trás e abrindo espaço. O brilho arrefeceu e a estrela tomou a forma de Bellitz, o anjo.

Ruff sorriu e ajoelhou-se. Korin imitou-o, e logo Johrgrund notou que era o certo a fazer, ajoelhando-se também. A Madre Heléne sorriu largo, com lágrimas nos olhos. Dirigiu um olhar orgulhoso a Ruff e então se ajoelhou, infinitamente grata por estar naquela presença. A energia celestial era palpável, e as dezenas de convidados começaram a se ajoelhar em ondas sucessivas.

A última de pé no salão era a Duquesa Ludmilla.

Trêmula, Ludmilla sustentou o olhar de Bellitz. A enviada dos deuses não exigia aquela mesura, tinha o mesmo rosto tranquilo e bondoso que Ruff enxergara no dia da revelação. Mas, ele sabia, por trás daquela calma e daquela benevolência, havia algo que podia ser terrível. A duquesa, mesmo não sabendo, pressentia. Resistiu o quanto pôde e então também dobrou os joelhos.

— Eu sou Bellitz e venho lhes trazer a verdade! — anunciou a voz límpida, alta como um sino. — Sua terra ainda não está livre da tirania e do mal. Trago a palavra dos deuses e venho lhes dizer o que deve ser feito!

O brilho dourado se intensificou de novo. Os clérigos reunidos ali não conseguiam olhar para Bellitz. Aquela visão seria o suficiente para sustentar uma vida inteira de fé, e alguns deles choravam. Heléne tinha a expressão vidrada de pura beatitude. Não teve nada a dizer a Ruff, nenhum sinal para lhe enviar através do salão. Aquilo era sério demais, intenso demais.

De repente, ouviu-se outra voz, também bela e também poderosa.

— Coloco-me como serva dos deuses — disse a Duquesa Ludmilla. — Reinarei segundo as doutrinas que nos revelar hoje!

Bellitz olhou diretamente para Ludmilla, que não conseguiu mais sustentar o olhar, e disse:

— Não.

A duquesa encolheu-se, apesar de si mesma.

— Vocês não estão aqui para coroar um rei ou uma rainha! — disse Bellitz. — Estão aqui para escutar as palavras de um homem. Ouçam Ruff Ghanor, o Santo de Pés Descalços!

Ruff se ergueu.

Trajado na roupa mais humilde que aquele castelo já vira, atravessou o salão e foi até Bellitz. A celestial levantou a mão e tocou-lhe na testa. Os dois se olharam — de alguma forma, para Ruff, o olhar dela não era avassalador. Era apenas bonito, convidava em vez de repelir.

— *Obrigado* — ele não falou realmente, apenas fez o movimento das palavras com a boca.

Bellitz sorriu.

Então o brilho dourado tomou o salão mais uma vez. Todos tiveram de fechar os olhos. A estrela cegou-os por um instante e desapareceu.

Ruff Ghanor estava sozinho no centro da reunião, com todos ajoelhados a seu redor. Antes que pudessem ter alguma reação, ele falou:

— Ergam-se.

E, porque aquilo era o óbvio a fazer, obedeceram. Até mesmo Ludmilla estivera em reverência e se empertigou ante seu comando. Ruff não sabia de onde vinha aquela sagacidade, mas, quando percebeu o que estava acontecendo, sentiu o coração disparar.

Agora eles estavam em suas mãos.

— Tivemos a visita de um anjo! — começou o clérigo. — É o sinal do que devemos fazer. Todos aqui abandonarão sua vida de busca de riquezas e luta pelo poder. Todos aqui abandonarão o egoísmo e passarão a proteger aqueles que não podem pegar em armas por si mesmos! Criaremos uma irmandade. O Pacto do Abismo!

Todos em silêncio. Todos os olhos nele.

— Cada um aqui tomará responsabilidade pelos aldeões e camponeses a sua volta. Não teremos um rei ou uma rainha. Nada mais de tiranos para nos dominar! Seremos livres. Cada homem e cada mulher poderá decidir o que fazer com sua vida, protegidos pelos nobres e heróis mais próximos. Cada criatura inteligente poderá viajar sem medo de ser escorraçada apenas por sua raça. Elfos caminharão ao lado de hobgoblins. Gigantes e anões serão irmãos! Esta é a proposta que lhes faço, guerreiros. — Tomou fôlego. — Escolherão ser heróis... Ou covardes?

— Você não tem autoridade, monge — disse Ludmilla.

— Errado — a voz de Heléne foi firme. — Ele tem a autoridade suprema. Ele fala pelos deuses.

Então a Madre Heléne foi até Ruff e pediu sua bênção.

Ruff engoliu em seco, mas tocou a testa da cavaleira, abençoando-a como se fosse uma aldeã supersticiosa. Então alguém falou:

— Eu serei um herói.

Era um velho espadachim. Um homem que ostentava a altivez de um guerreiro, mas o cansaço de um ancião. Seus traços finos eram maculados pelas inúmeras cicatrizes em seu rosto e seus cabelos brancos eram longos, amarrados atrás da nuca. Seus olhos ainda brilhavam por trás das rugas e suas mãos ainda pareciam fortes o bastante para empunhar a espada delicada que trazia à cintura. Era um guerreiro errante. O primeiro que se erguia em nome do sonho de Ruff Ghanor.

— A Ordem de São Theodric junta-se ao Pacto do Abismo! — proferiu a Madre Heléne.

— Humanos nunca conseguiriam fazer nada direito sem ajuda — resmungou um anão. — Então conte com o clã Pedra-Amarga!

Logo, uma espada se ergueu, e outra. Então um machado e um arco. Não era sinal de hostilidade, mas de glorificação.

— Você matou muitos de nós — rosnou um hobgoblin. — Mas também foi o primeiro que nos tratou como pessoas.

Ruff abriu um sorriso. Captou o olhar de Korin, e o rosto dele brilhava de orgulho.

— Não podem decidir que ninguém usará uma coroa! — ainda tentou Ludmilla. — Há um dia, exaltavam-me como sua líder. Quem é este homem? E quem pode garantir que aquela criatura foi um anjo? Será que não percebem que a feitiçaria pode tê-los enganado?

— Este é Ruff Ghanor, Vossa Graça — disse Heléne. — É nosso salvador, e eu confio no sonho dele.

Ruff sabia que aquela era uma aliança tênue. Aquelas eram pessoas volúveis. Estavam desesperadas para que alguém lhes dissesse o que fazer, após gerações sob a tirania do dragão. Talvez, em pouco tempo, se voltassem contra ele. Mas Ruff precisava acreditar que aquele lampejo de honra não era só reação ao anjo. Precisava crer que aquela era a verdadeira índole dos mortais.

Havia muito a ser discutido. A maneira como aquilo se organizaria precisava ser decidida, assim como limites para o que cada "herói" podia fazer. As serpentes no meio do grupo precisariam ser encontradas — e convertidas, para que o mundo tivesse chance. Era uma loucura, era algo frágil e repentino, mas ele sentiu seu espírito alto, cheio da energia do futuro.

Era frágil, mas aquele era o momento para agarrar o fio de possibilidade e tecer algo real.

O salão virou uma algazarra de novo. Entre novas juras de lealdade e exaltações ao Pacto do Abismo, Ruff foi cumprimentado uma centena de vezes e ouviu uma centena de nomes, que nem mesmo a maior mente sobre a terra poderia decorar. Conseguiu chegar perto da duquesa. Ela o fitou com olhar frio.

— Você pode se opor a nós, Vossa Graça. Ou seu salão pode ser o centro de algo magnífico, que será lembrado para sempre.

A linda mulher estreitou os olhos.

— Você roubou algo de mim, Ruff Ghanor.

— A coroa nunca foi sua. Não deve haver coroa, sua ou de qualquer um. O povo deve ser livre. Os heróis devem garantir isso.

Silêncio tenso entre os dois, enquanto o salão rugia ao redor.

— Muito bem — disse Ludmilla. — A Sentinela do Abismo abrigará sua irmandade. Meu nome entrará na história desta forma, ainda que não da forma como deveria ser.

— Não *minha* irmandade, Vossa Graça. *Nossa* irmandade. Vossa Graça também é uma heroína.

Então se curvou e beijou a mão da duquesa.

Quando encontrou os olhos dela de novo, notou algo um pouco diferente.

O clérigo virou-se para continuar falando com os convidados e deu de cara com Korin.

— Ruff, algo está errado.

— O quê?

— Johrgrund disse que está sentindo um cheiro estranho. O mesmo cheiro que sentiu antes, quando olhávamos o vale. E esse barulho...

Lá fora, ouvia-se uma espécie de rugido baixo. Não era algo animal, mas parecia um som proveniente da própria terra. Então Ruff percebeu: era o som da cachoeira. De alguma forma, estava diferente.

— Também estou ouvindo — ele disse.

— Quer que eu faça algo?

Mas, antes que Ruff pudesse responder, alguém o abraçou e então um grupo de bárbaros o carregou em seus braços. Quando foi posto no chão, Ruff estava frente a frente com o velho espadachim que jurara lealdade ao Salão dos Heróis antes de todos.

— Pensei que fosse morrer muito antes de ver homens livres lutando, lado a lado, como irmãos — disse o ancião.

— Precisamos apenas de alguns que deem o exemplo.

O velho então se curvou em deferência.

— Como é seu nome, senhor? — perguntou Ruff, meio prestando atenção, meio tentando ouvir o barulho estranho.

— Sou Lurius Minimus — o velho sorriu. — Fui um duelista e mercenário em minha juventude. Diabos, ainda sou, porque não sei fazer mais nada! Mas nunca pensei em ser um herói.

— Tenho certeza de que seus filhos e netos discordariam. Parece um homem honrado.

— Meu filho deseja ser um nobre mais do que qualquer coisa. Já está velho o bastante para deixar de lado essas bobagens, mas quem sabe consigo dar um jeito no moleque!

— Nunca é tarde demais, Lurius Minimus.

Desvencilhando-se do ancião, Ruff procurou Korin de novo. O guarda estava muito longe. Ruff notou algo estranho: havia uma finíssima camada de água no chão, sendo pisoteada e se transformando em lama.

Antes que pudesse fazer qualquer coisa, Ruff deparou-se com uma criatura esquisita. Era um humanoide, mas diferente de tudo que ele já vira. A pele do homem era rosada e ele tinha dois grandes tentáculos na cabeça. Seus olhos eram completamente negros e seus dentes eram pontiagudos. Ele vestia roupas coloridas e extravagantes e era acompanhado por dois guerreiros — humanos de pele escura e olhos também tomados por breu.

— Saudações, matador do dragão — disse a estranha criatura. — Sou Twi'zzek e vim de muito longe para atender a seu chamado. Sou um representante de Jaffba, o Horrendo, líder das guildas de comércio do deserto.

Ruff já estava tonto com tantas apresentações, tentando simultaneamente fazer sentido do barulho e da água a seus pés.

— Receio nunca ter ouvido falar de seu mestre — conseguiu responder.

— Não me admira. Você precisaria cruzar o deserto e visitar nossa cidade de pedra negra para conhecer Jaffba — sorriu. — Mas Jaffba o conhece. Meu mestre é o maior dos mercadores, mas também está atento aos sussurros da guerra.

— Você então deseja se juntar ao Pacto do Abismo, Twi'zzek?

— Eu? — a criatura riu. — Sou um simples arauto, não um guerreiro. Estou aqui apenas para dizer que Jaffba poderá lhes vender armas e suprimentos e negociará com sua irmandade como se fossem um reino soberano. Meu mestre teve suas disputas com o dragão Zamir e agradece pela bênção de se ver livre da fera.

O humanoide e seus guardas curvaram-se para Ruff.

Outros tentaram atrair sua atenção, mas ele se desviou e conseguiu chegar a uma janela. Olhou para baixo e viu que o chão da cidade começava a se alagar. A água infiltrava-se também pelas pedras no castelo, como se subisse as paredes. A estrela dourada estava no céu e parecia mais próxima do que o normal.

— O que está acontecendo? — gritou Ruff Ghanor.

Alguns olharam para ele, outros nem perceberam um grito entre tantos.

Então a água rugiu mais forte. Era o ronco da cachoeira, mas multiplicado várias vezes. Ruff notou que chapinhava em água; seus pés já estavam encharcados dentro das sandálias de monge.

Lá fora, uma espécie de nuvem de gotículas de água subiu atrás das construções. As balsas no rio se movimentaram de forma estranha.

Então ele percebeu:

— O rio está correndo ao contrário!

Heléne já estava próxima. Korin abriu caminho por entre a multidão. Johrgrund ajudou-o, empurrando nobres para os lados com a manzorra.

— Ruff, o que está acontecendo? — ele não sabia de quem era a voz.

— Parabéns, seremos irmãos e heróis! — comemorou alguém que ainda não entendera o perigo.

— Um cheiro esquisito, homenzinho! Um cheiro que não conheço!

— *O rio está correndo ao contrário!* — Ruff repetiu, berrando. — *A cachoeira está correndo ao contrário! É feitiçaria!*

— Quem...

— Armas! — gritou Ruff. — Armas!

Então um vagalhão de água quebrou os vitrais da Sentinela do Abismo. Pelas aberturas, surgiram os primeiros mortos-vivos.

7 Água e sangue

OS MORTOS-VIVOS escalaram as janelas quebradas do castelo e entraram, encharcados. Eram cadáveres inchados, que babavam água do rio. Musgo crescia em sua pele, verde e abundante. Eles tinham garras afiadas e voracidade inumana.

Por todo o salão, os guerreiros gritaram, sacando suas armas e investindo contra os inimigos recém-chegados. A Madre Heléne puxou sua espada e decapitou uma das criaturas. O corte não verteu sangue, mas água com cheiro podre. O cadáver continuou avançando para ela, braços estendidos e garras prontas, numa determinação cega de matar.

A Duquesa Ludmilla recuou para se proteger e logo em seguida foi cercada por seus guardas.

— Quem nos ataca? — gritou a nobre. — Quem conseguiu penetrar na Sentinela do Abismo?

Ruff tentou enxergar seus amigos, mas a confusão era grande demais. Já eram dezenas e dezenas de mortos no salão, atacando os guerreiros, enxameando sobre alguns mais fracos, avançando a despeito de qualquer ferimento. Johrgrund, mais alto que todos, era visível mesmo em meio ao caos. Esmagou a cabeça de um morto-vivo com a mão que lhe restava, enquanto batia em outros dois com o coto no outro braço. Três cadáveres jogaram-se sobre o clérigo. Ele não trajava armadura, não tinha seu martelo. Protegeu-se como pôde, o antebraço na frente do rosto, e sentiu sua pele ser rasgada pelas criaturas. Um dos mortos-vivos rastejou para ele, e Ruff acertou-lhe um chute no queixo, jogando-o para longe. Mas nada os detinha, eles continuavam vindo, sem dor e sem medo, apenas sanguinolência.

— São Arnaldo, afaste de mim o que não deveria existir! — rezou.

Ruff brilhou com uma luz azulada e os mortos pareceram se ofuscar. O poder do santo afastava a necromancia, a arte arcana da morte em vida, e repelia os seres criados desta forma.

— Meu martelo! — Ruff gritou, para qualquer um e para ninguém. — Pelos deuses, meu martelo!

O rosto de um morto-vivo que se afastava da luz divina foi perfurado por uma espada, a ponta da lâmina surgindo entre os olhos. Korin puxou a arma e desvencilhou-se do cadáver.

— Ruff, o que é isso? — berrou o guarda.

Os dois amigos trocaram um olhar significativo. Korin jogou-lhe o martelo e Ruff agarrou-o no ar.

Ruff esmagou a cabeça de um morto com a arma, mas outros três entraram por uma janela ao mesmo tempo. E, nas outras janelas, surgiam ainda mais cadáveres. Enquanto isso, a água infiltrava-se pelas pedras do castelo. Ruff já andava com certa dificuldade, alguns centímetros de água no chão.

Súbito, ouviu-se um grito de guerra bestial. Os convidados apavoraram-se ainda mais, mas Ruff Ghanor sorriu. O gigante Johrgrund avançou para uma multidão de cadáveres, varrendo-os com seu braço poderoso. Destroçou quatro com um golpe, pisou em um peito e esmagou um inimigo. Usou o coto do braço esquerdo como uma arma e abriu caminho por entre os inimigos.

Korin decapitou um morto-vivo enquanto chutava outro. O guarda era um guerreiro esforçado, mas estava lutando no ápice de sua capacidade. Mantinha-se seguro — o ataque vinha por todos os lados, e ele destruía um morto apenas para que outros dois tomassem seu lugar.

Os mortos-vivos eram intermináveis. Ruff golpeava às cegas, tentando evitar os aliados. Sem sua armadura, sentiu os mantos de religioso rasgados por garras mortas. Dois cadáveres subiram em suas costas e começaram a morder, arrancando sangue.

A Duquesa Ludmilla foi escoltada para uma saída do salão, mas nem mesmo seus guardas conseguiam se movimentar direito no meio da luta e chapinhando na lama. Os mortos-vivos não paravam de chegar, a água no chão não parava de subir.

— O povo lá embaixo! — Ludmilla desesperou-se. — Alguém proteja Abismo Sereno!

Apesar da ambição, Ludmilla preocupava-se com sua gente. Ruff respeitou-a, mas não havia tempo para sentimentos sutis. Conseguiu se aproximar de uma janela e olhou para baixo.

Abismo Sereno estava alagada. As pessoas tentavam correr, mas um metro de água na cidade toda impedia. Destroços e animais mortos flutuavam numa correnteza louca. O rio corria ao contrário, a cachoeira subindo em vez de descer, e o nível da água aumentava cada vez mais. Centenas, talvez milhares de mortos-vivos invadiam a cidade com a enchente, movendo-se com destreza no alagamento. Seguravam suas vítimas debaixo d'água, afogando-as. Mastigavam seu rosto, arrancavam pedaços de sua carne.

A estrela dourada de Bellitz estava no céu, muito grande e próxima.

Mas o nível da água não parava de subir.

— Johrgrund! Korin! — gritou o clérigo. — Desçam e protejam a cidade!

Korin decapitou mais um e voltou-se para o amigo.

— Você precisa de nossa ajuda!

— São Arnaldo me ajuda! O povo precisa de vocês!

Diferente de Korin, Johrgrund não discutiu. Com um urro, agarrou o guarda pela roupa e ergueu-o. Então preparou o ombro e investiu contra uma janela. O impacto de seu corpanzil contra a parede sacudiu o salão. Johrgrund recuou e tentou de novo — desta vez, a parede se quebrou. O gigante e o guarda despencaram lá embaixo. Johrgrund usou seu corpo para proteger Korin, e eles caíram no meio de um verdadeiro pântano de cadáveres. O rio estava tomado por mortos-vivos. A cachoeira que corria ao contrário transformava tudo em um lamaçal sangrento.

A estrela dourada cresceu no céu, até tomar a forma de Bellitz. O anjo surgiu, com sua armadura, sua enorme espada e suas asas magníficas. Korin gastou um momento olhando para ela, maravilhado com a ajuda divina, mas a celestial estacou em pleno ar.

O corpo de Bellitz ficou rígido, como se ela estivesse paralisada. Ela rangia os dentes, parecia fazer força. Mas não conseguia se mexer.

— Vocês não podem fazer isso comigo! — gemeu a enviada dos deuses, falando com alguém que só ela conseguia ver. — Este não é seu desígnio! Eles não merecem!

Korin rasgou o estômago de um cadáver, fazendo as tripas se derramarem com litros d'água. A correnteza já ameaçava derrubá-lo, e era difícil notar onde estavam as margens do rio, escondidas pelo alagamento já quase chegando à cintura. Johrgrund ergueu cinco mortos-vivos da água com um só movimento de seu braço poderoso, jogando-os para todos os lados. O guarda olhou de novo para Bellitz.

— Eu entendo que este não é meu dever — disse a celestial, aparentemente falando sozinha. — E sei que já excedi o que me foi ordenado ao espalhar a palavra de Ruff Ghanor. Mas deixem-me agir, eu imploro.

O rosto do anjo estava vermelho. Ela tremia e lacrimejava de esforço.

— Isto é a morte em vida, a maldade dos mortais, tudo que vocês mais odeiam! Eu não sou apenas um anjo mensageiro! Imploro, deixem-me lutar!

Então o céu tornou-se dourado acima de Bellitz. A água sangrenta refletiu a luz divina e a celestial sorriu.

— Obrigada, meus senhores.

Bellitz desceu sobre os mortos-vivos com fúria sagrada. Com um golpe monumental, cortou seis deles. A carne profana incendiou-se ante o toque da espada santa.

Dentro do castelo, Ruff Ghanor afundou o martelo em mais um inimigo, enquanto afastava os outros com o poder de São Arnaldo. Vários convidados estavam mortos, mas ele viu a luta tomando forma a seu favor. Eram muitos guerreiros, todos unidos. Os anões cantaram um hino de guerra e retalharam cadáveres com seus machados. Os bárbaros reviraram os olhos num frenesi de batalha e golpearam loucamente. Os hobgoblins voltaram sua selvageria contra o mal, salvando cavaleiros no processo. Por um instante, ele achou que tudo ficaria bem.

Então uma parede atrás explodiu.

Os convidados gritaram. Ruff virou-se e enxergou o verdadeiro inimigo.

Ela foi conduzida pelas águas para dentro do salão. Podia-se ver que era uma mulher, mas estava escondida por um manto negro, que tapava seu rosto e a maior parte de seu corpo. Água do rio escorria farta das dobras do manto. Na mão direita, a recém-chegada tinha um anel, que emanava um brilho verde.

Ruff Ghanor engoliu em seco. Orou a São Arnaldo e abriu caminho até ela, martelo em punho.

A mulher recuou, movendo-se com destreza na água e evitando seu golpe. Atravessou o salão e chegou até a duquesa. Os guerreiros da nobre atacaram-na, mas um gesto dela fez com que começassem a tossir e engasgar. Então o primeiro deles vomitou água. Água escorreu de suas narinas; eles agarraram a garganta e caíram no chão, contorcendo-se. Estavam se afogando.

Ludmilla ergueu seu cetro-maça.

— Quem é você? — perguntou a duquesa, com voz firme. — Por que nos ataca?

Em resposta, a mulher de mantos negros fez um gesto, e toda a água no chão do salão se ergueu, moldando-se em uma espécie de lança. Ela apontou para a duquesa e a lança voou contra a nobre, perfurando seu peito.

Ludmilla tossiu. A lança líquida desapareceu dentro de seu corpo. Então uma mistura rosada de sangue e água começou a emergir de sua boca, seus olhos, suas narinas, seus ouvidos.

Heléne tentou correr para perto da nobre, mas um grupo de mortos-vivos segurou-a. O espadachim Lurius Minimus enxergou a morte de

Ludmilla com lágrimas amargas nos olhos. Twi'zzek, o arauto vindo de longe, protegia-se com duas adagas curvas e balançou a cabeça, lamentando a perda como um negociante.

— *Não!* — Ruff gritou.

O clérigo tentou chegar até a inimiga. Mas seu caminho estava bloqueado pelos cadáveres, que se jogavam sobre ele, agarravam seus braços e suas pernas.

Todo o sangue da duquesa deixou seu corpo, misturado com a água do rio. Ela caiu inerte. Então a mistura de sangue e água subiu até o teto, como uma criatura viva. No teto, moldou-se em um pentagrama.

A mulher de preto fez mais um gesto, e o pentagrama se desfez em um jorro na direção de Ruff Ghanor.

Ruff destruiu um morto-vivo com seu martelo, enquanto socava outro. O projétil líquido atingiu-o, mas não perfurou sua pele. Apenas se moldou em anéis sobre seus braços, seus tornozelos, seu pescoço, seu peito. A água misturada com sangue entranhou-se em sua pele, deixando marcas vermelhas.

Pareciam tatuagens e tinham a forma de grilhões.

— *São Arnaldo, afaste meus inimigos!* — o clérigo gritou.

Mas os mortos-vivos continuaram avançando.

Ruff Ghanor golpeou, e os cadáveres continuaram chegando.

— *São Arnaldo, conceda-me sua força!* — sussurrou, sentindo o desespero chegar perto.

Nada.

— *São Arnaldo, me ajude* — suplicou.

Não conseguia invocar a magia divina.

O poder do santo o havia abandonado.

Então, sem alternativa, Ruff decidiu usar o poder do terremoto. Bateu com o martelo no chão. Destruiria o salão, mas também os mortos-vivos.

A pancada foi seca e inútil. O golpe de um mero humano.

Muitos guerreiros do salão tinham morrido pelas garras dos mortos-vivos, mas vários outros haviam perecido afogados, na água que já chegava na altura dos joelhos. Os afogados agora se erguiam também, para atacar os que ainda estavam de pé.

Lá fora, o povo de Abismo Sereno e os guerreiros que visitavam a cidade morriam. Aqueles que haviam se afogado juntavam-se às fileiras inimigas.

Ruff olhou para a mulher de manto negro com olhos arregalados.

— O que você fez comigo?

De dentro de seu capuz negro, ela respondeu:

— Fiz o que ele me ensinou, Ruff. Anulei o poder divino.

Ruff balançou a cabeça, incrédulo.

Isso já acontecera antes. Quando o mosteiro de São Arnaldo foi destruído, anos atrás, o poder dos clérigos tinha sido barrado. Ele sabia que existiam rituais, fossem quais fossem, capazes de impedir que a magia divina funcionasse. Agora nem mesmo o poder do Devorador de Mundos funcionava. Só podia haver uma culpada.

Um bando de mortos-vivos atacou-o. Ele empurrou dois com seu antebraço, mas foi mordido. Então desceu o martelo sobre o peito de um deles. Ouviu o esterno se quebrar, do buraco no peito vazou água. Outros cadáveres seguraram suas canelas. Ruff chutou e pisoteou. Sentiu uma mordida na cabeça. Desvencilhou-se do morto-vivo que o estava escalando apenas para ser atacado por trás. Sozinho, era capaz de destruir dezenas daqueles inimigos. Mas, sem magia divina, isso não era suficiente.

— Você! — rugiu o clérigo. — Não se esconda! Você é...

— Não fale meu nome — cortou a mulher. — Você não tem o direito de dizer meu nome.

Ruff tentou enxergar seu rosto, mas as trevas dentro do capuz impediam. Ele tinha certeza, reconhecia a voz, e ao mesmo tempo tentava negar. Só podia ser uma pessoa, e não podia ser ela.

O poder sobre a vida e a morte, como tinha sido o objetivo dela desde o começo. O poder para fazer com que ela nunca mais perdesse ninguém. O resultado era aquele? A criação de aberrações, como Zamir fizera durante tanto tempo? Um massacre?

Por que ela atacava agora?

— Guerreiros das terras do dragão, ouçam! — disse a feiticeira. — Este é o poder de Zamir!

Sua voz ribombou no salão, mais alta que os gemidos dos vivos e o rosnar efusivo dos mortos.

— O dragão está vivo! — disse ela. — Ruff Ghanor mentiu para vocês!

Enquanto lutava com os cadáveres, Ruff viu a Madre Heléne boquiaberta. Guerreiros e nobres que enfrentavam os mortos-vivos gritaram de indignação.

— Zamir vive e mais uma vez comandará esta terra! Os deuses abandonaram Ruff Ghanor e ele não tem mais poder nenhum!

A feiticeira andou para perto de Ruff.

— Mas não se preocupe. Você não morrerá.

— Os deuses continuam nos protegendo! — Ruff gritou, do meio dos mortos-vivos. — Não temam, ela está apenas tentando nos dividir!

Heléne cortou a cabeça de um cadáver com a espada e conseguiu olhar para ele. Seus olhos brilhavam de lágrimas.

— O que está acontecendo, Irmão Ruff Ghanor? Quem é esta feiticeira?

Ruff ficou mudo.

— Ela tem de estar mentindo — disse a Madre Heléne, a mandíbula firme, a mesma fé em seus olhos. — Eu sei que está. Você é o matador do dragão. Você é nosso santo.

— Eu nunca disse que era um santo, Heléne.

A cavaleira ignorou a resposta.

— Quem é ela, Irmão Ruff?

— É... Uma serva de Zamir.

— Zamir está morto.

Ruff não disse nada.

— Zamir está morto! — Heléne insistiu. — Zamir *precisa* estar morto! Você é o matador do dragão!

Um riso sarcástico cortou a algazarra do combate.

— Diga a ela, Ruff — a feiticeira zombou. — Diga o que aconteceu a Zamir.

— Ruff Ghanor o matou! — Heléne repetiu, para os outros e para si mesma, com fanatismo no olhar. — Ruff Ghanor, o Santo de Pés Descalços, o matou! Ele é o escolhido dos deuses!

— Diga a ela, Ruff.

Então o clérigo falou. Não conseguiu encarar Heléne. Por um momento, parou até mesmo de lutar e olhou as marcas em forma de grilhões em seus pulsos.

— Eu não matei Zamir. Eu o poupei.

As palavras mal foram ouvidas no meio do combate. Mas o brado de Heléne perfurou a gritaria.

— *Não!*

— Eu não sou um santo, Heléne! Eu não sou seu salvador.

— O poder dos deuses... — a madre superiora tentou.

— O poder dos deuses é só magia — a feiticeira interrompeu-a. — Magia que foi arrancada de seu falso profeta.

A raiva borbulhou dentro de Heléne e então transbordou num grito de decepção que se transformou em ódio:

— *Mentiroso!*

Porque, quando alguém era elevado em um pedestal, qualquer falha significava uma queda.

Ruff Ghanor havia mentido. Dissera que Zamir estava morto, mas o dragão vivia, em forma humana. Porque ele não fora capaz de matá-lo.

Porque não fora capaz de matar a serva do dragão, seu antigo amor.

— Você nos trouxe até aqui! — rugiu Heléne. — Sabia que o dragão estava vivo e trouxe todos que poderiam desafiá-lo até aqui!

— Eu não sabia...

— Impediu que Ludmilla ascendesse! E agora ela está morta!

Ruff tentou falar algo, mas a madre superiora não escutava.

— Uma irmandade de heróis? — disse Heléne, com raiva. — "O Pacto do Abismo"? Você nem mesmo foi capaz de matar seu inimigo! Mentiu sobre ter nos libertado! E desejava nos dizer o que fazer?

— Eu não sabia que isso aconteceria! Não conhecia este poder.

— Não sabia que os servos do dragão podem erguer os mortos?

Ruff não respondeu. De novo, olhou para baixo. Sim, ele sabia dos poderes necromânticos de Zamir. Não conhecia apenas o poder sobre as águas.

— Estas mortes são culpa *sua!* — a cavaleira acusou.

Ruff tentou mais uma vez invocar um milagre. Sentiu uma dor lancinante onde estava marcado com os grilhões de sangue. Caiu de joelhos, enfraquecido pela agonia.

A feiticeira de mantos negros observou o massacre. Examinou o sonho destroçado de Ruff Ghanor.

— Adeus, Ruff.

E afundou na água. A correnteza carregou-a consigo. O anel em sua mão brilhou mais forte.

Ruff Ghanor estava sangrando. Mal conseguia erguer o martelo. Tentou olhar por um dos rombos nas paredes para notar o que acontecia lá fora. Pensou enxergar o brilho dourado de Bellitz e rezou para que ela, Johrgrund e Korin estivessem a salvo e conseguissem proteger os inocentes.

Mas sabia que rezar não adiantava.

Continuou lutando.

Enfim, a cidade estava em silêncio. Já anoitecia.

Ruff estava estirado no chão. Mal conseguia manter os olhos abertos. Sentia tantas dores que não era capaz de discernir onde estava ferido. Seu corpo estava coberto de sangue, assim como o chão sob ele e tudo a seu redor. O enorme salão estava atapetado de corpos mutilados. Cabeças, braços e pernas espalhavam-se por tudo. O que restava das paredes estava lavado com sangue. A água escorrera para fora. O rio devia ter parado de correr ao contrário. Era difícil raciocinar.

Quatro figuras surgiram sobre ele. De pé, cambaleando.

A Madre Heléne e três cavaleiros da Ordem de São Theodric.

— Vencemos? — perguntou Ruff, com um fio de voz.

Heléne endureceu o rosto.

— Veja quanta morte você causou, traidor.

Ele fechou os olhos. Tentou invocar o poder do santo e, de novo, foi tomado por uma dor horrenda nos lugares onde os grilhões de sangue estavam tatuados em sua pele.

— Heléne...

— Você mentiu — disse a madre superiora. — Disse que matou Zamir, mas o dragão está vivo e possui uma serva poderosa. Uma serva que você conhece, porque ela o chama pelo nome. Você juntou todos aqui, no mesmo lugar, vulneráveis contra nossos inimigos. A Duquesa Ludmilla morreu por sua causa.

— Eu também estava aqui. Também fui vítima.

— Você foi poupado.

— Ela quer destruir a irmandade.

— Nunca houve irmandade — Heléne olhou-o com desprezo. — Isso sempre foi um sonho idiota, e eu fui idiota por acreditar que você seria um escolhido. Mesmo que você não estivesse planejando este massacre, é um mentiroso e um traidor, pois afirmou que havia matado o dragão. Todas essas mortes são culpa sua.

— Perdoe-me.

— Não. Não, você não será perdoado. Vai pagar por seus crimes.

Ruff tentou se curar mais uma vez, sabendo que seria inútil. Apenas causou ainda mais dor em si mesmo.

— Solte-o! — disse alguém.

Era o velho espadachim Lurius Minimus. Tinha sua espada delgada nas mãos, mas mal conseguia ficar de pé.

— Ele é inocente — protestou o ancião. — Solte-o.

— Ele mentiu para todos nós, e agora não há mais guerreiros para resistir ao dragão — retrucou Heléne. — Por sua mentira e sua irresponsabilidade, Ruff Ghanor matou centenas. Destruiu Abismo Sereno.

Lurius ergueu sua espada, em posição de guarda.

— Pois bem, se quiser fazer algo contra ele, terá de matar mais um — ameaçou o velho.

— Não faça isso — disse outra voz.

O estranho Twi'zzek saiu de trás de uma pilha de escombros. Nenhum de seus guardas parecia ter sobrevivido.

— Não jogue sua vida fora, ancião. Estes são clérigos militantes. Eles irão matá-lo também.

Lurius hesitou.

— Não é uma boa aposta — disse Twi'zzek.

— Baixe sua arma, Lurius — balbuciou Ruff.

Só então Lurius obedeceu.

Ruff foi erguido pelos cavaleiros e arrastado para fora do castelo. Passou por corredores cheios de morte. Pedaços de cadáveres espalhavam-se por todos os lados. Cenas sangrentas contavam histórias de guerreiros que tentaram resistir, de nobres que tentaram fugir. As paredes da Sentinela do Abismo estavam rachadas pela força da água que acompanhara o ataque. O teto gotejava, e toda a estrutura ameaçava ruir.

A plataforma levadiça que antes permitia a saída do castelo estava arruinada, então eles jogaram Ruff por um rombo na parede do andar térreo. O clérigo rolou por uma pequena colina de destroços, foi parar em uma pilha de cadáveres.

Morte por toda parte. Os guerreiros haviam vencido, mas o custo fora as vidas de Abismo Sereno.

Ruff tentou achar seus amigos, mas não os enxergou. Não viu a estrela dourada.

De novo foi suspenso pelos braços e arrastado. Uma comitiva formou-se a seu redor. Ruff sentiu uma pedra jogada em suas costas e uma cusparada em sua nuca.

— Traidor!

— Mentiroso!

Seus pulsos e tornozelos foram amarrados. Ele não tinha mais forças para resistir. Foi retirado da cidade e colocado sobre o lombo de um cavalo. Sentiu que começava a galopar e então perdeu a consciência.

Ruff Ghanor acordou várias vezes ao longo da viagem, mas não enxergou nada. Estava com um saco de pano negro na cabeça. Não viu a nova cidade onde enfim chegou, após um número indeterminado de dias ou semanas.

Foi levado, naquele estado ferido e exausto de semiconsciência, até um prédio enorme. Lá dentro, tiraram seu capuz. Os cavaleiros entregaram-no para homens trajados em roupas negras, homens malcheirosos e desdentados. Ao redor, Ruff ouvia lamentos e gemidos de dor de muitas pessoas.

— Qual foi o crime deste aqui? — perguntou alguém.

— Alta traição.

O primeiro interlocutor estalou os dedos.

— Vamos cuidar bem dele.

Ruff Ghanor bateu a cabeça contra o chão de pedra quando foi jogado dentro de uma cela. Estava em uma prisão.

Ouviu a porta sendo trancada. Ele havia cometido um erro. Seu sonho fora brilhante demais, sua misericórdia fora grande demais. As expectativas sobre sua santidade foram altas demais. Agora era hora de pagar, e sua sentença começava.

No escuro da cela, Ruff Ghanor falou a palavra que antes não ousara dizer. Vocalizou a certeza fria em seu interior. Era impossível, mas era a única resposta. Emitiu o som que dançara em sua mente durante todo aquele tempo, o nome de quem havia causado tudo aquilo:

— Áxia.

8 | Áxia

NAS PRIMEIRAS NOITES na prisão, Ruff foi acossado por demônios.

Não sabia dizer se eram reais ou produtos de sua mente enfraquecida e febril. Certamente não sabia dizer quanto tempo havia se passado desde que a porta da cela fora fechada e então aberta somente para lhe dar comida ou surras. O interior da cela fedia a umidade, sujeira velha, restos de outros prisioneiros que tinham estado lá ao longo dos anos. Ratos espreitavam nos cantos, vendo-o como fonte de comida, salivando para roerem sua carne. Insetos de todos os tipos caminhavam pelas paredes, pelo chão e pelo teto. Quando escalavam o corpo de Ruff, faziam cócegas repugnantes. Pedaços de ossos — humanos ou animais — quebravam-se sob seus joelhos, seus pés, seus cotovelos. Era melhor não saber exatamente o que havia na cela. Mas o que quer que houvesse estava esperando para feri-lo ou degradá-lo.

Certa noite — ou dia, porque sempre era escuro na cela — surgiram rostos fosforescentes no breu, com sorrisos largos e olhos amarelos. Eram rostos grandes, maiores do que o de um humano. Ostentavam chifres e gargalhavam muito.

Ruff não conseguiu contar os demônios. Seus rostos viraram corpos inteiros, que escalaram as paredes e andaram pelo teto como baratas. Deslizaram sobre seu corpo com uma graça repugnante e zombaram.

— *O Devorador de Mundos está preso* — disseram, entre risinhos. — *O mundo pertence a nós, os mortais se encarregaram de vencê-lo desta vez. Você morrerá à míngua, Devorador, mas nós teremos um banquete.*

Ruff lembrou do que sabia sobre a lenda do Devorador de Mundos. Sobre o que Thondin e Zamir haviam falado. Com a destruição das terras, os demônios arriscavam-se a morrer de fome, pois se alimentavam da maldade, do ódio, da ganância. Ele falhara em sua tentativa de convocar um conselho de heróis. A terra cairia na barbárie de novo. Os demônios teriam alimento farto.

Pensou também nos deuses. Será que eles podiam criar um outro Devorador enquanto ele ainda estivesse vivo? Será que, enquanto Ruff Ghanor apodrecia numa masmorra, outro arauto da destruição estaria surgindo? Talvez uma fera, ou um humano, ou talvez um desastre natural, como Bellitz sugerira?

Ele tentou se livrar das correntes que prendiam seus pulsos e tornozelos à pedra da cela, mas era inútil. Tentou invocar a magia de São Arnaldo, mas só conseguiu sentir dor pela tentativa. Os demônios acharam ainda mais graça nisso e revoaram a seu redor, tentando ver sua agonia de todos os ângulos.

— *Você não é nada, Devorador. Você é prisioneiro de humanos. Você é mortal, fraco e tudo que você ama será destruído. Por você ou por nós.*

Ruff não podia nem mesmo usar o poder do terremoto.

— *Tudo que você ama morre ou é corrompido. Abra os olhos, Devorador, nós vamos lhe mostrar.*

E ele não sabia se era alucinação, sonho ou uma visão distante. Mas enxergou um pântano.

Áxia seguiu pelos Pântanos Cinzentos. A travessia era difícil e ela ia a pé. Seu manto negro estava encharcado, ela sabia que seus pés estariam sangrando dentro das botas. O pântano se estendia até onde a vista alcançava, para todos os lados, num cenário lúgubre e escuro. Árvores imensas estavam tombadas pelo caminho, apodrecendo em paz no meio das criaturas do lodo. A travessia já durava quase uma semana. Ela sentia falta de falar com alguém.

Enfim, avistou a enorme rocha no meio do pântano. Era uma verdadeira ilha e abrigava a pequena cidade fortificada onde ela vivera durante o ano anterior. O lugar não tinha nome, porque seus ocupantes eram apenas dois — e o dragão não parecia ter necessidade de batizar seu lar. Então Áxia decidira chamá-la de Cidadela de Ulma.

A cada vez que chegava lá, Áxia lembrava de Ulma, sua antiga mestra, assassinada por aldeões, e sabia que estava fazendo a coisa certa. Ulma fora uma bruxa, uma curandeira e conselheira para a aldeia ao redor do mosteiro de São Arnaldo. Mas, quando perdera sua utilidade, foi chamada apenas de bruxa e então queimada dentro de sua cabana. Os culpados nunca foram punidos. Essa fora uma lição dura que Áxia aprendera muito cedo — não podia confiar em seus conterrâneos. Não havia nada de errado em se aliar com um dragão, aprender magia e isolar-se em uma cidadela no pântano.

A cidadela estava movimentada. Mortos-vivos forjavam armas, acionavam manivelas para drenar a água que alagava algumas partes. Patrulhavam o perímetro, caçavam lagartos do pântano, cozinhavam-nos para seus mestres. Mas os mortos-vivos eram apenas corpos que se mexiam, não pessoas de verdade. Dezenas e dezenas de cadáveres animados, nenhum companheiro. Áxia achou que já deveria estar acostumada a ficar sozinha, mas isso nunca acontecia.

Ela adentrou a cidadela, atravessou a praça central e foi até a torre principal. Passou por inúmeros guardas mortos-vivos, que admitiram sua passagem sem nenhuma palavra e nenhum gesto da parte dela. Áxia os criara, eles a viam como uma divindade. Bastava o desejo de Áxia para que eles obedecessem.

O maior aposento da torre era um salão circular, sempre na semiescuridão, decorado com os escudos de antigos inimigos vencidos, os crânios de dragões poderosos derrotados, as armas daqueles tolos o suficiente para se voltar contra o mestre daquele lugar nos séculos anteriores. No centro de tudo, uma espécie de altar grandioso. Era elevado do chão, uma escada conduzia ao topo. Sobre o altar, não um ídolo ou algum símbolo religioso, mas uma imensa cama.

Fofa, mas imunda. Cheia de cobertores e travesseiros puídos e sujos, na tentativa de dar algum conforto a quem nela jazia há mais de um ano.

— Venha até mim — disse o tirano caído.

Zamir não era mais um dragão. Era apenas um velho ferido, que não conseguia se erguer.

Áxia fechou os olhos. Desde que deixara a cidadela para sua incursão contra Ruff em Abismo Sereno, não falava com quase ninguém. Trocara algumas palavras com seu antigo amor, mas eram frases de orgulho, de vingança, de raiva. Agora voltava para seu mestre, seu único companheiro. Voltava vitoriosa, sem ressalvas, tendo massacrado potenciais inimigos, dado cabo de uma duquesa e arranjado para que Ruff fosse preso. Tendo vencido uma cidade quase inexpugnável, revertido o fluxo de um rio, mudado o rumo da história do mundo.

Mas as palavras que recebia de seu mestre foram apenas mais uma exigência.

— Estou cansada — disse ela, dando de ombros. — Atravessei os pântanos a pé.

— Em breve, você não precisará mais disso — Zamir retrucou. — Não irá mais sofrer com as fraquezas do corpo mortal ou trocar palavras com humanos patéticos.

Áxia olhou para baixo, para seu corpo.

Ela gostava de si mesma. Havia demorado bastante para que realmente apreciasse seu corpo magro, sinuoso, ágil. Enfim gostava dele, via graça nos próprios movimentos. Mas, para o mestre, aquele corpo era insuficiente. Ele dizia que Áxia deveria se submeter a um ritual. Ela não sabia se queria.

Subiu as escadas até enxergar a forma decrépita de Zamir, estendido na cama.

— Você não será mais mortal — disse o tirano caído. — Será superior.

Áxia apertou os lábios.

— Serei Áxia.

— Este é seu nome de escrava. Você agora é muito mais.

O dragão derrotado fez um gesto com sua mão de humano velho. Deveria ser um gesto forte, um punho cerrado. Mas ele não tinha energia para tanto.

— É livre, minha discípula.

— Vamos ver seus ferimentos.

Abriu os mantos com que Zamir se cobria e examinou as bandagens. Fez uma careta sutil; os curativos estavam empapados de sangue e infeccionados.

— Suas bandagens não foram trocadas desde que eu saí.

— Nenhum humano além de você tem o direito de tocar em meu corpo.

— Você vai morrer assim!

— Sou imortal! — protestou Zamir, mas então se desfez em um acesso de tosse.

Áxia virou o rosto, por vergonha de seu mestre. Zamir fora a criatura mais poderosa sobre a terra. Fora um dragão que todos temiam. Comandara hordas de hobgoblins, fizera todo o povo tremer ante suas garras. Agora era um velho teimoso. Doía ver Zamir assim. Era patético vê-lo sujeito às mesmas preocupações mundanas de um homem qualquer, ferido e com saúde frágil. Mas assim era ele agora. Áxia não sabia se ele não poderia simplesmente morrer de velhice.

— Eu lhe trouxe curandeiros para isso — disse a garota. — Eles eram seus escravos. Seus servos obedientes, assim como eram os hobgoblins antes. Não há indignidade em aceitar que cumpram suas funções.

— Humanos! — esbravejou Zamir. — Humanos que julgavam saber mais do que eu sobre minha saúde. Ordenei aos mortos-vivos que fossem mortos, então os devorei.

— Por favor, não mate os próximos — Áxia não tinha mais forças.

Ela desconfiava que Zamir precisava de clérigos, mas isso estava fora de questão. Há muito ela descobrira que só no mosteiro de São Arnaldo haviam existido clérigos capazes de curar com magia. Ela e seu mestre haviam pesquisado rituais profanos capazes de devolver a saúde a Zamir, mas esses rituais sempre passavam por pactos com demônios — e demônios sempre queriam algo em troca. Em geral algo de valor muito maior.

Ela também pensara em transformar Zamir em um morto-vivo. Havia um ritual proibido, segundo o qual um mago despia-se de seu corpo mortal e tornava-se uma poderosa criatura arcana, entre a vida e a morte, um *lich*. Mas Zamir rejeitara a ideia, pois isso anularia qualquer possibilidade de ele voltar a ser um dragão.

Zamir queria ser um dragão. Queria ser poderoso e terrível, como fora no passado. Assim como muitos que envelhecem com amargores, ele queria o que tinha em sua juventude.

Áxia retirou as bandagens sujas. Servos mortos-vivos vieram trazendo novos curativos. Ela limpou as feridas, sem nojo do pus e da carne enegrecida que cercavam os rombos na pele. Tratou-os com unguentos medicinais que ela mesma fizera. Havia aprendido aquelas técnicas com Ulma e continuara pesquisando sozinha desde então. Refez os curativos. Estavam bonitos, limpos, davam a impressão de um paciente que logo iria se curar. Ela secou o suor da testa de Zamir, passou um creme em seus lábios para retirar as crostas gretadas que haviam se formado.

— Ruff Ghanor está morto? — perguntou o mestre.

Áxia olhou para baixo.

— Você o deixou viver — ele concluiu. — Deixou nosso inimigo viver. O homem que fez isso comigo.

— Nós pesquisamos o ritual que anularia o poder divino juntos — disse Áxia, com a voz casada de quem não queria se justificar. — Você sabe que, desse jeito, ele não é uma ameaça.

— Mas está vivo. E eu...

— Está vivo também! — ela cortou.

Zamir disparou-lhe um olhar insondável.

— Nosso objetivo não era matá-lo, era neutralizá-lo — argumentou Áxia. — Era acabar com seu conselho. Consegui fazer tudo isso.

— Ele deveria estar morto.

— Não era preciso matar Ruff. Ele está preso. Não tem seus poderes e está preso pelos mortais. É a maior humilhação que poderia sofrer.

— Mas não é suficiente. Ele também poderia sofrer a morte.

— A morte iria transformá-lo num mártir. Ele caiu, foi preso por seus antigos aliados. Desacreditado. Com Ruff, caiu a esperança dos mortais.

Zamir ficou em silêncio por alguns instantes.

— Por isso o poupou... Ou foi por amor?

Áxia lembrou-se de Ruff. Lembrou de seus anos juntos no mosteiro. De como, durante o tempo em que ficaram separados, ela aprendendo com Zamir e ele forjando sua armadura e suas armas, ela nutrira sonhos de que se reencontrassem com alegria, reatassem o romance. Achou-se boba por ter se iludido, acreditado que o santo Ruff Ghanor poderia entender a mentalidade de uma garota rejeitada desde sempre. Ele ficara do lado de seus amigos clérigos, é claro. Ruff sempre priorizava os deuses, os clérigos, os aldeões que nem conhecia, acima de Áxia.

Mas ele tivera a chance de matá-la, mas a poupou.

Ela achou que não conseguiria matar Ruff, mesmo que ele cometesse os mesmos erros de novo, mesmo que a trocasse por outras pessoas de novo, mesmo que mais uma vez ele a julgasse.

— Áxia — disse Zamir.

Ela se surpreendeu por ouvir o nome humano, o "nome de escrava", na boca do tirano caído. Então Zamir completou:

— Agora somos nós dois contra eles. Mestre e discípula.

O dragão caído teve forças para erguer o braço e colocar a mão em sua cintura. Ela se aproximou dele. Então se curvou e beijou seus lábios feridos.

Ela era a discípula de Zamir. A bruxa, a necromante, a amante do dragão. Desde que Ruff a decepcionara pela última vez, invadindo o lar do tirano e transformando-o em humano, Zamir era tudo para ela. Era seu mestre, seu amigo e seu amor. Era Ulma, era Ruff, era seu irmão, Rion.

Áxia gostava de cuidar de Zamir. Ele a tratava com respeito, apesar de tudo. Confiava em sua capacidade de aprender magia e revelara-lhe seus maiores segredos. Ela aprendera a dominar a morte em vida; era capaz de erguer exércitos de escravos mortos. Áxia não tinha mais medo da morte — exceto a morte imposta por Ruff Ghanor.

Zamir tinha aparência repugnante, era como uma criança em sua teimosia. Mas era *bom* zelar por ele. Ela era útil fazendo aquilo; ali nenhum de seus talentos era considerado profano. Zamir não julgava o que ela faria ou fizera. Ele não tinha palavras acalentadoras e repreendia-a por alguns de seus atos. Mas Áxia sabia que era a dor falando, a indignação por estar em um estado tão lastimável. Melhor do que era com Ruff — com o clérigo, o amor e a admiração eram superficiais; quando ele descobria a verdade sobre ela, sempre se achava moralmente superior.

Ruff amara uma Áxia idealizada, amara quem achava que ela deveria ser. Zamir aceitava quem ela era.

Áxia subiu na cama. Deitou-se com seu mestre, aninhou o corpo contra a forma envelhecida e frágil dele. Encolheu-se um pouco, tornou-se menor, para repousar a cabeça próxima a seu peito. Não era o peito poderoso de Ruff, e o cheiro não era o perfume natural do homem que ela amara na juventude. Mas Zamir era real e estava ali naquele momento.

— Você é minha e vai aceitar quem é — disse o tirano caído. — Minha discípula.

— Eu sou sua.

Eles ficaram um longo tempo assim, em silêncio. No passado, Zamir repousara sobre ouro e joias, objetos de arte e armas. Havia sido seu tesouro. Hoje, Áxia era seu tesouro, seu futuro. Ele descansava com ela, como se fosse seu dono.

— Conte-me mais sobre o mundo depois do Devorador — a garota pediu.

— Você já conhece a história.

— Conte de novo. Gosto de ouvir.

O dragão caído sorriu.

— Depois da queda do Devorador de Mundos, os dragões rugiram sobre a terra — começou, com dificuldade. — Foi uma época gloriosa, em que cada dia trazia uma batalha diferente. Os mortais morriam como formigas sob nossas lutas.

Apesar de si mesma, Áxia sentiu empatia por aquelas pessoas sem nome que morriam sem razão.

— Em todos os combates, não perdi nenhuma vez! Fui invencível entre os dragões e exterminei todos eles. Os que sobreviveram fugiram, e estas terras se tornaram minhas.

— Por que você queria terras?

— Você conhece a resposta, discípula.

— Essa resposta nunca me convenceu. Se a vida de batalhas era tão boa, por que expulsar todos os inimigos? Por que não continuar com isso para sempre?

Zamir deu um riso fraco.

— Porque nenhum dragão admite ser inferior ou igual a outro. As batalhas eram gloriosas... Mas, se não tivessem fim, eu seria um refugo. Pior que um humano.

— Você preferiu o orgulho à felicidade.

Zamir ficou mudo ante o comentário.

— As batalhas deixavam-no feliz — ela disse. — Mas você tinha seu orgulho, precisava ser supremo. O orgulho foi mais importante.

— Dragões não são felizes ou infelizes, discípula. Dragões são terríveis e temidos.

Ela não respondeu, repousou a cabeça perto dele de novo.

— Então eu criei uma barreira mágica — continuou Zamir. — Uma força que prenderia todos os magos da terra aqui, para que eu pudesse controlá-los. O que antes era uma terra livre, tornou-se uma enorme masmorra. E eu reinei, como era meu direito.

— Se eu estivesse viva na época, você teria me prendido?

— Eu a teria ensinado.

— E se eu já fosse uma feiticeira? E se tivesse aprendido com outro?

— Você sempre foi minha — respondeu Zamir, segurando o rosto da garota com a mão. — Apenas não sabia disso.

Então, com dificuldade, ele a beijou.

Uma conversa com Zamir era infinitamente melhor do que não ouvir a voz de ninguém. Ser chamada de discípula por um monstro era muito melhor do que ser chamada de vadia por aldeões. E ela preferia dividir a cama suja do tirano em corpo decrépito do que dormir sozinha para sempre.

— Acho que sempre fui sua mesmo — ela acariciou seu braço. — Aprendi a conjurar feitiços e a cuidar de doentes. Fui rejeitada por minha própria raça e por seu maior inimigo. O destino me preparou para estar aqui, com você.

Naquele momento, ela sentiu uma conexão enorme com seu mestre e amante.

— O futuro é nosso — disse Zamir.

— Fale-me sobre o futuro.

O tirano caído sorriu. Em meio à fraqueza, havia a velha maldade de Zamir.

— O futuro não pertence aos mortais. Por isso você não deve mais ser uma deles. O futuro pertence aos demônios.

— Não a você e a mim?

— Os demônios me trouxeram para este mundo, na época do Devorador. Agora nós os traremos. Com Ruff Ghanor preso, os demônios terão alimento farto de novo. Você ganhará uma nova forma, condizente com seu poder. E nós pesquisaremos um ritual para trazer ao mundo o maior demônio de todos. O avatar do inferno: Baal.

Áxia sentiu o corpo arrepiar ao ouvir o nome.

— Baal destruirá a resistência dos mortais, e então eu voltarei a reinar.

Zamir ergueu-se sobre um cotovelo com dificuldade. Olhou para ela.

— Iremos reinar juntos.

Ela engoliu em seco, sentindo mais uma vez esperança pelo futuro.

Então Zamir completou:

— E você me dará um filho.

Ruff acordou do delírio, ou da visão. De qualquer forma, enxergava de novo as paredes escuras da cela e os rostos dos demônios.

— Áxia! — chamou para o vazio.

As criaturas infernais riram.

E, mais uma vez, como se tivesse recém-descoberto tudo, Ruff Ghanor sentiu-se traído. Tentou dizer a si mesmo que era mentira, que era um truque dos demônios. Mas demônios eram ardilosos porque sabiam o momento certo de mentir e de dizer a verdade.

Aquilo era verdade.

A mulher que ele amava estava deitada com seu maior inimigo.

9 | o prisioneiro

ELE PERDEU A noção do tempo após o primeiro mês.

No início, Ruff achou que morreria por causa de seus ferimentos. Sangrava, tinha marcas de mordidas e arranhões pelo corpo todo. A viagem deixara-o imundo. Não limparam seu corpo nem fizeram curativos. Apenas tiraram suas roupas, deixando-o nu. Jogaram-no na cela e fecharam a porta. Ele estava fraco e dormiu por várias horas. Acordou quando seguraram seus pulsos e prenderam-no em algemas conectadas a correntes. Prenderam também seus tornozelos. As correntes sumiam parede adentro. Ele não conseguia andar mais do que alguns passos dentro da cela, pois o comprimento das correntes não permitia.

Após um dia inteiro na cela escura, abriram a porta e jogaram-lhe uma tigela com comida e outra com água. A comida era um mingau insosso e gorduroso, mas ele comeu com sofreguidão. A água tinha gosto estranho, metálico, mas ele bebeu toda.

Concentrou-se e rezou a São Arnaldo para usar sua magia de cura. Como recompensa, sofreu de novo as dores lancinantes nos braços, nos tornozelos, no pescoço, no peito. Onde os grilhões de sangue estavam tatuados, a dor atacava-o, respondendo às tentativas de milagres.

Foi acossado por demônios e teve a visão de Áxia.

Ele achou que morreria, mas não morreu. Seu corpo era forte e foi capaz de enfrentar sozinho as infecções. Aos poucos os ferimentos se fecharam, deixando apenas cicatrizes.

Mas não foi fácil: na primeira semana, os dois carcereiros entraram na cela com sorrisos nos rostos.

— É ele? — perguntou um.

— O próprio — disse o outro. — O prisioneiro famoso. Dizem que era um clérigo. Que fazia milagres.

— Milagres?

— Dizem que queria ser um herói.

— Então ele se acha melhor do que nós?

O carcereiro falou isso e deu dois passos rápidos, terminando com um chute no estômago de Ruff.

— Acha que é melhor que alguém agora?

O outro carcereiro segurou Ruff pelos cabelos e desferiu-lhe um soco no nariz. A dor aguda misturou-se com um latejar rombudo na cabeça toda quando a cartilagem se quebrou. Sangue inundou o nariz do clérigo, escorrendo sobre sua boca e garganta adentro.

Ruff tentou revidar, mas estava fraco. Lento pelo peso das correntes. Conseguiu apenas colocar os braços na frente do rosto. Os dois continuaram esmurrando e chutando, até que ambos estivessem ofegantes. O clérigo estava estendido no chão.

— Por quê? — ele perguntou.

— Se você não merecesse apanhar, não estaria na masmorra.

Um último chute, e então foram embora.

De tempos em tempos, eles voltavam. Às vezes, estavam bêbados e riam muito enquanto batiam nele. Em outras ocasiões, pareciam frustrados — decepções amorosas, impostos altos, chefes injustos — e descontavam sua raiva no prisioneiro. Em geral, estavam apenas entediados. Seus olhos mortiços iluminavam-se enquanto estavam causando dor. Saíam contando vantagens um para o outro sobre os golpes certeiros que haviam dado, a força de seus socos e a velocidade de seus chutes.

A cela não tinha janela. A porta era de madeira maciça, com uma pequena abertura na altura dos olhos, protegida por grades. Assim, Ruff nunca sabia quando era dia ou noite. Marcava os dias pela comida — chegou à conclusão de que o alimentavam uma vez por dia. De qualquer forma, após cerca de um mês, perdeu a noção do tempo. Estava fraco e dormia muito. Assim, confundiu-se com a própria contagem, esqueceu-se de quantos dias haviam se passado.

Após uma surra particularmente cruel, perguntou aos carcereiros:

— Como vocês se chamam?

Um deles respondeu com um soco.

— Por que quer saber isso, prisioneiro?

— Porque irei puni-los. E, caso fujam, preciso de seus nomes.

— Você não pune ninguém. *Nós* punimos. Nós somos a justiça!

— Isto não é justiça.

— Ninguém que importe discorda de nós, então você vai aceitar nossa justiça e calar a boca. Se não queria apanhar, não devia ter cometido um crime.

— Você sabe de qual crime sou acusado? — Ruff cuspiu um dente.

— Dizem que assassinou uma rainha. Não importa. Se está aqui, é maligno.

— Estou pedindo mais uma vez. Digam seus nomes. Se eu tiver de caçá-los, a punição será pior.

Renovaram o ânimo para bater nele. Mais tarde, serviram seu mingau com uma cusparada.

Ruff não notou os meses que se passaram. Sabia apenas que era bastante tempo, pois sua barba ficou longa e desgrenhada, seus cabelos tornaram-se compridos e cheios de nós. Suas unhas cresceram sem controle, quebraram-se por estarem fracas. Seu corpo, que antes fora musculoso, passou a ser magro e flácido. Mal havia carne sobre seus ossos.

E havia, sempre, os demônios.

Eles surgiram outras vezes, depois da primeira noite. Apareceram com seus rostos luminosos, olhos imensos e sorrisos afiados. Dançaram em volta dele, celebraram sua miséria. Mostraram-lhe imagens que ele não sabia se eram falsas ou verdadeiras. Cenas de Korin empalado por uma lança, em Abismo Sereno. De Dunnius e Niccolas tentando conjurar milagres, mas falhando. De Johrgrund voltando-se contra os humanos. De Bellitz curvando-se a alguém invisível, dizendo:

— Eu estava errada. Ele é só um mortal. O mundo não pode ser redimido.

Ruff viu infinitas variações daquilo. Enxergou seus amigos e seu povo morrerem e repetiu a si mesmo que eram as mentiras dos demônios.

Mas então começou a ter medo.

Ele enxergou a Madre Heléne, maldizendo seu nome, condenando-o nas praças de cidades e nos salões da nobreza como um traidor. Disse a si mesmo, de novo e de novo, que aquilo eram ilusões. Viu Heléne agarrando-o, quando estava ferido, enfiando um saco preto em sua cabeça e aprisionando-o. E não pôde dizer a si mesmo que eram ilusões, porque eram memórias.

Ruff Ghanor foi tomado por um ressentimento profundo, uma ânsia de revide.

Os demônios lamberam os lábios, saltaram sobre ele e se alimentaram.

Seu ódio era delicioso. Seu medo, sua raiva, o amargor que se instalou no fundo de sua mente. Ruff sentiu o peso das entidades empoleiradas em seus ombros e sua cabeça, lambendo sua frustração, enfiando os dentes imateriais em seu crânio e sorvendo seu rancor.

Nos primeiros dias, a pressão dos demônios se banqueteando era insuportável, mas depois ele se acostumou. Porque, ele descobriu, era assustadoramente fácil se acostumar com o horror.

Ruff tentou combater a sombra que fermentava dentro de si mesmo, pensando em Korin, em Dunnius, em Niccolas. No prior. Até mesmo em Johrgrund e Bellitz. Ele se lembrava da lealdade dos amigos antigos do mosteiro. Da bravura do gigante que lutou por ele na Sentinela do Abismo, mesmo quase sem conhecê-lo. Na proteção do anjo que sempre o vigiara e que o ajudara no conselho fracassado.

E ele tentava evitar, mas pensava em Áxia.

Ruff descobriu que, com o corpo enfraquecido, a mente também fraquejava. Pensar sobre a crueldade de Áxia, sobre suas várias traições e sua lealdade a Zamir, reduzia-o a lágrimas. Certa vez, ouviu a porta sendo destrancada enquanto chorava e tentou disfarçar, mas os carcereiros viram e gargalharam. Bateram nele enquanto zombavam de sua tristeza. Naquele dia, Ruff prometeu a si mesmo que não choraria mais, mas a determinação durou menos de uma semana. Naquele estado, ele não tinha controle sobre si mesmo.

Áxia não era mais Áxia. Ele chorava.

Após um tempo indeterminado, ele passou a esperar ansioso pelas visitas dos carcereiros. Eles traziam dor e humilhação, mas eram o único contato humano que ele ainda possuía. Ver seus rostos de certa forma impedia-o de enlouquecer. Ouvir suas vozes lembrava-o de que existiam outras pessoas no mundo. Sentir seus socos e pontapés fazia-o perceber que ainda estava vivo.

Aos poucos, os rostos de Korin, Dunnius, Niccolas, do prior e de Johrgrund sumiram de sua mente. Ele não lembrava de nenhum rosto além dos dois carcereiros. Em sua lembrança, as feições dos algozes tomaram o lugar de seus amigos mais queridos. Até mesmo o rosto amado e odiado de Áxia adquiriu traços dos torturadores. Até mesmo o semblante da Madre Heléne, seguindo-o e depois julgando-o. Até mesmo a linda face de Bellitz.

Ele desenvolveu uma espécie de afeição doentia pelos dois. Eram as únicas pessoas em seu mundo. Convenceu-se de que eles faziam aquilo por dever ou para lhe ensinar algo.

Convenceu-se de que ele mesmo era maligno. Que merecia.

Ruff esqueceu do dia em que exigiu os nomes dos dois. Todo o orgulho e as bravatas deixaram seu espírito. Então certo dia, mais uma vez, ele perguntou:

— Como se chamam?

O mesmo carcereiro se virou para ele:

— Por que quer saber isso, prisioneiro?

— Porque são meus únicos amigos.

Eles riram e chutaram-no com ferocidade renovada.

Sua vida antes da prisão parecia fantasiosa. O mosteiro era um paraíso impossível. As aventuras e conquistas do passado soavam irreais. Ruff começou a duvidar de que tudo aquilo tivesse mesmo acontecido.

Então tentou lembrar do próprio nome e notou com horror que não conseguia.

Após um ano chamando-o de "prisioneiro", eles tiveram sucesso.

Reduziram-no a algo menos que humano. Ele já não era Ruff Ghanor. Era o prisioneiro. Sua vida era a masmorra e ele merecia estar lá. Convenceu-se de que era apenas aquilo. Sempre fora, sempre seria. Era impossível que tivesse derrotado um dragão, feito milagres e tentado reunir heróis.

Ele era o prisioneiro. Era um prisioneiro culpado e maligno que merecia estar lá.

Quando os carcereiros chegavam para surrá-lo, ele se encolhia e esperava as pancadas acabarem, quieto e obediente. Quando lhe davam mingau, ele comia agradecido. O prisioneiro passou a ser muito bem comportado. Não dava trabalho, não irritava seus algozes. Sabia que estava lá por uma boa razão; tentava ser humilde e penitente.

Passou um ano assim.

Certo dia, quando os carcereiros chegavam, ele ouviu sua conversa. Tentou tapar os ouvidos, pois tinha certeza de que aquela era uma rebeldia atroz. Não deveria ouvir as palavras de seus superiores, deveria ficar quieto em seu canto, tentando expiar seus crimes. Mas ouviu.

— O que é aquela bosta no céu, afinal?

— Ouvi um clérigo dizer que é sinal do fim do mundo.

— Bobagem! Clérigos estão sempre dizendo que o mundo vai acabar por uma razão ou outra. Aposto que tem alguma explicação natural.

— Que explicação?

— Bem, estrelas são buracos no céu. Todos sabem disso. Aquele deve ser só um buraco novo.

— E por que é dourada, então?

— O que está por trás deve ser de cor diferente.

— Uma estrela dourada. Você tem que admitir que é estranho.

Estrela dourada. Isso significava alguma coisa para o prisioneiro. Ele teve a impressão de lembrar de algo. Mas tirou rapidamente a ideia da cabeça. Os carcereiros abriram a porta e estalaram as juntas das mãos. Então bateram nele.

O prisioneiro esqueceu a conversa que ouviu.

Houve um dia em que um deles trouxe uma corrente. O outro, um pedaço de madeira. Já chegaram gritando — estavam com raiva, sinal de que o prisioneiro deveria ter feito algo errado, embora não soubesse o quê. Ele pediu perdão, balbuciou que não aconteceria de novo, mas os carcereiros não ouviram. O primeiro brandiu a corrente, que caiu como um chicote pesado no crânio do prisioneiro. Arrancou sangue, fez toda a cabeça ser tomada por uma dor explosiva. O segundo bateu com o pedaço de madeira em seu ombro. A dor foi quase bem-vinda, por não ser na cabeça. Mas eles estavam irados, seguraram os braços do prisioneiro e impediram que se protegesse.

— Estamos passando fome por sua culpa, desgraçado!

— Seus lacaios vão acabar na masmorra com você! Nossa cidade nunca vai cair!

O prisioneiro não sabia sobre o que eles falavam. Mesmo assim, chorou e pediu desculpas por, de alguma forma, tê-los feito passar fome. Não fazia sentido para ele que a cidade não cairia, porque o prisioneiro não lembrava que estava numa cidade. Estava numa masmorra, que era seu mundo inteiro. Ele pensou ter estado numa cidade, um dia, mas logo se confundiu com a memória. Insolências como lembrar de um período fora da cela eram a razão pela qual seus amigos eram obrigados a puni-lo.

Um tempo indeterminado depois, a raiva dos carcereiros continuava. Eles estavam magros e tinham aparência abatida. O prisioneiro tentou pedir perdão de novo, mas não lembrava de todas as palavras. Falou sons desencontrados, choramingou como um bicho. Quando bateram nele, mostrou os dentes, mas em seguida se encolheu no canto.

Durante dois anos, sua vida foi a masmorra. Ele foi reduzido a um farrapo; cabeludo e barbudo, magro e macilento. Servil e arrependido.

O prisioneiro não era mais gente.

Quando Ruff foi capturado, Bellitz procurou-o de dia e de noite, incansável como apenas uma celestial podia ser, por meses. A enviada dos deuses terminara o combate em Abismo Sereno sozinha, no vale abaixo da cidade, destroçando os últimos mortos-vivos. Quando retornou ao castelo, encontrou-o em ruínas. Não havia mais ninguém por lá, e Ruff Ghanor estava desaparecido. Ela tentou senti-lo, mas era como se Ruff tivesse simplesmente desaparecido. Bellitz voou pela região, mas não se sentia mais próxima dele.

Ela flutuou sobre os cadáveres. Então encontrou sobreviventes. Surgiu para eles como uma mensageira de fúria. Brilhou em ouro, com sua armadura e sua espada, perguntando para onde Ruff Ghanor havia sido levado. Os mortais se ajoelharam e protegeram os olhos, avassalados pela presença sagrada, mas não sabiam responder.

Assim, Bellitz vagou pelas terras ao redor de Abismo Sereno, até que foi chamada de volta.

Porque os deuses eram exigentes, e ela pertencia a eles.

Bellitz implorou a seus senhores e enfim conseguiu permissão de voltar ao mundo dos mortais. Desceu como a estrela dourada e foi capaz de localizar Korin, comandando um exército que erguia os estandartes da cabeça de cabra.

Dunnius e Niccolas estavam na grande tenda de comando, junto ao guerreiro. Enxergaram o brilho dourado se aproximar, ouviram o alarido dos soldados lá fora. Viram a luz divina trespassar o tecido da barraca. Saíram na frente de Korin e então se ajoelharam diante do anjo. O próprio Korin abaixou a cabeça, mas já tinha visto Bellitz em duas ocasiões.

— Onde ele está? — proferiu a celestial, numa pergunta que demandava resposta. — Onde está Ruff Ghanor?

— Descobrimos que ele foi levado pela Madre Heléne, da Ordem de São Theodric — disse Korin, protegendo os olhos. — Deve estar em Rocha Celeste.

Bellitz brilhou mais forte, o sentimento de proteção em seu interior vazando na forma de energia pura e terrível.

— Por que então Rocha Celeste ainda está de pé? E por que não sou capaz de encontrá-lo?

— O poder divino foi tirado de Ruff — disse o guarda. — Não sei como, não vi. Apenas ouvi os relatos...

— É um ritual — Bellitz cortou. — Um antigo e poderoso ritual profano.

Ela disparou para o céu e se desfez numa luz de ouro.

Bellitz viajou por uma dimensão demoníaca, onde duelou contra monstros ancestrais pela fórmula do ritual. Para obter algo que desfizesse a magia, fez pactos com anjos muito mais antigos que ela mesma. Convenceu um santo muito sábio e barganhou com uma entidade sem corpo e sem alma, uma inteligência pura que muito conhecia.

Retornou ao mundo mortal quase morta. Pálida, sua luz arrefecendo, teve de caminhar pelo exército de Korin, pois quase não conseguia mais voar. Foi acudida por Dunnius e Niccolas, e soldados gritaram pelo líder. Korin apareceu, e então Bellitz estendeu-lhe um pequeno frasco com o que parecia ser um líquido vermelho.

— O que... — Korin começou.

— A cura — disse Bellitz. — A cura para Ruff Ghanor. O ritual foi poderoso, mas isso deve bastar.

Era o sangue de um mártir, misturado com a lágrima de alguém que nunca pecara. O último ingrediente era a terra da tumba de um santo.

— Preciso ir embora... — a celestial falou, quase desmaiando, enquanto Korin agarrava o frasquinho. — Eles exigem.

Com suas últimas forças, Bellitz deu impulso e voltou aos céus. Foi a estrela dourada por alguns instantes e depois sumiu.

No mundo dos mortais, sua busca durou um ano e meio. Para ela, de alguma forma, parecia ter demorado ainda mais.

O exército da cabeça de cabra se aproximou de Rocha Celeste com armas em punho. Korin fez questão de cavalgar na frente, com Johrgrund, que ia a pé, tornando as tropas ainda mais ameaçadoras.

Um exército nunca era sutil ou silencioso, nunca era rápido ou furtivo. Assim, para maior efeito sobre o inimigo, Korin ordenou que soassem as trombetas de guerra. Enquanto marchavam, os milhares de guerreiros bateram com as espadas nos escudos, sob o toque marcial dos instrumentos. Eles gritaram como um só o nome daquele que seguiam:

— *Ghanor! Ghanor! Ghanor!*

Os portões de Rocha Celeste se fecharam, ante o soar do alarme de suas sentinelas. Os cavaleiros de São Theodric foram às muralhas. Seus sargentos, vestidos em armaduras pesadas, comandaram batalhões de soldados em prontidão para a chegada do inimigo. As pessoas se trancaram em suas casas.

Na prisão, os carcereiros reforçaram a segurança, batendo ainda mais nos prisioneiros para mantê-los na linha.

O exército da cabeça de cabra firmou acampamento ao redor de Rocha Celeste. Fazia um ano e meio desde o massacre em Abismo Sereno. Duas semanas depois, a estrela dourada de Bellitz surgiu no céu. O anjo desceu à terra pisoteada ao redor da cidade, cambaleou e entregou a Korin o elixir sagrado. Os arqueiros nas muralhas de Rocha Celeste tentaram flechar a celestial, como se fosse uma ave agourenta.

O cerco começou.

Korin, o general do exército da cabeça de cabra, reuniu-se com seu alto conselho. Era estranho chamar aqueles velhos amigos de "alto conselho", mas eram a quem ele recorria. Com menos de 30 anos, Korin se achava totalmente despreparado para ser um general, mas as circunstâncias o haviam colocado naquela posição. Dentro da tenda de comando, estavam Dunnius e Niccolas. Lurius Minimus, o espadachim ancião, também ocupava um dos cantos da mesa. Do lado de fora, o gigante Johrgrund montava guarda.

— Bem, a cidade está cercada — disse Korin. — E agora?

Os demais ficaram quietos.

— Eles vão se render! — garantiu Lurius Minimus, em sua voz confiante e encarquilhada. — Um cerco é uma coisa atroz. O povo já deve estar passando fome lá dentro.

Um cerco era uma competição de resistência. Do lado de dentro, as pessoas enfrentavam a fome e, se não houvesse poços suficientes, até mesmo a sede. O exército ao redor de uma cidade ou fortificação cercada impedia linhas de suprimento, e os sitiados só podiam depender de si mesmos. Fazendas ao redor, aldeias vizinhas e regiões aliadas eram todas inúteis. Para uma população sob cerco, pão mofado logo se tornava uma iguaria invejável e o mundo fora das muralhas virava um sonho distante.

Do lado de fora, os soldados enfrentavam a doença e as condições precárias de um acampamento militar. A terra em poucos dias virava um lamaçal. A quantidade de homens necessária para sitiar qualquer lugar de tamanho considerável emporcalhava tudo a seu redor. Latrinas gigantescas ameaçavam espalhar peste. Rios nas proximidades podiam ficar contaminados com corpos de animais abatidos ou resíduos da lavagem de incontáveis roupas e equipamentos. A vida em conjunto facilitava o contágio. Para um exército sitiante, cada dia sem uma epidemia era uma vitória digna de nota, e a cidade a ser tomada transformava-se no maior dos prêmios e paraísos.

Korin não se sentia preparado para um cerco.

— Eles não vão se render — o Irmão Niccolas balançou a cabeça. — Não sou um oficial militar, mas conheço o fanatismo. A Ordem de São Theodric acha que Ruff é um criminoso, e a Madre Heléne achava que ele era um santo. Para eles, isso o torna quase um herege.

Silêncio. Para surpresa de todos, quem o quebrou foi Dunnius:

— Nós nunca a conhecemos direito.

Os outros não entenderam.

— Nunca conhecemos a tal madre superiora — o Irmão Dunnius explicou. — Ela é uma autoridade religiosa, e nós somos religiosos. Tínhamos o dever de tê-la conhecido. De saber que tipo de pessoa ela era.

— Ruff é o líder religioso e secular — retrucou Niccolas.

— Deixamos Ruff sem conselhos quando ele precisou.

— Ele não quis nossa ajuda.

— Ele também não queria nossa ajuda quando o achamos na caverna! Não importa o que Ruff quer. Nossa missão é ajudá-lo e sempre será.

Korin olhou os dois monges. Olhou o velho Lurius Minimus. Sabia que precisava tomar uma decisão.

— Se eles não se renderem, aguentaremos firmes! — falou, com mais convicção do que sentia em seu interior. — O cerco vai se manter. Precisaremos das capacidades de cura de todos os clérigos do exército e, se for preciso, traremos mais sacerdotes de Lago de Pó.

— Mas não temos tempo ilimitado — Niccolas lembrou. — O eclipse...

Uma sombra caiu sobre todos eles. Durante aquele um ano e meio, eles tinham adquirido uma informação importante: ficaram sabendo de uma ameaça no futuro. O eclipse ainda demoraria quase dois anos, segundo os observadores de estrelas, mas exigiria a presença de Ruff. Nenhum deles se achava capaz de enfrentar sem ele o que quer que chegaria durante o evento.

— Sei que ninguém quer ouvir isso — disse Lurius Minimus. — Mas pode ser que eles matem o santo, só para abalar nossas tropas.

— Ruff não é... — Korin começou, mas Dunnius o interrompeu.

— Não acredito que fariam isso.

Os outros o acharam ingênuo. Os cavaleiros de São Theodric tinham aprisionado Ruff, acusado-o de traição. Por que não o matariam?

— Apesar de tudo, não acho que clérigos devotos possam ser tão malignos — disse o monge. — Eles seguem São Theodric. Não irão matar Ruff apenas para nos atingir.

— De qualquer forma — Niccolas falou, sombrio — nossos soldados não podem saber que Ruff não está entre eles.

Uma conversa macabra, quase fúnebre. Falavam na morte de seu amigo, na ameaça que ninguém sabia o que era, no engodo sobre seus próprios comandados.

Precisavam agir.

— Vamos lhes oferecer uma chance de rendição — decretou o general.

Na manhã seguinte, Korin cavalgou até os portões de Rocha Celeste, acompanhado de Johrgrund, Lurius Minimus e uma escolta de seus melhores guerreiros. Um deles ergueu a bandeira branca, que significava que desejavam negociar. Cavaleiros de São Theodric surgiram nas muralhas. Pouco depois, os portões se abriram. A Madre Heléne cavalgou para fora da cidade, garbosa e imponente, acompanhada de duas dúzias de clérigos trajando metal dos pés à cabeça.

— Não aceitaremos nada além de rendição incondicional — disse Heléne, em vez de aceitar um cumprimento. — E não iremos ouvir as palavras do lacaio de um criminoso, a menos que sejam reconhecimento de seus pecados.

— Heléne, eu a conheci — Korin respondeu. — Não acho que seja tão cruel quanto quer aparentar. Abra seus portões. Renda-se. Não haverá derramamento de sangue.

— *Sim, haverá!* — Heléne gritou. — *Do seu!*

Ela sacou a espada e por um instante Korin pensou que a cavaleira fosse quebrar o pacto implícito da bandeira branca. Mas ela se conteve.

— Ruff Ghanor, o traidor, está conosco — disse a madre superiora. — Sem ele, vocês são apenas um bando de esfarrapados.

Os guerreiros da cabeça de cabra roubaram um olhar para seu general.

— Não fale mentiras, Heléne. Meus homens sabem que Ruff está entre nós!

A madre franziu o cenho, ficou boquiaberta de confusão. Começou a falar algumas frases, mas deteve-se, incerta. Aquilo era uma negação infantil, uma mentira óbvia. Ruff Ghanor estava preso em Rocha Celeste. Essa era toda a razão do cerco.

— Veja com seus próprios olhos — disse Korin.

À distância, o exército se abriu.

Ruff Ghanor, trajado em sua armadura completa, nem mesmo um centímetro de pele visível, surgiu por entre as fileiras, montado em um enorme cavalo de pelagem castanha. Ele fez um gesto e um milagre aconteceu: na terra revirada por botas humanas e cascos de cavalo, grama e flores nasceram em instantes.

— Este não é... — começou Heléne.

— Este é Ruff Ghanor, o Santo de Pés Descalços! Seus milagres continuam conosco e sua fúria será imensa caso Rocha Celeste não se entregue!

— Nunca! — gritou a madre superiora.

Então ela e seus homens deram as costas ao exército da cabeça de cabra. Voltaram à cidade e os portões se fecharam. As negociações acabaram antes de começar. O cerco continuaria até que um dos dois lados cedesse.

Mais tarde, escondido como sempre, o Irmão Dunnius retirou a armadura de Arcanium, auxiliado por Niccolas e Korin. Ele nunca se acostumara com a vestimenta, e até hoje se ressentia de desperdiçar seus milagres para manter a ilusão de que Ruff estava entre eles.

— Precisamos entregar o elixir de Bellitz para Ruff — disse Korin. — Heléne tem razão, esta mentira não vai se manter para sempre.

— Eu acho que sei como fazer isso — disse Niccolas. — Mas preciso estudar.

Na literatura eclesiástica, os monges aprendiam sobre Santa Imuen, a irmã de um senhor da guerra poderoso, mas justo. Segundo as lendas, Santa Imuen era capaz de se tornar invisível e usara aquele poder para se infiltrar em uma cidadela ocupada por soldados bestiais. Então abrira os portões para o exército de seu irmão.

Era muito fácil aceitar que Imuen, como a santa que era, simplesmente possuía o poder da invisibilidade. Assim como São Arnaldo era capaz de alimentar os famintos. A verdade, contudo, o Irmão Niccolas suspeitava, não devia ser tão descomplicada. Ele duvidava de que São Arnaldo pudesse mesmo fazer comida surgir, sem nenhum esforço, o tempo todo. Achava que o santo tivera de trabalhar duro para ajudar os miseráveis, o que só aumentava a admiração que sentia por seu patrono.

E suspeitava que a invisibilidade de Santa Imuen também dependesse de algum truque e não somente de um dom divino.

Niccolas e Dunnius faziam questão de arrastar baús cheios de livros aonde quer que fossem. Uma carroça e uma escolta armada no exército eram destinadas apenas para os tomos. Assim, os dois monges começaram uma pesquisa nas páginas amareladas, tentando achar algum fragmento do que a magia divina poderia ter a oferecer para quem quisesse se infiltrar numa cidade murada e fortificada.

Essa pesquisa demorou seis meses.

Ruff Ghanor estava preso há dois anos quando o plano ficou pronto e Korin deu ordem de ataque.

Era noite. Os guerreiros da cabeça de cabra ergueram suas tochas. As catapultas foram carregadas com pedras envoltas em óleo flamejante e disparadas contra as muralhas de Rocha Celeste. Cada pedra em chamas descreveu um arco luminoso no céu escuro, indo estourar com faíscas nas ameias. Os tetos de sapé incendiaram e, com um grito do general, os sitiantes investiram.

Invadir uma cidade sitiada beirava o suicídio. Era necessário abrir brechas nas muralhas e passar por verdadeiros funis de tropas, com o inimigo esperando do outro lado. O inimigo que conhecia o terreno, que lá sabia preparar armadilhas, que estava pronto. Entrar numa cidade sitiada era se jogar num moedor de carne, mas os soldados fizeram isso, gritando:

— *Ghanor! Ghanor! Ghanor!*

Korin sabia que, lá dentro, os defensores já estavam prontos. Rocha Celeste também tinha se iluminado com tochas e lampiões. Brigadas de controle de incêndios tentavam apagar os focos de chamas, passando baldes cheios d'água de homem a homem.

O general Korin deu ordem para que os guerreiros avançassem.

Dois batalhões correram à frente, carregando escadas. Eram protegidos por seus irmãos em armas que erguiam escudos sobre suas cabeças. Logo começou a chuva de flechas, vinda dos arqueiros nas ameias.

O terceiro batalhão com escadas partiu. Em poucos instantes, Korin daria a ordem, e as trombetas soariam para que o quarto batalhão também corresse.

O Irmão Niccolas tentava não tremer dentro da armadura.

— Eu devia ir com você — disse Dunnius.

— Não — a voz de Niccolas fraquejou. — É muito arriscado. Se eu falhar, você precisa encontrar meu corpo, pegar o elixir e tentar de novo. Não podemos ambos nos arriscar juntos.

— Isso não é certo — Dunnius ainda protestou. — Eu estou mais acostumado a usar armadura do que você.

— Deixe-me fazer isso, irmão.

Dunnius abraçou forte o amigo.

Niccolas manteve os braços em volta do outro enquanto pôde. Então ouviu a trombeta que chamava o quarto batalhão — seu batalhão. Desvencilhou-se e colocou o elmo.

— Que a bênção de São Arnaldo esteja com você — disse Dunnius.

— Que você nunca passe fome — Niccolas respondeu.

E então correu para se juntar aos soldados.

O Irmão Niccolas usava uma armadura diferente das armaduras dos outros homens. Enquanto eles vestiam couro curtido e cota de malha leve, ele trajava uma armadura de placas completa. Mais estranho ainda: carregava os símbolos de São Theodric. Era uma cópia das armaduras dos cavaleiros inimigos.

Enquanto corria, o metal ressoando em batidas rítmicas contra si mesmo, Niccolas sentiu o frasco de elixir pendurado em seu pescoço, por baixo da placa de peito.

Ele segurou a escada acima da cabeça e avançou com os outros. Um soldado estava com o escudo acima da cabeça, protegendo ambos. Era importante não ficar para trás, manter-se em sincronia com o resto do batalhão, mas ele já estava ofegante, não tinha o mesmo preparo físico dos guerreiros. Niccolas não enxergava nada à frente, exceto os outros homens com quem corria. O ambiente escuro da noite era ocasionalmente iluminado por focos de chamas.

Ele sentiu o impacto quando a primeira flecha se cravou no escudo acima de sua cabeça. Agradeceu ao santo por aquela proteção — então pensou melhor e agradeceu ao soldado que a segurava. Mais flechas se cravaram. Seu flanco começou a doer com o esforço da corrida. O ar gelado da noite queimava na garganta com a respiração pesada. A lama sob seus pés fazia barulho, era escorregadia.

Então o guerreiro a seu lado, que segurava o escudo, escorregou no barro. Caiu de costas, em um instante ficando para trás. Niccolas olhou de relance e viu, horrorizado, que uma flecha aleatória se fincou na garganta do homem, e logo outra em sua virilha. Ele mesmo não tinha mais ninguém que o protegesse, e as flechas choviam. Uma passou zunindo por sua cabeça. Outra acertou seu braço. Niccolas fez uma careta por instinto, mas viu que a placa de metal da armadura tinha diminuído a força da seta — a ponta não penetrara em sua carne, apenas rasgara a pele de leve. Sorte. Pura sorte idiota. Seu coração bateu desesperado, querendo sair pela boca, e enfim eles chegaram à muralha.

Os soldados ergueram a escada de madeira, colocando-a encostada no muro e começando a subir. Lá em cima, nas ameias, o combate já rugia, furioso. Niccolas viu um, dois, três, quatro homens começarem a galgar os degraus, então chegou sua vez. Ele não teve tempo de hesitar: quase empurrado pelo soldado logo atrás, avançou e começou a escalar.

Longe, de cima de seu cavalo, Korin viu que o batalhão de Niccolas havia erguido a escada. Então deu mais uma ordem. As trombetas soaram, repetindo a diretriz do general, e Johrgrund avançou.

Era sua maior arma de cerco. Sua mais mortal máquina de guerra. O gigante rugiu e correu em direção aos portões de Rocha Celeste. Chocou-se contra as proteções de carvalho e ferro causando um estrondo que pareceu fazer a terra tremer.

— Homenzinhos, sua ruína chegou! — urrou o gigante, numa ameaça tenebrosa. — Venham para que eu os devore!

Em silêncio, Korin começou a rezar para que Johrgrund não devorasse alguém de verdade.

Então se deteve: era mais importante rezar para que o plano desse certo.

Logo dois batedores montados em cavalos ligeiros vieram da frente de batalha e relataram. Estava dando certo. Os soldados estavam saindo das ameias, para se concentrar em defender o portão contra o gigante.

O Irmão Niccolas terminou de escalar a escada e então estava em cima das ameias. Suas panturrilhas ardiam de esforço, seus ombros pareciam incapazes de sequer erguer os braços. Ele foi abalroado por um combate de muitos homens contra muitos outros. Os corpos bateram nele, sem que ele conseguisse distinguir direito quem era quem. Entrou no meio da confusão, a vista parcialmente tapada pelo elmo. Quando conseguiu se desvencilhar, deu de cara com dois sargentos de Rocha Celeste. Ambos tinham espadas nas mãos e encararam-no.

Viram um homem vestindo armadura completa com o brasão de São Theodric, meio caído na ameia.

— Nunca vi este cavaleiro! — protestou um deles.

Niccolas então entoou a reza que ele e Dunnius haviam pesquisado.

Ele não emitiu o brilho azulado dos milagres, mas qualquer clérigo dotado de magia divina poderia sentir a conexão com os santos acontecendo ali. Uma aura de paz, de confiança e de amizade emanou do Irmão Niccolas.

Ele era um homem trajando uma armadura de cavaleiro de São Theodric, dentro da cidade de Rocha Celeste. Não havia por que desconfiar dele, não era uma ameaça óbvia, mesmo que fosse um desconhecido. Ao mesmo tempo, um gigante jogava-se de encontro aos portões. *Aquela* era uma ameaça óbvia. Os dois sargentos sentiram uma conexão imediata com o falso cavaleiro. Estenderam as mãos para Niccolas e ajudaram-no a se erguer.

— Preciso que me levem até a prisão — disse Niccolas, tentando manter a voz firme. — Ordens da Madre Heléne!

E, no meio do caos e dos estrondos de Johrgrund tentando abrir o portão, eles se deixaram influenciar pela aura de confiança produzida pela magia divina.

— Claro, *sir*. Venha conosco.

Talvez Santa Imuen fosse apenas dotada do poder da invisibilidade e tivesse entrado na cidadela monstruosa oculta por essa capacidade invencível.

Ou talvez ela só fosse inteligente.

O Irmão Niccolas achou que sabia qual alternativa estava correta, quando, sob a cobertura de um ataque, recebeu as boas-vindas dentro de Rocha Celeste.

A prisão estava agitada, mas o prisioneiro não sabia por quê.

— Não temos autorização... — começou a voz longínqua de um dos carcereiros, em algum lugar no corredor.

— Vai desobedecer um cavaleiro de São Theodric? — interrompeu uma voz vagamente familiar.

Não houve mais discussão. O prisioneiro apenas ouviu passos chegando, cada vez mais perto, e se encolheu no canto da cela. Passos significavam mais uma surra. Mas ele já havia apanhado naquele dia. Devia ter feito algo errado de novo, sem perceber.

A porta da cela se abriu.

Uma figura entrou carregando uma tocha.

O prisioneiro tentou proteger os olhos. A luz era forte demais. Ficando numa cela escura por dois anos, ele desenvolvera visão frágil, acostumada às trevas. O prisioneiro se assustou com aquela claridade, com a chegada inesperada. Começou a tremer.

Chamou os carcereiros.

— O que eles fizeram com você? — disse o recém-chegado.

O prisioneiro olhou para cima, apavorado. Então enxergou alguém de pé sobre ele. Uma figura de armadura completa. Era altivo e ameaçador. O homem removeu o elmo. Seus olhos estavam tristes, e o prisioneiro sabia que tristeza logo dava lugar à raiva. Protegeu a cabeça.

— Por São Arnaldo, o que eles fizeram com você? — Niccolas repetiu, controlando o choro.

Quando entrou na cela, o Irmão Niccolas achou que nada podia ser pior que o cheiro. Era a sujeira de dois anos, nunca lavada. Eram restos de comida apodrecendo nos cantos e cadáveres de ratos. Mofo e umidade. E a imundície de um homem que viveu por dois anos no meio daquilo. Sua barba e seus cabelos retendo o fedor, suas feridas exalando degradação. Niccolas controlou a ânsia de vômito e deu um repelão para trás ao ser atingido pelo cheiro, mas aquilo não era o pior.

O pior era ver o que tinham feito com seu amigo.

Niccolas se abaixou e tocou a mão do prisioneiro. Ele se encolheu mais.

— Não. Você não pode estar assim.

— Por favor, não me machuque.

Niccolas tomou a mão do prisioneiro à força. Ele não conseguiu resistir.

— Sou eu, Ruff. Sou eu. Niccolas.

O prisioneiro notou que aquele homem não tentava machucá-lo. Tinha uma espada na cintura, mas não fazia menção de usá-la. Ele não parecia, afinal, tão ameaçador.

— Ruff...? — disse Niccolas, com um sorriso começando a se formar.

Então o prisioneiro o atacou.

Aquele homem não era ameaça, então só podia ser uma vítima. Afinal, ele era um criminoso, um prisioneiro. Era perigoso e violento. Tinham-lhe ensinado isso ao longo de dois anos.

O prisioneiro agarrou uma aba da armadura de Niccolas e puxou-o, enquanto abria a boca para uma mordida. O monge o empurrou. Normalmente, não teria força para se desvencilhar daquela maneira, mas o prisioneiro estava fraco e abatido. Foi jogado para trás, de costas contra a parede, enquanto Niccolas caiu sentado na imundície da cela.

— *Ruff...* — mal conseguia conter as lágrimas.

O prisioneiro ficou agachado, encostado na parede.

— *O que está acontecendo?* — gritou um carcereiro, do outro lado da porta.

Niccolas aproveitou a aura de autoridade que a magia lhe emprestava:

— Fique aí, lacaio! A Madre Heléne me mandou aqui para interrogar este prisioneiro!

Funcionou, mas ele imaginou por que Ruff não respondia da mesma forma ao milagre. Se todos eram influenciados, por que seu amigo agia daquela forma?

Então percebeu, com um calafrio: aquela magia funcionava com pessoas. Influenciava seus pensamentos racionais. Mas, com aquele tratamento, os carcereiros haviam reduzido Ruff a algo menos que humano.

Algo violento, fraco e cheio de raiva. Haviam lhe tratado como só mais um prisioneiro, e agora prisioneiro ele era.

Niccolas tirou o cordão com o frasco de elixir de dentro da armadura.

— A celestial que o protege descobriu como devolver seus poderes, Ruff.

O prisioneiro continuou imóvel.

Niccolas deu um passo à frente.

O prisioneiro se jogou sobre ele, sendo detido apenas pelo comprimento das correntes.

— Ruff! Você precisa se lembrar de mim!

Mas, em resposta, só recebeu rosnados e ganidos. Como se falasse com um bicho.

— Eu o conheço. Eu sei quem você é. Você já esteve assim, mas este não é você, Ruff. Lembra? Nós descobrimos quem você é.

O prisioneiro lembrou de algo que seus carcereiros faziam. Cuspiu em Niccolas.

O monge deu um suspiro trêmulo.

Então começou a tirar a armadura.

— Eu não tenho medo de você, Ruff. Você é meu protegido, meu amigo e meu mentor.

O prisioneiro se jogou de novo contra ele, e as correntes se retesaram.

— Você é o garoto-cabra de nosso querido prior. Você é o melhor amigo de Korin. Você é o Santo de Pés Descalços que nos guiou das ruínas do mosteiro até Lago de Pó.

O prisioneiro tentou mordê-lo.

— Lembra? Fomos procurar uma cabra, mas achamos um garoto. O prior perguntou o que podia fazer com um garoto. E a resposta é que poderia fazer um homem excelente, que foi o que você se tornou. Ele pegou um garoto selvagem e transformou-o num exemplo.

Então, sorrindo, Niccolas se corrigiu:

— Não. Não ele. Todos nós. Eu tenho orgulho de dizer isso, Ruff. Todos nós participamos de quem você é.

Terminou de tirar a armadura. Estava com uma camisa, uma calça e o acolchoamento que vinha por baixo de uma armadura de placas. O frasco com o elixir vermelho na mão. O cheiro era insuportável, mas ele foi forte e continuou sorrindo, falando com tranquilidade. E a visão de Ruff daquele jeito era macabra, mas ele se forçou a enxergar seu amigo.

— Eu não tenho medo de você.

O prisioneiro rosnou.

Niccolas deu um passo à frente.

Viu aquele homem barbudo, cabeludo, imundo, nu, com unhas compridas, avançar de novo contra ele, mãos como garras e boca aberta para uma mordida.

— Este não é você. Você é Ruff Ghanor.

O prisioneiro agarrou-o com as mãos sujas, mas deteve-se no meio da mordida.

E, por um instante, houve uma fagulha de reconhecimento.

O prisioneiro recuou, feroz e amedrontado.

— Deixe-me em paz — implorou.

— Sou o Irmão Niccolas. Você me conhece. Você é Ruff Ghanor.

O prisioneiro estremeceu. Achou que lembrava de algo.

Não. Impossível.

— Descobrimos uma forma de ajudá-lo — disse Niccolas. — Você poderá fugir. Bellitz viajou até o inferno e o paraíso para lhe trazer isto — mostrou o frasco. — Korin está atacando a cidade. Dunnius está rezando por nós. Johrgrund está lutando no portão.

Ele não se lembrava de ninguém. Rosnou de novo.

— Não. Eu mereço estar aqui. Preciso pagar pelo que fiz.

— Você não fez nada de errado.

— Preciso pagar pelo que sou.

— Você não lembra de quem é?

— Sou um criminoso. Sou um prisioneiro.

— Pare de ser penitente! — Niccolas gritou.

Isso acendeu de novo a selvageria dentro do homem imundo que habitava a cela. Ele rugiu, enfim acertou o monge com uma garra. Arranhou-lhe o rosto.

— *Você é Ruff Ghanor!*

O prisioneiro agarrou-lhe a garganta com as duas mãos e começou a apertar.

— *Como é seu nome?* — o Irmão Niccolas gritou.

E a resposta foi quase um rosnado:

— *Ruff.*

Subitamente, as memórias voltaram num turbilhão.

Ele lembrou do mosteiro, dos amigos, do dragão, dos deuses.

Lembrou de Áxia. Num redemoinho de amor e ódio, suas lembranças tomaram forma.

Soltou o pescoço de Niccolas e agarrou-se a ele num abraço febril, desesperado.

— Há quanto tempo estou aqui? — falou, errando as palavras, esquecendo seu significado.

— Dois anos.

Ruff Ghanor rilhou os dentes. Sentiu raiva, sentiu vergonha por estar preso. Dois anos perdidos, dois anos de humilhação. Dois anos em que ele mesmo não fora capaz de se libertar. Soltou um berro e, por instinto, tentou invocar o poder do terremoto. A agonia dos grilhões de sangue tomou-o de novo e ele caiu de joelhos.

— Calma, Ruff — disse Niccolas. — Ouça-me. Eu não posso libertá-lo. Mas todos nos unimos para encontrá-lo.

— Onde...?

— Esta é a masmorra da cidade de Rocha Celeste. A cidade é controlada pela Ordem de São Theodric e pela Madre Heléne. As forças que se opõem a você estão reunidas aqui.

— Se opõem a mim...?

— O estandarte da cabeça de cabra continua tremulando alto, Ruff. Korin nunca parou de lutar em seu nome. Ele está atacando as muralhas agora.

Dois anos. Dois anos como prisioneiro, e o amigo mantivera a chama acesa.

— A cidade está cercada — disse o monge. — Cercada por suas forças. Há seis meses Korin mantém Rocha Celeste sob sítio, em seu nome.

— Tire-me daqui.

— Não posso. Mas Bellitz descobriu como quebrar o ritual que o deixou indefeso.

Ruff deixou a boca se abrir.

Niccolas mostrou-lhe de novo o frasco com o elixir vermelho.

— A magia que cancelou seus poderes é muito forte, Ruff. Mas existe como desfazê-la.

Niccolas abriu o frasco. Molhou os dedos com a substância vermelha. Então tomou os braços de Ruff. Espalhou o elixir sobre as marcas em forma de grilhões. Ungiu os antebraços e o peito de Ruff. Por fim, com as últimas gotas, marcou-lhe a testa, como uma bênção.

Ruff sentiu a corpo formigar.

As marcas vermelhas absorveram o preparado. Adquiriram uma tonalidade ainda mais viva.

A unção na testa permaneceu, um sinal bento da proteção de todos seus amigos.

Então Ruff Ghanor sentiu fome.

Estremeceu e sentiu muita, muita fome.

— Não sou um guerreiro, Ruff. Não posso lhe tirar daqui. Mas você pode.

Ruff olhou mais uma vez para os próprios braços e pernas, vendo as cicatrizes em forma de grilhões que haviam restado.

Então cerrou os punhos. Fechou os olhos. Estremeceu, esperando a dor lancinante.

Mas ela não veio.

Ele sentiu o poder do terremoto fluindo por seu corpo, delicioso como um músculo que há muito não era usado. As correntes começaram a tremer, então a parede toda. Ele fechou os punhos com mais força, arreganhou os dentes num sorriso lupino. Tudo a seu redor tremeu, o chão balançou. Ouviu gritaria do lado de fora da cela. Rachaduras espalharam-se pelas pedras.

As correntes se esfacelaram. As algemas viraram pó.

A destruição alimentou-o.

Niccolas deu um passo para trás, maravilhado e apavorado com aquele poder.

Ruff Ghanor se ergueu, pela primeira vez em dois anos, livre do peso de metal. Levantou as mãos e as rachaduras tomaram tudo a seu redor, num padrão semelhante a uma teia de aranha. Sentiu a energia do mundo entrando, curando seus ferimentos, abastecendo seu corpo. Ele devorava o mundo e estava faminto como nunca.

Abaixou os braços, ofegante, mas longe de estar saciado. O corpo, que estivera magro e maltratado, ganhou músculos de novo. Ele ficou de pé, a coluna reta. Sem dores, a pele tesa e brilhosa. Os olhos aguçados e atentos. Sentia-se forte.

Ouviu a chave girando na fechadura. A porta se abriu.

Os dois carcereiros surgiram.

— O que está acontecendo? — pensavam que ainda se dirigiam ao cavaleiro que deixaram entrar na cela. — O prisioneiro...

Detiveram-se quando enxergaram Ruff de pé.

— Vocês não me disseram seus nomes — ele disse, com olhar sinistro, estalando os dedos das mãos fechadas. — Eu avisei que, se não me dissessem quem eram, o castigo seria pior.

— O que está acontecendo, prisioneiro?

— Meu nome é Ruff Ghanor. E agora vamos ver se será tão fácil bater em alguém que revida.

Ruff deixou os dois inertes, estendidos no chão da cela, em suas próprias poças de sangue. Tomou as calças de pano ordinário de um deles e as vestiu. Saiu da cela pela primeira vez em dois anos, ganhou o corredor. Niccolas foi atrás. Por onde ele passava, as rachaduras se espalhavam. Cada passo deixava uma pegada funda, como o impacto de um martelo. A prisão tremia a sua volta. Os outros prisioneiros berravam, num alarido infernal. Chacoalhavam as correntes, imploravam para serem libertados. Ruff inspirou fundo e tocou na parede de pedra do corredor da masmorra. Sentiu tudo que se ligava àquelas pedras: as portas, as correntes, as tochas em suportes metálicos, a mobília tosca. Sentiu tudo aquilo e estendeu seu poder, como se seus dedos fossem capazes de tocar ao mesmo tempo todos os objetos.

Tudo começou a se esfacelar.

Bebeu da energia do mundo enquanto destruiu aquilo que sentia. As correntes dos prisioneiros viraram pó. As portas quebraram sozinhas, como se fossem atacadas por aríetes invisíveis. As trancas se desintegraram. A prisão tremeu com mais força.

Os prisioneiros correram para fora de suas celas, cada um com a fração de força e humanidade que lhe restava. Estavam todos nus e sujos, magros e feridos. Mas alucinados com a liberdade, extasiados com o acontecimento além de qualquer esperança.

— Suas vidas agora pertencem a mim! — bradou Ruff Ghanor, sua voz reverberando pelos corredores. — Vocês foram libertados pelo Santo de Pés Descalços. Usarão esta liberdade para fazer o bem!

Quatro carcereiros surgiram à frente, dobrando uma esquina do corredor. Vestiam armaduras de couro e portavam lanças. Deram ordem para que os prisioneiros voltassem às celas. Ruff correu na direção deles.

A estocada da primeira lança veio lenta, previsível. Ruff desviou-se para o lado, agarrou o cabo da arma e puxou-a das mãos do atacante. Usou a extremidade rombuda do cabo para quebrar a mandíbula do primeiro carcereiro. Bloqueou um golpe do segundo com o cabo da arma recém-adquirida. Girou-a e perfurou o estômago do inimigo. Largou a lança que usava e pegou a do carcereiro morto. Usou-a para afastar os outros dois. Então, com uma estocada-surpresa, perfurou a garganta do terceiro. Descartou as armas e abaixou-se para evitar um golpe do último. Ergueu-se com o cotovelo certeiro contra o queixo do quarto carcereiro, desacordando-o.

Olhou os corpos no chão. Dois vivos e dois mortos.

— Acabei de matar humanos pela primeira vez — disse, meio para Niccolas, meio para si mesmo.

— Ruff...

— Eles mereceram.

A sensação não era ruim. Na verdade, era *deliciosa.* Ele sentia que poderia matar outros, muitos outros. Poderia continuar tocando no mundo e fazendo-o ruir, enquanto matava. Eles mereciam. Eram malignos e mereciam morrer.

Voltou-se aos prisioneiros de novo.

— Vocês receberam uma nova vida! Irão usá-la para servir ao estandarte da cabeça de cabra! Não importam seus crimes antes deste momento. Agora vocês pertencem a mim!

Foi recebido com urros de aprovação. Quase não ouvia o que estava falando — se ouvisse, mal reconheceria a si mesmo. Ele renascera. Não era o Ruff Ghanor que, dois anos atrás, tentara criar uma irmandade de heróis sem líderes. Ele agora sentia o mundo ruindo sob seu toque e queria destruí-lo.

Não, não queria. Riu sozinho, percebendo o que era o desígnio dos deuses interferindo com sua mente e o que eram seus verdadeiros pensamentos. Realmente não sentia remorso por ter matado humanos, mas não queria destruir o mundo.

Sentia-se tocando o mundo todo e queria *dominá-lo.*

Niccolas não conseguia evitar uma ponta de felicidade por ver o amigo forte.

Mas, envolvendo a felicidade, havia muito medo.

As rachaduras aumentaram nas paredes, no chão e no teto. O Devorador de Mundos progrediu, destruindo sem notar. Ficando mais forte a cada passo. Foi atacado por um novo grupo de carcereiros, estes armados com espadas. Esquivou-se da primeira lâmina, o metal passando inofensivo por sobre sua cabeça. Deu um soco poderoso no estômago do inimigo, então um outro golpe na têmpora, que o arremessou para trás. Com as mãos nuas, derrotou todos. Deixou pescoços quebrados, espinhas estraçalhadas, corpos retorcidos.

Subiu dois lances de escadarias e ganhou o pátio central da prisão. Tudo tremia e se despedaçava. Os outros prisioneiros estavam logo atrás. Alguns tinham agarrado as armas dos carcereiros caídos. Outros apenas dançavam e gargalhavam com a libertação. A maioria não possuía forças para nada daquilo, apenas conseguia se arrastar à frente.

Niccolas acompanhava o bando, sem saber como reagir.

Ruff e seus novos seguidores estavam ante o portão frontal. Do outro lado, a liberdade. O pátio central era um espaço amplo, quadrado, cercado por torres de vigia. Ligava-se a outras alas da prisão — certamente alojamentos para os carcereiros, cozinha, depósitos e outros aposentos. Estava tomado por cerca de vinte inimigos. Todos de olhos arregalados e expressão apavorada, armados com lanças e espadas. Pequenos fragmentos de rocha caíam a seu redor, enquanto a presença de Ruff fazia a prisão ruir.

— *Arrependam-se!* — urrou Ruff Ghanor, como um profeta. Com os cabelos selvagens e a barba comprida, parecia mesmo um arauto do fim do mundo. — Arrependam-se e serão poupados! Larguem suas armas e reneguem seus senhores! Estas terras pertencem a mim... E tudo que não pertencer a mim será destruído!

Como um ponto de exclamação, um pedaço enorme de uma torre despencou, quase esmagando dois carcereiros.

— *Sou Ruff Ghanor, e todos que não entregarem suas vidas a mim morrerão!*

Dez carcereiros largaram as armas no chão e correram para junto de Ruff, jurando a lealdade fervorosa do desespero. Ele caminhou em direção aos outros dez. Eles mal conseguiam segurar as armas. O clérigo passou entre eles, sem ser atacado. Olhava reto à frente, e nenhum dos inimigos teve coragem de fazer nenhum movimento ameaçador.

Ruff tocou no portão frontal. A coisa era alta como três homens, toda feita de carvalho e ferro. O portão estremeceu e desfez-se em pó de ferrugem e lascas de madeira.

Pela primeira vez em dois anos, Ruff viu o lado de fora da prisão. Era noite, e o ar gelado bateu em seu peito e seu rosto. Ele aproveitou a carícia do vento e então quis destruí-lo também. Ouviu a gritaria do combate, viu as chamas dos incêndios.

— Estamos livres!
E andou para fora da prisão.

Ruff Ghanor enxergou a cidade de Rocha Celeste pela primeira vez e no mesmo instante a odiou. A prisão ficava em um morro e, saindo pelo portão frontal, ele teve uma boa visão do lugar todo. Na praça central ficava uma pedra maior que um homem, que caíra do céu séculos atrás — o objeto que dava nome à cidade. Rocha Celeste não possuía um castelo, mas fora construída ao redor de uma imensa catedral, com um convento adjacente. Ele viu bandeiras com o brasão de São Theodric tremulando altas nas torres impressionantes da construção. Viu os casebres pobres ao redor. Viu as muralhas que cercavam a cidade sendo atacadas por tropas que carregavam sua bandeira.

A igreja de São Theodric comandava Rocha Celeste. Ele se lembrou da Madre Heléne, prometendo ajudá-lo, exaltando seu nome e conseguindo o favor da Duquesa Ludmilla. A Madre Heléne, acusando-o de traição e jogando-o naquela masmorra para apodrecer. Teria ficado ali para sempre, não fosse a intervenção de seus amigos.

O povo de Rocha Celeste aglomerava-se ao redor da prisão, que ainda tremia violentamente, afastando-se da batalha. O portão já devia ter caído, pois soldados de ambos os lados lutavam nas ruas. Ruff Ghanor virou-se para a prisão e esmurrou o chão. Uma rachadura larga viajou rápida até as muralhas externas. Encontrou-as e se espalhou. Então a prisão tremeu ainda mais, e uma ala desabou numa imensa nuvem de poeira. Outra ala também ruiu em si mesma. E, por fim, toda a construção implodiu — rachando, quebrando-se, deixando de existir. O morro onde ela estava estremeceu. Um rugido ensurdecedor acompanhou o maior tremor que Ruff já produzira, e todos, exceto ele mesmo, caíram, sem equilíbrio. Até mesmo Niccolas. Quando a poeira baixou, restava apenas um imenso fosso onde houvera a prisão.

Ruff desceu o morro e virou-se para o povo.

— Rocha Celeste! Sua prisão não existe mais! Não há mais um lugar onde esconder seus indesejáveis!

Os cidadãos tinham olhos arregalados. Seus dentes batiam de medo.

— E logo não haverá mais cidade!

Súbito, a multidão se abriu. Ruff ouviu barulho de cascos de cavalos e viu o brilho de tochas. Dezenas de cavaleiros espalharam o povo e cercaram o clérigo libertado. Trajavam garbosas armaduras de placas. Seus corcéis eram altos e fortes, resfolegavam com ferocidade. Ostentavam suas próprias armaduras, decoradas com tecidos coloridos. Os cavaleiros tinham espadas longas e grandes lanças montadas. Todos, homens e cavalos, exibiam o brasão de São Theodric.

A sua frente estava a Madre Heléne.

— De alguma forma recuperou seu poder profano, traidor — a clériga cuspiu no chão.

— Oh, não, Heléne — Ruff grunhiu baixo. — Isto não é profano. Pelo contrário, meu poder é o mais sagrado que há neste mundo.

— Você é o mesmo que era há dois anos. Um traidor e um mentiroso. Por causa de suas mentiras, a Duquesa Ludmilla morreu! Por causa de suas mentiras, ficamos indefesos contra a serva de Zamir!

— Eu aceito apenas uma acusação, Heléne. Eu menti. Disse que matei Zamir, mas apenas o derrotei. Sim, menti, para que me aclamassem! E, porque tenho culpa disso, serei piedoso. Ofereço-lhe sua vida.

— Você não está em posição de negociar, cão.

— Não, Heléne. Você não entendeu. Você já está morta. Seus cavaleiros já estão mortos, o povo desta cidade já está morto. *Minhas* tropas estão invadindo a cidade. *Minhas* chamas estão queimando-a. *Meu* terremoto destruiu sua prisão. Eu lhes ofereço suas vidas em troca de rendição, porque também sou um pecador.

— Não irei tolerar suas blasfêmias!

— Renda-se, Heléne! Entregue-se ao exército da cabeça de cabra!

— Nunca!

Ruff olhou atrás da madre, para o povo que assistia apavorado, para os guerreiros de ambos os lados que lutavam nas ruas, para as chamas dos inúmeros incêndios.

— Rocha Celeste! Sua cidade acabou! Fujam! Rendam-se a minhas forças e ficarão vivos! — Tomou fôlego. — Resistam e afundarão com este lugar maldito!

O cavalo de Heléne empinou e relinchou. Ela sacou a espada.

— Cale-se! Esta é a capital de São Theodric! Aqui não nos dobramos a suas forças! Aqui o povo é abençoado!

— Não ouçam o que ela diz! Rendam-se se quiserem viver! Rocha Celeste acaba hoje!

Ao falar aquelas palavras, Ruff bateu no chão de novo. Ao longe, uma seção da muralha da cidade caiu. Ele pôde ver as silhuetas dos soldados de Korin, do outro lado. Centenas de fogueiras e tochas dos batalhões queimavam, iluminando a noite com as chamas da invasão. Ruff controlou-se para não destruir ainda mais. Tinha fome. Odiava tudo aquilo. Sentia uma raiva da cidade que suspeitava ser um eco de algo maior, mais profundo — o ódio dos deuses por sua Criação. Imaginou se o primeiro Devorador de Mundos sentira aquilo. Se, sendo uma fera, ele também odiava, também tinha prazer de ver o mundo cair.

Não importava. Naquele momento, a destruição era sua vingança. E a vingança era tudo.

O povo começou a se afastar. Os primeiros correram, e logo toda a multidão entrou em disparada rumo aos portões da cidade.

— Resistam à invasão! — ordenou Heléne. — Aqueles que ajudarem o inimigo serão executados!

— Não a ouçam! Rendam-se, pois seu mundo acaba hoje!

A Madre Heléne não teve palavras — rugiu de ódio.

— Cavaleiros, façam o mesmo! — disse Ruff. — Não ouçam sua madre! Deixem sua ordem e sua cidade!

— Cavaleiros de São Theodric, preparem-se para a carga!

— Não quero matá-los! Não me tentem!

— *Carga!* — incitou a Madre Heléne.

Os cavaleiros investiram contra Ruff Ghanor, lanças em riste e espadas erguidas. Cada casco de cavalo poderia quebrar seus ossos e esmagar seu crânio. Cada estocada e cada corte podiam dilacerar seu corpo.

— *São Theodric! Carga! Carga!*

Ruff urrou, e o céu respondeu com trovões. Fechou os punhos e o solo explodiu a sua frente.

Cavalos e cavaleiros foram tragados pelo chão. O clérigo ouviu os gritos de agonia dos humanos, teve pena ao escutar os barulhos de morte dos animais. Todos caíram num buraco gigantesco, um fosso que formou um semicírculo à frente de Ruff, e foram soterrados. O Devorador de Mundos não se deteve: bateu no chão mais uma vez e viu a catedral, no centro da cidade, estremecer. Sentiu a energia deliciosa fluindo pela terra em direção a ele mesmo. Sentiu o prazer da ruína quando as paredes santas começaram a rachar. Então a catedral desabou, e Ruff Ghanor gargalhou como um demônio.

A nuvem de poeira se desfez a seu redor. Restavam seis cavaleiros, além da Madre Heléne. No canto de sua visão periférica, Ruff viu o Irmão Niccolas, caído no chão e apavorado.

— *Fujam* — rosnou o clérigo.

Os homens obedeceram.

A clériga permaneceu imóvel, encarando-o de espada em punho.

— Você não, Heléne. Você me obrigou a matar mais do que eu gostaria. Por isso você vai pagar.

— Eu nunca iria me render a você, criatura vil.

Ela investiu contra ele, o poderoso cavalo pulando por sobre o fosso. Desferiu um golpe monumental com a espada, mas Ruff esquivou-se.

— *O que é você, Ruff Ghanor?* Que coisa amaldiçoada é seu poder? De que abismo veio?

— Já não quero mais mentir, Heléne. Então, antes de morrer, você saberá. Eu sou o Devorador de Mundos. Meu poder é o poder dos deuses. E o abismo de onde vim é a morada divina.

— O quê?

— Os deuses me criaram para um único propósito: destruir o mundo! Eles se arrependeram de tudo que fizeram. Querem que todos morram, querem que tudo seja destruído. Eu sou o arauto da fúria divina!

— Não!

— Sim. Você e eu cultuamos aqueles que nos odeiam. Aqueles que nos desprezam. Aqueles que tentam nos destruir.

— *Mentiroso!*

— Sim, sou um mentiroso. Mas agora falo a verdade.

— Blasfemador! São Theodric, me proteja!

Ela ergueu de novo a espada. Ruff Ghanor fechou os olhos.

Então abriu a boca, sorvendo o ar frio da noite. E, com ele, a energia do mundo.

Rocha Celeste tremeu. O povo correu mais rápido, escapando do que notavam ser o fim. As casas começaram a desmoronar. Outra parte da muralha caiu.

— Demônio! — acusou Heléne.

— Não. Não sou um demônio. Mas preferia ser.

O chão se abriu por toda a cidade. Casebres foram engolidos. Os arrependidos se rendiam e as muralhas caíam. Os soldados matavam uns aos outros nas ruas. Então um terremoto imenso se formou, e a cidade começou a ser tragada num poço gigantesco.

Ruff começou a ouvir estrondos diferentes. Batidas rítmicas, ficando cada vez mais fortes. Aproximando-se. Eram passos titânicos.

Logo enxergou o vulto enorme.

O gigante Johrgrund corria para perto dele.

A madre tentou atacar Ruff. Ele se esquivou de novo, sem dificuldade. Agarrou seu braço e puxou-a, arrancando-a do cavalo. Jogou-a no chão. Quando olhou-a, ela chorava.

— Não pode ser verdade! — gritou Heléne. — Mentiroso!

— É verdade, Heléne — ele não gritou, não elevou a voz. — É a maior e mais terrível verdade sobre a terra.

— Você vai destruir o mundo...

— Não.

O terremoto continuou. Agora os próprios soldados da cabeça de cabra recuavam, sob as trombetas, todos notando que a cidade estava condenada. Heléne foi jogada para longe por um solavanco da terra, desapareceu atrás de pilhas de destroços.

Apenas Ruff Ghanor estava de pé.

Por fim, a terra parou de tremer. Ruff respirou, ofegante.

Nunca sentira nada tão maravilhoso. Estava vingado. Estava empanturrado.

Mas não estava saciado. Sentia cada vez mais vontade de destruir e teve medo de si mesmo.

Começou a se afastar quando ouviu um gemido fraco.

Voltou-se e achou Heléne jogada em meio a toneladas de destroços e rochas. Ao lado da forma ensanguentada da clériga, sua espada.

— Eu acredito em você — ela disse, fraca.

Ruff assentiu.

— Os deuses estão tentando nos destruir? — perguntou a madre superiora.

— Eles nos odeiam, Heléne.

— E você cumprirá a vontade deles?

— Não. Não se puder evitar.

Ela deu um pequeno riso cheio de dor.

— É mesmo um mentiroso. Mente para as próprias divindades.

— Sim. Sou um pecador. É o que me torna humano.

Ruff estendeu a mão para Heléne.

— Continue mentindo, Ruff Ghanor.

Ruff ergueu-a com delicadeza.

Os estrondos então estavam sobre eles — e Ruff sentiu o fedor horrível de uma monstruosidade humanoide, de uma criatura leal a ele. Johrgrund saltou sobre os dois, os olhos alucinados de violência. Contaminado e embevecido pela brutalidade do cerco, do terremoto, de Ruff Ghanor.

— *Johrgrund, não!* — gritou Ruff.

Mas era tarde demais. A manzorra do gigante encontrou a clériga ferida e rendida.

A Madre Heléne foi arremessada para trás numa onda de sangue.

Quando aterrissou, estava morta.

O Irmão Niccolas foi o último a deixar os restos da cidade. Chorando como nunca antes, fez os ritos fúnebres para a Madre Heléne.

Ruff Ghanor deixou Rocha Celeste. Andou, atravessando o que haviam sido as muralhas, e enxergou de longe o estandarte da cabeça de cabra erguido no centro do exército. Os homens olharam-no com assombro e devoção. Ele vestia apenas as calças que tomara do carcereiro. Ainda estava cabeludo e barbudo como um selvagem.

Quando já estava perto do general, finalmente alguém falou com ele. Uma voz familiar. A voz de seu melhor amigo.

Korin desceu do cavalo. Estava de olhos arregalados e braços abertos.

— *Ruff?*

Ruff Ghanor atirou-se nos braços de Korin e começou a soluçar. Abraçado nele, chorou dois anos de dor, humilhação, morte e vergonha.

10 | Os heróis de Korin

TODOS ENXERGARAM Ruff atravessando o acampamento. Apesar de seu corpo estar forte, sua barba era longa, seus cabelos estavam cheios de nós e ele cheirava mal. Mas todos haviam visto ele anunciar o próprio nome e afundar Rocha Celeste sob o poder do terremoto. Embora aqueles soldados tivessem se unido sob o estandarte da cabeça de cabra, ouvindo histórias do terrível poder do Santo de Pés Descalços, nunca o tinham visto sem a armadura. Muitos sequer sonhavam estar em sua presença.

Mas testemunharam a queda da cidade inimiga e souberam que estavam diante de um milagre. Diante da fúria justa de um santo vivo, do matador do dragão e do campeão dos deuses.

Antes que Ruff chegasse a Korin, o exército se ajoelhou a sua passagem.

Ouviu-se o primeiro sussurro:

— Como este pode ser Ruff Ghanor? Ruff Ghanor esteve desde sempre nos liderando.

Então outra voz hesitante:

— Será que o General Korin mentiu?

Mas uma terceira chegou à conclusão:

— Ruff Ghanor é milagroso. Ele pode estar em dois lugares ao mesmo tempo.

E então se espalhou pelo exército o boato do mais novo prodígio do clérigo. Ele curava os feridos, havia matado o dragão, era capaz de fazer a terra tremer e também existia em mais de um lugar simultaneamente. Ruff não ouviu nada disso, porque seus ouvidos ainda reverberavam com a destruição que ele mesmo causara e porque não conseguia prestar atenção em nada que não fosse sua volta à liberdade.

E, quando Ruff encontrou seu melhor amigo e abraçou-se nele, chorando, os soldados observaram de longe, com reverência, e louvaram-no por ser quase tão humano quanto eles mesmos. Teceram as mais variadas teorias sobre o que significava aquela reunião: talvez uma parte do santo, mantida longe, sentisse falta do general; talvez aquilo fosse alívio porque o cerco a Rocha Celeste finalmente acabara; talvez fosse orgulho pelo valor que eles haviam demonstrado no ataque; talvez Ruff Ghanor lamentasse a perda de tantas vidas.

Ninguém pensou que o choro convulsivo era o resultado de tanto isolamento, tanta dor, tanta decepção. Ninguém cogitou que o matador do dragão era um rapaz cujo sonho fora destroçado pela crueldade de quem ele havia amado e pela desconfiança de quem ele julgara que fossem seus aliados. Ninguém sequer imaginou que Ruff Ghanor estaria chorando por ter acabado de testemunhar a morte de uma clériga, uma mulher que admirava, mas que o havia relegado a dois anos de sofrimento. Eles achavam que Ruff matara o dragão e agora também inimigos humanos que mereciam essa punição. Não sabiam que ele não conseguira matar Zamir e que já se arrependia daquelas novas mortes.

Os soldados no exército achavam que Ruff Ghanor era o libertador, o oposto do dragão tirano. Mas agora, tendo devastado a cidade de Rocha Celeste, Ruff se sentia igual a Zamir. Assim como o dragão destruíra seu lar, ele destruíra o lar de tantos outros.

Todos o olhavam com assombro, querendo que os guiasse — sabendo que, durante os dois últimos anos, ele os havia guiado em silêncio. Não suspeitavam que Ruff também estivesse perdido.

Dunnius logo veio ver Ruff com os próprios olhos. O clérigo se perdeu no abraço do monge, sem parar de chorar. Lurius Minimus, o velho espadachim que estivera no conselho em Abismo Sereno, observou de longe. Seus olhos mareados enxergaram Ruff como um filho.

— Niccolas...? — o Irmão Dunnius não conseguiu completar a pergunta.

— Está vivo — Ruff desafogou-se o suficiente para dizer. — Graças a São Arnaldo, ele está vivo.

Dunnius agradeceu a tudo e a todos pela bênção.

Johrgrund se aproximou com cuidado. Estava repleto de ferimentos, sujo de fuligem e do sangue dos inimigos. Coberto de felpas do portão de carvalho. Queimado, cortado, cheio de hematomas. Seu punho esquerdo marcado com o sangue de Heléne, que ele matara num acesso de fúria.

— Eu... Matei demais? — falou o gigante, como se não compreendesse direito a ideia.

Ruff virou-se para ele e viu seu rosto. Talvez fosse mesmo arrependimento que marcasse o semblante.

Johrgrund matara uma inimiga rendida, indefesa.

Mas como poderia julgá-lo, se ele mesmo acabara de destruir uma cidade?

— Todos matamos demais, Johrgrund — disse Ruff.

— Eu avisei — o gigante começou, confuso. — Eu *disse* que ia devorá-los. Por que...

— Calma.

Então o gigante tocou em Ruff, com cuidado, como se pudesse quebrá-lo sem querer.

Johrgrund era um monstro, mas ele também era. Ruff precisava acreditar que para tudo havia perdão.

— Depois, Johrgrund — disse Korin, interrompendo.

Korin amparou Ruff e levou-o ao grande pavilhão central do acampamento. Lá, conduziu-o até uma cadeira. Ruff deixou-se cair sentado. Trouxeram-lhe comida e bebida, mas ele tinha pouca fome, a destruição o saciara. Ruff provou um pedaço de queijo e um gole de vinho e fez uma careta — há dois anos não experimentava sabores tão fortes, acostumado ao mingau insosso e gordurento da prisão. Trouxeram-lhe uma tina com água quente e ele tomou banho, maravilhado com a sensação. A água tornou-se imunda com a sujeira de tanto tempo encarcerado; trouxeram uma tina nova. Então um soldado cortou os cabelos de Ruff e aparou sua barba. Deixou-o com a barba curta, negra, reta. Furtivamente, apanhou alguns pelos, que beijou como se fossem relíquias sagradas. Também aparou suas unhas. Ruff parecia civilizado de novo.

Não falou uma palavra em todo esse tempo.

Korin conduziu-o até uma cama coberta de peles e o clérigo desabou. Pela primeira vez em dois anos, dormiu em algo além do chão duro, sem correntes nos pulsos e nos tornozelos, sem nada o machucando. Acordou algumas vezes com medo de que seus carcereiros chegassem para espancá-lo, voltando a dormir momentos depois, ao perceber que já estava livre.

Dormiu por mais de doze horas assim.

Korin estava dentro do pavilhão quando Ruff acordou. Sem falar nada, ofereceu um pequeno balde cheio d'água e o clérigo pôde lavar o rosto, um prazer incrível.

Havia roupas do lado da cama, e Ruff as vestiu. Então olhou para o amigo e disse:

— Vocês continuaram lutando. Por São Arnaldo, vocês continuaram lutando.

— Cada hora de cada dia.

Caiu sentado na cama de novo.

— Niccolas já voltou?

Korin fez que sim com a cabeça.

— Chame-o, por favor. Preciso falar com ele. E com Dunnius e com Johrgrund. Preciso falar com vocês. Quero saber de tudo que aconteceu.

Korin ficou parado um tempo.

— É bom vê-lo de novo, seu desgraçado.

— Pensei que nunca mais... — Ruff começou, mas interrompeu a si mesmo. Estava cansado de chorar.

Eles se reuniram de manhã, ao ar livre, fora da tenda. Equipes de soldados iam e vinham de Rocha Celeste, recuperando feridos, garantindo que não houvesse atrocidades, reunindo prisioneiros, recolhendo saque. O exército da cabeça de cabra estava ocupado. Niccolas chegou perto de Ruff com hesitação. O gigante Johrgrund estava logo atrás, tentando ser menor. Dunnius não entendia tantos melindres. O cerco fora difícil, mas poderia ter sido muito mais longo. E a batalha fora terrível, mas pelo menos estava acabada.

— Ruff... — o Irmão Niccolas começou.

— Eu sei — foi a resposta. — Eu me deixei tomar pelo Devorador, Niccolas. Isso foi o que fiz em algumas horas.

— Você não tem culpa.

— Talvez não. Mas tenho responsabilidade.

O monge mais velho enfim lhe deu um abraço.

— Você fez ritos fúnebres para a Madre Heléne? — Ruff quis saber.

— Sim — Niccolas olhou para baixo. — Ela teve uma última dignidade.

Korin se levantou da cadeira onde estava.

— Não vamos esquecer do que ela fez — disse o general.

— Ela estava rendida — Ruff respondeu, triste. — Acho que poderia mudar de ideia.

— Assim como mudou antes. Heléne via-o como um messias. Depois como um traidor. Ela causou muitos problemas. Não estou comemorando a morte dela, mas, pelo que me falaram, Johrgrund não fez nada que já não tenha acontecido uma centena de vezes em combates por todas as terras.

Os dois amigos se olharam, medindo-se.

— Bem, não adianta falar de quem já está morto — disse Ruff. — Contem-me o que houve nesses dois anos.

Quando Ruff desapareceu, após o ataque de Áxia, Korin e Johrgrund procuraram-no por vários dias. O gigante removeu destroços e desenterrou cadáveres da ruína que era Abismo Sereno, enquanto Korin tentou conseguir informações com os sobreviventes. Muitos vasculharam a cidade naqueles dias — alguns em busca de entes queridos, outros procurando saque fácil. Os dois tiveram de deter alguns assassinatos e diversos ataques a inocentes no meio do caos após o ataque dos mortos-vivos, mas não descobriram nada. Korin chegou à conclusão de que a resposta estaria no castelo.

Penetrou no que sobrara da Sentinela do Abismo. Johrgrund permaneceu do lado de fora. A construção era uma ruína. Os poucos vivos que encontrou eram saqueadores, que carregavam sacos e mochilas cheios das riquezas do castelo, aproveitando-se do massacre. Avançou pelos corredores. Muitos ainda estavam alagados e quase todos abrigavam grandes números de cadáveres. Enfim chegou ao salão central, onde ocorrera a reunião.

Korin viu um saqueador tentando retirar os anéis do cadáver de um nobre. Como não conseguia, sacou uma adaga e cortou os dedos para liberar as joias.

— Sabe o que aconteceu aqui? — disse o guarda.

O saqueador voltou-se para ele, exibindo os dentes como um rato.

— Isto é meu! — chiou o homem. — Não se aproxime!

— Fique com seu ouro sangrento, parasita — Korin ergueu a espada, tentando demonstrar mais força do que possuía no momento. — Estou procurando...

— Ache seu próprio saque! Agora que os nobres morreram, é hora de nossa festa!

— Ruff Ghanor, seu maldito! O que houve com Ruff Ghanor?

— Ninguém sobreviveu.

Korin foi tomado pela fúria. Levantou a espada e avançou contra o saqueador, com uma exclamação gutural. O homem ganiu um gemido e correu para longe. Korin deixou-o ir embora. O ladrão passou ao largo do guarda e sumiu por um corredor.

Korin achou a Duquesa Ludmilla, morta e inchada. Ladrões já haviam arrancado dela os objetos de maior valor. Achou nobres, os convidados, seus pertences também vítimas dos carniceiros.

Então encontrou alguém que não era um saqueador.

Era o velho espadachim que declarara lealdade a Ruff.

Lurius Minimus.

— Alto lá, jovem — disse o ancião. — Não quero encrenca.

Korin abaixou a espada. Tentou o sorriso mais cordial de que era capaz naquele momento.

— Estou procurando Ruff — disse Korin.

O velho olhou para o chão e balançou a cabeça. Korin sentiu gelo no estômago.

— Não me diga...

— Ele está vivo — interrompeu Lurius. — Ou pelo menos estava, da última vez em que o vi. Mas não estava nada bem. Os clérigos da Ordem de São Theodric o levaram preso.

— *O quê?*

Lurius Minimus explicou o que acontecera. Relatou o que vira, os pedidos para que Ruff fosse perdoado.

— O rapaz foi considerado traidor — continuou. — Quando clérigos põem uma coisa na cabeça, é difícil tirar, e os servos de São Theodric colocaram em suas santas cabeças que seu amigo foi responsável pelo massacre. Eu estava disposto a lutar contra os filhos de uma porca, mas ele mesmo ordenou que eu abaixasse a espada.

— Ruff não foi responsável por nada.

— Eu sei, garoto. Eu sei e me doeu ver o que fizeram com ele.

Pelo menos Ruff estava vivo. Lurius se juntou a Korin, então os dois começaram o trabalho penoso, ingrato, de procurar a armadura de Arcanium e tentar reunir aqueles que ainda acreditavam no Santo de Pés Descalços.

A taverna *A Donzela Cadente* também estava destruída — o telhado caíra, as paredes haviam desabado. Johrgrund retirou a enorme quantidade de destroços e eles enfim acharam a armadura e o martelo. Durante aqueles dias, agruparam cerca de vinte guerreiros que ainda acreditavam em Ruff. Soldados, mas ninguém que sequer parecia um herói. Vários membros da comitiva de Ruff e Korin haviam sobrevivido, e o guarda ficou satisfeito em encontrá-los.

Então eles deixaram Abismo Sereno para trás e rumaram a Lago de Pó, com notícias terríveis e a perspectiva de um futuro sangrento.

Mas, à noite, viram uma estrela dourada brilhar no céu.

— Bellitz — Ruff interrompeu a narrativa do amigo.

— Ela lutou conosco durante o ataque dos mortos-vivos. Depois, eu a vi como estrela muitas vezes à noite.

— Ela esteve olhando por nós.

— Ela fez muito mais que isso. Pode ser uma enviada dos deuses, mas é leal, Ruff. Ela chegou aqui mal conseguindo andar. Tinha descoberto o elixir que Niccolas levou para você.

Por instinto, Ruff olhou os próprios antebraços. As cicatrizes em forma de grilhões permaneciam. Ruff achou que nunca mais fossem desaparecer. Seriam uma marca eterna do sofrimento daqueles dois anos.

— Eu não entendo — o clérigo balançou a cabeça. — Quando ela fez a revelação, pareceu uma inimiga pior que Zamir. Mas ela me protege. Ela *nos* protege.

— De qualquer forma, eu me senti bem vendo aquela estrela dourada — disse Korin. — Era como se soubesse ter mais uma amiga.

Ruff deu um sorriso triste.

Em Lago de Pó, eles mentiram. Korin, Dunnius e Niccolas reuniram-se e chegaram à conclusão de que o povo não poderia ficar sabendo que seu grande líder, o Santo de Pés Descalços, estava preso. Então começou uma farsa elaborada.

Os homens que os haviam acompanhado fizeram um juramento de não revelar o pouco que sabiam. Korin fez circular pela cidade a notícia de que Ruff Ghanor estava em uma busca sagrada, mas que logo iria voltar para liderá-los. Ele esperava que alguma solução se apresentasse antes que os plebeus começassem a perder a fé.

Lago de Pó ainda estava inchada, ainda contava com muitos refugiados que haviam vindo procurar abrigo. Korin instituiu treinos marciais obrigatórios para quem quisesse permanecer na cidade. Também colocou os ferreiros para trabalhar em dobro, produzindo espadas. Ninguém era obrigado a servir no exército, mas todos deveriam ter armas e saber se defender. Ele achava que, sem a proteção de muralhas ou de um santo, era melhor contar com o bom e velho aço.

Também foi repassado por toda a cidade um chamado para todos que possuíssem conhecimento ou habilidades administrativas — quem tivesse lidado com grandes empórios ou caravanas, quem fosse acostumado à burocracia, quem pudesse manter registros de grandes números de homens, com a comida e os mantimentos necessários. Eles haviam dependido da fé e da boa vontade, mas Lago de Pó estava crescendo e se solidificando. Os guerreiros de Ruff estavam se tornando um exército de verdade. Era preciso uma estrutura para sustentá-los.

O ouro de Zamir era abundante, mas não infinito. Assim, Korin designou clérigos para se ocuparem da sobrevivência da cidade. Sacerdotes acostumados a lidar com as necessidades mundanas do mosteiro, antes de sua destruição, começaram a fazer tratados comerciais com cidades vizinhas, criar rotas de comércio, coordenar os fazendeiros para que houvesse produção suficiente.

Essas decisões se mostraram sábias quando, cerca de dois meses depois, surgiu uma coluna de guerreiros no horizonte.

Os primeiros batedores enviados para averiguar a ameaça revelaram que aqueles eram mercenários. Soldados simples, em busca de dinheiro e glória, que subitamente haviam ficado sem trabalho. Não era surpresa: com boa parte dos lordes morta no ataque de Áxia, não havia quem pagasse por guerra. Então mercenários viraram bandidos, e Lago de Pó parecia uma presa suculenta.

Tanto guerreiros experientes quanto aldeões que mal haviam começado a treinar postaram-se para defender a cidade. Lago de Pó contava com um gigante e com alguns homens extraordinários, além dos clérigos milagrosos que não havia em nenhuma outra parte. Mas o povo tremia. Onde estava o santo? Onde estava o matador do dragão? Os mercenários se aproximavam e os habitantes de Lago de Pó queriam seu protetor. Ruff Ghanor era necessário.

Os habitantes de fora das muralhas foram postos para dentro. A cidade estava superlotada.

No primeiro dia do ataque, os mercenários subiram às muralhas com escadas. Bateram nos portões com um aríete. Não conseguiram entrar em massa, mas mataram vários defensores e espalharam o terror. Korin reuniu os cidadãos na praça central e fez seu melhor discurso, mas seu melhor discurso não era o bastante. Ele conseguiu organizar a defesa e liderar os homens, mas inspirá-los era diferente.

Começaram as deserções.

O medo aumentou.

Então, com os mercenários entoando cânticos de guerra e batendo os escudos em volta da cidade, com o povo tremendo de pânico, sentindo-se sozinho, Ruff Ghanor surgiu numa torre da fortaleza.

Os plebeus viram-no, fechado como estava em sua armadura completa, e gritaram de alívio. O clérigo desceu, silencioso, majestoso. Então foi até seus soldados, que estavam na porta do forte. Tocou um guerreiro ferido e o curou com sua magia. Digno, imponente, Ruff não precisou falar nada. Voltou a seu posto, na torre, e os defensores de Lago de Pó lutaram como nunca.

— Quem... — Ruff começou a perguntar.

— Dunnius.

— Você colocou *Dunnius* em minha armadura?

Ao lado, o Irmão Dunnius ficou corado.

Ruff começou a rir, sem notar que não ria há dois anos.

O Irmão Dunnius permaneceu em silêncio dentro da armadura de Arcanium durante as duas semanas em que os mercenários ameaçaram Lago de Pó. Sua presença distante, misteriosa, aumentava ainda mais o mito ao redor do Santo de Pés Descalços. Por fim, impulsionados pela confiança de ter seu salvador consigo, os soldados rechaçaram os mercenários.

No dia seguinte, Korin reuniu-se com os dois irmãos, para deliberar sobre o futuro.

— Isso não vai acabar aqui — disse o guarda. — A terra ainda está tomada de mercenários e bandidos. Eles vão nos atacar de novo e de novo.

— Pior do que isso — emendou Dunnius. — Vão atacar as aldeias e as cidades indefesas. Aquelas que não têm um exército e clérigos capazes de realizar magias.

Silêncio.

— Precisamos de Ruff — disse Korin.

— Se ele foi levado pela madre superiora, será fácil descobrir onde está — Niccolas tentou.

— Não podemos fazer frente a uma ordem de cavalaria. Conseguimos rechaçar tropas de bandidos, estando atrás de muralhas, mas atacar um exército de verdade é impossível.

— O que vamos fazer então? — perguntou Dunnius.

A solução estava à frente deles, mas nenhum dos três desejava ser o primeiro a falar. Foi o Irmão Niccolas que quebrou o silêncio:

— Nós precisamos levar a palavra de Ruff até o povo. Reunir tropas. E então salvá-lo.

Korin fechou os olhos.

— Como vamos fazer isso? — Dunnius tinha medo da resposta.

— Você sabe como — disse Niccolas. — Com armas.

Os três se entreolharam. Defender-se já não era mais suficiente. Eles precisariam liderar o exército pelas terras, fazer uma cruzada em nome de Ruff Ghanor. Precisariam conquistar para que todos os feudos e cidades ouvissem a mensagem do Santo de Pés Descalços.

— Era o que a Madre Heléne queria — disse Korin. — E vejam como isso acabou.

— Não somos fanáticos — retrucou Niccolas.

— É preciso ter cuidado. Temos de levar a mensagem de Ruff, mas não podemos fazer como ela. Não podemos elevá-lo como um salvador.

— Ruff é o salvador — interrompeu Dunnius.

Os outros dois ficaram observando-o.

— Ruff vai salvar o mundo — Dunnius insistiu. — Eu acredito nisso e, no fundo, sei que vocês também acreditam. Ele já fez o impossível, derrotando Zamir. Fazer o impossível está em sua natureza.

Silêncio.

— Muito bem, faremos uma cruzada — decretou Korin. — Mas sem matança desnecessária. Por São Arnaldo, sem uma morte a mais do que seja estritamente necessária.

E assim começou a jornada do exército pelas terras, espalhando a palavra de Ruff Ghanor.

O primeiro lugar que eles visitaram foi o Castelo do Outono Eterno, que ficava contra uma cadeia de montanhas e pertencia a um duque ganancioso, chamado Urkost Darann. O exército da cabeça de cabra cercou o lugar e enviou um mensageiro com um recado simples: o duque deveria declarar lealdade a Ruff Ghanor e viver segundo os princípios impostos pelo clérigo, ou haveria sangue.

Urkost Darann recusou-se, e houve sangue.

O Irmão Dunnius, dentro da armadura de Arcanium, observou tudo em silêncio, imponente e distante, enquanto os guerreiros atacaram o Castelo do Outono Eterno. Johrgrund rompeu as defesas da fortificação e destruiu o portão no terceiro dia de batalhas. Os inimigos capturados foram curados pela magia de São Arnaldo e então devolvidos em liberdade para o castelo. Assim, espalharam histórias sobre a generosidade e a benevolência do exército da cabeça de cabra. Logo, os soldados do Duque Urkost desertaram em grandes números.

Uma semana após chegar ao castelo, o exército de Ruff, liderado por Korin, conquistou definitivamente o lugar, ante as comemorações dos soldados de ambos os lados. O duque foi preso e enviado para Lago de Pó, surpreso com o bom tratamento que lhe foi dispensado.

Korin passou a se denominar general. Juntou as forças do duque às suas e seguiu com seu caminho de justiça e aço. Também incorporou ao exército os oficiais experientes das tropas do duque — que foram tão ou mais úteis que os soldados. Eles garantiram que o exército da cabeça de cabra iria continuar próspero, estabeleceram uma hierarquia mais complexa, cuidaram da parte administrativa.

Na cidade de Velha Torre, eles foram saudados como heróis e não houve combate. Já as vilas ao redor do Forte Martelo do Demônio ainda estavam sob o jugo de mortos-vivos e hobgoblins que haviam pertencido às forças de Zamir, e a luta foi aguerrida.

Em cada lugar, Korin conseguiu mais armas e suprimentos. Mais ouro e comida. Havia, na verdade, relativa fartura agora que Zamir não saqueava mais dos cofres e celeiros. O que faltava ao povo era quem distribuísse essa riqueza súbita, quem garantisse que não haveria novos tiranos. Faltavam lideranças, depois do massacre em Abismo Sereno.

Manter o exército alimentado e equipado foi um desafio grande, mas eles conseguiram evitar a fome e a falta de suprimentos com a ajuda de seus novos aliados. Muita gente estava ansiosa por alguém — qualquer um — que coordenasse seus esforços e tomasse a frente em suas vidas. A ausência do dragão e logo em seguida a morte dos muitos nobres criara um vazio de poder, e o exército de Korin começou a preenchê-lo.

Seis meses depois do início da marcha, o exército da cabeça de cabra se encontrou com forças da Ordem de São Theodric. Eram destacamentos de cavalaria pesada liderando uma grande coluna de plebeus mal armados. Korin sabia que a Madre Heléne havia levado Ruff preso, mas forças de clérigos não deveriam ser tão perigosas quanto mercenários ou hobgoblins. Ele mesmo cavalgou à frente do exército, com Lurius, Johrgrund e Niccolas, enquanto Dunnius ficou para trás, disfarçado na armadura de Arcanium. O general carregava uma bandeira branca.

— Alto! — gritou um cavaleiro que ia à frente das forças de São Theodric. — Não se aproxime!

Dezenas de bestas foram preparadas e apontadas contra Korin e os outros. Johrgrund rosnou, mas sua raiva foi detida por um gesto do general.

— Não temos problemas com vocês! — anunciou Korin. — Estamos espalhando a palavra do Santo de Pés Descalços e não pretendemos combater servos dos deuses. Deixem-nos passar e faremos o mesmo.

— Santo de Pés Descalços? — o homem ergueu a voz para ser ouvido.

— Ruff Ghanor.

Ante a menção do nome, o cavaleiro cuspiu no chão.

— Ruff Ghanor é um traidor e seus seguidores são fora da lei! Quem o chama de santo é um herege, e a Ordem de São Theodric não tolerará essa blasfêmia!

O coração de Korin disparou.

— Não queremos lutar contra vocês.

— *Nós* queremos! — bradou o cavaleiro. — Vocês devem renunciar a seu líder traidor ou serão punidos!

— Ruff Ghanor está conosco — Korin ainda tentou. — Não temos medo de nada.

— Ruff Ghanor está preso em nossa masmorra!

Korin trocou um olhar rápido com Niccolas. Embora ele achasse que um confronto com os cavaleiros estava em seu futuro, não queria adiantar aquilo em um dia sequer. Ainda alimentava esperança de que a ordem fosse enxergar seu erro.

Mas não havia como dialogar com fanáticos — e ele deveria saber bem disso, porque usava o fanatismo em sua causa.

No dia seguinte, as duas forças se chocaram. Dois exércitos clamando pelo nome de santos — o santo piedoso dos miseráveis e o santo marcial dos cavaleiros. Clérigos de ambos os lados mataram, e fiéis de ambos os lados morreram. Korin lamentou cada um que caiu ante sua espada naquele dia, pediu perdão por todos que foram esmagados ante o punho imenso de Johrgrund. No fim da batalha, Ruff Ghanor surgiu atrás das fileiras da cabeça de cabra — Dunnius trajado na armadura de Arcanium, sobre uma colina alta. Os plebeus que lutavam sob o estandarte de São Theodric duvidaram do que seus líderes diziam e os guerreiros de Korin tiveram fé redobrada. Foi mais uma vitória, e muitos que serviam à ordem de cavaleiros trocaram de lado.

Mas a vitória teve o gosto amargo do sangue inocente.

O exército da cabeça de cabra progrediu, pacificando pela guerra. Curando os feridos e os doentes, doutrinando as pessoas dispostas a ouvir. Deixando bandeiras com o estandarte de Ruff e histórias sobre o santo que viera para libertar todos.

Um ano depois do início da marcha, uma jovem acólita em uma aldeia distante usou a magia divina para curar um cavalo que agonizava com uma pata quebrada. Era a primeira manifestação de milagres surgida fora do mosteiro de São Arnaldo. O povo da aldeia sussurrou seu assombro, tecendo paralelos entre a história de Ruff, que fizera seu primeiro milagre também para salvar um animal.

E, como se uma comporta se abrisse e uma inundação não pudesse mais ser contida, relatos sobre outros recém-convertidos manifestando magia divina pipocaram nas mais diversas cidades e aldeias. O poder dos santos estava voltando ao mundo.

E, com ele, a esperança.

— Então está dando certo... — disse Ruff.

— Sim — Korin falou em voz pequena, um pouco embaraçado com o próprio orgulho. — As pessoas já nem lembram como era perder familiares quando as tropas de Zamir chegavam. Já estão acostumadas a ter o que comer. Sentem-se seguras.

O ataque de Áxia tivera ao menos um efeito positivo, se é que algo assim podia ser falado sobre um banho de sangue que acabara com um pacto antes de começar e que resultara na prisão de Ruff. Mesmo assim, sem vários nobres e senhores da guerra ambiciosos, a paz tornou-se até mais fácil. As notícias corriam devagar, então muitos não sabiam do que acontecera em Abismo Sereno. Mas a simples calmaria e a ausência de líderes fizeram com que senhores mais pacíficos conseguissem exercer seu poder. Durante um período de alguns meses, não houve grandes levantes ou tentativas de tomada de poder. Quando uma nova geração de pretensos conquistadores começou a perceber a oportunidade, o exército da cabeça de cabra já marchava sobre as terras para rechaçá-la.

A situação também era ideal para que reinos estrangeiros, de além do deserto, invadissem o antigo território do dragão. A população estaria indefesa contra forças bem organizadas vindas de longe. Mas as notícias viajavam ainda mais devagar para essas terras distantes e talvez não tivessem chegado a tempo. Korin sabia de pelo menos um jogador poderoso de terras estrangeiras que sabia da tragédia de Abismo Sereno — Jaffba, o Horrendo, cujo emissário presenciara tudo. Mas o general achava que não era do interesse do tal Jaffba invadir aquelas terras. Pelo menos não por enquanto. Talvez ele próprio estivesse mantendo outros poderes em xeque, impedindo uma guerra daquele tipo.

— Como você consegue fazer isso? — perguntou Ruff. — Como consegue melhorar as vidas deles?

Korin balançou a cabeça.

— É claro que as coisas não estão perfeitas. Sei que, após nossa passagem, ainda existem nobres e guerreiros que...

— Não — Ruff o interrompeu. — Como você sabe o que aconselhar? Como sabe o que eles devem fazer para viver melhor?

O general sorriu.

— Eu lembro de como era no mosteiro e na aldeia. Lembro das regras do prior. Tento imaginar o que ele diria.

— Muita coisa ruim aconteceu sob as vistas do prior.

— Mas muita coisa boa também. Nós dois crescemos protegidos e comandados por aquele homem. Se outras crianças também puderem ter esse privilégio, tudo vai valer a pena, Ruff.

O exército da cabeça de cabra enfim chegou às fronteiras do que haviam sido as terras de Zamir. Se avançassem mais, estariam entrando em um reino vizinho, com seu próprio rei e suas próprias leis. Era uma região árida, que culminava em um deserto. Do outro lado, diziam, ficava o domínio de povos exóticos e dos grandes lordes mercadores liderados por Jaffba, o Horrendo. Korin decidiu que aquele não era o momento para atravessar um deserto e invadir um reino, principalmente porque não podia arriscar a ira de Jaffba. Então eles seguiram costeando a fronteira, em busca de cidades e aldeias que ainda não conhecessem a palavra de Ruff.

A fronteira era uma região inquieta e turbulenta. Ao longo da aridez entre as terras de Zamir e o deserto, havia uma miríade de cidades fortificadas que não reconheciam nenhuma autoridade. Sob o domínio de Zamir, as cidades eram obrigadas a lhe pagar tributo como quaisquer outras. Mas, desde a queda do tirano, achavam-se soberanas sobre si mesmas. Quase nenhuma das cidades fortificadas havia mandado um representante a Abismo Sereno. Quase nenhuma abriu as portas para Korin. Foi preciso lutar para obter cada quilômetro de território. Ninguém ouviu a palavra do santo sem sangue. No fim, as cidades foram pacificadas, mas era uma paz frágil. Revoltas começaram a eclodir, ameaçando guerra generalizada.

— Precisamos deixar um destacamento para vigiar a fronteira — decretou o General Korin, falando com o conselho interno do exército. — Aqui não basta a palavra de Ruff Ghanor. É preciso armas.

Dunnius e Niccolas se entreolharam. Contudo, foi Lurius Minimus, o velho espadachim, que se levantou com uma solução:

— Acho que devemos deixar meu filho aqui.

Korin ficou surpreso. Desde que Lurius surgiu na vida deles, durante o fracassado conselho dos heróis, o ancião só tinha críticas a seu filho. Dizia que ele desejava mais do que tudo ser um nobre.

— Não me entendam mal, o rapaz não vai ser um general brilhante — disse Lurius. — Mas ele sabe liderar homens. Sabe mantê-los na linha. E não precisamos de um gênio estrategista, mas de alguém que esteja presente. É uma responsabilidade que talvez ensine meu filho a ser homem.

— Onde ele está? — quis saber Korin.

— A cerca de duas semanas de cavalgada, nas terras de minha família.

A família Minimus tinha alguns guardas e alguns servos leais, mas não eram nobres. Suas terras eram pouco mais do que o terreno ao redor de um grande salão onde viviam. O filho de Lurius Minimus desejava mais do que tudo se elevar daquela posição, ter um título e um castelo.

— A obsessão de meu filho com a nobreza é bobagem — disse o ancião. — Mas deem a ele um ou dois batalhões e ele irá nos servir bem.

O general pensou.

— Se você confia nele, eu confio também — Korin decidiu. — Seu filho ficará aqui. E então ele poderá dizer que a família Minimus venceu as rebeliões da fronteira.

— E a fronteira está em paz? — perguntou Ruff.

— Tanto quanto se pode esperar. O tal filho de Lurius é mais velho do que nós e ainda se comporta como um garoto. Mas sabe liderar homens. Pelos relatos que recebo, está sempre viajando com suas tropas e as cidades fortificadas nunca ficam muito tempo sem supervisão.

— As pessoas podem se superar! — Ruff sorriu. — Mesmo um fanfarrão que só deseja ser nobre é capaz de grandes feitos.

De novo, Ruff não notou, mas seu peito se encheu de um calor esperançoso pela primeira vez em dois anos. Se antes fora dominado pelo instinto destrutivo do Devorador de Mundos, bastavam algumas horas com Korin para mais uma vez enxergar o valor da humanidade.

O exército da cabeça de cabra contornou a Floresta Alta, que diziam ser intransponível, encantada e habitada por elfos. Ninguém sabia o que existia em seu interior, mas quem vivia em suas profundezas escuras não perturbava a paz ou ameaçava o trabalho que eles faziam, então escolheram ignorá-la.

Certa manhã, foram atacados de surpresa por forças da Ordem de São Theodric. O dia estava raiando, a maioria dos soldados estava começando a acordar quando soaram as trombetas de guerra. Uma força pequena, mas letal, de cavalaria desceu uma colina já com lanças em riste e atacou o exército com ímpeto assassino e suicida. Korin cavalgou para o combate sem armadura, ainda piscando para afastar o sono, de espada na mão.

Depois da cavalaria, vieram plebeus fiéis de São Theodric. Eles não trajavam armaduras e usavam enxadas e machados de lenhador em vez de armas, mas estavam cegos pela raiva de seus senhores. Odiavam quem seguia Ruff Ghanor e acreditavam que seriam recompensados por entregar suas vidas assim.

Korin matou e matou. As forças maltrapilhas que a Ordem de São Theodric empregava para dar suporte a seus cavaleiros durou pouco contra os soldados treinados da cabeça de cabra, mas os próprios cavaleiros faziam um estrago enorme. Eles não estavam preocupados em sobreviver, apenas em prejudicar as forças de Ruff. Foram vencidos, mas a custo de muito sangue.

Korin conseguiu capturar dois cavaleiros de alta patente, nobres que serviam ao Santo Cavaleiro. Mandou um batedor com uma mensagem para Rocha Celeste: ele oferecia os dois prisioneiros em troca de Ruff. Apesar de tudo, ainda tentava negociar, evitar a batalha que via se desenhando no futuro.

Seu mensageiro voltou com uma das mãos decepada, como punição pela audácia.

Não havia negociação. Não havia troca.

Korin sabia que deveria matar os dois prisioneiros, mas não conseguiu. Em vez disso, deixou-os trancafiados na masmorra de um castelo recém-conquistado, com a ordem de que fossem bem tratados.

Sua piedade foi recompensada com maldições. Os dois cavaleiros disseram que ele iria queimar no inferno.

Não havia alternativa. Não era mais preciso adiar. Eles tinham força suficiente e marcharam para Rocha Celeste, onde ficava o convento de São Theodric.

No caminho para a capital de São Theodric, chegaram a uma cidade enorme. A maior que Korin já vira, com pelo menos o dobro do tamanho da já impressionante Abismo Sereno. Ficava bem no meio das terras de Zamir. Embora algumas construções estivessem arruinadas, a cidade estava estranhamente bem conservada. Primeiro acharam que estava abandonada, mas depois viram que era ocupada por pequenas tribos de hobgoblins.

E por algo pior.

Era cercada por muralhas, mas o portão há muito havia se desintegrado. Eles entraram com armas em punho.

O exército marchou pelas ruas em geral desertas como se estivesse sendo observado por fantasmas. Um grande castelo ficava no centro da cidade, incontáveis estruturas de pedra contavam uma história muda de glórias antigas. Tudo que era de madeira já havia apodrecido, um testemunho de como aquele lugar fora abandonado há muito tempo. Não havia sinal de incêndio, inundação ou qualquer outro desastre natural. Nenhuma marca nas casas sugeria que uma grande praga havia se abatido por lá. Não havia esqueletos — todos já tinham virado pó ou ninguém realmente morrera durante a morte da cidade.

Encontraram a primeira tribo de hobgoblins algumas horas depois de penetrarem as muralhas.

Korin era quase acostumado a lutar com hobgoblins. Seus modos bestiais e militares tinham sido a face do inimigo enquanto ele crescera. Imaginando matar hobgoblins, ele aprendera a brandir uma espada. Mas aqueles eram diferentes. Estavam apavorados e enlouquecidos.

Os hobgoblins da primeira tribo atacaram o exército da cabeça de cabra de forma suicida. Estavam em número menor, quase dez humanos para cada guerreiro monstruoso, mas não demonstraram medo. Apenas fúria cega, insanidade nos olhos. Os soldados de Korin mataram os inimigos que precisaram, expulsaram aqueles que conseguiram.

Então, quando o exército montou acampamento, ocupando casas, ruas e prédios abandonados, a causa da loucura se tornou aparente.

Os demônios surgiram à noite. Hordas espiralantes, etéreas e horrendas como só as crias do inferno podiam ser. Demônios com chifres, com patas de aranha e múltiplos olhos, com tentáculos, com carapaças vermelhas de crustáceos. As formas de demônios atravessaram as paredes, escorreram do teto como lodo negro, surgiram dos paralelepípedos no chão, assombrando os guerreiros.

Naquela noite, os clérigos que acompanhavam o exército da cabeça de cabra uniram todos os soldados num círculo de oração. O Irmão Dunnius e o Irmão Niccolas lideraram as almas devotas de São Arnaldo em uma prece coletiva. Uma luz azul em volta das tropas afastou os demônios — pelo menos até o alvorecer.

— Que lugar é este? — Korin perguntou para os clérigos.

— Eu tenho lido os textos que Ruff salvou do mosteiro — disse o Irmão Niccolas. — O prior sempre falou que possuía alguns tomos que não existem em nenhum outro lugar. Um deles... Fala sobre a dinastia Ghanor.

Dunnius assentiu.

— Acho que esta cidade é a antiga capital — disse Niccolas. — Abandonada quando os Ghanor foram derrubados, séculos atrás. Era o centro de seu governo, e aquele castelo era onde eles residiam.

— Ali os ancestrais de Ruff governaram — disse Dunnius, com reverência, olhando o castelo alto.

— A cidade foi considerada maligna — Niccolas continuou. — Ninguém quis permanecer aqui após a queda dos Ghanor. Ao longo do tempo, tudo que tinha valor foi saqueado. Nem mesmo os hobgoblins ocuparam-na em grandes números.

— E os demônios...? — Korin deixou a pergunta no ar.

— Imagine a quantidade de remorso, ódio e medo que existiu nesta cidade — Niccolas sentiu um calafrio ao pensar naquilo. — Nunca li sobre demônios que pudessem viver de algum resíduo espiritual, mas... Imagine. Imagine tudo que houve aqui.

Korin quase conseguia ver a glória e as atrocidades dos Ghanor acontecendo naquelas ruas. Sua mente criou um ambiente vivo a partir da cidade quase abandonada. Bandeiras com o brasão da família pendendo das casas agora vazias, o povo aclamando o nome de seus regentes. Então a milícia chutando portas e prendendo dissidentes. Os plebeus conspirando e sussurrando a raiva dos governantes mal contida pela intimidação. Os ataques que enfim haviam destronado a linhagem Ghanor, as execuções, os combates, a exultação sangrenta quando os reis caíram.

Parecia mesmo um terreno fértil para demônios.

No segundo dia, eles encontraram uma nova tribo hobgoblin. Não eram furiosos e ensandecidos como os outros, mas eram igualmente loucos. Tinham construído uma espécie de totem no centro de seu território, uma coisa de quase cinco metros de altura, feita de crânios, restos de estátuas e carcaças de animais. Ao redor, haviam pintado símbolos profanos e imagens de um enorme demônio devorando o que parecia ser o sol. O exército da cabeça de cabra atacou-os, mas eles se organizaram para resistir e lutaram com fervor quase religioso. A batalha durou até a noite, quando mais uma vez as entidades do inferno chegaram. Os hobgoblins as louvaram, e os monges de São Arnaldo souberam que estavam frente a cultistas.

Resistiram mais uma noite e, no dia seguinte, enfim conseguiram vencer os hobgoblins adoradores de demônios. Os soldados conseguiram capturar um punhado de prisioneiros, e Korin os interrogou, com os clérigos.

— O eclipse virá! — gritou um hobgoblin pintado com símbolos rústicos que o diferenciavam dos demais. — O eclipse está chegando e o demônio Baal tomará o mundo!

Foi a primeira vez que Korin e os sacerdotes ouviram falar do eclipse que se aproximava e do demônio Baal.

O avanço pela cidade continuou por duas semanas, até que todas as tribos de hobgoblins foram expulsas. Restava exorcizar os demônios e tomar o castelo no centro da cidade.

O exorcismo, que Korin teria julgado impossível, não foi tão difícil. Os sacerdotes reunidos de São Arnaldo rezaram por dias e noites. Com a fuga dos hobgoblins e a renovação da cidade com os guerreiros da cabeça de cabra, os demônios diminuíram em número, até que se tornaram apenas sombras furtivas nos becos à noite. Não havia mais alimento para eles ali.

O castelo foi mais difícil.

Korin adentrou-o com um destacamento de soldados de elite, além de doze clérigos. No salão principal da construção, o grupo foi barrado.

O castelo estava tomado por um demônio pouco maior que o gigante Johrgrund. Sua forma translúcida e imaterial ameaçava muito mais que as armas sólidas dos antigos ocupantes da cidade. Era um demônio em forma de leão. Sua postura imitava desenhos esmaecidos no chão e nas paredes do castelo. O leão parecia ter sido, um dia, o símbolo dos Ghanor. O demônio que habitava o castelo tinha se moldado aos pecados da família.

— *Aqui reside a maldade dos Ghanor* — o demônio rugiu. — *Mortais não são mais bem-vindos.*

— A cidade é nossa! — Korin desafiou a entidade com uma confiança que não possuía. — Vá embora, servo do inferno! Este castelo pertence aos guerreiros da cabeça de cabra.

— *Não. O castelo pertence e pertencerá aos tiranos.*

O demônio em forma de leão rugiu, e dois soldados não resistiram — largaram as armas e fugiram de pavor na mesma hora. Os clérigos rezaram para exorcizar a fera imaterial, mas mesmo sua fé foi inútil. As garras fantasmagóricas do leão demoníaco atacaram o batalhão e não rasgaram sua carne, mas sua alma. Um deles caiu morto, os olhos brancos e vazios. Korin deu ordem para recuar.

Então o exército da cabeça de cabra ocupou a antiga cidade de Ghanor, a capital do reino antes do Devorador de Mundos e da chegada de Zamir. Cercou o castelo, mas o demônio-leão não fez menção de sair de lá, aparentemente contentando-se com guardar aquele território e banquetear-se com a história de orgulho e decadência que lá existia.

Mas, mesmo sem ocupar o castelo, Korin fez da cidade o novo centro de poder dos seguidores de Ruff.

Com o exército acampado e começando a escolher as primeiras casas, as tropas enfileiradas e atentas, o general cavalgou por entre eles.

— Este será nosso lar! — anunciou Korin. — Há um ano e meio estamos marchando por estas terras, garantindo que outras pessoas tenham paz onde moram. Mas nós mesmos não temos nada! Todos que estão aqui deixaram suas casas em um momento ou outro. Este é seu lar! Quer vocês venham de Lago de Pó, Abismo Sereno, Velha Torre, do Castelo do

Outono Eterno, do Forte do Martelo do Demônio ou do mosteiro de São Arnaldo, esta é sua casa! Esta é nossa cidade!

Olhou aquela gente e segurou firme as rédeas do cavalo.

— Estas terras não são mais as terras de Zamir... São as Terras Livres! E esta é a cidade de Ghanor!

Os soldados gritaram de exultação. O castelo se erguia no centro de tudo, ameaçador e funesto. Mas, quando as bandeiras da cabeça de cabra tremularam pela primeira vez com o vento e sob o sol, os guerreiros acreditaram que tinham um novo lar e que tudo ficaria bem.

Algum tempo depois, marcharam para Rocha Celeste.

Quando chegaram, a estrela dourada brilhou sobre o exército e Bellitz lhes entregou o elixir.

E o cerco começou.

— E isso é tudo — Korin respirou fundo e tomou um gole de vinho. Passara o dia inteiro falando. — Ficamos seis meses em cerco a Rocha Celeste. Niccolas foi o herói. Esses foram os dois últimos anos.

Ruff estava mudo.

— Você...

Korin ergueu as sobrancelhas.

— Você é um general! — Ruff abriu um sorriso imenso, cheio de orgulho. — Um general *de verdade*. O prior não nos ensinou isso. Ninguém ensinou! Você aprendeu sozinho.

— Às vezes é preciso — Korin baixou os olhos.

— Você trouxe a paz às terras. Às Terras Livres.

— Agora você está zombando de mim.

— Eu estive preso, mas você viajou por toda parte! Eu bati em dois carcereiros, mas você venceu batalhas sem fim!

— Não é uma competição — disse Korin. — Até porque, se fosse, eu ganharia sem dificuldade.

— Desgraçado.

Silêncio.

— Obrigado, Korin.

Os dois amigos se abraçaram.

— Mas temos muito a nos preocupar — disse Ruff. — O que é este eclipse? E o que é o demônio Baal?

O Irmão Dunnius tomou a frente.

— Conseguimos falar com alguns sábios. Alguns dos poucos que ainda existem nas terras. Um deles afirmou que eclipses são coisas previsíveis.

— Achei que um eclipse ocorria quando os deuses estavam furiosos conosco — disse Lurius Minimus.

— Os deuses estão sempre furiosos — Ruff retrucou.

O ancião deu de ombros.

— Na verdade, existem sábios que dizem que é possível prever eclipses e que eles não têm a ver com os deuses — Dunnius falou, meio sem jeito. — Existem registros que os profetizam.

— Se eles são previsíveis, quando o próximo irá acontecer?

— Daqui a pouco mais de um ano.

Ruff ficou em silêncio.

— Não sabemos o que o eclipse trará — disse Niccolas. — Mas os demônios estão esperando por ele, então não é algo bom.

— E Baal?

— Uma lenda — respondeu Dunnius. — Uma lenda entre os demônios. Seria o maior de todos eles, que pode ser invocado apenas em circunstâncias específicas.

— Você tem alguma dúvida de que essa lenda é verdadeira? — disse Korin.

— Nenhuma — Ruff secou uma caneca de vinho.

Então, Ruff se levantou. Achou o mapa que Korin usara em suas batalhas. Achou as cidades e os castelos. Uma marcação recente mostrava a cidade de Ghanor, bem no meio da região. Ruff encontrou pena e tinta e riscou Rocha Celeste do mapa. Então examinou o mapa e pensou no que faria a seguir.

— O que você fez foi fantástico, Korin, mas foi só o começo.

O general fitou seu amigo, esperando o que viria a seguir.

— O conselho de heróis que tentei convocar foi um fracasso, mas me ensinou algo. Ensinou-me do que as pessoas precisam.

Ele fechou o mapa.

— Precisam de um rei.

Os nobres não respeitavam o povo sem um rei. Não respeitavam nem uns aos outros. Sem um poder no centro, a terra ficava dividida. Ruff admitiu para si mesmo: nunca haveria liberdade total. Sempre alguém iria se declarar governante, com um título ou outro. As pessoas precisavam de liderança.

Sem um rei, a terra ficaria vulnerável a qualquer poder centralizado. Unir cabeças diferentes, vidas diferentes, era um pesadelo de desorganização e conflitos de orgulho. Caso houvesse uma ameaça externa, nunca seria possível erguer uma resistência a tempo.

Sem um rei, os mortais pareciam provar que os deuses estavam certos. Que eram inerentemente mesquinhos, covardes, traiçoeiros.

Era preciso haver um rei.

Um rei bom, que transformasse o mundo.

— Nossos inimigos estão por toda parte — disse Ruff. — Primeiro, iremos tomar o castelo na cidade de Ghanor e tentar descobrir mais sobre o eclipse e o tal demônio lendário. Iremos detê-lo da maneira que for preciso. Então conseguiremos o apoio de todos os senhores que sobraram nesta terra.

No meio do exército da cabeça de cabra, Ruff Ghanor explicou o que decidira enquanto destruía a cidade de Rocha Celeste.

Explicou como iria se tornar rei.

E como mesmo isso era só o começo.

Ele iria conquistar o mundo para salvá-lo dos deuses.

11 Metamorfose

APÓS UM MÊS, a cidade morta de Rocha Celeste recebeu os primeiros peregrinos.

As Terras Livres erguiam a bandeira da cabeça de cabra em inúmeras cidades, aldeias e castelos. A fronteira estava pacificada e o exército do general Korin se estabelecia na cidade de Ghanor, a antiga e nova capital. O último grande foco de inimigos do Santo de Pés Descalços tinha sido destruído e parecia que haveria paz, por algum tempo.

Mas os devotos de São Theodric sabiam apenas que sua madre superiora tinha sido traída e, dois anos depois, assassinada. Sabiam que as forças de Ruff Ghanor haviam cercado a cidade que abrigava o convento do Santo Cavaleiro e a destruído. As testemunhas do combate que escaparam vivas e em liberdade tinham espalhado a notícia de que Heléne se rendera — e então uma fera a serviço de Ghanor a matara a sangue frio, sem razão e sem piedade.

Os primeiros peregrinos chegaram a Rocha Celeste para prestar homenagens ao túmulo e ao local de martírio da Madre Heléne. Ela fora enterrada no meio dos escombros da cidade, sob um monturo de pedras. Uma espada fora fincada na tumba para marcá-la, um símbolo sagrado tão solene quanto uma lápide. O local onde ela morrera ficava a poucos metros da sepultura e ainda estava manchado do sangue da madre.

Os peregrinos chegaram, vindos das aldeias próximas, e depositaram flores nos dois locais. Eles lembravam de poucos anos antes, quando senhores da guerra tinham se erguido na região e a Madre Heléne tinha-os protegido. Eles a amavam e, por isso, começaram a odiar o Santo de Pés Descalços.

Os mortais tinham a necessidade de enxergar o mundo como se fosse dividido em dois lados, heróis e vilões. Era difícil aceitar que todos, mesmo sendo inimigos entre si, fossem meras vítimas de circunstâncias ruins, de tragédias infelizes, da própria incompreensão.

Assim eram o amor e o ódio, tão parecidos entre si.

Ainda havia uns poucos cavaleiros de São Theodric. A maioria morrera na grande batalha de Rocha Celeste, mas vários estavam fora da cidade. Outros simplesmente haviam se desgarrado na névoa do combate. Nunca era possível amarrar todas as pontas soltas em um cerco, e os clérigos amargurados eram grandes pontas soltas, que arriscavam alguma revolta contra o estandarte da cabeça de cabra.

Mas por enquanto eram poucos e estavam fracos. Portanto, tudo que faziam era proteger os peregrinos.

Rocha Celeste, como todas as cidades em ruínas, foi saqueada. Primeiro, é claro, pelo exército de Korin. Então pelos próprios sobreviventes. Em seguida, pelos defensores que tinham escapado. Depois chegaram os bandidos e os monstros. Não era ainda seguro andar por Rocha Celeste para prestar respeito à Madre Heléne; assim, seus antigos cavaleiros montaram uma guarda improvisada em volta dos redutos santos. Eles escoltavam os peregrinos das entradas da cidade até a tumba e o local do martírio. Vigiavam enquanto os fiéis faziam suas orações. Garantiam que as flores e os pequenos objetos pessoais deixados como tributo não fossem roubados. Garantiam que a espada que marcava o túmulo fosse deixada em paz.

Tornaram-se uma ordem exígua, soturna, fúnebre. Quase não tinham dinheiro — viviam de caridade e do pouco que conseguiam recolher. Assim, suas roupas tornaram-se esfarrapadas e sujas, suas armaduras enferrujaram e perderam o brilho. Eles ficaram barbudos e lúgubres.

Com o tempo, a situação da tumba e do local de martírio piorou ainda mais. Os animais selvagens farejavam os restos da batalha e tentavam desenterrar os corpos. Os bandidos sentiam cheiro de saque e faziam menção de roubar sua armadura, suas joias, a espada que marcava seu túmulo.

A Madre Heléne não podia ficar ali. Ela teria de ser movida para um local seguro.

Os cavaleiros se prepararam para um trabalho imundo. Prepararam-se para macular a imagem que tinham de sua líder. Ela não seria mais reconhecível — seria um corpo decomposto, nauseabundo e com cheiro fétido. Se tivessem sorte, ela seria apenas um esqueleto dentro da armadura, uma última fração de dignidade. Fosse como fosse, precisavam levar os restos mortais da madre para que ao menos a devoção a ela fosse preservada.

Os cinco cavaleiros que começaram o trabalho de remoção das pedras eram quase tudo que sobrava da ordem. Apenas um mero punhado ficou de guarda em volta de seus compatriotas.

Eles se prepararam para as primeiras golfadas de cheiro podre, com lenços amarrados na frente do rosto.

Mas o cheiro não veio.

Os cavaleiros temeram que, de alguma forma, o corpo da madre já tivesse sido levado. Removeram as pedras com mais pressa, até que um deles ergueu um pedregulho e caiu de joelhos.

Começou a chorar aos soluços, então pôs as mãos em reza.

Porque tinha descoberto o rosto da madre superiora.

E ele estava perfeito.

Era o rosto de Heléne, como fora em vida. Apenas mais pálido, com uma paz e uma placidez que não existiam entre os mortais.

Os cavaleiros retiraram as pedras, fazendo juramentos, cantando hinos religiosos. E revelaram um corpo sem nenhuma decomposição. Intacto, intocado pelo efeito inclemente da morte. Jazendo de armadura, as mãos cruzadas sobre o peito, os olhos fechados. Os lábios quase brancos numa expressão neutra, de quem já descobriu o mistério da morte. Eles verificaram sua respiração e seu pulso, mas é claro que era inútil. Heléne estava morta.

Estava morta, mas seu corpo era incorrupto. Como se estivesse acima da sujeira que tocava todos os outros.

Era um milagre.

Com cuidado, os cavaleiros ergueram o corpo de sua madre, que agora chamavam de santa. Mostraram-no aos companheiros, e todos louvaram Heléne, aquela que morrera para defender os valores de São Theodric e os verdadeiros desígnios dos deuses.

Levaram-na a uma torre isolada no meio da planície, um antigo posto de vigia. Foram seguidos pelos peregrinos e arrebanharam mais devotos no caminho.

Ruff Ghanor era o Santo de Pés Descalços.

Mas a Madre Heléne era a Santa da Boa Morte.

O exército da cabeça de cabra marchou de volta à cidade de Ghanor, assombrada por demônios, tomada por tribos de hobgoblins e reconquistada por Korin.

A cidade já estava sendo ocupada pelas famílias dos soldados. A maior parte do lugar ainda estava deserta, e sinais claros de descuido ancestral e dos humanoides bestiais podiam ser vistos por toda parte. Mas centenas de pessoas trabalhavam para tornar Ghanor habitável de novo. Telhados semidestruídos por séculos de chuva e vento eram consertados. Chaminés que haviam desabado eram reconstruídas, paredes rachadas eram renovadas. E tarefas simples, como varrer o chão e acender lareiras, pareciam afastar os fantasmas. A cidade era grande, espalhada, mas em seu centro já começava a bater um coração feito de famílias, de povo. Gatos passeavam pelos telhados e cachorros latiam para eles; crianças brincavam e velhos resmungavam.

Haveria necessidade de muito mais; nenhuma cidade sobrevivia apenas com o amor de seu povo. Haveria necessidade de rotas de comércio que ligassem Ghanor a outras cidades. De uma milícia, um mercado e toda uma fauna de funcionários administrativos. Isso seria estabelecido, ou Ghanor cairia mais uma vez. Por enquanto, a cidade começava às custas do ouro de Zamir, um impulso de duração limitada, mas poderoso.

O exército adentrou Ghanor — Ruff à frente, cavalgando em sua armadura de Arcanium. Quando cruzou as muralhas desabadas, Ruff foi tomado por um estranho sentimento de voltar para casa. Uma casa que ele nunca conhecera e que não era sua, mas era de seu sangue. Pertencera à família que ele não desejava, mas que agora iria usar.

Para que seus planos dessem certo, Ruff precisava dos Ghanor.

Mas, por enquanto, aquilo não importava, porque os soldados tomaram as ruas da capital. Foram recebidos com festa. Seus maridos e suas esposas correram para abraçá-los. Seus filhos gritaram em volta, contando mil atividades daqueles meses em que haviam passado separados. A capital possuía uma antiga catedral, que fora profanada pelos goblinoides, mas aos poucos estava sendo limpa e recuperada. Os sinos já estavam em condição de uso e badalaram para comemorar a volta do exército. As poucas tavernas que já estavam em atividade ficaram lotadas, porque soldados sempre tinham muita sede.

Ruff notou que aquele podia ser um lugar feliz. O primeiro que ele conhecia desde que o mosteiro fora destruído. Sentiu uma saudade inexplicável de um tempo que nunca vivera — do auge da capital, de quando os Ghanor ainda não eram tiranos e ainda não tinham sido derrubados. Decidiu que mataria aquela saudade com o futuro. Que Ghanor seria sua casa. Enxergou o castelo e seu estômago foi tomado por um calafrio.

Havia uma larga faixa desocupada ao redor da construção. O castelo estava tomado por um demônio.

Dali ele governaria.

— Vai ser nosso lar — disse, voltando-se para Korin.

— Por enquanto, é uma bosta — riu o general. — Mas vai ficar bom. Você vai ver.

Ruff inspirou fundo o ar novo da cidade.

— É aqui que mudaremos o mundo. Aqui venceremos a fúria dos deuses.

Em Ghanor.

Mas primeiro era preciso exorcizar seus próprios demônios.

À noite, Ruff cavalgou até o castelo sozinho. Korin, Dunnius e Niccolas insistiram para acompanhá-lo. Até mesmo o gigante Johrgrund, ainda abalado pela desaprovação que recebera ao matar Heléne, resistiu ao deixá-lo só. Mas Ruff fez com que o largassem, porque o demônio-leão era seu, o castelo era seu, a responsabilidade era sua.

O demônio que habitava aquele lugar tinha se moldado à forma do leão, símbolo dos Ghanor. Ele era culpa dos Ghanor. Ruff iria resolver o que seus antepassados criaram.

O castelo se erguia sobre uma pequena colina, bem no centro da capital. Era a posição mais defensável da cidade, orgulhoso acima de todos os outros prédios. Uma estrada larga levava até ele — no passado, o castelo de Ghanor devia ter sido público, com uma praça onde os plebeus se reuniam, um espaço para compras, vendas e trocas. Era o verdadeiro centro cívico da cidade.

Quando chegava perto da enorme construção, Ruff enxergou a estrela dourada. Ela brilhava no céu da noite, logo à frente. Surgia e desaparecia atrás das inúmeras torres. Era a estrela de Bellitz e, de alguma forma, isso significava que tudo ficaria bem.

Ele deixou o cavalo no pé da colina. Seguiu pela estrada, chegou ao nível do castelo e viu o largo fosso que o circundava. Agora estava seco, mas antes certamente fora inundado, protegendo a construção das escadas e dos aríetes de invasores. Uma ponte levadiça há muito estava destruída, mas os restos de pedra e metal do portão permaneciam. Ruff teve de descer ao fosso seco e escalá-lo de novo para entrar.

O portão principal do castelo de Ghanor ficava sob uma estátua imensa de um leão, sua bocarra aberta para revelar dentes de pedra e uma pata erguida com garras prontas a atacar. Era como um aviso sobre o orgulho e a ferocidade dos senhores daquela terra.

Ruff olhou o leão de pedra dos Ghanor nos olhos, como se a coisa pudesse lhe dizer algo.

Então entrou.

Atravessou o primeiro corredor, que se destinava a receber convidados e deter invasores. Era uma passagem larga, comprida. Do outro lado das paredes, soldados poderiam se posicionar para disparar flechas pelas aberturas. O castelo então se abria em um primeiro pátio — nos tempos de prosperidade, aqui plebeus podiam se reunir, menestréis podiam tocar. Após tantos anos, era apenas um espaço aberto e vazio, com tufos de mato crescendo aqui e ali, pedaços arruinados de paredes e torres espalhados. O chão fez barulho sob as botas de Ruff e ele percebeu que pisava em ossos humanos.

As vítimas da revolta contra os Ghanor nunca haviam sido enterradas. Elas mal eram reconhecíveis como tendo um dia sido pessoas, em geral já haviam se tornado poeira. Deixadas ali após sua luta contra e a favor de tiranos. Nunca recebendo um fim, apenas o esquecimento.

Outros caminhos levavam às áreas comunais e ao pátio central, mas Ruff observou por um tempo e encontrou a rota até o forte principal, onde os reis do passado tinham vivido e governado. Passou por portões destruídos, que um dia tinham sido imponentes e poderosos, barrando a passagem de intrusos. Viu os antigos postos de guarda, os corredores laterais, por onde batalhões poderiam atacar inimigos que conseguissem penetrar até ali. Tudo era esculpido com a figura do leão — as saídas dos corredores eram enormes bocarras, com colunas em forma de presas. No teto, um mosaico quase irreconhecível retratava dois leões matando uma junção improvável de chacais, cascavéis e abutres.

Por fim, Ruff chegou ao salão principal e deparou-se com o demônio lhe esperando.

Era uma coisa medonha — belo em seu orgulho, mas exalando maldade. O demônio em forma de leão tinha mais que o dobro da altura de Ruff, era translúcido e azulado. Sua juba se desfazia em fogo negro e azul, seus olhos chamejavam com um brilho infernal. As garras do demônio arranhavam o piso do salão, soltando fagulhas espectrais. Sua aparência exigia ser admirada e ao mesmo tempo repugnava. Porque não era exatamente um leão enorme, era algo *quase* como um leão, e os pequenos detalhes profanos e errados incomodavam.

O demônio rugiu, mostrando a garganta, em cujo fundo ardia uma chama negra. Sua língua serpentina dardejou para fora da boca. Então ele falou:

— *Quem é o intruso que pisa em meu castelo?*

Ruff quase se encolheu por instinto. O hálito do demônio fedia a enxofre e carne crua. Todo o salão parecia contaminado por sua maldade — ou então exalava maldade por si só, alimentando o abissal. Mas o clérigo deu um passo à frente, desafiante:

— Não sou um intruso e este não é seu castelo. Sou Ruff, o último descendente da linhagem dos Ghanor, e volto a meu domínio!

O leão rugiu de novo, fazendo tremer as paredes. Ele estava muito bem alimentado, estava forte. Ruff imaginou se apenas as lembranças de séculos atrás poderiam mesmo mantê-lo naquele estado. O demônio então se jogou num bote contra ele, as garras estendidas e a boca aberta. Ruff rolou para o lado, ergueu-se e levantou a mão, que emitiu a santa luz azul de São Arnaldo.

— Volte ao inferno de onde veio! O poder do santo o compele!

O leão não pareceu se afetar. Urrou de novo, sem que a força sagrada o amedrontasse.

— *Seus deuses não têm poder aqui. Este é um lugar de algo maior... A morada dos reis!*

Ruff saltou para trás, evitando outra garra demoníaca, e imaginou se aquele demônio teria sido invocado pelos Ghanor. Aquilo era lealdade aos reis do passado?

De qualquer forma, o poder de São Arnaldo não intimidava a criatura.

— Eu sou o rei... — disse Ruff. — Você me deve obediência!

O leão saltou para ele de novo. Desta vez, Ruff não se mexeu. Continuou andando para a frente.

— Recue, demônio! Este castelo e tudo nele são meus! Você é meu!

O abissal deteve-se.

— *Este é o castelo dos...*

— Eu sou Ruff Ghanor! Tenho o poder dos deuses e dos reis, e você não me atacará!

O leão tentou um golpe com a garra, mas não teve coragem de acertar. Ruff continuou em frente.

Então estava a meio metro de distância do demônio. A bocarra se abriu de novo em mais um rugido. O clérigo evitou um esgar pelo odor nauseabundo, então estendeu a mão. Agarrou a juba espectral, sentindo os dedos formigarem. O demônio não era totalmente material, mas Ruff conseguia tocá-lo com algo além de sua força física. A presença real de Ruff tornou o demônio vulnerável. Ele puxou a juba para baixo e fez a criatura se prostrar a seus pés.

— Você sabe que falo a verdade — disse Ruff, entre dentes. — Seus olhos são os olhos do inferno, que enxergam a fraqueza dos mortais. Suas narinas farejam o pecado e a maldade. Você sabe que sou quem digo ser. Olhe e cheire o que sou, abissal, e sinta a marca dos reis em mim.

Seguro pela mão de Ruff, deitado e encolhido de dor, o demônio-leão esticou o pescoço. Rosnou, então se abaixou ainda mais, humilhado.

— *A marca dos reis...*

Ruff não precisava tirar a armadura para que a coisa notasse o sinal de nascença em suas costas. Há muitos anos o prior lhe dissera que aquilo pertencia aos Ghanor.

Era impressionante, mas mortais e demônios, igualmente, respeitavam o simples fato de alguém pertencer a uma família. Em Abismo Sereno, as pessoas haviam se curvado à Duquesa Ludmilla porque ela tinha um título nobre. Aqui, o abissal se curvou a Ruff porque ele possuía um nome, um sangue.

Assim era o poder.

— Você agora é meu — disse o clérigo.

Largou a juba. O leão fez menção de se mexer, mas Ruff o deteve com um gesto.

— O que você sabe sobre os demônios que habitavam esta cidade?

O leão rosnou para ele, mesmo de sua posição submissa. Ruff agarrou-lhe o focinho e a criatura se contorceu.

— Os demônios da cidade se alimentaram do sangue que os Ghanor derramaram durante séculos. Quando os hobgoblins vieram, começaram a assombrá-los. O banquete nunca acabava para eles. Eram adorados e temidos. Enlouqueciam suas vítimas e então sorviam seu medo.

— O eclipse — exigiu Ruff. — Os hobgoblins falaram de um eclipse e de um demônio chamado Baal. O que é isso?

Para mais ênfase, empurrou a cabeça do demônio para baixo, pisou com a bota em uma de suas patas.

— Nada sei das conspirações dos demônios da cidade, do mundo e do inferno... Meu lugar é aqui. Não lembro do que era antes de adotar esta forma. Fui moldado por este castelo e pela tirania de seus senhores.

— O eclipse! — gritou Ruff, empurrando mais a cabeça do leão. — Baal! Diga o que sabe!

— Baal é uma lenda — ganiu o demônio. — *Um mito abissal. Os demônios sussurram que poderia haver um demônio capaz de roubar o mundo material dos deuses. Um demônio capaz de governar a terra dos mortais, criando um banquete eterno de pecado e rancor.*

Ruff sentiu-se gelar por dentro. Há anos ele estava preocupado com o poder nas terras que haviam pertencido a Zamir, focado em unir guerreiros para proteger plebeus. Era seu plano para impedir que o mundo fosse destruído. Mas talvez houvesse outra ameaça se formando, que ele nem mesmo conhecia.

— Quem é Baal? Como ele seria invocado?

— Baal é o avatar do inferno. A junção de milhares e milhões de demônios. A soma de incontáveis abissais que perderiam quem são, que concordariam em se sacrificar por um poder maior. Por isso é só um mito.

— Como ele seria invocado?

— *Para que Baal seja invocado, coisas impossíveis devem acontecer. Um dia que não amanhece. Uma fonte de alimento que nunca se esgote. Um corpo físico que nunca morra. Com isso, o ritual poderia ser realizado. Baal poderia surgir.*

Um dia que não amanhecesse — o eclipse. Mas o que seria a fonte de alimento? O que seria uma fonte de maldade e pecado que nunca iria se esgotar? E um corpo que não iria morrer? Algum tipo de morto-vivo?

— *Mas, mesmo que tudo isso acontecesse... Os demônios ainda precisariam fazer um sacrifício. Ainda precisariam pensar em algo além de seu apetite e sua ambição. E isso, filho dos Ghanor... Nunca irá acontecer.*

As palavras de um demônio nunca iriam reconfortá-lo, mesmo falando sobre outros abissais.

— Por que você está aqui? — perguntou Ruff, afrouxando um pouco a pisada sobre a criatura. — Viveu até agora do que aconteceu no passado?

— *Estou aqui porque aqui a comida é farta. Nunca me faltou um banquete. Eu sou o espírito deste castelo.*

Ruff retirou o pé, deixou de empurrar a cabeça leonina para baixo. Olhou aquele abissal. Ele *era* a encarnação do orgulho e da violência dos Ghanor. Mas devia haver algo a mais. O clérigo imaginou o que existia no resto do castelo.

— *Eu continuo servindo a meus mestres. Eu sou o demônio do castelo e sirvo aos senhores do castelo.*

Ruff encostou o martelo na testa da criatura.

— Você agora serve a mim e não assombrará mais este salão. Você está banido, demônio. Habitará a estátua que existe no portão de entrada. Ficará lá, preso, vigiando, sem nada fazer.

O leão rosnou de ressentimento.

— Não haverá banquete para você, porque aqui não haverá a maldade. Ficará preso na estátua até que eu ordene o contrário.

— *Eu não poderei lhe servir assim...*

— Os Ghanor não precisam mais do serviço de um demônio.

— *Você não conhece os Ghanor...*

— Você está preso à estátua! Ordeno pelo poder de Ghanor!

O demônio se empertigou e rugiu. O barulho foi ouvido pela cidade toda. Então sua forma espectral correu para fora do salão. A coisa ganhou o pátio de entrada, progrediu até o portão e jogou-se na estátua. O leão demoníaco se mesclou ao leão de pedra. Os olhos mortiços brilharam uma vez e então o demônio do castelo estava preso.

Ruff deixou-se ficar sozinho no meio de seu domínio por um tempo.

Então achou que não estava sozinho.

Segurou firme o martelo e subiu uma escada para ver o que mais o castelo de Ghanor escondia.

Áxia falou as palavras certas e os demônios entraram na cidadela.

Ela estava na torre principal, uma construção alta que dominava a fortaleza no pântano. De pé, no meio de um círculo de runas infernais, ela entoou um cântico propositalmente desafinado. A melodia era dissonante e as palavras eram ofensivas aos ouvidos humanos. Mas funcionava como um chamariz para os abissais. A seu lado, Zamir, deitado em sua enorme cama imunda, observava, satisfeito.

As sombras preencheram a sala. Era um negrume mais profundo que o céu da noite, impenetrável como uma parede de tijolos. Mesmo assim, no meio da sombra, surgiam clarões de formas repulsivas. Tentáculos, chifres, presas, garras, quelíceras. Demônios em toda sua diversidade enxamearam a sala.

Áxia não tremeu, não hesitou. Ela não tinha medo daquelas criaturas. Passara mais de dois anos pesquisando os rituais certos, aprendendo como se proteger. Demônios eram traiçoeiros e famintos. Ela sabia que havia muita mágoa em seu espírito, muito ódio ainda retido, esperando que alguma das vinganças trouxesse algum alívio. Havia uma sensação de abandono que talvez nunca fosse embora enquanto ela ainda lembrasse de sua vida anterior. Tudo isso eram iguarias para os demônios. Se ela não quisesse que eles se agarrassem em seu corpo e sorvessem a mácula de sua alma, precisava se defender.

Olhou para trás, para o mestre. Era diferente com dragões — até mesmo com dragões condenados à forma humana. Zamir tinha sido criado a partir do ódio, da maldade, da fúria. Seu ressentimento não nutria os demônios, não era saboroso para eles. Ela queria ser invulnerável assim. Mas sua vulnerabilidade a tornava humana.

Da sombra sólida que tomara conta de metade da sala, emergiu um único abissal. Um porta-voz. A coisa se mostrou com um corpo humanoide. Parecia um nobre, mas sua pele era vermelha e ele exibia dois chifres enormes na cabeça. Trajava uma roupa cheia de bordados e rendas, uma vestimenta afetada e elaborada.

O demônio fez uma mesura. Áxia não retornou o cumprimento.

— Não são bem-vindos em minha casa — proferiu a feiticeira. — Aqui tenho poder. Rejeito todas as propostas que fizerem e aceito somente o que foi combinado antes.

A coisa deu um sorriso largo.

— *Há cheiro de banquete aqui* — cantarolou o demônio. — *Há cheiro de fartura. Não oferece nada a seus convidados?*

— Eu sou Áxia e vocês não são meus convidados! — fez um gesto com os braços na frente do tronco, simbolizando proteção. — Não lhes ofereço coisa nenhuma e proíbo que toquem no que me pertence.

Aquelas eram palavras antigas, ritualísticas, decoradas. As palavras tinham poder, especialmente para demônios. Além da magia e das runas, Áxia sabia que precisava se proteger com aqueles ditos. Aceitar qualquer proposta, oferecer qualquer coisa, além do que tinha sido acertado, podia ser fatal.

As narinas da criatura se dilataram de antecipação. Atrás, a sombra que tinha a forma de mil demônios se agitou, faminta.

— O cheiro que sentem é delicioso, mas não é seu. É meu. Só existe uma forma de conseguirem isso e sabem muito bem qual é.

Ela lembrou do objeto nos porões da torre, cercado por círculos rúnicos, portas tratadas com magia e paredes feitas de pedra mística. O objeto do qual dependia tudo que eles planejaram durante anos. Era um tesouro maior que qualquer joia. Na câmara onde o tesouro estava guardado também queimavam incensos e pendiam ervas secretas. Tudo para manter os demônios longe. Eles não podiam tocar naquilo antes da hora.

Sua mente voltou ao momento.

— O acordo foi feito — disse Áxia. — Agora só lhes resta cumpri-lo.

Ela ousou virar as costas ao demônio e foi até o leito de Zamir. Ajudou o tirano deposto a ficar de pé e segurou sua mão encarquilhada. Zamir estava ofegante apenas por aqueles movimentos. Suas feridas começaram a vazar de novo, sob os curativos.

O demônio deu um passo à frente.

— Você está pronta — garantiu Zamir.

Seria bom não ser mais vulnerável.

Mas ser vulnerável significava que ela ainda era humana.

Áxia fechou os olhos e abriu os braços.

Então o demônio enfiou as mãos em sua cabeça, abrindo um buraco sem sangue, como se pele e osso simplesmente se abrissem a sua passagem. Afundou os braços no crânio de Áxia. Ela abriu a boca, mas não conseguiu gritar. A dor era maior do que tudo que ela poderia ter imaginado. Os olhos arregalados, o corpo paralisado de agonia, Áxia sentiu quando o demônio tocou sua alma e a agarrou em suas mãos vermelhas.

A escuridão então se precipitou para cima dela, tomando a forma de centenas de demônios diferentes.

Eles se juntaram ao primeiro, enfiaram cabeças pontudas, tentáculos finos como chicotes e patas como as de aranhas no corpo da garota. Apalparam sua alma, tocaram suas memórias, perfuraram seu espírito e sua vontade. Enfim, quando tinham um agarrão sólido na alma, eles puxaram.

Um observador de fora veria apenas Áxia retesada de pé ao lado de seu mestre, sentindo dor demasiada para emitir qualquer som.

Áxia soube quando a alma foi tirada de seu interior. Era como se cada nervo pegasse fogo. Partes de seu corpo que ela não sabia terem sensação entraram em uma agonia espasmódica. E sentiu uma dor muito pior, no fundo de quem ela era, uma dor que não podia ignorar. Não havia fuga, não havia como focar a mente em outra coisa, porque era uma dor fundamental. Era sua alma sendo tomada por demônios.

A alma de Áxia foi arrancada. Os demônios lamberam-na, rasgaram pedaços para devorar ali mesmo.

Enfim, o corpo da feiticeira relaxou, e ela caiu deitada no chão de pedra. Viu sua alma — um brilho com todas as cores que, de alguma forma, significavam quem ela havia sido — ser manuseada e mutilada pelos abissais. Começou a chorar, sentindo a falta de algo que ela nunca soubera ter possuído. Não havia mais volta. Áxia dera sua alma ao inferno. Para alguém que já se julgava condenada pelos deuses, era melhor do que ser parasitada, mas era irreversível.

Áxia sentiu mais frio do que jamais sonhara ser possível.

O demônio que tomara a frente então moldou a alma em um globo de cristal, pouco menor que um punho humano. Guardou-o nas dobras da casaca e a coisa sumiu.

Áxia julgava que, de qualquer forma, seria condenada ao inferno quando morresse. Ela cometera pecados demais, erros demais. Acima de tudo, ela odiara os clérigos e os santos e sabia que o perdão divino não se estendia até aquele ponto. Já estava condenada desde criança, quando escolheu aprender com uma bruxa, isso era o que todos diziam. Então por que não ganhar algo em troca? Se os santos não a queriam, por que não se jogar ao inferno, fazendo uma barganha?

— Já cumpri minha parte — balbuciou Áxia, estirada no chão. — Cumpram a sua. Curem o corpo de meu mestre.

Ela era incapaz de devolver a saúde a Zamir. Talvez demônios pudessem fazer isso. Mas iriam querer algo de valor muito maior em troca.

Algo como a alma de uma humana com infinito potencial para o que quer que decidissem fazer.

— Ainda não, discípula — disse Zamir.

Áxia estava frágil demais para sequer tentar entender.

— Eu fiz outra barganha — o tirano caído falou, com sua voz enfraquecida de humano. — Considere isso como meu presente para você. Em troca de sua alma, os demônios não vão apenas curar meu corpo.

As criaturas seguraram os braços e as pernas de Áxia. A feiticeira sentiu uma explosão de pavor, mas estava fraca demais para fazer qualquer coisa.

De algum lugar, surgiu uma mesa. Aquela era *sua* torre. Ela deveria saber o que existia lá. Não sabia como um objeto poderia ter surgido assim. Ouviu o som de facas sendo afiadas e as marteladas de uma forja. Sentiu o calor de um fogo mais potente que qualquer coisa no mundo dos mortais. Olhando em volta, parecia estar em sua torre, mas era diferente. Mofo negro manchava as paredes. Correntes com ganchos pendiam do teto. Sangue gotejava e se empoçava.

Áxia percebeu que estava no inferno.

Talvez a transição fosse fácil para alguém sem alma.

Multidões de demônios estavam a sua volta. Ela teve um lampejo rápido de um deles — uma criatura quase esférica, cheia de verrugas, com oito braços e pernas magriços e muitos olhos ao redor do corpo. O demônio carregava um objeto que ela conhecia: o escudo de Arcanium de Ruff Ghanor. Áxia havia recolhido o escudo há anos, no covil destruído de Zamir, após a batalha entre o clérigo e o dragão. O escudo foi colocado em uma forja e derretido.

Áxia foi imobilizada, mas não anestesiada. Por isso, sentiu quando as facas cortaram sua carne.

Ela berrou, um grito ouvido no inferno e no mundo dos homens.

Seu peito foi aberto e tudo que não era útil ou eficiente foi tirado. Seus órgãos foram substituídos por estranhas massas de carne demoníaca, cheias de espinhos que se moviam por si só. Coisas diabólicas foram costuradas em seu interior.

E então derramaram o metal derretido.

Arcanium e ferro preencheram o corpo de Áxia. Os demônios aglomeraram-se ao redor com seus martelos, moldando-a em uma nova forma. Cada um tinha suas próprias sugestões sobre o que Áxia deveria ser.

No fim, ela já não era mais Áxia.

Ruff subiu as escadas do castelo e chegou a uma sala suntuosa. Era vasta, com colunas esculpidas na forma de leões. Um lustre gigantesco pendia do teto, já dilapidado e decadente. Rachaduras se espalhavam pelas paredes, marcando os afrescos ancestrais — que mostravam cenas da glória da dinastia Ghanor e imagens de leões majestosos. No centro de tudo, uma vasta mesa de jantar, pois era ali que os reis se banqueteavam.

Ao redor da mesa, quase vinte figuras espectrais.

Ruff examinou-as. Eram homens e mulheres altivos, arrogantes. Usavam armaduras polidas, vestidos bordados com fio de ouro, trajes das mais finas sedas. Em suas túnicas, couraças e mantos, o brasão do leão.

Em suas cabeças, coroas. Todos usavam coroas.

Os reis mortos da dinastia Ghanor olharam Ruff se aproximar sem nenhum espanto. O clérigo piscou e enxergou comida na mesa. Eram pratos elaborados, cheios de ingredientes diversos e exóticos. Animais cozidos inteiros, posados para que parecessem estar vivos. Pudins cheios de frutas que ele jamais vira, cobertos por uma camada translúcida de caramelo. Tudo com aparência enjoativa, exagerada e decadente. A comida sugeria sabores saturados, fortes demais, típicos de quem já experimentara de tudo e não se saciava mais com nada.

Ruff piscou de novo e a comida surgiu apodrecida, coberta de camadas peludas e grossas de mofo, tomada por vermes.

— Você veio — disse uma das rainhas, enquanto mordia uma coxa de ave, da qual caíam larvas.

Ruff deu um passo.

— Sabem quem eu sou?

— Você é Ghanor — respondeu um dos reis. — Assim como nós.

Ruff manteve os olhos no fantasma que estava falando, mas de alguma forma se confundiu. Quando percebeu, o interlocutor tinha mudado de aparência, ou tinham mudado os lugares na mesa. Era difícil prestar atenção a apenas um deles. Os reis mortos pareciam intercambiáveis, falavam com as vozes um do outro.

— Vocês já estão mortos, e sou o último descendente — disse. — Sou Ruff...

— Você é Ghanor. Todos somos o mesmo. Todos somos reis e todos somos os senhores destas terras. Você não é o último. Nunca haverá um último. Enquanto houver o reino, haverá um Ghanor reinando.

— Os Ghanor não reinam há séculos — disse Ruff, percebendo o absurdo. Estava discutindo com um fantasma. — O dragão Zamir...

— Dragões, monstros e bandidos. Plebeus, barões e comerciantes. Todos atacam o rei. Todos invejam a rainha. Não importa. Nós reinamos e nós reinaremos. Nós continuamos aqui. Você é um de nós.

Eles comiam, sem se satisfazer e sem que a comida acabasse. Porções enormes de alimentos extravagantes multiplicavam-se em seus pratos. Era quase uma dança, quase hipnótico. Os fantasmas não percebiam o mundo a seu redor, apenas continuavam reinando.

Reinando sobre o nada.

— Você é um de nós.

Ruff sentiu raiva daqueles monarcas. Eram os Ghanor de diversas eras, de muitas gerações. Tinham sido poderosos, como salvadores e como tiranos. Agora se contentavam com aquilo, uma eternidade de empáfia sem justificativa. Eles comiam e proferiam a própria superioridade, mas suas expressões não denotavam qualquer prazer. Amargurados, teciam pequenos comentários ácidos sobre todos que não eram eles mesmos.

Ruff percebeu como o demônio-leão se alimentara durante aqueles séculos: em volta daquela mesa, havia mágoa, ódio mal contido e ressentimento suficientes para um banquete a cada dia.

— Sente-se — disse um rei.

— Este castelo é meu! — anunciou Ruff. — Eu sou Ruff Ghanor, o novo senhor da cidade.

— Sim, é seu. Você é Ghanor.

— A cidade é sua. O reino é seu.

— Você é Ghanor.

— Sente-se.

Quando deu por si, Ruff havia se sentado. Curioso — não lembrava de haver um lugar vago à mesa.

— Eu preciso saber sobre o passado — disse Ruff. — Não podem ficar parados em seu banquete. Preciso saber sobre quem foram os Ghanor.

— Nós somos os Ghanor.

— Você é Ghanor.

— Nós somos. Você é.

— Coma.

— Eu não... — Ruff começou.

Balançou a cabeça, incerto do que ia dizer. Olhou para a comida. Não era nem um pouco apetitosa. Às vezes, parecia estar podre, às vezes apenas suntuosa em excesso. E, no fundo, ele sabia que ela não estava lá.

Ele *sabia*. Sabia que não havia *nada* a sua frente, em cima da mesa.

Estendeu a mão e pegou uma costela de porco.

Começou a mastigar. Não tinha gosto de nada.

— Os guerreiros das fortalezas a meu redor se revoltaram — reclamou um rei. — Atacaram-me e prenderam-me.

— O mesmo aconteceu comigo — disse Ruff.

Ele engoliu. A comida era insossa e não satisfazia. Ele comia e mal sentia o peso dos alimentos nas mãos. Começou a prestar atenção na ladainha de uma bela jovem a seu lado.

Estava em família.

Ruff viu as larvas.

Aquilo não estava certo.

Mas ele *havia* sido traído por nobres. Isso fora um insulto, e ele sentira raiva.

Ele *fora* atacado por cavaleiros que serviam a um santo. Em retaliação, destruíra sua cidade.

As histórias dos Ghanor eram reconhecíveis. Era fácil ter empatia por eles. Os Ghanor falavam de como eram justos e bons, de como as pessoas não sabiam reconhecer sua bondade. De como eles queriam apenas fazer o que era certo. O que sabiam ser o certo.

Os plebeus não sabiam de nada.

— É preciso pensar por eles — disse um rei à frente de Ruff. — Sozinhos, eles apenas irão se matar.

Ruff concordou com seu antepassado.

Comeu mais. Empurrou as larvas para o canto do prato.

— Tive que derrotar a madre superiora de um convento — Ruff contou a um dos interlocutores. — Ela morreu no combate, mas foi culpa sua. Se tivesse obedecido, ainda estaria viva.

— Eles nunca obedecem, até ser tarde demais — disse uma velha rainha, com ar cansado. — Eles nunca obedecem, por isso temos de matá-los. É o melhor para todos.

Por que os outros não notavam que *ele* sabia o que era melhor?

Ele era o Devorador de Mundos e notava o que estava em jogo com os deuses.

Ele era o Santo de Pés Descalços e podia fazer milagres.

Ele era Ghanor.

— *Ruff?*

Ghanor olhou para o lado e viu um guerreiro surgir no salão. O homem tinha uma espada em mãos e carregava um escudo com uma cabeça de cabra pintada.

— Quem é esse? — perguntou um rei.

— Meu general — foi a resposta. Então Ruff se virou para o recém-chegado: — Vá embora. Estou comendo.

— Ruff, você sumiu dentro deste castelo há dois dias. Há um pelotão de clérigos lá embaixo, prontos para tentar exorcizar qualquer demônio, mas não encontramos nenhum.

— Vá embora.

— Ruff, o que está fazendo?

Então Korin fixou o olhar e conseguiu enxergar os fantasmas. Viu o banquete podre e a família Ghanor, espectral e translúcida, em volta do amigo. Correu até Ruff e puxou-o pelo braço.

— Deixe-me em paz! — reclamou o clérigo.

— Saia daí, seu maníaco! Você está conversando com fantasmas!

Ruff caiu sentado. Logo se ergueu e empurrou o general. Empertigado, começou a gritar com ele, sob aplausos dos reis Ghanor.

— Você é meu servo!

— Muito bem — aprovou um antepassado.

— É preciso colocá-los em seus devidos lugares — aconselhou outro.

— Generais podem ser substituídos — ponderou um terceiro. — Mas apenas os Ghanor podem governar.

E aplaudiram enquanto Ruff berrava com seu lacaio.

Súbito, Korin deu-lhe um soco. Ruff cambaleou para trás, indignado com a insolência.

Então entendeu quem era aquele.

Era *Korin.*

— Korin...?

— Claro! Quem você pensou...?

— Pensei que fosse meu general.

— Eu *sou* seu general.

— Não. Não. Pensei que fosse apenas isso. Pensei que eu fosse apenas um Ghanor.

Virou-se para os fantasmas.

— Sente-se — disse um deles.

— Não! Eu sou...

— Você é Ghanor.

— Não! Sou Ruff!

— Somos a família. Você é Ghanor. Nós somos Ghanor. Mande seu homem embora, depois de puni-lo por sua insolência.

— Vocês não são minha família — Ruff disse, entre dentes. — São apenas meus antepassados. Minha família é outra.

— Diga para seu general...

— Ele não é meu general! É meu *irmão!*

Ruff urrou e ergueu a mão. A luz azul do poder divino brilhou sobre os espíritos.

— São Arnaldo, expulse o que não deveria existir!

Os reis mortos chiaram e se encolheram. Eram muito mais de vinte. Chegavam a talvez uma centena. Homens e mulheres trajados nas mais belas armaduras, com as mais incríveis armas. Eram as pessoas mais patéticas que Ruff já vira.

— *Não sou como vocês! Este castelo não pertence mais aos Ghanor! Pertence a quem o conquistou!*

Os fantasmas recuaram ao canto do salão.

— Revelem o que sabem e vão embora! — exigiu Ruff. — Falem sobre sua linhagem maldita! Eu preciso do sangue dos Ghanor, mas não sou um de vocês!

Protegendo os rostos espectrais com as mãos translúcidas, os fantasmas revelaram.

— Os elfos lembram — disse um rei.

— Os elfos conhecem a história dos Ghanor.

— A Floresta Alta é vedada a todos os forasteiros, mas os Ghanor conseguiram entrar. Os elfos foram nossos aliados e eles ainda conhecem a história perdida.

— Como posso penetrar na Floresta Alta? — exigiu o clérigo.

— Apenas os elfos podem permitir!

— Pergunte aos demônios — zombou uma rainha. — Os demônios estão em volta da Floresta Alta. Nós ouvimos seus sussurros e conhecemos seus estratagemas. Os demônios estão cercando a Floresta Alta.

— Se não nos quer, alie-se aos demônios, pequeno Ghanor. Você é como nós! Demônios são os melhores aliados que irá conseguir.

— *Nunca!* — o clérigo gritou.

Ruff estava ofegante. Manteve a mão erguida, com o poder de São Arnaldo acuando os reis mortos. Aqueles espíritos eram inúteis. Eram espectros de rancor, cheios de mágoas e memórias distorcidas. A história de sua família estava com os elfos, então. Era preciso rumar à Floresta Alta e entrar onde nenhum forasteiro era admitido.

Nenhum, exceto os Ghanor.

Ele era um Ghanor.

Com o pensamento, enfureceu-se de novo. Urrou e o poder do santo brilhou mais forte. Uma rainha se desfez, enviando fiapos espectrais por todo o salão. Os reis voaram pelas janelas, desfiando-se enquanto eram exorcizados. Outros diminuíram até sumirem no chão. Um rei ficou mais e mais translúcido até se tornar invisível.

Então os reis Ghanor mortos estavam expulsos.

O salão pareceu ficar mais iluminado.

Silêncio.

— Sua família é horrível — disse Korin.

Ruff deu um riso sem humor.

— Não são minha família — respondeu. — São só pessoas com meu sangue.

— Desculpe pelo soco.

— Eu mereci.

— Eu não sabia mais o que fazer.

— Você sabia exatamente o que fazer. Se um dia eu estiver agindo como um Ghanor, pode me bater de novo.

Korin deu uma risada.

— Elfos, então — disse o general, mudando de assunto. Deu de ombros. — Podemos ir até os elfos.

— Os demônios estão cercando a Floresta Alta, Korin. Os demônios estão prestes a invocar Baal, o eclipse está chegando e eles estão em volta da Floresta Alta. Isso não pode ser coincidência.

O general deu de ombros de novo, como se ainda fosse um garoto.

— Mais uma razão — disse. — Você precisa ir até essa floresta para conseguir o que quer que seja sobre sua linhagem. E precisamos deter os demônios, porque demônios sempre precisam ser detidos. Tudo se encaixa.

Ruff estava sério.

— Vamos lá — Korin deu um tapa em seu ombro. — Você já ficou quase dois dias parado mofando dentro deste castelo. Não precisa ficar três.

Ruff Ghanor observou aquele guerreiro sorridente. Seu irmão. Era filho de um guarda, enquanto Ruff era filho de uma linhagem de reis. Mas ele tinha muito mais orgulho de Korin do que de seus antepassados.

— Acha que sou como eles? — disse Ruff, amargurado.

— Como assim? Você quer dizer sério demais, pedante, preocupado e cheio de ideias sem sentido? Claro que é. Tudo isso o descreve com perfeição. Mal notei quem eram os fantasmas e quem era o vivo. Agora vamos embora, Vossa Santidade, às vezes é bom trabalhar um pouco.

E saiu, satisfeito consigo mesmo por fazer troça do amigo.

Ruff começou a rir. Riu de si mesmo, daqueles absurdos, de como ele era tolo e se achava muito importante.

Korin sempre sabia o que dizer.

Zamir estava de pé. Seus ferimentos haviam sido curados; seu corpo tinha tanta força quanto um humano envelhecido poderia ter. Ele abriu os braços e ela se aninhou em seu peito ossudo. Metal contra pele.

— Sua verdadeira forma, enfim — disse o dragão caído. — Com esta forma, você poderá lutar contra nosso inimigo.

Áxia não disse nada.

— Ele é seu inimigo — Zamir enfatizou. — É o inimigo de todos nós. Com esta forma, você irá combatê-lo.

Ela mordeu os lábios negros. Ruff era mesmo o inimigo de todos.

— Valeu a pena — ela disse. — A transformação valeu a pena. Se, para enfrentá-lo, eu precisava deixar de ser humana...

— O corpo humano é uma maldição — interrompeu Zamir, com nojo de si mesmo. — E a alma só atrapalha. Você já transcendeu tudo isso, discípula.

— Mas poderei...

— Poderá voltar três vezes a sua forma fraca. Depois disso, a transformação será permanente.

— Nunca mais serei Áxia.

— Não — disse Zamir. — Este era seu nome de escrava. Você será para sempre a Dama de Ferro.

12 | O segredo da Floresta Alta

A CIDADE DE Ghanor começou a adquirir todos os contornos de um lar.

Dunnius e Niccolas habitaram a catedral, comandando a fé habilmente e sem esforço. Logo, havia todos os ritos e rotinas de uma comunidade guiada por clérigos. Eles celebraram a primeira missa da cidade uma semana após a tomada do castelo. O Irmão Dunnius insistiu em fazer o sermão para as centenas de fiéis que compareceram e, ao ver a multidão, entrou em pânico e começou a gaguejar. A congregação riu sem maldade excessiva e ele foi embora, suando e tropeçando. Niccolas tomou seu lugar e improvisou um sermão curto e amigável, sobre novos começos e esperança.

Ruff impressionou-se com a facilidade com que a cidade se tornou sua casa. Com Korin, entrou no castelo de novo e comandou um batalhão para varrer décadas de pó acumulado e retirar quantidades prodigiosas de teias de aranha. Quando entrou no quarto central do castelo, antiga moradia dos reis, teve a súbita percepção de que dormiria ali por muitos anos, talvez com alguma futura esposa que ainda não conhecia. Havia uma infestação de insetos monstruosos nos aposentos reais e derrotá-los foi um combate fácil e divertido. Mandou que construíssem uma cama e móveis novos — por sorte, um punhado de carpinteiros já habitava a cidade, vindos de diferentes aldeias e lugarejos. Os alojamentos militares foram tomados pelos homens e pelas mulheres do exército. Ruff permitiu que as famílias dos soldados também morassem ali, e logo o castelo estava tomado do som de várias gerações convivendo juntas. Não houve falta de candidatos para as vagas de servos do castelo, e Ruff e Korin se empanturraram enquanto provavam diferentes pratos para decidir quem seria o cozinheiro oficial. Acharam um engenheiro bastante estudado entre a população da cidade e, com uma equipe de pedreiros dedicados, conseguiram abrir um pórtico que comportasse o gigante Johrgrund. Um pátio interno do castelo foi convertido em quarto para Johrgrund, mesmo que o gigante achasse estranhíssimo dormir sob um teto.

Os prisioneiros de Rocha Celeste que haviam sido libertados por Ruff tinham adquirido uma lealdade fanática para com o clérigo. Haviam levado a sério sua exigência de que entregassem suas vidas a ele. Alguns passaram anos em estado tão deplorável quanto Ruff na prisão, e a vida nova era um presente quase incompreensível. Assim, os ex-prisioneiros fizeram seus alojamentos nas masmorras do castelo de Ghanor e formaram seu próprio batalhão no exército. Disseram que abriam mão da vida e da liberdade para servir ao Santo de Pés Descalços e que eram seus prisioneiros por vontade própria.

E o tempo todo, Ruff notou com um sorriso, a estrela dourada pairava no céu da capital. Todas as noites, antes de dormir, ele olhava para cima, enxergava o brilho e fechava os olhos com aquela imagem reconfortante. Todas as manhãs olhava para ela antes de qualquer outra coisa. Aos poucos, caiu no hábito de desejar em silêncio boa noite e bom dia para Bellitz. Era difícil lembrar que a celestial anunciara o maior horror que ele já sentira. O brilho dourado fora bom em toda sua vida e continuava sendo.

Quando o castelo já estava habitável e o fogo das forjas rugia alto, Ruff trancou-se nas oficinas. Relembrou seu treinamento com Thondin, o maior ferreiro do mundo, e pôs-se a martelar. Forjou uma corrente imensa, de aros grossos. Ninguém sabia o que ele planejava com aquilo. Após alguns dias, chamou Johrgrund e apresentou-lhe o objeto pronto.

— Deve servir, mas precisamos experimentar.

O gigante não entendia, mas Ruff lhe mostrou. Ele forjara uma capa semiesférica que se encaixava no coto do braço de Johrgrund. Daquela peça metálica, surgiam as correntes, encimadas por duas enormes cabeças de metal. Era um mangual feito para um gigante e agora substituía a mão que Ruff destruíra.

— Eu lhe tirei a mão — disse o clérigo. — Nada mais justo do que lhe dar uma nova.

Johrgrund ficou ressabiado.

— Eu matei a mulher que você não queria — disse, com um jeito bruto e simplório que era quase infantil. — Assim vou matar ainda mais. Você não me puniu.

Ruff tocou-lhe o braço e olhou em seus olhos, sério. Johrgrund às vezes era quase uma fera, às vezes um igual. Como todo membro de outras raças, sua mentalidade nunca ficaria completamente clara para um humano. Um anão, um dragão ou um gigante podiam ter motivações parecidas com as dos humanos, mas nunca iguais.

— Eu também errei naquele dia, Johrgrund — disse o clérigo. — Eu também matei demais.

— Mas a mulher...

— O que você fez foi um erro. E o que aconteceu com ela foi horrível. Mas não vou puni-lo por um erro que também cometi. Saiba que não deve matar quem não está lutando. Só isso.

— Mas eu fico *alegre demais* no combate...

— Eu também, Johrgrund.

Johrgrund deixou os ombros penderem, mas logo a conversa deu lugar em sua mente à nova arma. Aquilo era melhor que uma mão. Era uma arma magnífica e lhe deixou com um aspecto ainda mais violento. Naquela tarde, o gigante afastou-se da cidade para treinar com o mangual e logo era capaz de estraçalhar rochas com precisão e força incríveis. Para comemorar, secou metade do estoque de vinho de Ghanor, bebendo direto dos barris.

Foram necessários quase três meses para que eles estivessem instalados no castelo. Então, Ruff reuniu-se com Korin, Johrgrund, Dunnius e Niccolas.

— Estamos partindo para a Floresta Alta — anunciou. — Korin e Johrgrund vão comigo. Dunnius e Niccolas irão administrar a cidade enquanto estivermos fora, e Lurius Minimus ficará encarregado do exército.

— O que vai fazer entre os elfos? — quis saber o Irmão Dunnius.

— Os fantasmas dos Ghanor eram rancorosos e amargos, mas não acho que estivessem mentindo em algo. Os elfos conhecem o passado de minha linhagem. Preciso descobrir algo sobre os Ghanor. Algo que justifique que eu seja rei.

— Quer saber o que justifica um rei? — disse Korin. — Espadas e mentiras.

— Precisa ser mais do que isso — Ruff respondeu, sério. — Podemos esmagar as cidades e os castelos que resistirem, mas isso nos tornaria tiranos. Deve haver algum símbolo, algo que me dê legitimidade. Algo que me conecte à antiga linhagem.

— As pessoas deveriam aclamá-lo porque você será um bom rei, não por causa de alguma bugiganga pertencente a tiranos mortos há séculos.

Ruff sorriu, mas balançou a cabeça.

— Você viu como os nobres se uniram em torno da Duquesa Ludmilla em Abismo Sereno, Korin. Porque ela era uma duquesa, uma alta nobre. Sem direito ao trono, serei só mais um senhor da guerra. Eu preciso ser respeitado.

Niccolas olhou para baixo, como se estivesse meio envergonhado do que iria dizer.

— Você tem certeza disso?

Ruff não entendeu.

— Tem certeza de que quer ser rei?

— Eu não quero — ele segurou as têmporas, como se fosse atacado por uma súbita dor de cabeça. — Não quero mesmo. Nada me parece mais odioso.

Então olhou fixo para os três.

— Mas eu preciso.

O sonho de Ruff Ghanor foi esmagado quando o Pacto do Abismo fracassou. Quando todos abandonaram a liberdade em nome de poder e em seguida se voltaram contra ele quando suspeitaram de que era desleal. Em qualquer outra circunstância, Ruff confiaria na humanidade. Esperaria durante anos ou décadas para que todos fossem capazes de governar a si mesmos, sem um monarca para lhes dizer o que fazer. Mas não havia tempo. Era preciso mudar o mundo para aplacar os deuses. Nobres e plebeus queriam alguém que os guiasse, que lhes dissesse o que fazer, e era isso que Ruff iria lhes dar.

— Eu entendo o prior — disse Ruff. — Entendo que ele não *queria* fazer nada daquilo. Não queria me treinar até que eu caísse de exaustão. Não queria sacrificar aldeões. Não queria nos bater ou nos ameaçar quando desobedecíamos.

— Admita, ele *queria* nos bater um pouco — disse Korin. — O velho era levemente sádico.

— Certo, ele se divertia um pouco com as punições — riu Ruff. — Mas, de qualquer forma, ele não tinha escolha. Um tirano precisava ser detido e tudo valia a pena para conseguir isso. Agora temos mais tiranos, e quem precisa tomar as decisões difíceis sou eu.

— Você será um bom rei — disse o Irmão Dunnius.

— Você sempre diz coisas como essa — Ruff ficou um pouco embaraçado.

— Dunnius tem razão — Niccolas interveio. — Você será um bom rei. Será um ótimo rei.

— Todos os erros que cometi...

— Cometeu-os agora e não irá cometê-los no futuro — interrompeu o monge. — Vá para a Floresta Alta, Ruff, e descubra sua herança. Nós cuidaremos de tudo aqui.

Ruff sentiu uma bola de gelo no estômago.

Eram os primeiros passos para um trono.

O exército ficou na cidade de Ghanor, sob o comando de Lurius Minimus. Ruff, Korin e Johrgrund rumaram para a Floresta Alta, cuja localização o general já conhecia por suas andanças pelas Terras Livres.

Os três ficaram parados, de frente à barreira formada por árvores titânicas. Ruff sentiu a presença de demônios, a inquietação sutil que acompanhava a presença das criaturas. Mas eles não estavam visíveis, não se colocavam como ameaças óbvias. A Floresta Alta erguia-se no meio de uma região de colinas, súbita e impressionante como uma fortaleza. Era vasta, estendendo-se por muitos quilômetros em todas as direções. E, como qualquer floresta, não tinha uma entrada óbvia. Ruff avançou entre duas árvores e então eles estavam no território dos elfos.

Havia bastante espaço entre uma árvore e outra, suficiente para que mesmo o gigante andasse sem problemas. Mas as copas eram densas e se uniam numa espécie de teto quase sólido. O sol era filtrado por milhares e milhares de folhas verdes que deixavam passar poucos raios. Entre as árvores, esticavam-se cipós e trepadeiras. Ruff e Korin sentiam-se crianças em meio àquela vegetação — as raízes que brotavam do solo tinham quase sua altura, e seriam necessários muitos homens lado a lado para abraçar uma daquelas árvores. Os sons da floresta eram variados, vindos de animais, do vento, de coisas que eles não suspeitavam. Havia trechos em que flores emprestavam uma atmosfera colorida e repentina, mas em geral a floresta era sinistra. Eles caminharam por várias horas sem uma trilha óbvia, sabendo apenas que penetravam mais e mais fundo. Não foram interpelados e não viram nem mesmo animais, a não ser de relance.

Depararam-se com mais luz à frente e apressaram o passo. Então acharam a saída da floresta — voltaram ao mesmo lugar onde haviam entrado.

— Eu li sobre isso — disse Ruff. — A Floresta Alta é protegida pelos encantamentos dos elfos. Dizem que as árvores parecem estar onde não estão, que o chão se move para afastar intrusos.

— E como evitamos isso? — perguntou Korin.

— Primeiro vamos tentar algo simples. — Ruff tirou um pedaço de carvão da mochila. — Vamos marcar as árvores com sinais. Se notarmos que estamos voltando, evitamos esse caminho.

— Será que vai dar certo?

— Provavelmente não — Ruff deu de ombros. — Mas prefiro eliminar as tentativas óbvias antes de tentar algo mirabolante.

— Se não der certo, posso derrubar a floresta até ela parar de incomodar — ofereceu Johrgrund.

— Vamos evitar isso por enquanto.

A Floresta Alta, diziam as histórias, era o escudo dos elfos. Ruff lera muitos relatos sobre seus mistérios em preparação para a viagem. Em todas essas histórias, havia uma constante: forasteiros nunca enxergavam sequer sinal de elfos. Apenas árvores. Nenhuma construção, nenhum sinal de civilização. Ruff chegara a ler tratados antigos que afirmavam que os elfos não passavam de um mito, pois era quase impossível encontrar rastro deles. Mas agora o povo da floresta já não era tão recluso — havia elfos aventureiros e Ruff vira alguns em Abismo Sereno. Mesmo assim, seu lar continuava intransponível. Não fosse, também teria sido dominado por Zamir.

Embora fizesse parte das terras controladas pelo dragão, a Floresta Alta nunca fora tocada por ele. Os hobgoblins nunca conseguiram vencer a magia das árvores, e o próprio tirano nunca arriscara queimá-las. Ninguém sabia como era o interior da floresta, como era a sociedade élfica, a não ser por boatos de terceira mão originários de elfos andarilhos. Se nem mesmo Zamir entrara na Floresta Alta, Ruff sabia que não conseguiria na primeira tentativa.

Eles deram meia-volta e recomeçaram o avanço. Fizeram marcas nas maiores árvores, mantiveram um registro mental dos lugares por onde já haviam passado. Após cerca de uma hora, encontraram uma árvore já marcada e desviaram. Ruff não esperava que aquele truque desse certo por muito tempo, mas era apenas a primeira tentativa. Ele pensara em truques mais e mais elaborados. Se tudo desse errado, tentaria a magia de São Arnaldo. E, se nem isso funcionasse, a força bruta de Johrgrund.

Então, para sua surpresa, depois de algumas horas enxergou uma construção de mármore numa clareira.

— Ainda não passamos por aqui — disse Korin.

Ruff se aproximou para tocar na pedra. A construção era circular, com pouco mais de um andar de altura. Toda aberta, com piso, escadaria e colunas delgadas sustentando um teto abobadado. O mármore bem trabalhado parecia renda. Era semelhante a uma espécie de coreto de praça, mas muito mais delicado e imponente. Impossível saber, à primeira vista, para o que servia — lembrava um altar ou um simples espaço de meditação na floresta.

— Este é o primeiro sinal dos elfos — disse Ruff. — Não faz sentido. Como ninguém encontrou isto antes?

— Andar por essa floresta não deveria ser mais difícil?

— Deveria — Ruff concordou. — Eu estava preparado para algo muito pior.

As histórias sobre os elfos falavam dos sortilégios da Floresta Alta. Sobre viajantes que se perdiam por semanas ou meses em seu interior. Sobre humanos e anões que tentavam invadir o domínio élfico e retornavam ao ponto de partida centenas de vezes, até que enlouqueciam. A floresta rejeitava todos os que não pertenciam a ela, empurrando-os de volta à planície.

Então por que não rejeitava aquele trio?

— Será uma armadilha? — Korin segurou o cabo da espada. Em resposta a isso, Johrgrund rosnou.

— Não parece — disse Ruff. Então deu de ombros e colocou as mãos em volta da boca, para ampliar a voz: — Elfos da Floresta Alta! Não somos inimigos! Não precisam apontar suas flechas para nós!

Sentiu-se um pouco estúpido ao falar com o nada. De qualquer forma, nem vozes nem flechas responderam a seu cumprimento. Eles examinaram a construção um pouco mais, admirados com sua delicadeza, e então seguiram em frente.

Mais uma hora e sentiram cheiro de carvão. Apressaram-se e chegaram a um trecho aberto, onde se podia ver o céu e o chão estava coberto dos restos de uma queimada. A ilusão de que a floresta era uma fortaleza se quebrou ante dezenas de metros de área morta, incendiada. Ruff, por alguma razão, teve pena das árvores.

— O que está acontecendo aqui?

Continuaram e, duas horas depois, de novo em meio à mata fechada, encontraram quatro cadáveres élficos.

Tinham flechas cravadas no peito e na testa. Trajavam armaduras de couro entrelaçadas com folhas e flores vivas. Carregavam armas. Pelo estado dos corpos, haviam morrido poucas horas atrás.

— Quem fez isso com eles? — Ruff ponderou em voz alta.

Fez menção de continuar adiante, mas então ouviu:

— Não se aproxime se não quiser o mesmo destino desses quatro.

Era uma voz de homem, grossa e musical. Vinha do meio das copas. Os três tentaram descobrir de onde se originava o som, mas parecia vir de muitas direções ao mesmo tempo.

— Não somos inimigos — Ruff ergueu as mãos. — Não desejamos o mal dos elfos.

— O mal dos elfos já está à solta — foi a resposta. — Não interessa o que desejam. Vão embora!

Ruff abriu a boca para responder, mas então ouviu um som acima, a sua direita. Um farfalhar alto, então o barulho de um galho se partindo. Algo desabou da copa de uma árvore. Ele se virou e enxergou um garoto elfo — parecia ter o equivalente a 10 anos. Caíra de costas na relva e levantara com um salto desajeitado, os olhos muito arregalados.

— *Pai, desculpe!* — desesperou-se o menino.

Ruff se aproximou dele.

— É seu filho? — perguntou para o homem oculto nas folhagens. — Não se preocupe, não vamos machucá-lo.

Um rosto adulto se revelou dentro de uma copa.

— Meus filhos e meu povo já foram machucados o bastante.

— Não por nós.

O elfo fechou os olhos com pesar.

— Não — admitiu. — Por nós mesmos.

O elfo desceu com um salto ágil. Era corpulento, tinha longos cabelos castanhos e sobrancelhas arqueadas. Carregava um arco quase tão alto quanto ele mesmo e duas aljavas cheias de flechas. Logo depois, outra forma pequena pulou das árvores. Era uma menina élfica — pouco mais jovem que o garoto, a julgar por sua altura e suas feições. Os três tinham uma semelhança familiar, estavam tensos e um pouco feridos.

O adulto examinou Ruff, que estava próximo a seu filho. O clérigo humano tinha uma gentileza com o garoto que fez o elfo hesitar. Ruff abaixou-se, olhou o menino nos olhos e perguntou se estava bem, com interesse genuíno.

— Este é mesmo seu pai?

O garoto fez que sim com a cabeça.

— Parece meio mal-humorado.

Apesar de si mesmo, o garoto riu.

— Adultos, hein? Sempre arranjando problemas. O pior é que eles esquecem de como era ser criança.

O pequeno elfo pareceu surpreso com a franqueza de Ruff. Fez que sim com a cabeça.

— Ser criança é difícil, não? Ninguém nos explica as coisas, porque acham que não vamos entender. Então somos obrigados a descobrir tudo sozinhos! Seu pai lhe explica o que está acontecendo?

— Às vezes.

— Bem, já é melhor que a maioria dos adultos! Apenas não acredite se ele disser que a infância é a melhor parte da vida. Adultos vivem repetindo essa bobagem.

— É verdade!

Ruff piscou um olho para o menino.

— Astarenn, venha aqui — exigiu o elfo adulto.

O garoto foi para perto do pai e da irmã. Um silêncio pairou por alguns momentos, mas Ruff conseguiu notar que o elfo já não estava tão frio. Sua mão já não parecia tão pronta a agarrar uma flecha e dispará-la contra eles. A simpatia de um filho fazia isso com qualquer pai. E, Ruff sabia, para conquistar a simpatia de uma criança, bastava levá-la a sério.

A garotinha élfica tinha um comportamento bem diferente. Agarrava o cabo de uma faca longa, fazendo força até que os nós de seus dedos ficassem brancos. Seus olhos dardejavam entre Ruff, Korin e Johrgrund. De repente, deu um berro e correu para Korin, atacando-o com a lâmina.

— *Lyrianna, não!* — gritou seu pai.

A menina foi tomada por uma fúria inexplicável, mas Korin segurou seus pulsos sem dificuldade e desarmou-a sem lhe causar dor. O elfo adulto correu para ela, segurou seus ombros e a menina pareceu se acalmar.

— O que está acontecendo na Floresta Alta? — perguntou Ruff. — Por que os encantamentos não nos afastaram? Por que você matou outros de sua raça?

— Por que sua filha enlouqueceu? — Korin completou, recebendo um olhar de desaprovação do amigo.

O elfo abaixou-se para olhar a filha nos olhos. A menina abraçou-o forte, como se tivesse muito medo de algo. O garoto tentava esconder as lágrimas que teimavam em se derramar de seus olhos.

— Os encantamentos não funcionam mais porque os feiticeiros élficos deixaram de mantê-los — disse o pai dos garotos. — A Floresta Alta vai ser destruída por dentro, e os culpados serão os próprios elfos.

Ruff se aproximou.

— Deixe-me tratar de seus ferimentos.

O trio deu meio passo para trás, movido por um medo primordial. Então o elfo adulto balançou a cabeça e relaxou mais uma vez.

— Somos ensinados durante nossa vida inteira a desconfiar de forasteiros. Muitos elfos da Floresta Alta vivem sem nunca enxergar alguém de outra raça, humano. Mas hoje em dia devemos ter mais medo de nós mesmos.

Deixou que Ruff examinasse suas feridas. Eram cortes superficiais e uma dezena de hematomas feios — sinais de uma briga acirrada ou até mesmo um espancamento. As crianças também tinham machucados semelhantes. Todos os três tinham o ar macilento de quem não come ou dorme direito há dias. O clérigo rezou e suas mãos brilharam, fechando os piores talhos. Então abriu sua mochila e compartilhou as rações de viagem com os três. As duas crianças comeram com voracidade.

— Suas mãos curam — disse o elfo, impressionado. — É um druida?

Ruff ergueu uma sobrancelha e relembrou seus estudos. Druidas eram um tipo de sacerdotes da natureza. Podiam canalizar o poder inerente ao mundo, sem depender dos deuses, e dizia-se que eram capazes de se transformar em animais.

— Um tipo de druida — sorriu. — Sou um sacerdote, um monge de São Arnaldo. Meu nome é Ruff Ghanor.

— Sou Edyriell — apresentou-se o elfo. — Estes são meus filhos, Lyrianna e Astarenn. Vejo que atualmente a bondade vive mesmo fora da Floresta Alta.

Ruff e Korin se entreolharam. As crianças élficas, um pouco menos amedrontadas, foram olhar de perto Johrgrund, que também parecia fascinado por elas.

— Viemos até aqui em busca de conhecimento — disse Ruff. — Com ou sem bondade, é disso que precisamos.

— Não há mais conhecimento. Não existe nada além de morte aqui.

— Por favor — Korin interrompeu. — Explique o que está acontecendo.

— A maldade dos elfos aflorou, humano.

O elfo parecia ansioso por compartilhar a história. Parecia cansado de aguentar tudo sozinho. Então, mastigando a comida presenteada por estranhos de outra raça, contou sobre a queda élfica.

Edyriell era um guarda no Palácio do Expurgo — o local de um importante ritual élfico, que acontecia uma vez a cada estação. A própria Floresta Alta anunciava quando um novo expurgo deveria acontecer: quando as folhas começavam a ficar douradas, quando o vento soprava gelado entre as árvores, quando as flores soltavam seu pólen, quando o ar ficava quente e úmido. Edyriell vivia no palácio com sua família, assim como todos os guardas, e foi incapaz de deter a maior tragédia que aconteceu na Floresta Alta.

Os elfos viviam em total harmonia e liberdade. Suas longas existências eram dedicadas à arte, à contemplação da natureza, à magia. Cada pessoa trabalhava o suficiente para ter tudo de que precisava e compartilhava todo o excedente com seus amigos mais queridos. Não havia fome ou necessidade. Não havia violência ou medo. A morte era distante dos elfos — apenas os muito velhos, que já tinham vivido muitos séculos, caíam vítimas da idade. Era sempre uma despedida agridoce, com uma festa em que todos relembravam a vida do moribundo. As artes élficas da cura eram tão avançadas que nem mesmo quem estava para morrer sentia dor — sem caos ou dúvida, sem competição ou ganância, os elfos há milhares de anos trabalhavam juntos para aperfeiçoar suas técnicas.

Não havia ouro, pois a Floresta Alta lhes dava tudo, e ninguém abusava de seus presentes. Não havia reis, porque todos sabiam o que fazer: reuniam-se em assembleias pacíficas em que cada um explicava suas necessidades e invariavelmente era atendido. Até mesmo os guerreiros ou guardas como Edyriell só eram necessários quando surgia algum monstro vindo da própria floresta. Não havia crime ou lutas internas. Quem não desejava trabalhar era tolerado, e todos enxergavam os outros elementos de valor que tais pessoas traziam para a sociedade. Gente assim era rara, porque todos se preocupavam em contribuir.

Os elfos sabiam que o mundo lá fora não era assim. Por isso isolaram a Floresta Alta. Seu modo de vida não podia ser tocado pela mão bruta dos forasteiros. Humanos com suas guerras, anões com sua cobiça, hobgoblins com sua selvageria — nenhum deles entenderia o modo abnegado, feliz e responsável dos elfos.

— Isso é impossível — decretou Korin.

— O quê? — Ruff surpreendeu-se com a reação do amigo.

— É impossível. Por mais sábios que sejam os elfos, é impossível que nunca ninguém tivesse inveja. Ou mesmo que ficasse com raiva e começasse uma briga.

— Eles são *elfos*. Elfos são mais sábios.

— Ruff, sabemos que nem mesmo os deuses são tão perfeitos assim. O que ele está falando é mentira. Ou não está nos dizendo tudo.

Edyriell deu um riso sem humor.

— Seu amigo tem razão — disse o elfo. — Eu ainda não contei toda a verdade.

A sociedade élfica funcionava em harmonia porque não havia maldade.

Mas não existe pessoa sem maldade.

Há milênios sem conta, os maiores magos e clérigos élficos decidiram que sua sociedade deveria ser perfeita. Era outra época — um tempo com reis élficos e poderosos exércitos de arqueiros. Um tempo em que os elfos cunhavam moedas e construíam prisões. Mas, para esse conselho de sábios, era uma época intolerável. Era intolerável que houvesse reis para controlar o povo, exércitos para conquistar, moedas para medir valores e prisões para punir. Nada menos que a perfeição agradaria àqueles sábios.

Então, com as maiores magias que aquele povo pôde conceber, eles criaram um repositório para a maldade élfica.

A Pedra dos Pecados.

— Os sábios examinaram os textos sagrados e entenderam o que os deuses queriam de nós — disse Edyriell. — Queriam que expurgássemos nossa maldade. Queriam que fôssemos perfeitos.

Ruff e Korin trocaram um olhar rápido.

A Pedra dos Pecados era encantada para receber tudo de ruim que existia em cada elfo da Floresta Alta. Foi criada no fim de um inverno rigoroso em que muitos passaram fome. Então, no início da primavera, todos os elfos se reuniram num ritual que durou muitos dias. Cada um tocou a pedra e levou-a de encontro ao peito ou à testa. O objeto sugou a agressividade, a ganância, a traição de cada elfo. Tirou-lhes a imperfeição.

Então, no fim do grande ritual, os soldados jogaram fora suas espadas. O rei entregou sua coroa para ser derretida. Os ricos abriram suas casas aos pobres. Os carcereiros destrancaram as celas e abraçaram seus prisioneiros. Inimigos acolheram uns aos outros como irmãos. Começou a Primavera da Graça.

Ninguém pediu desculpas por seus atos anteriores, porque nenhum perdão era necessário. Os corações élficos ficaram cheios de pura bondade. Não havia mais medo, apenas confiança. O amor tornou-se franco, sem mentiras e sem amarras. Acabou toda a rebeldia e ninguém era forçado a nada.

Os elfos da Floresta Alta prosperaram em liberdade total. Naquela primavera, mais avanços foram feitos do que no último século inteiro. Os elfos construíram um palácio magnífico para que a cerimônia fosse realizada mais vezes: uma obra de arte feita de mármore e madeira viva. A construção era mesclada a gigantescas árvores moldadas gentilmente pela magia dos druidas. Em seu centro, uma imensa torre de madeira na forma de uma donzela élfica. Foi chamado de Palácio do Expurgo.

Desde então, uma vez por estação, todos se reuniam em um grande ritual comunitário no Palácio do Expurgo, para colocar sua maldade dentro da Pedra dos Pecados — o objeto mais sagrado e mais sujo da Floresta Alta. Após o ritual, os olhos da donzela no centro do palácio vertiam mel, e todos os elfos bebiam do líquido doce e delicioso. E a Pedra era trancada em um baú negro, na sala mais segura do palácio, sob vigilância de guardas de elite.

— Mas a Pedra dos Pecados foi roubada — Edyriell completou.

Certa noite, enquanto ele estava de guarda, ouviu-se uma explosão no Palácio do Expurgo. Uma parede havia sido rompida. Todos os guardas correram para a pedra, mas foram detidos. O Palácio do Expurgo estava tomado por sombras com olhos de fogo. Uma figura encapuzada liderava os vultos e progrediu até a câmara da pedra. As flechas e espadas élficas bateram num campo invisível ao redor do intruso, sem causar dano. Então a figura desconhecida entrou na câmara e agarrou o baú. Destruiu-o e segurou a pedra em suas mãos.

— Foi então que a vi — disse Edyriell. — Uma mulher. Parecia quase uma garota, na verdade. Mas sua magia era poderosa.

— Esta é... — começou Korin.

— Sim — Ruff interrompeu.

O elfo olhou-os de cima a baixo.

— Conhecem a ladra?

— Continue sua história.

Edyriell olhou-os com alguma desconfiança, mas prosseguiu.

O roubo acontecera duas estações atrás. Desde então, os elfos não tinham onde depositar sua maldade e precisaram mais uma vez lidar com ela. Mas muitas gerações já haviam nascido e vivido sem conhecer impulsos imperfeitos. A maioria dos elfos nunca havia sentido qualquer emoção negativa. Sua sociedade não sabia mais lidar com qualquer impulso ruim.

O primeiro assassinato foi um choque.

Dois amigos discutiam sobre quem seria o culpado pelo roubo da pedra. Suas opiniões divergiam, e a discussão se tornou acalorada. Um deles, surpreendido pela própria raiva, agarrou um galho caído e bateu com ele na cabeça do outro. E continuou batendo, incapaz de controlar a raiva. Parou apenas quando seu amigo estava estirado no chão, sangrando.

À primeira morte, seguiram-se outras. E roubos, ataques, incêndios, atos ainda piores. Os elfos viram-se incapazes de resistir a suas imperfeições.

Logo a sociedade ruiu.

O egoísmo impedia que trabalhassem em nome de seus compatriotas, e todos começaram a tentar reunir riquezas. A inveja gerou ainda mais violência. Os menos favorecidos começaram a destruir os belos prédios, culpando as gerações anteriores por seu infortúnio. Grupos de loucos colocaram fogo em áreas da floresta, com raiva de seu lar por não mais ser perfeito. Os magos pararam de renovar os sortilégios que afastavam intrusos, pois não desejavam mais trabalhar para quem não era capaz de fazer magia por si mesmo. Não demorou para que cada casa virasse uma fortaleza e cada vizinho se tornasse um inimigo. Aventurar-se pelas ruas que antes eram cheias de música era agora desafiar a morte. Até mesmo dentro de cada família havia raiva: pais matando filhos por desobediência, filhos matando pais por tirania.

Os guerreiros mais poderosos tomaram áreas da cidade para si e reuniram exércitos a seu redor. Bandos enlouquecidos corriam, atacando e aterrorizando todos que cruzavam seu caminho.

Edyriell decidiu fugir da Floresta Alta com sua família, antes que a esposa ou os filhos fossem vítimas — ou, pior, culpados — de alguma atrocidade.

Mas, na última noite antes de sua fuga, enquanto eles reuniam mantimentos, um bando de saqueadores invadiu sua casa.

Ele sacou seu arco e atirou o mais rápido que pôde, matando seus compatriotas enquanto eles se derramavam porta adentro. Sua pontaria foi precisa, mas eles eram muitos.

Edyriell conseguiu salvar seus filhos.

Mas não sua esposa.

— Sinto muito — disse Korin.

Até mesmo Johrgrund sentiu a solenidade do momento e tentou ser menor, mais discreto.

— Não há nada para vocês na Floresta Alta — Edyriell terminou. — Não há nada aqui para ninguém.

— Há memória — Ruff respondeu.

— Nossa memória está virando loucura e cinzas.

Ruff se aproximou dele. Colocou a mão com a manopla de Arcanium em seu ombro. Então olhou em seus olhos com a expressão que só Ruff possuía. O olhar de absoluta confiança. O rosto que dizia que tudo iria dar certo. Em seu rosto havia um otimismo que Edyriell não enxergava desde antes do roubo da Pedra dos Pecados.

A expressão de quem não teme o futuro.

— Leve-nos até sua cidade — Ruff exigiu. — Os elfos precisam nos ajudar. Mas talvez também possamos ajudá-los.

13 | Fúria élfica

— NÃO AGUENTO olhar — reclamou o gigante Johrgrund ao se deparar com a cidade dos elfos. — Isso é bonito, mas é uma bosta.

Em seguida, desviou os olhos. Aquilo tudo era demasiado para alguém de impressões e amores simples como ele. Johrgrund bateu com os pés no chão algumas vezes, desconfortável. Arriscou mais uma olhadela para a cidade e então fechou os olhos.

— O que está acontecendo, Ruff? — afligiu-se. — O que é isso dentro de mim?

— Melancolia — respondeu o clérigo. — Tristeza por ver algo tão belo... Desse jeito.

A entrada da cidade ficava numa clareira, precedida por uma espécie de corredor entre as árvores. Ladeando o corredor, havia finíssimas colunas de mármore trabalhado. Mas agora metade das colunas estava destruída, e o que restava tinha sido vandalizado com palavras escritas em tinta, golpes de lâminas, sujeira. Os primeiros prédios da cidade eram construções de cristal e madeira viva, mas também em estado deplorável. Cristal rachado, madeira queimada. Estátuas belas desfiguradas de propósito: cabeças quebradas, mãos arrancadas. Uma fonte que antes fora delicada e perfeita agora jorrava jatos intermitentes de água suja. A Cidade da Floresta Alta, capital do povo élfico, era a coisa mais linda que eles já haviam visto, mas estava indefesa contra a raiva dos próprios elfos.

— Tire isso de mim! — pediu Johrgrund. — Não sei que tortura é essa, mas faça parar!

— Você será prisioneiro disso para sempre, meu amigo — Ruff deu um sorriso triste e colocou a mão no braço musculoso do gigante. — Uma vez que se perceba a inocência de algo feito com esmero e que se sinta a tristeza pela destruição cega, não há mais volta. Você agora é vulnerável, assim como todos nós.

— E mais civilizado que os elfos — completou Korin.

Edyriell olhou-o de esguelha, mas não o contradisse. Seus filhos procuravam algum conforto na presença do pai, mas eles também sentiam a tristeza de ver séculos de dedicação maculados. A garota Lyrianna parecia prestes a ter um novo acesso de raiva. Era difícil, para quem nunca havia lidado com a própria feiura interior, controlar seus impulsos destrutivos.

A cidade élfica estava quase deserta, exceto por sinais de destruição recente. Não havia ninguém nas ruas pavimentadas com pedras cintilantes. Ninguém nas passarelas suspensas, feitas de cristal delicado como espuma do mar, que ligavam uma árvore à outra. Um carvalho longínquo ardia em chamas. Havia sangue fresco onde uma luta deveria ter acontecido pouco tempo atrás.

— Onde ficam seus registros? — perguntou Ruff. — Sua história?

— No coração da cidade. Reze aos deuses para que ainda estejam intactos.

Ruff pensou que, se os deuses tivessem algo a ver com aquilo, já teriam garantido que todos os livros queimassem e todos os sábios fossem mortos.

— Mas os registros são a parte menos importante de sua busca, humano — disse Edyriell. — Você precisa falar com uma amaldiçoada.

— Amaldiçoada?

— Irei levá-los até ela. Se ainda estiver viva.

Eles avançaram pela cidade, vendo as marcas da destruição. Passaram por duas elfas com aspecto envelhecido atacando uma árvore com machados, sem nenhum propósito aparente. Um bando de jovens passou correndo e uivando, batendo uns nos outros. Quando Ruff e os outros estavam em uma espécie de avenida aberta, ladeada por lampiões mágicos pendurados em hastes de prata trabalhada, foram atacados por quatro elfos vestidos em farrapos, sujos e com cabelos desgrenhados. Os quatro investiram contra eles sem armas, apenas com as unhas compridas e os dentes arreganhados. Ruff desacordou o primeiro com um soco no rosto, Korin acertou um chute no estômago do segundo que fez com que ele gemesse de dor e se afastasse. Johrgrund agarrou a cabeça do terceiro com a mão e jogou-o longe. O quarto foi varado por três flechas de Edyriell. Então, com o inimigo caído, o elfo deu mais uma flechada.

— Ele não precisava morrer — disse Ruff.

— *Era um maldito canibal!* — urrou Edyriell. — Já enfrentei esses tipos antes! Eles iriam nos devorar! Por que não matá-lo?

— Edyriell...

— Cale a boca, humano imundo! Como ousa me julgar? O que você conhece de nosso sofrimento? Vocês estavam em cavernas quando já tínhamos reis e magos! Como pretende me dizer quem eu devo matar?

Levou a mão à aljava.

— Pai, não! — o garoto Astarenn atirou-se nele, segurou seus braços.

Contudo, sua irmãzinha foi contagiada pela ira do pai e atacou Johrgrund com os pequenos punhos fechados. Seria uma cena cômica, se ela não estivesse chorando, grunhindo, *desesperada* para ferir — para infligir a outra pessoa o sofrimento que ela mesma sentia. Johrgrund ficou parado, olhando-a bater nele como se a menina fosse um animal raro.

Edyriell largou as flechas. Ainda ofegava de ódio contido.

— Desculpe, humano. Eu não...

— Você nunca tinha sentido raiva antes que a pedra fosse roubada — disse Ruff.

Ele concordou em silêncio. Afagou o cabelo do filho — com um pouco de força demais, seus músculos estremecendo pelo desejo de machucar alguém. Lyrianna se acalmou e foi soluçar nos braços do pai. Ele a pegou no colo, como se ela ainda fosse um bebê. E, ainda como um bebê, a menina adormeceu, exausta pela emoção.

— Vamos em frente — decretou Edyriell, liderando o grupo.

Astarenn ficou um pouco para trás.

Ruff abaixou-se perto dele.

— Você está com muita vontade de fazer algo ruim, não?

O garoto pareceu levar um susto. Disse que não, mas Ruff permaneceu olhando-o em silêncio. Por fim, Astarenn fez que sim com a cabeça.

— Tudo bem — disse o clérigo. — Todo mundo sente isso às vezes. E você ainda é uma criança. Você e sua irmã, especialmente, podem sentir toda a raiva que quiserem. São os adultos que devem se controlar.

Silêncio.

— Está com raiva de quê? — perguntou Ruff.

— A pedra foi roubada e nós... — começou o menino, uma fala decorada.

— Não foi isso que perguntei. Isso é o que eles contaram para você. E a tal Pedra dos Pecados era só um objeto que você via algumas vezes por ano. Não é a fonte de sua raiva. Está com raiva de quê?

Astarenn ficou quieto um tempo, depois começou a ranger os dentes. Estremeceu e fechou os punhos, tentando se conter, mas começou a chorar de novo.

— *Eles mataram minha mãe...* — desabafou.

— Isso é um ótimo motivo para ter raiva. Os desgraçados mataram sua mãe. Conheço a sensação. Uma vez uns desgraçados mataram meu pai — engasgou-se um pouco ao usar aquela palavra para descrever o prior. — Mas eu já era mais velho. Para você deve ser ainda mais difícil.

— Você não entende *nada,* humano! — a raiva do jovem elfo fez sua voz esganiçar. — O que um primitivo pode entender da dor que sentimos? E, se quer saber, *eu* sou mais velho que você!

Bateu no peito de Ruff, fazendo a armadura de Arcanium ressoar. O clérigo abraçou-o e ele chorou sem se conter.

— Não há nada de errado em sentir isso, Astarenn — disse Ruff. — Não há nada de errado em sentir raiva. Em se sentir traído. Em ser egoísta. Não há nada de errado em estar errado.

Lembrou-se do peso que pairava sobre todos eles. Do acordo que fizera com os deuses.

— Nós não precisamos ser perfeitos.

Chegaram ao coração da cidade élfica. Lá havia as construções mais magníficas, a maior beleza e a maior destruição. Vários palácios feitos de árvores vivas, mármore e cristal se erguiam ao redor de uma praça semicircular. Ruff, Korin e Johrgrund viram o Palácio do Expurgo, que Edyriell descrevera antes: com efeito, lá estava a estátua da donzela élfica, erguendo-se acima das torres delicadas, feita de árvores — crescendo, brotando, viva. Um rastro de mel escorria de seus olhos como lágrimas, mas agora estava seco. O palácio em si parecia ter recebido a maior parte da agressão dos elfos: suas paredes de cristal estavam quebradas, suas decorações de prata e mármore tinham sido atacadas com martelos.

Passarelas que antes se estendiam pelo ar agora estavam derrubadas no chão. Uma parte da floresta queimava.

E então eles viram os elfos. Elfos enlouquecidos, cheios de raiva e amargura.

Um grupo de dez ou quinze começou a disparar flechas contra eles. Ruff liderou seu grupo para correr em fuga. Johrgrund segurou as duas crianças com o braço que lhe restava e colocou-as junto ao peito, protegendo-as dos ataques. As flechas se cravaram em suas costas, mas ele não parecia sentir. Ruff e Korin correram com os escudos erguidos, recebendo a maior parte do restante das flechas. Eles se esgueiraram para o espaço entre as raízes gigantescas de dois prédios feitos de árvores vivas. Três elfos armados com espadas os emboscaram lá, mas Johrgrund atropelou-os sem dificuldade.

— Está tudo perdido — disse Edyriell.

Emergindo do beco feito de raízes imensas, ele vislumbrou o que eles buscavam: o Palácio da Memória.

Era feito dos mesmos materiais que tudo lá e, como as demais construções, parte dele estava viva, com folhas e flores brotando. No centro do palácio, erguia-se uma torre transparente, feita de cristal com escadarias de mármore. Ruff pôde ver, lá dentro, milhares e milhares de pergaminhos em colmeias.

Mas o palácio estava sitiado.

Havia um pequeno exército ao redor do belo edifício. Cerca de duzentos elfos — todos bem armados, mas vestidos em trapos, com armaduras desencontradas. Seus cabelos estavam duros de sujeira e seu rosto era pintado com sinais selvagens. Alguns deles exibiam cicatrizes em padrões decorativos: haviam sofrido as mutilações de propósito, para parecerem mais ferozes. No centro do exército, havia uma gaiola de metal rude, diferente de tudo que era élfico. Dentro da gaiola, dois elfos feridos uivavam de desespero. Uma terceira estava em silêncio meditativo.

Quando as sentinelas do exército selvagem enxergaram o grupo de Ruff, apontaram os arcos.

— Quantos são? — perguntou Johrgrund. — Não consigo contar tão alto!

— Uns duzentos, acho — disse Ruff.

O gigante começou a contar nos dedos da mão que lhe restava, mas então desistiu.

— Aposto que podemos dar conta deles! — entusiasmou-se o gigante. — Quer que eu deixe alguns para você, Korin?

— Não vamos matar ninguém por enquanto — Ruff decretou, antes que o general respondesse, e então começou a andar lentamente com as mãos para cima.

Edyriell rosnou, ainda mais ansioso que Johrgrund por um pouco de matança. Controlou-se olhando para seus filhos.

Os elfos do exército pularam e fizeram barulho, emitindo gritos de guerra selvagens. Os arqueiros continuaram apontando suas flechas para Ruff e os outros, mas alguns guerreiros se desgarraram da força principal, correndo em volta dos recém-chegados e gargalhando.

— São forasteiros! — comemorou um deles. — Devem ter carne de sabor diferente!

— E olhe o tamanho daquele! Vai render muitos banquetes!

— Eles têm *crianças*... — um elfo disse com apetite macabro.

Edyriell encaixou uma flecha no arco e apontou-o para o guerreiro que tinha falado aquilo, mas Ruff o deteve. Contudo, já não parecia possível resolver a situação sem lutar, e ele se preparou para agarrar o martelo.

— Quietos! — uma voz ribombou do meio do exército. — Tragam os forasteiros até aqui!

Os elfos que os circundavam ficaram calados. Os arqueiros continuaram apontando suas flechas. Um corredor se abriu entre os elfos, para revelar um trono tosco.

Era uma cadeira alta, montada sobre uma pequena colina de entulho. Feita de madeira, mas não era viva — e não tinha nada da delicadeza das construções élficas antigas. Era algo agressivo, cheio de ângulos ameaçadores e felpas.

Sobre ela estava o maior elfo que qualquer um deles já vira.

Ele possuía um tronco prodigioso, seus músculos mal cabiam na armadura de couro e cota de malha. Sua cabeça era raspada. Seu rosto e seu crânio eram pintados com padrões selvagens, e as pinturas de guerra também desciam por seus braços. Ele segurava um cálice de vinho em uma mão e uma enorme espada na outra.

— Você voltou, Edyriell — disse o elfo enorme, com um riso de desdém.

— Deveria tê-lo matado quando tive chance — Edyriell respondeu.

— Agora não tem mais — o outro riu. — E vai me chamar... — sua voz se elevou num berro: — *... de majestade!*

A demonstração de ferocidade fez um elfo disparar uma flecha, que acabou acertando um de seus companheiros. Outro deles achou muita graça disso, e logo uma luta começou. O elfo no trono pôs fim à confusão com outro urro.

— Quem é este homem? — sussurrou Ruff Ghanor.

— Dargann. Ele também foi um guarda no Palácio do Expurgo.

— E agora sou rei! — Dargann interrompeu a conversa dos dois.

O rei autoproclamado desceu de seu trono. Secou o cálice de vinho e jogou-o longe, mas permaneceu com a espada na mão.

— Você é rei de uma pocilga — Edyriell rosnou.

— É tudo que sobrou, não? — Dargann deu uma gargalhada. — Lixo e sangue é tudo que resta na Floresta Alta! Finalmente acabaram as mentiras. Finalmente não somos mais escravos daquela pedra! Esta é a verdadeira alma élfica, Edyriell, e é linda.

— Não existem reis élficos — Ruff falou, com calma, antes que a discussão entre os dois elfos levasse à violência de novo.

— Isso foi o que nos ensinaram, mas não é natural! — Dargann se aproximou deles. — Por décadas, tive de fingir ser igual aos outros guardas. Tive de treinar para proteger uma pedra inútil, enquanto vadios se ocupavam cantando, dançando e compondo poesias. Enquanto fracos escreviam em pergaminhos e pensavam besteiras. E eu achava que não era superior a eles! — balançou a cabeça, como se estivesse incrédulo de seu próprio comportamento no passado. — Mas agora isso acabou. Sou rei porque sou o mais forte. E, se alguém quiser ser rei em meu lugar, irei matá-lo. Simples.

— Quantos reis existem espalhados na Floresta Alta, Dargann? — Edyriell cuspiu.

— Doze ou treze, pela última contagem. Ótimo! Espero ansioso para que me desafiem, então poderei matar seus guerreiros!

Dargann examinou cada um dos recém-chegados. Deteve-se em Johrgrund.

— O que é isso?

— Ele é uma pessoa — corrigiu Ruff. — Um gigante.

— Nunca matei um gigante antes!

O rei selvagem ficou encarando-o um tempo, esperando uma reação pela ameaça. Ruff se manteve calmo, então Dargann perdeu o interesse nele.

— Não temos problema nenhum com você, Rei Dargann — disse Ruff. — Somos dois humanos e um gigante. Três elfos que não desafiam sua autoridade. Deixe-nos entrar no Palácio da Memória.

Dargann começou a rir mais uma vez. No início, a gargalhada parecia forçada, mas se estendeu por quase um minuto e, no meio, o rei achou algo realmente engraçado naquilo.

— Ninguém entra no palácio. Por isso ele está cercado! Vamos queimá-lo depois de executar os idiotas que trabalhavam aqui.

— Não queremos seu mal — Ruff insistiu. — Queremos apenas entrar no palácio. Então você poderá continuar reinando.

— *Não!* — o grito de Dargann foi estridente. — Aqui estavam guardadas todas as mentiras. Todas as bobagens! Aqui estão os livros e os pergaminhos, todas as palavras que só atrapalham. Um lugar que não servia para nada. Sem comida, sem bebida, sem armas e sem mulheres. Inútil!

Ruff olhou de novo para a jaula que abrigava os prisioneiros. Dois eram homens de aparência jovem. Um deles chorava e gritava para que fosse libertado, enquanto o outro mirava-o com ódio, pronto a atacá-lo. A terceira prisioneira era mulher. Embora os elfos mantivessem sua aparência jovem por muito tempo, ela transparecia idade, mesmo àquela distância. Seu comportamento era calmo: estava sentada no fundo da jaula, as pernas cruzadas no chão, os braços apoiados nos joelhos. Observava tudo sem demonstrar emoção. Seu rosto era anguloso e seus cabelos eram brancos.

— Você não precisa fazer nada disso — insistiu Ruff. — Não precisa matar essas pessoas ou queimar o palácio.

— Não me diga o que fazer! Vamos destruir toda essa porcaria e usar os restos para construir algo realmente útil, como um bordel.

— Onde você ouviu falar de bordéis, Dargann? — quis saber Edyriell.

— Eu li num pergaminho — o rei admitiu em voz pequena. Em seguida, deu um grito sem palavras para desviar a atenção do que acabara de dizer e exigiu mais vinho de seus servos.

Mas Ruff já não prestava atenção ao rei. Quando ele falou mais uma vez sobre queimar o Palácio da Memória, o clérigo observou as reações dos prisioneiros na jaula. Os dois homens berraram ainda mais, jogaram-se contra as grades e amaldiçoaram o nome de Dargann. A mulher, contudo, permaneceu tranquila. Ruff presumiu que a ameaça não a assustava.

— Você não deve queimar o palácio — disse o clérigo.

— Não irei mais conversar com forasteiros. Saiam daqui antes que também sejam executados!

— O que o diferencia dos outros onze ou doze reis espalhados pela Floresta Alta, Majestade? — Ruff continuou, como se não tivesse ouvido resposta. — Eles estão acampados no meio do nada com seus bandos. Apenas você controla a Cidade da Floresta Alta!

— Parte dela — o rei corrigiu, como uma criança.

— Quem controla o Palácio da Memória, o Palácio do Expurgo e todas estas construções controla a cidade. Se você reduzir suas conquistas a cinzas, não será melhor que um rei pobre, no meio de um matagal.

Dargann levou a mão ao queixo. A ideia de ser um rei rico — de já ser isso, mesmo sem que soubesse antes — atraía-o. Bastava não fazer nada e ele seria superior aos demais.

— Você leu sobre bordéis nos livros e pergaminhos do palácio. Existem também tomos sobre guerra, sobre conquista e governo! — Ruff adivinhou. A grande biblioteca não estaria completa se não houvesse muitas páginas sobre aqueles assuntos. — Você não precisa mais se curvar aos que escrevem e tratá-los como iguais! Mas seria tolice não aproveitar o trabalho deles.

Dargann estreitou os olhos para o clérigo, tentando decidir se ele falava a verdade.

— Você não é só um selvagem! — Ruff continuou adulando. — Apenas hobgoblins queimam livros. Você não é um hobgoblin! Não é um bruto. É um rei!

— Eu *sou* um rei!

— E pode ser um rei amado, se libertar esses prisioneiros.

As palavras puseram fim ao diálogo. Dargann arregalou os olhos para Ruff, ergueu sua espada e apontou-lhe o dedo com a outra mão.

— Está tentando me enganar!

— Não! — Ruff ergueu os braços em sinal pacífico. — Pense com cuidado. Qualquer idiota pode executar estudiosos fracos presos dentro de uma jaula.

— Eu vou tirá-los da jaula antes de...

— Qualquer idiota pode executar estudiosos fracos mesmo *fora* de uma jaula — Ruff interrompeu antes que a atenção do rei se desviasse mais uma vez. — Qualquer um pode executar estudiosos fracos a qualquer hora, de qualquer jeito. Por isso eles são fracos!

Dargann aceitou aquilo. Mandou que Ruff prosseguisse.

— Mas apenas um rei forte de verdade *liberta* seus prisioneiros, sem temer o que eles possam fazer!

— Eu não temo ninguém. Mas eles não servem para nada e preservavam as mentiras nos pergaminhos. Sob meu governo, esses imbecis que se dizem sábios são criminosos. Devem pagar.

— Concordo — disse Ruff. — São criminosos. Mas já sabem que estavam errados. Já foram presos e humilhados na frente de todos. Os elfos já viram o que acontece com quem é um parasita. Seu objetivo já foi cumprido, Majestade. Por que então os matar? Por que os punir?

— Bem... — o rei murmurou um pouco. — Estou com muita vontade de matar alguém.

Ruff controlou um sorriso. Ali estava. Assim como a raiva cega de uma criança, ali estava a raiz da necessidade de punição, de vingança. A vontade de matar, de ferir, de destruir. Lembrou-se de como tivera a oportunidade de matar Zamir e Áxia. Apesar das consequências, por um momento ficou feliz com sua decisão. Ele também tivera muita vontade de matar, mas não se entregara.

Ruff pediu licença ao rei e chegou mais perto de Johrgrund e Korin. Edyriell e seus filhos observavam, alarmados. O Rei Dargann, aparentemente cego para o insulto que era ser ignorado daquela forma no meio de uma conversa, pediu mais vinho e foi atendido. Alguns de seus guerreiros foram atormentar os três elfos presos na jaula. Uma briga entre dois soldados do rei começou, acabando logo em seguida.

— Johrgrund — disse Ruff Ghanor — Você confia em mim?

Korin ergueu uma sobrancelha ante a pergunta, mas deixou o gigante responder.

— Não sei direito o que é isso — o sussurro dele era como um terremoto controlado. — Mas você sabe o que faz.

— Isso é confiar. E você precisa confiar em mim. Porque, se não confiar totalmente, o que estou prestes a fazer é algo horrível. Confia em mim com sua vida?

O gigante não perdeu um momento com hesitação:

— Minha vida é sua, Ruff. Você me deu a vida quando podia me matar e não matou. Minha primeira vida acabou. A vida que eu tenho agora é sua. E minha segunda vida tem bem mais batalhas e comida que a primeira! Nunca fiquei sem homens para esmagar ou sem carne para devorar em minha segunda vida. Você pode fazer o que quiser com ela.

Korin deu-lhe uma cotovelada amistosa:

— Quem arranjou essas batalhas e lhe deu essa comida fui eu, seu ingrato gigantesco.

Johrgrund riu envergonhado, sem saber explicar aquela emoção. Korin sabia: era o magnetismo de Ruff Ghanor, que fazia com que todos a sua volta quisessem ajudá-lo. O que atraíra ele mesmo para Ruff, tantos anos atrás. Nem sempre parecia justo, pois Ruff conseguia convencer qualquer um de qualquer coisa e quase sempre tinha sua vontade cumprida. Mas justiça não importava entre amigos.

— Muito bem, Johrgrund — disse Ruff. — Lembre-se desta confiança então.

O clérigo virou as costas para seus amigos e deu mais um passo na direção do rei. Dargann mirou-o, enquanto limpava a boca com as costas da mão.

— Entendo sua vontade de matar, Majestade. Por isso lhe faço uma oferta. Liberte os prisioneiros — Ruff fez um gesto para a jaula — e mate este gigante.

A proposta agradou ao Rei Dargann, que nunca havia matado um gigante e maravilhou-se com a oportunidade. Os soldados deram gritos de comemoração e entusiasmo. Seria um espetáculo impressionante e todos estavam ansiosos por vê-lo.

Dois soldados foram até a jaula e abriram-na. Os três prisioneiros saíram. Os dois homens correram para longe, gritando sua liberdade, e logo desapareceram entre as árvores imensas. A mulher olhou com cuidado o rosto do rei e daqueles que a haviam libertado, então caminhou devagar até Edyriell, Ruff e os demais.

O elfo guarda fez uma reverência à elfa.

— Achei que não houvesse hierarquia entre vocês — disse Korin.

— Ela merece respeito — respondeu Edyriell. — É uma amaldiçoada.

O humano não entendeu, mas não insistiu na pergunta. A elfa manteve-se calada.

Ruff Ghanor conduziu Johrgrund até o rei.

— Aqui está, como prometido, Majestade. O gigante Johrgrund, um guerreiro sem igual, para ser executado. Sua vida vale muito mais que a de alguns fracos.

Dargann esfregou as mãos, ansioso por sangue.

— Permita apenas que eu conduza os últimos ritos para o condenado, Majestade.

— Muito bem. Mas seja rápido!

Johrgrund manteve-se impassível. Mesmo com sua impetuosidade natural, notou a delicadeza do momento e não quis se mexer, como se pudesse quebrar algo com uma palavra ou um movimento brusco.

Ruff juntou as mãos em reza, em seguida estendendo um braço para tocar no gigante. Recitou algumas palavras decoradas a São Arnaldo, fragmentos de ritos que ele havia aprendido no mosteiro. Havia naquilo uma parte das últimas honras prestadas a um moribundo, mas também trechos de orações para agradecer ao santo, um pedaço de uma reza para garantir boa colheita e até mesmo uma parte do discurso proferido em um casamento. A elfa que acabara de ser libertada pareceu reconhecer a anarquia litúrgica — ergueu as sobrancelhas para Ruff. Mas então o clérigo completou:

— *São Arnaldo, dê a este homem a resistência para suportar tudo que lhe acontecer.*

E suas mãos emitiram o brilho azulado da magia divina.

Ruff roubou uma olhadela para Korin, piscou um olho.

— Está feito, Majestade. A vida do gigante é sua.

— Vou executá-lo agora mesmo!

Ruff contava com aquilo, assim como contava com a ignorância do Rei Dargann. Um homem tomado pelos próprios ímpetos violentos seria facilmente manipulável. Desejaria matar um condenado assim que pudesse, pois era incapaz de adiar a própria gratificação. E não reconheceria um verdadeiro milagre quando o visse.

Havia um enorme toco de madeira perto do trono do rei — o último resquício de alguma árvore poderosa que fora tombada ali. A superfície do toco era suficiente para que dois homens adultos se deitassem em linha e ainda sobrasse espaço. Johrgrund foi conduzido até ali. Ficou de joelhos e, obediente, pousou a cabeça no toco. Seu pescoço estava à mostra.

Dargann foi até o condenado. Olhou-o um instante e sentiu que deveria falar algo.

— Sou o Rei da Floresta Alta e minha vontade é suprema! A vida e a morte de todos aqui pertencem a mim! Sejam elfos, humanos ou gigantes, posso matar quem quiser. Agora esta criatura morre sem ter cometido crime nenhum, apenas porque desejo!

Os homens responderam com uma gritaria comemorativa.

Dargann ergueu sua enorme espada acima da cabeça, segurando-a com as duas mãos.

Então a desceu com toda a força contra o pescoço de Johrgrund.

O metal bateu na pele do gigante com um estrondo.

Mas não arrancou sangue.

Johrgrund manteve-se quieto. Dargann olhou em volta, para seus guerreiros surpresos. Ergueu a espada de novo e mais uma vez a desceu para decapitar o condenado. A batida fez um som metálico e a lâmina reverberou, mas o pescoço de Johrgrund permaneceu intacto.

O rei dirigiu um olhar furioso a Ruff. O clérigo manteve-se sério.

— Vejam como até mesmo um monstro de couro grosso tomba ante minha punição! — gritou Dargann, tentando se salvar da vergonha.

E bateu uma terceira vez.

Bateu uma quarta.

O Rei Dargann estava suando. Seus dentes estavam rilhados. Ele olhou para Ruff, mas estava mais atento aos murmúrios de seus guerreiros. Nada na postura do clérigo sugeria o embuste — nada dizia que ele havia abençoado Johrgrund para que sua pele tivesse a resistência da pedra e do aço. Nada no comportamento dele traía sua impaciência: o milagre duraria pouco e, se o rei insistisse muito mais, poderia acabar matando seu amigo.

Ruff continuou com expressão fúnebre. O rei estava apreensivo.

Ergueu a lâmina uma quinta vez e soltou um grito de esforço ao baixá-la. Seus músculos estavam retesados, ele fez força como nunca. Desceu a espada contra a pele pétrea de Johrgrund e a lâmina se partiu.

Suando, ofegando, exausto, Dargann observou a espada quebrada em suas mãos.

— Isso é um ultraje! — vociferou o rei. — Como ousa estar vivo?

Então completou:

— Arqueiros, disparem!

Os soldados também tinham sanha de morte e ficaram felizes por receber a ordem. Dispararam seus arcos contra o gigante, mas as flechas se quebraram nele sem fazer estrago. Um punhado se cravou superficialmente, sem arrancar sangue. Johrgrund passou a mão pelas flechas cravadas e elas se desprenderam com facilidade.

— Matem-no! — desesperou-se o rei.

Então os soldados correram para Johrgrund. Atacaram-no com suas espadas, tentaram esfaqueá-lo, dispararam novas flechas. Conseguiram ferir uns aos outros um pouco, mas o gigante continuou ileso.

Johrgrund se ergueu, ficando bem mais alto que os pretensos algozes.

E, tomados pelas emoções sombrias como estavam, os guerreiros se acovardaram.

O rei estava atônito. Virou-se para Ruff, mas o clérigo já chegava perto dele.

— Seus guerreiros estão prestes a fugir — sussurrou o clérigo. — Se eu der a ordem para que meu amigo mate alguns deles, vão debandar num instante. Sua espada está quebrada e eles têm mais medo do gigante do que de você.

— Humano...

— Pode continuar sendo rei se perdoá-lo e nos deixar ir embora sem luta. Caso insista, pode até matar alguns de nós — segurou o ombro do rei significativamente — mas também vai morrer.

Dargann engoliu em seco.

Ruff reconhecia os impulsos: raiva, orgulho, desejo, medo. Era tudo que movia aquela gente que não aprendera a lidar com a parte feia de seu interior. A raiva era o sentimento mais evidente, mas bastava mover algumas peças para que fosse substituída por outra emoção igualmente forte.

— O gigante está perdoado! — Dargann gritou acima da algazarra. — Deixem-no ir, decidi que ele pode viver!

Ruff chamou Johrgrund e o grupo correu para longe do exército do Rei Dargann. Edyriell e seus filhos estavam com eles, assim como a antiga prisioneira do rei selvagem — a elfa que diziam ser amaldiçoada.

— Magia divina de pele pétrea! — surpreendeu-se a elfa. — Há muito tempo não via isso. Que rapaz extraordinário você é!

14 | A maldição da memória

GUIADOS PELA ELFA, eles foram até o Palácio do Expurgo, onde acharam uma sala que estava quase intacta. Johrgrund postou-se na única saída, de sentinela, enquanto os demais se sentaram. As crianças estavam abaladas, tremiam por voltar à cidade onde haviam visto sua mãe morrer pouco tempo atrás e pela tensão com o Rei Dargann.

Ruff e Korin desejavam entender quem era aquela mulher.

Assim que não estavam mais em risco, Edyriell se curvou para ela de novo. A deferência que o elfo demonstrava para com ela era maior que a de um súdito para um nobre — era a deferência de um devoto para um sacerdote abençoado. Ou um santo.

— Certo, agora podemos passar cinco minutos sem risco de vida — disse Korin. — Quem é você, senhora?

— Tenha respeito, humano — disse Edyriell. — Ela é uma amaldiçoada.

— Nós não sabemos o que isso significa — Ruff suspirou, cansado.

A elfa se ergueu. Caminhou devagar até os filhos de Edyriell e examinou-os em busca de ferimentos. A sala onde eles estavam tinha paredes de madeira viva mesclada com mármore, num padrão caótico, mas belo. Ainda havia alguma mobília — quebrada, saqueada, mas ainda havia. Poucas marcas de sangue. Um tapete de folhas vivas recobria boa parte do chão. A elfa tirou seus sapatos de couro macio para sentir as folhas nas solas dos pés.

— Sim, eu senti falta disso — ela falou para si mesma, sorrindo. — De tudo que perdemos quando a Pedra dos Pecados foi roubada, acho que senti mais falta de conforto nos pés! E chá. Por acaso algum de vocês tem um pouco de chá?

Ruff e Korin balançaram a cabeça negativamente.

— Achei que não. Logo que começou o caos, ouvi dizer que haviam matado os artistas que faziam o melhor chá. Fabricantes de chá são as criaturas mais inofensivas sobre a terra. Mas é isso que recebemos por ter confiado tanto na pedra por tanto tempo. Quisemos evitar a feiura dentro de nós mesmos e aqui está o resultado. Não temos chá e nossos pés doem!

Mais uma vez, os dois humanos se entreolharam. Korin fez um gesto que Ruff conhecia bem: um dedo batendo na própria têmpora. Era reservado para pessoas como o anão Thondin e, agora, a elfa amaldiçoada que lamentava a falta de chá na frente de uma família que perdera a mãe.

— Sou Ruff Ghanor — o clérigo fez uma reverência apropriada para um nobre nas cortes humanas. — Sou um monge de...

— São Arnaldo, imagino — interrompeu a elfa. — E veste uma armadura de Arcanium. Muito curioso para um monge! Parece o trabalho de anões. Há muito tempo não vejo anões. Eles construíram essa armadura para você?

Ruff piscou, desconcertado. Hesitou algumas vezes antes de responder, até que se decidiu.

— Eu construí a armadura, mas meu mestre foi um anão. Thondin.

— Ah, Thondin! Nunca o vi, mas lembro de anões que apareceram na Floresta Alta há mil e duzentos anos, procurando por ele. Se você procura um anão numa floresta, está mesmo desesperado. Pobres anões!

A elfa caminhou pela sala, olhando tudo com atenção. Uma jarra quebrada parecia ser tão interessante quanto uma janela de vitral intrincado ou o interior das orelhas do filho de Edyriell. Ela tinha interesse por tudo. Era como se não conhecesse aquele lugar, como se nunca tivesse visto um elfo.

— E a senhora, quem é?

A elfa olhou para ele com estranhamento, mas então deu um meio riso, como se entendesse.

— Pessoas de poucas lembranças se preocupam tanto com nomes... Muitas elfas tiveram meu nome antes de mim. Meu nome pouco significa. Sou Thenyssa, a Memória da Floresta Alta.

— Como eu falei — disse Edyriell, com assombro. — Ela é amaldiçoada.

Korin continuava fazendo seu gesto. Para ele, era louca.

Os elfos viviam em liberdade.

Após a fabricação da Pedra dos Pecados, aboliram os reis. Acabaram com qualquer forma de governo. Regidos apenas pelas emoções mais puras e os impulsos mais altruístas, os elfos faziam o que era melhor para sua sociedade. A Floresta Alta vivia como uma única criatura em paz consigo mesma. Todos eram livres para fazer o que quisessem e todos queriam fazer o que era melhor para seus irmãos.

Mas, mesmo nessa sociedade de união, havia responsabilidades.

Alguém deveria conduzir os ritos sazonais de expurgo dos pecados élficos. Alguém deveria comandar as equipes que construíam os belos palácios. Alguém deveria garantir que os locais sagrados dos druidas permanecessem intactos. Alguém precisava ocupar altos cargos. No meio de tanta liberdade, algumas pessoas assumiam para si responsabilidade.

Assim, no meio de todo um povo abençoado com o dom de fazer o que quisesse, alguns eram amaldiçoados.

Nas sociedades dos humanos e dos anões, nobres e líderes eram invejados. Alcançar um desses postos era o maior desejo da maior parte do povo, e muitos só podiam sonhar com tamanha honraria. Mas os elfos sabiam que a felicidade vinha do poder sobre si próprio e sobre mais ninguém. Nenhum elfo tentava dominar outro e todos eram mais felizes por isso. Assim, aqueles que aceitavam para si os postos de grande poder eram vistos com pena. Assim como empregados de curtume ou criadores de porcos em outros povos, eles desempenhavam um trabalho que ninguém mais queria, mas que era necessário. Eram muito reverenciados por aceitar tal maldição.

Thenyssa era a Memória da Floresta Alta — uma das piores maldições que havia entre os elfos. Se fosse humana, ela seria mais que uma rainha, vista por todos como um exemplo, invejada por milhares. Na Floresta Alta, ela era considerada uma das pessoas mais infelizes, mais dignas de compaixão. Enquanto outros tinham a bênção de levar vidas simples, desempenhando trabalhos sem grande importância e vivendo sem grandes ambições, ela tinha a maldição de lembrar de toda a história élfica.

Ser a Memória da Floresta Alta significava passar por um ritual e receber todas as lembranças dos elfos que viviam ali. Quando uma Memória começava a ficar muito velha, treinava uma sucessora — uma voluntária para aquele destino horrível. Quando, após algumas décadas, a mente da sucessora estava pronta, a Memória transferia suas lembranças para ela e finalmente se via livre do fardo. Podia então aproveitar seus últimos anos como uma pessoa comum. Muitas vezes a Memória morria de tanta alegria. Quem não desejava ser comum e ter liberdade?

Assim, numa sucessão ininterrupta há incontáveis milênios, as lembranças dos elfos eram mantidas. Quando alguém precisava saber de algo ou apenas tinha curiosidade sobre o passado, bastava consultar os pergaminhos do Palácio da Memória ou perguntar para a própria amaldiçoada. Os pergaminhos eram transcrições das lembranças — escrevê-los era um trabalho que vinha sendo realizado há quase cinco mil anos, e os escritores atuais estavam chegando à era logo antes do primeiro

Devorador de Mundos. A Memória tinha lembranças demais, e outras lembranças eram adicionadas todos os dias. Talvez o trabalho nunca estivesse em dia com o presente, mas os elfos tinham paciência.

— Eu lembro de quando a Pedra dos Pecados foi criada — disse Thenyssa. — Lembro daqueles que foram contra sua criação. A Memória daquela época tentou fazer com que o rei e os magos enxergassem sua tolice. Ela lembrava de quando os elfos precisaram de sua raiva para lutar contra invasores. Quase ninguém mais conhecia essas histórias. Afinal, quem quer lembrar de batalhas e morte? Mas a Memória lembrava e por isso foi chamada de amante da guerra. Então os elfos começaram a depositar toda sua maldade na Pedra e logo esqueceram que sequer possuíam maldade dentro de si. Esqueceram de como era controlar a ambição e a raiva, o rancor e o egoísmo. Apenas a Memória lembrava. Eu temi o dia em que a Pedra fosse tirada de nós, assim como minhas antecessoras temeram. Mas nosso povo nem mesmo lembrava de como era temer! Conheciam o medo como um conceito, liam sobre ele nos pergaminhos, mas não o experimentavam. Fomos tolos e agora pagamos o preço.

Ruff e Korin ouviam com atenção. Edyriell, Astarenn e Lyrianna desviaram os olhos da Memória, como se olhar para ela fosse desrespeitoso. Johrgrund não parecia interessado.

— Você não sucumbiu à escuridão — disse Ruff.

— Porque eu lembro — ela sorriu. — Coloquei minha maldade dentro da Pedra, assim como todos. Nunca senti, de verdade, o que era ódio ou inveja, pois, quando ainda era um bebê, meu pai e minha mãe me levaram ao Palácio do Expurgo para trancar a raiva natural da infância dentro daquele objeto. Mas pelo menos lembro como era sentir isso. Então já estava preparada para sentir de novo.

Thenyssa sentou-se em uma cadeira que ainda conseguia sustentá-la.

— Eu realmente gostaria de um pouco de chá! Mas não adianta lamentar.

— O que pretende fazer agora? — quis saber Ruff.

— Já que não temos chá, pretendo esperar. Os elfos irão aprender a lidar com a escuridão em seu espírito ou irão morrer. A Floresta Alta será preservada ou irá queimar.

— E para você qualquer resultado é igualmente bom?

— Não! Não quero morrer. Mas lembro de muitas mortes. Muitas, muitas mortes. Então é difícil considerar minha própria morte tão especial. Quando morrer, sentirei falta dos tapetes de folhas vivas, de ouvir os menestréis cantando e do chá, mas vocês já estão fartos de me ouvir falando sobre chá. Mas, como não sou uma guerreira, nada posso fazer para impedir minha própria morte. Em vez disso, irei aproveitar o que ainda me resta de vida. Poucas pessoas realmente sofrem com sua própria morte, isso é algo que quase ninguém percebe. Sofrem mesmo é com a insipidez dos últimos dias de vida.

Ruff não sabia como responder a tudo aquilo. Uma enxurrada de perguntas se formava em sua mente ao mesmo tempo, disputando espaço. Queria saber sobre os Ghanor, sobre a pessoa que roubara a Pedra dos Pecados, sobre o que fazer a seguir.

Ficaram um tempo em silêncio, que Thenyssa pareceu apreciar, recostando-se na cadeira de olhos fechados. Então Ruff o quebrou:

— Viemos até aqui procurando por você.

A Memória abriu um olho.

— Não sabia que você existia, mas precisava de você — o clérigo esclareceu. — Preciso das lembranças dos elfos, porque busco algo que os humanos perderam há muito tempo.

— O que você busca, monge?

Ruff ergueu-se e começou a tirar a armadura. Thenyssa não questionou isso; apenas se inclinou na cadeira, interessada na resposta que o rapaz só podia dar ao se despir. Por fim, ele estava vestido em calças de lã e uma túnica solta. Tirou a túnica e virou de costas, expondo sua marca de nascença.

— Eu busco minha linhagem.

— Você é um Ghanor! — entusiasmou-se Thenyssa. — Há muito essa marca não é vista na Floresta Alta.

— Então você conhece os Ghanor...

— É claro. A linhagem Ghanor governava os humanos, mas a Floresta Alta faz parte de suas terras. Os elfos também foram governados por sua família, em tempos ancestrais.

Ruff sentiu o coração bater mais forte.

— A história dos Ghanor é trágica — disse Thenyssa. — E sua relação com a Floresta Alta explica muito bem as diferenças entre elfos e humanos.

Quando os humanos ainda vagavam em tribos desordenadas, vítimas dos humanoides mais fortes, os elfos já possuíam reis e cavaleiros. Quando os humanos curvavam-se para o relâmpago e os rios, para o céu e os animais, os elfos já reverenciavam os deuses e tinham seus santos. Sempre vivendo na Floresta Alta, os elfos nunca tiveram desejo ou necessidade de expandir seus domínios. Eles poderiam ter conquistado todas as tribos humanas com seu poderio de guerra e magia, mas isso não fazia parte da alma élfica, mesmo naquele tempo. Eles viram de longe os humanos formarem as primeiras cidades e elevarem os primeiros chefes tribais a reis. Tinham uma espécie de orgulho distante, como primos mais velhos, mas não se envolviam. Quando os ambiciosos humanos tentaram entrar na Floresta Alta, os elfos os repeliram.

Quando os elfos criaram a Pedra dos Pecados, qualquer chance de interação entre os dois povos acabou. Eles se fecharam em sua floresta, protegidos por sua magia, e deixaram até mesmo de observar os humanos. Vez por outra, algum explorador conseguia chegar até a cidade, mas nunca alguém que representasse risco.

Até que um dia surgiu na Floresta Alta uma pessoa diferente. Uma rainha guerreira e maga, trajando armadura e acompanhada por um pequeno séquito de lutadores poderosos. Usando seus encantos, a rainha venceu o sortilégio da Floresta Alta. Chegou à cidade e exigiu falar com o rei daquele povo. Como não havia mais rei, ela reuniu os elfos na praça central e decretou o que aconteceria.

Era Rhayna Ghanor, rainha dos humanos daquela região. Seus domínios engolfavam a Floresta Alta por todos os lados. Seus exércitos eram imbatíveis e sua magia era a mais poderosa que aquelas terras já tinham visto. Rhayna falou sobre seus irmãos e irmãs, todos igualmente poderosos, e fez uma oferta aos elfos.

Eles poderiam se submeter, tornando-se parte do reino, deixando seus impostos do lado de fora da floresta uma vez por ano. Não passariam fome e nunca seriam importunados. Caso houvesse um invasor externo, os Ghanor iriam ajudá-los.

Ou poderiam desafiar os Ghanor. Nesse caso, iriam morrer.

Os elfos não entenderam muito bem aquela proposta, mas concordaram. Havia fartura — não fazia mal compartilhar um pouco de sua riqueza, na forma daquilo que a rainha chamava de "impostos" e eles chamavam de "generosidade". Curvar-se a alguém que afirmava ser superior não fazia diferença para eles, porque não possuíam mais o orgulho tolo de quem se importa com tais rótulos. E, se guerreiros e magos poderosos iriam lhes ajudar em caso de necessidade, isso era motivo de alegria. Rhayna Ghanor recebeu um banquete naquela noite e foi acolhida pelos elfos.

Quando voltou às terras dos humanos, disse que a Floresta Alta tinha sido conquistada sem o derramamento de uma gota de sangue.

Os elfos comemoraram a vinda de sua nova amiga.

Então, ao longo dos séculos, os elfos deixaram "impostos" fora da floresta. Mais alguns reis e rainhas da linhagem Ghanor foram até sua cidade, mas muitos outros nunca apareceram. Tudo permaneceu em paz, até que os Ghanor se tornaram tiranos.

Quando os humanos se revoltaram contra seus reis, a família pediu a ajuda dos elfos para esmagar seu próprio povo. Após uma assembleia, os elfos decidiram que não iriam se envolver. Em retaliação, os Ghanor tentaram invadir a Floresta Alta. Foi uma luta difícil, na qual homens e elfos nunca chegaram a se ver. A floresta se defendeu com seus encantos, e os magos élficos trabalharam como nunca. Um príncipe Ghanor se perdeu na mata e nunca mais foi visto. Enfim, os Ghanor desistiram do ataque e concentraram sua atenção em seu próprio povo, que agora os odiava.

Quando a guerra civil acabou, com a derrota dos reis, o último Ghanor cambaleou até a Floresta Alta.

Talvez lembrando do antigo pacto entre a família real e os elfos, talvez simplesmente fugindo de seus súditos enfurecidos, o rei deposto embrenhou-se entre as árvores. Perdeu-se lá e, prestes a morrer, implorou à mata escura para que fosse admitido.

Os elfos se apiedaram e deixaram-no entrar. O rei deu alguns passos dentro da cidade. Sorriu para os palácios magníficos e tombou.

A dinastia Ghanor acabou na Cidade da Floresta Alta.

— Então enterramos seu corpo, como é o costume dos humanos — disse Thenyssa. — E guardamos sua coroa por respeito.

Ruff sentiu as pernas amolecerem.

— *Vocês têm a coroa dos Ghanor?*

— Sim — a elfa respondeu, tranquila. — Está no Palácio da Memória.

Korin se levantou de imediato. Colocou a espada no cinto e começou a ajustar a armadura.

— O palácio está sob cerco — disse o general — mas apenas nós dois podemos passar despercebidos. Eles nunca vão nos achar.

Thenyssa também se ergueu. Sem expressão nenhuma no rosto, foi até Ruff e Korin e tocou em cada um deles nos ombros.

— Tão humanos! — disse. — Não tenho a pretensão de lhes ordenar. Afinal, são livres, não amaldiçoados como eu. Se quiserem roubar a coroa, nada podemos fazer. Talvez alguns de nós percam a vida tentando defendê-la. Vocês então irão impor sua força sobre nós... E sobre vocês mesmos. Mas será que uma coroa justifica isso?

Korin largou a espada. Olhou para Ruff, que suspirou fundo.

— Por que conhecemos tanta gente sábia? — reclamou o general. — É culpa sua, Ruff! Se eu pudesse escolher, só encontraríamos desmiolados, que poderíamos espancar sem culpa. Mas não! Precisamos conversar com uma sábia que tem milênios de lições de moral acumulados!

Thenyssa sorriu para ele.

— Eu preciso da coroa — disse Ruff. — Preciso da coroa e preciso das memórias dos elfos. E preciso saber como a Pedra dos Pecados se encaixa nos planos de nossos inimigos, no eclipse e no demônio Baal.

Ela o olhou.

— Não quero ser rei, mas preciso — continuou o clérigo. — Sou um Ghanor e não posso mais negar isso. Meu povo não é como o seu. Precisamos de líderes. E... — hesitou, com vergonha de si mesmo. — E eu devo ser este líder. Ou algo muito ruim irá acontecer.

— Não estamos usando a coroa agora, jovem Ghanor, ela está guardada — a Memória disse, serena. — Basta pedir e é sua.

Ruff deu um riso de alívio. Era estranho lidar com alguém que não estava tentando enganá-lo ou ameaçá-lo. Estranho interagir com um povo que o ajudava apenas porque podia.

— Quanto à Pedra, suspeito que seja alimento para os demônios — Thenyssa deu de ombros.

— Você sabe sobre Baal?

— Claro. Bastava ter perguntado. Elfos e demônios são criaturas que vivem muito. Criaturas que vivem muito são como casais velhos: acabam sempre se alfinetando! Acho que é impossível viver muito sem desenvolver algum companheirismo ou ódio por quem também é antigo. Como há muito não odiamos, desenvolvemos o único companheirismo possível com demônios, que é estudá-los.

— Fale mais — disse Ruff, fascinado.

— Os elfos não eram úteis para os demônios — Thenyssa andou pela sala, distraída, enquanto falava. — Ou até éramos, mas eles não conseguiam entrar em nossa floresta. Mesmo se conseguissem penetrar, seria difícil para eles sobreviver com a escassez de sombra em nossas almas, então nos deixavam quase em paz. Nós, em contrapartida, escrevíamos tratados sobre eles. Baal é o avatar do inferno, a união de incontáveis demônios. Poderá ser invocado quando os demônios tiverem um objetivo em comum, quando o dia não nascer, quando houver um corpo que não morre e quando houver alimento que não acaba.

O clérigo começou a perceber como aquilo tudo se encaixava.

— Devem ter um objetivo, que imagino que está ligado a você, rapaz.

— Por quê...?

— Os Ghanor sempre estão envolvidos nesses tipos de coisas. Ghanor e problemas são como abelhas e flores! Mas, enfim, eles têm um objetivo e o eclipse está chegando. O dia que não nasce está próximo. Faltava-lhes um corpo que não morre e alimento que não acaba. Não sei quanto ao corpo, mas o alimento...

— A Pedra dos Pecados — disse Ruff, em voz pequena.

— Imagine o banquete que existe dentro de um objeto que guarda tudo de ruim de um povo inteiro há milênios!

Ruff sentiu o coração bater forte. Áxia tinha roubado a Pedra dos Pecados e planejava usá-la para invocar o demônio Baal. O eclipse estava próximo e o avatar do inferno chegaria.

— Irei trazer a Pedra de volta — ele disse. — Então precisarei da coroa.

Thenyssa sorriu. Para ela, não parecia tão importante quanto a ausência de chá.

Ruff estava de novo fechado em sua armadura de Arcanium, com o martelo e o escudo, pronto para partir.

Korin também.

— Você não vai sozinho — disse o guerreiro.

— Não estarei sozinho. Preciso de vocês aqui.

Korin ficou alguns instantes olhando-o sem qualquer humor.

— Você vai enfrentar Áxia, Ruff. Isso sempre foi o mais difícil, mesmo quando ela não era uma inimiga. Vai enfrentar Áxia e uma multidão de demônios e é loucura ir sozinho.

— Já falei que não vou estar sozinho. Além disso, os elfos precisam de alguém que fique para ajudá-los. Você é o melhor para isso.

— Para o inferno com os elfos! — explodiu Korin. Edyriell bufou. — Eles não são meu dever, meu dever é estar com você. Seguir sem nossa ajuda é arrogante e arriscado e nunca foi o que você fez.

— Estive sozinho na montanha de Thondin.

— Foi diferente.

— Preciso que fique aqui com Johrgrund, Korin. Por favor.

O general ficou em silêncio, contrariado. Tudo estava diferente. Ruff seguindo, sem ajuda, rumo ao desconhecido. Ruff estava mais duro e mais rígido, embora ainda quisesse ajudar todos a qualquer custo. Estava ficando mais parecido com a ideia que Korin tinha de um nobre.

Talvez ele precisasse ser assim, mas estava perdendo algo de si mesmo.

— Prometo que não estarei sozinho, Korin — o clérigo olhou para cima. No céu, brilhava a estrela dourada. — Você e Johrgrund são mais importantes aqui. Se Dargann ou algum outro rei maluco surgir para queimar o palácio ou matar Thenyssa, vocês devem defendê-los.

Korin abraçou-o, relutante.

Ruff trocou um cumprimento respeitoso com Edyriell e dispensou bastante atenção a seu filho, Astarenn. A menina Lyrianna ainda não queria falar, mas ficou ouvindo de olhos arregalados enquanto ele lhe disse algumas palavras. Por fim, pediu que Johrgrund não esmagasse ninguém sem necessidade absoluta.

Só restava Thenyssa.

Eles estavam fora do Palácio do Expurgo, à noite. A cidade estava silenciosa. Não sabiam se o exército do Rei Dargann tinha se afastado ou se apenas todos tinham adormecido sem deixar nenhuma sentinela. De qualquer forma, era um bom momento para escapar.

Ruff curvou-se para a Memória da Floresta Alta.

— Diga-me, senhora — ele pediu. — Estou louco?

Thenyssa deu um riso triste.

— Muitos estão loucos agora. Talvez você seja um deles! Pessoas que nunca pensei que enlouqueceriam se transformaram depois do roubo da Pedra. Feldon, um druida guardião de um círculo de monólitos sagrados perto daqui, tornou-se um bêbado e deixou a floresta. Ynnossith, um mago que trabalhou séculos nos encantamentos da floresta, decidiu tentar incendiá-la, jogando-se nas chamas em seguida. Quem pode dizer quem são os loucos neste momento?

— O que eu sou então?

— Um jovem que procura fazer o melhor.

Aquelas palavras tocaram Ruff de uma maneira que ele não esperava, e um nó se formou em sua garganta.

— Uma última pergunta, senhora. Como ficaram livres de Zamir?

Ela começou a andar de um lado para o outro, lentamente.

— Zamir há muito descobriu que não valia a pena gastar soldados na floresta. Suas chamas poderiam ter nos queimado, mas ele não nos conhecia, e os tiranos são essencialmente covardes que temem o que não conhecem. Quem tenta dominar os outros o faz porque tem medo do que não pode controlar. O dragão não sabia o que havia sob a copa das árvores. Duvido que nossos magos pudessem fazer algo contra ele... Mas quem iria lhe contar isso? — pontuou o comentário com uma piscadela. — De qualquer forma, se ele exigisse, seríamos seus súditos, assim como fomos súditos dos Ghanor. Não queríamos inimigos.

Ele se empertigou.

— Viver sem inimigos... Parece o paraíso.

— Não há segredo. Somos um povo sem reis, sem desejo de conquista. Que mal podemos fazer para qualquer um?

— Vocês vivem em um mundo onde, apenas porque não fazem mal a ninguém, ninguém os odeia. A maioria dos camponeses humanos daria tudo para viver num mundo assim.

— Talvez eles precisem de um rei que crie esse mundo para eles.

E, com essas palavras reverberando em sua mente, Ruff Ghanor partiu da Floresta Alta.

15 | os demônios têm fome

— SILÊNCIO! — EXIGIU A Dama de Ferro, e os demônios se calaram.

Os Pântanos Cinzentos borbulhavam. A Cidadela de Ulma, que estivera deserta, exceto pelo dragão caído, por sua discípula e pela horda de mortos-vivos, agora estava repleta. Uma nova população havia começado a chegar algumas semanas atrás e, naquele momento, milhares se aglomeravam nas ruas escavadas de pedra, nas praças lúgubres, nos prédios e nas fortalezas.

Eram milhares e milhares de demônios. Alguns da altura de uma casa, outros pequenos como vermes. Alguns cheios de tentáculos, outros com a aparência de lindos humanos. Alguns dotados de couro vermelho e chifres, outros massas disformes de olhos, bocas e gosma.

Áxia estava na praça central da cidadela, perante a enorme torre principal, onde ela e Zamir habitavam. Sua exigência foi atendida: os milhares de vozes sussurrantes dos demônios fizeram silêncio. Ela se controlou para não esfregar as têmporas. Sabia que não podia demonstrar nenhuma fraqueza. Aqueles eram demônios. Eram seus melhores aliados depois de Zamir, mas não eram confiáveis e iriam atacá-la se achassem que podiam ganhar algo com isso.

Quando as vozes se calaram, as formas dos demônios desapareceram de sua visão. Áxia precisou se concentrar para enxergá-las de novo.

A visão astral vinha com o treinamento arcano, e ela ficou satisfeita ao comprovar que bastava um pouco de esforço para invocá-la. Quando era apenas uma humana normal, uma garota tola como tantas outras, não era capaz de ver os demônios esgueirando-se pelos cantos, salivando de apetite ante a maldade dos homens, subindo em seus ombros e sorvendo seus pecados. Da mesma forma, não era capaz de notar as linhas de magia que se estendiam pelo mundo ou ver os efeitos sutis dos encantamentos divinos e arcanos. Havia toda uma realidade atrás da realidade mais aparente, invisível para meros mortais.

Graças a seu mestre, Zamir, ela era mais do que uma mera mortal.

Áxia sentiu uma onda de orgulho por si mesma, de afeição por seu mestre. Era uma afeição estranha, por um homem que não era humano. Uma afeição que nunca seria recíproca. Mas era preciso sentir afeição por alguém e todos haviam se afastado. Zamir lhe dera algo precioso: capacidade de ser excelente em algo. Ela era excelente na magia, era capaz de enxergar as formas normalmente invisíveis dos demônios sem dificuldade. Era grata ao dragão caído por isso.

Em troca, Áxia lhe daria o mundo de volta.

— Vocês estão em *meu* domínio! — proferiu Áxia, a Dama de Ferro, para os milhares reunidos a seu redor. — Respeitarão *minhas* regras!

— *Senhora, fazemos apenas o que nos pede...* — começou um demônio perdido na multidão.

— Eu não peço nada! — Áxia interrompeu.

Ela sabia o quanto era importante não pedir qualquer coisa ou propor qualquer acordo a um demônio. A maneira de falar era importante, pois as palavras tinham poder para aquelas criaturas.

Demônios eram seres de regras e de trapaça, de fome voraz e de sutileza paciente. Se ela escorregasse uma única vez na construção de suas frases, algum de seus visitantes poderia interpretar aquilo como um pacto, e então Áxia teria um parasita espiritual.

— Eu lhes digo como irão se portar na Cidadela de Ulma — ela continuou, com voz forte. — Farão silêncio e esperarão para devorar o presente que lhes trago.

Um demônio, pequeno como uma criança, com cabeça desproporcionalmente grande, abriu caminho até perto dela e estendeu a mão com um diamante do tamanho de um punho humano.

— *Agradeço pelo presente e lhe ofereço este presente meu, senhora. É uma senhora tão boa e tão poderosa. Aceite este presente, um diamante que concede a qualquer um o poder da juventude eterna e a bênção do amor imorredouro...*

Áxia deu um tapa na mão do demônio. Por um instante, achou que seu golpe passaria como se a criatura fosse intangível, mas mais uma vez seu treinamento arcano lhe deu vantagem. O tapa atingiu a carne astral e fez o diamante voar longe. Ela não podia aceitar nenhum presente de um demônio.

Além disso, disse para si mesma, não precisava de juventude eterna e amor imorredouro. Com Zamir, seria imortal. E teria um amor.

— Rejeito seus presentes e suas ofertas. — Fez um gesto para os servos mortos-vivos que esperavam atrás. — Tragam os prisioneiros!

As portas da torre se abriram e, dentro da construção, surgiu uma grande jaula sobre rodas, puxada por quatro guerreiros mortos. A jaula tinha grades de ouro puro. Dentro dela, quatro humanos apavorados.

Os demônios enxamearam para a jaula. Jogaram-se contra as grades, mas elas os detinham. Até mesmo as menores das criaturas, que passariam por entre as barras mesmo se fossem materiais, eram mantidas de fora. O ouro bloqueava a passagem dos demônios. Mas Áxia sabia que eles estavam sentindo cheiro de comida.

A jaula foi transportada com dificuldade por entre a multidão. Não havia resistência física, mas a concentração de maldade e obscenidade tornava o ar denso, roubava força até mesmo dos músculos já mortos. Os prisioneiros não eram capazes de enxergar os demônios, mas sentiram tristeza súbita, um desespero ainda maior. A sensação de que nada valia a pena, de que suas vidas eram inúteis e acabariam em tragédia, era mais forte que uma barreira de aço.

Áxia foi até a jaula. Retirou uma chave dourada de seus mantos e abriu a porta.

Os prisioneiros foram puxados por forças que não enxergavam, cambalearam para fora da prisão. Ela enxergou dezenas de abissais escalando cada um dos humanos, curvando-se sobre suas cabeças, montando em seus ombros. As longas línguas dos demônios lamberam a pele dos prisioneiros. Suas bocarras salivaram ante a refeição.

Enfiaram suas presas e suas mãos na carne dos humanos. A dor que os prisioneiros sentiam não foi física — foi pior.

Mas, logo, um demônio com corpo de lagarto e cabeça de gorila ergueu os olhos enfurecidos para a Dama de Ferro.

— *O que é isso? Não há quase nada aqui!*

Outro guinchou:

— *Mal consigo sentir o gosto...*

— *São esquálidos e insípidos!* — reclamou um terceiro, cuspindo um escarro espiritual no chão.

Áxia não se abalou.

— Os humanos são assim hoje em dia.

— *Você não serve para nada, vadia de Zamir!*

Áxia avançou contra o demônio que falara aquilo num salto. Usando sua manopla, segurou o pescoço da criatura antes que ela pudesse reagir. Então, com a outra mão, agarrou sua língua e puxou com força. O demônio ganiu de dor.

— Nunca mais me chame assim, coisa imunda.

O demônio se encolheu de medo. Áxia soltou-o e ele fugiu.

— *Temos fome, senhora* — guinchou um demônio perdido na multidão. — *Há muito tempo os humanos não são assim. O que é isso?*

— Esperança — respondeu Áxia.

A multidão contorceu-se de desgosto.

Os demônios estavam morrendo de fome.

Eram criaturas parasitárias — viviam da maldade dos mortais. Da traição, da ganância, do desespero. Demônios tinham um banquete quando uma aldeia era saqueada para satisfazer a ambição de um senhor da guerra. Refestelavam-se quando um pai chegava em casa embriagado e batia em sua esposa e em seus filhos. Quando as pessoas passavam fome, os demônios engordavam. Quando se voltavam umas contras as outras, eles se juntavam para um festim.

Naquelas terras, sempre houve fartura. Zamir manteve o medo e a discórdia por séculos. Quando seus hobgoblins capturavam escravos, famílias torciam para que os filhos de seus vizinhos fossem levados — assim seus próprios filhos seriam poupados. O tirano conseguira dividir a humanidade, isolá-la em aldeias e fortalezas. Os homens não viajavam, não criavam vínculos entre si.

Mas isso mudou com Ruff Ghanor.

À medida que o estandarte da cabeça de cabra se erguia por todas as terras que antes eram de Zamir, as pessoas notavam que não havia o que temer. O exército de Ruff não saqueava e não estuprava. Não escravizava e não queimava. Quando chegava a uma cidade, oferecia antes de mais nada aliança e proteção.

As pessoas tinham uma bandeira que as unia. Tinham comida. Finalmente, após tanto tempo, abriam suas portas e olhavam para o mundo lá fora. E, pela primeira vez em séculos, o mundo lá fora não era tão sinistro.

Mais do que isso, Ruff Ghanor inspirava.

Aqueles que se destacavam por seu caráter e seu heroísmo eram celebrados. Recebiam honrarias e convites de se juntar à alta cúpula do exército. Todos que desejavam ajudar eram acolhidos e ninguém era desprezado, por mais humilde que fosse.

Naquele ambiente, surgia entre os homens o maior veneno para os demônios: o amor.

— *O Devorador está nos matando* — rosnou um demônio. — *Mesmo que não destrua o mundo, ele irá nos matar à míngua.*

— É um escravo dos deuses e rouba mortais e demônios de tudo que é natural.

Áxia sentiu seu estômago revirar. Não sabia se era natural que houvesse mesmo uma fartura de maldade e se o que Ruff fazia era tão odioso. Ela mesma experimentara o ódio gratuito, a mesquinhez, o desprezo.

A raiva dentro dela ferveu mais uma vez.

Mesmo que o modo de Ruff fosse melhor, não era justo. Existia a esperança, a irmandade, o amor, mas apenas para alguns. Para quem já era escolhido desde o nascimento. Para quem nascia com o corpo e a mente da maioria. Para quem tinha família e quem se enquadrava no que os outros esperavam.

Para pessoas como ela, havia apenas o ódio.

Os demônios tinham razão, ela pensou. Era preciso que pessoas abençoadas desde o começo também sofressem. Também tivessem dificuldades, como ela sempre teve.

Abrir mão de rancores era uma fraqueza. Áxia sentiu o gosto amargo de seu próprio ressentimento, e era delicioso.

Súbito, viu-se cercada de demônios.

As criaturas subiram em seus ombros, escalaram suas costas, agarraram-se em suas pernas.

Ela se desequilibrou, mesmo que eles não tivessem peso físico.

Sua mente foi tomada pela imagem de Ulma, sua primeira mestra, morta por aldeões ignorantes, e foi como viver tudo aquilo de novo. Os demônios estavam sobre ela, recurvados sobre sua cabeça. Mordendo-a, sorvendo a raiva, deliciando-se com o arrependimento.

— É uma senhora tão boa. Não mereceu o que lhe fizeram. Lembra? Lembra?

— *Não pode perdoá-los ou eles farão o mesmo de novo com outra. Isso não é vingança, é justiça. Não é amargor, é indignação.*

— *Não se esqueça de quem a feriu. Não deixe de lado ou eles ficarão impunes.*

— É uma senhora tão poderosa. Pode fazer todos pagarem. Basta lembrar... Lembrar....

Eles enterraram suas mãos no corpo dela até os cotovelos, prontos para se fixar como parasitas.

— Basta! — uma voz ribombou da torre.

Os demônios se espalharam para todos os lados. Aqueles que estavam sobre Áxia foram arrancados por uma força invisível. Até mesmo os abissais que sorviam os poucos resquícios de maldade dos prisioneiros deixaram a refeição e ficaram acuados.

Áxia olhou para cima e abriu um sorriso incrédulo.

Era ele.

— Basta — disse Zamir, descendo da torre, imponente. — Deixem minha discípula em paz.

O feiticeiro ficou na frente da construção, olhando os demônios com ar altivo. Seus mantos eram sujos e esfarrapados, mas sua presença era forte. Ele ainda estava magro e continuava na forma envelhecida em que Ruff o havia prendido, mas possuía dignidade.

Seu corpo estava quase totalmente recuperado dos ferimentos.

Áxia observou seu mestre comandar os demônios com magia e imponência e esqueceu os sofrimentos na aldeia.

Aquela era outra vida.

Aquela era outra Áxia.

Ela agora era a Dama de Ferro, discípula de Zamir, o Vermelho.

Zamir ficou ao lado dela.

— Desejam um banquete? — proferiu Zamir. — Pois venham!

Abriu os braços em um convite agressivo.

— Querem devorar a maldade? Sou Zamir, e meu hálito de fogo destruiu cidades inteiras! Sou Zamir, e separei filhos de suas mães por prazer! Sou Zamir, e escravizei gerações! Sou Zamir, e a humanidade inteira um dia tremeu ante meu nome. Venham sorver minha maldade, se desejarem!

Nenhum dos demônios teve coragem.

Áxia sabia que o poder de Zamir estava diminuído. Mas também sabia que demônios eram covardes. Nenhum deles ousaria desafiar Zamir, a menos que tivessem certeza de vitória.

— As hostes abissais estão aqui por uma razão — disse o tirano caído. — Mostre-lhes, Dama de Ferro.

Áxia teve um arrepio ao ouvir seu nome livre pronunciado por aquela voz poderosa. Áxia era seu nome de escrava, Zamir dizia. Ela agora era livre.

A Dama de Ferro retirou um objeto de dentro de seus mantos.

Era uma pedra. Uma pedra ovalada, que mal cabia em sua mão. Sua cor era negra, e a escuridão parecia não ter fim ou fundo. Contudo, era entrecortada por riscos e brilhos dourados, como um céu noturno que se movesse rapidamente.

— Esta é a Pedra dos Pecados — disse a Dama de Ferro, com reverência. — Aqui estão armazenados milênios da maldade dos elfos da Floresta Alta.

Os demônios salivaram.

A hora do eclipse estava chegando.

Localizar Áxia não seria tarefa fácil, Ruff sabia. Ele passou o primeiro mês de sua busca ouvindo relatos de avistamentos da feiticeira em aldeias próximas à Floresta Alta.

Foi inútil. Áxia não era como Zamir e seus hobgoblins: não escravizava, não roubava, não anunciava sua presença. A maioria dos plebeus nunca vira alguém com a aparência que Ruff descrevia. Áxia continuava uma planejadora inteligente. Qualquer que fosse seu objetivo, ela se mantinha focada em algo talvez anos à frente, como fora na aldeia.

Ruff lembrou-se da traição metódica de Áxia e foi tomado por raiva, tristeza, arrependimento. Mais uma vez se questionou, imaginando o que poderia ter feito de forma diferente, para que Áxia tivesse agido de outra forma. E mais uma vez chegou à conclusão de que sempre fora impotente para deter aqueles acontecimentos.

Durante aquele mês, a estrela dourada acompanhou-o no céu. Ele voltou ao hábito de desejar boa noite e bom dia para Bellitz, que não respondia, exceto com seu brilho.

Ruff não se sentia só.

Depois do primeiro mês, procurou por uma catedral onde pudesse estudar. Achou um lugar assim na cidade de Mata da Muralha, famosa por uma floresta petrificada a seu redor. Anunciou-se nos portões da cidade e foi recebido com assombro. As histórias sobre o Santo de Pés Descalços já haviam chegado até ali, mesmo que o exército nunca tivesse marchado para aquelas bandas. O povo ansiava pela chegada de Ruff e o burgomestre abriu as portas de sua fortaleza para ele. Mais tarde, os bardos cantariam sobre como Ruff Ghanor conquistou a cidade de Mata da Muralha sozinho, enfrentando todo um exército.

A verdade era que seus pés estavam doendo muito e ele estava de péssimo humor. Se fosse desafiado, não teria forças ou paciência para mais um ato de ousadia ou heroísmo; teria desistido. Por pura sorte, aquela era uma cidade que esperava por ele. Enquanto o mito a seu redor aumentava, Ruff pôde descansar na fortaleza do burgomestre e estudar na catedral de Santo Otto. Achou interessante que fosse o mesmo santo que abençoava a igreja em Lago de Pó. Comentou isso com um clérigo e a coincidência foi decretada um milagre. Logo já havia uma canção sobre isso, porque o povo, os bardos, os nobres, os sacerdotes e na verdade todos preferiam um milagre que uma coincidência.

Na catedral havia vários textos sobre magia divina. Os clérigos nunca haviam sido capazes de utilizá-los, pois não sabiam realizar milagres. Então os pergaminhos ficaram esquecidos por décadas, a salvo até mesmo da sanha de Zamir. Era o que Ruff precisava. Ele os estudou por mais dois meses, aflito porque o dia do eclipse se aproximava e ele não sabia para onde ir. Mas, enfim, conseguiu o resultado desejado.

Após um dia de jejum e meditação profunda no interior da catedral, Ruff Ghanor realizou a magia que pesquisara nos textos. Seu corpo brilhou com a luz azul de São Arnaldo e ele viu as linhas tênues de outra magia: a maldição que seu elmo de Arcanium havia imposto sobre Zamir anos atrás.

Dessa forma, sendo capaz de enxergar traços de magia, ele soube onde estava o tirano caído. Imaginou que, onde ele estivesse, estaria também Áxia. Conseguiu um mapa da região e viu que a área onde ele sentia a presença de Zamir era marcada como um enorme brejo. Os Pântanos Cinzentos.

Quando Ruff saiu de Mata da Muralha, a estrela de Bellitz ainda brilhava no céu.

Ele nunca estava sozinho.

Áxia ergueu a Pedra dos Pecados bem acima de sua cabeça. Os demônios, sentindo o cheiro da maldade acumulada, olharam com um misto de voracidade e reverência.

— *Dê-nos, dê-nos, dê-nos...*

— *Tenho fome. Dê-me a Pedra, tenho fome.*

— *Dou-lhes o que quiserem, senhora e senhor, serei seu escravo...*

— Silêncio, criaturas patéticas — disse Zamir.

Mais uma vez, os abissais silenciaram.

— A Pedra dos Pecados pode saciar seu apetite — começou o tirano caído. — Vocês podem devorar a maldade que está aqui e ficarão satisfeitos por anos. Mas os mortais continuarão em seu caminho inexorável rumo à esperança. O Devorador de Mundos ficará mais e mais forte. Continuará unindo os mortais. Ou então matará todos eles.

Os demônios escutavam.

— A Pedra pode ser usada para algo muito maior que saciar sua fome, escória do inferno. A Pedra dos Pecados é capaz de destruir Ruff Ghanor.

Os demônios se agitaram.

Áxia desviou os olhos de Zamir ante a menção do nome de Ruff. Era mais confortável chamá-lo de Devorador de Mundos ou de outra alcunha qualquer. O nome de seu antigo amor fazia algo com ela. Algo que ela ainda não conseguia explicar nem para si mesma.

— As hostes demoníacas são incapazes de vencer o Devorador. Há muito já descobriram isso. Precisaram dos dragões até mesmo para vencer o antigo Devorador de Mundos.

Os demônios começaram a se incomodar com as palavras. Áxia imaginou o que seria preciso para que aquela multidão se voltasse contra eles — e se Zamir seria capaz de derrotá-la.

— Mas existe *um* demônio que pode destruir o Devorador... — Zamir deixou as palavras pairarem durante um tempo. — Baal.

Naquele instante, milhares de demônios estremeceram. Áxia sentiu o corpo formigar de antecipação. Trabalhavam por aquele momento há anos. Os demônios já haviam concordado, já estavam em um objetivo comum. Mas o banquete à vista podia mudar aquilo. O eclipse se aproximava rapidamente, ela sentiu a energia da conjunção aumentando. Agora só era necessário que os demônios não recuassem no último instante. Que fossem contra sua natureza egoísta e trabalhassem juntos, mesmo que por um ódio em comum.

Então eles conseguiriam invocar Baal.

O próprio nome de Baal era um conhecimento perdido. Além dela e de Zamir, apenas um punhado de mortais conhecia a existência de Baal. Apenas saber sobre ele era perigoso demais.

Porque Baal não era *um* demônio.

Baal era *todos* eles.

Enquanto os deuses eram quase onipotentes e distantes, demônios eram presentes no mundo, mas muito menos poderosos. Até mesmo celestiais e santos eram raros e especiais, enquanto demônios eram um oceano de escória, mas individualmente fracos. Demônios eram criaturas de egoísmo e competição e não trabalhavam em conjunto.

Baal era a exceção de tudo isso.

Ao longo das eras, quando os demônios precisaram desafiar os próprios deuses, invocaram Baal. Incontáveis milhares de demônios se sacrificaram para que Baal viesse ao mundo. Ele era a junção de todos os demônios — e seu poder aumentava de acordo com o número de abissais que abriam mão de si mesmos para formá-lo.

Baal era o avatar do inferno, a encarnação de tudo que os demônios representavam.

Contudo, para que Baal fosse chamado, era preciso que demônios fossem generosos. A própria noção seria motivo de riso.

— Baal não foi chamado na época do primeiro Devorador — Áxia e Zamir ouviram um guincho perdido na multidão. — *Também não será agora.*

— Baal é uma aposta. A Pedra dos Pecados pode saciar nossa fome agora.

— *Baal será a destruição dos demônios.*

— Ouçam a si mesmos, vermes — a voz de Zamir pingava desprezo. Ele olhou as criaturas como se fossem restos de sujeira numa sarjeta.

Na época do primeiro Devorador de Mundos, Baal não foi invocado. Talvez fosse capaz de vencer a fera dos deuses, mas não houve o dia que não nasceu. Se Baal tivesse sido formado e derrotado, muitos milhares de demônios teriam sido mortos. Os deuses teriam caminho livre para fazer o que quisessem. As criaturas do abismo preferiram criar sua horda de dragões, que conseguiu vencer o Devorador. Desde então, nunca mais se falara em invocar o avatar do inferno.

— Este Devorador é mais poderoso que o primeiro! — Áxia exclamou. — Não uma fera, mas um líder. Os mortais não o temem; amam-no!

— Apenas Baal pode vencê-lo, antes que seja tarde demais — disse Zamir.

— Pois nem mesmo os dragões estão em seu caminho agora.

O tirano caído dirigiu um olhar gelado a sua discípula. Áxia não se intimidou.

— Baal precisa ser alimentado! — disse Áxia. — A Pedra dos Pecados não irá ser o banquete de dez mil demônios... Será de um só!

Zamir deu um passo à frente:

— E então o mundo inteiro será um banquete para as crias do inferno.

Era a maior aposta. Seriam necessários milhares e milhares de demônios — que deixariam de existir para criar o avatar. Se Baal vencesse, o Devorador de Mundos não seria mais ameaça. Os mortais estariam desunidos e teriam testemunhado demônios esmagando seu salvador. O desespero imperaria mais uma vez. Haveria ainda mais medo, pois a humanidade saberia que o próprio inferno se erguia contra ela. Zamir poderia retomar o poder. Os demônios nunca mais passariam fome.

Contudo, se Baal fosse derrotado, muitos abissais seriam destruídos para sempre — e a humanidade teria mais esperança do que nunca.

Mas qual mortal, mesmo com o poder dos deuses, poderia derrotar a maior arma do inferno?

Os demônios ficaram em um silêncio raro. Uma voz estridente quebrou-o:

— *Mesmo que Baal seja invocado, ele precisa de um corpo que não morre.*

Zamir sorriu.

A Dama de Ferro fez um gesto e, mais uma vez, seus servos mortos-vivos obedeceram. Puxaram enormes manivelas, movendo correntes gigantescas. Então as muralhas de pedra da cidadela se abriram, revelando algo em seu interior.

Era um corpo gigantesco. Alto como quatro homens, formado por partes de dezenas de cadáveres. Uma coisa grotesca, um macabro boneco de carne.

— O golem de carne será o corpo de Baal — anunciou a Dama de Ferro.

O golem era um construto arcano, uma espécie de vida artificial. Podia ser feito de pedra, de metal... Ou de corpos. Criar o golem havia sido um processo demorado. Há anos Áxia e Zamir tinham começado a pesquisar os rituais para construí-lo e dado início aos feitiços para imbuí-lo de força que não morria. O plano era antigo, elaborado com a paciência de um dragão imortal.

Ele estava inerte. Precisava de algo que o animasse.

Algo como um poderoso demônio sem forma física.

Os milhares de demônios reunidos na Cidadela de Ulma recomeçaram sua algazarra. Gritaram, sibilaram e cochicharam entre si.

Zamir olhou para Áxia com um sorriso e uma ponta de orgulho. Ela retribuiu. Estendeu a mão para tocar o braço do mestre.

Então, num gesto que lhe era estranho, Zamir também a tocou. Seus dedos se entrelaçaram. Áxia sentiu pertencer a algo.

Em meio a tantas crias do inferno, Áxia sentiu-se confortável como a Dama de Ferro. Sentiu orgulho de seu golem. E sentiu amor por seu mestre.

Ruff atravessou um matagal, afastando os galhos de árvores escuras. O ar se tornava cada vez mais úmido. Ao mesmo tempo, um cheiro de podridão assaltava suas narinas. Ele venceu uma última camada de árvores mortas e chegou aos Pântanos Cinzentos.

Era uma região desolada. O lodaçal se espalhava para todos os lados, até onde a vista alcançava, entrecortado apenas por árvores caídas, pedras meio submersas, esqueletos de monstros colossais. O nome era apropriado: tudo lá era cinza. Embora não houvesse muitas árvores saudáveis, a vegetação que crescia alta bloqueava o sol. E a névoa malcheirosa que emergia do pântano dava ao ar um tom opaco, opressor.

Ruff conseguia sentir o rastro da magia que fizera há tantos anos, condenando Zamir a viver como humano. Era uma percepção além dos sentidos, uma impressão forte do poder de seu elmo de Arcanium. Ele não sabia quais defesas iria encontrar, quais aliados Zamir teria desta vez. Não sabia como estaria Áxia, o que ela iria dizer ou fazer. Mas sabia que o tirano caído estava no meio daquele pântano imenso.

Olhou para cima. Através das nuvens carregadas e do nevoeiro do pântano, não conseguiu enxergar a estrela dourada. Então, antes de seguir em frente, Ruff se ajoelhou e rezou.

— Eu não rezo mais para os deuses — disse em voz alta. — Apenas para você. Sei que está me ouvindo. Sei que está me observando. Você já fez muito por mim, Bellitz, desde o começo. Mas preciso lhe pedir ainda mais.

O ar do pântano não respondeu, exceto com o zumbido de moscas gordas e o coaxar de sapos ocultos.

— Não quero fazer isso sozinho — Ruff continuou. — Não tenho o direito de pedir isso a você, mas não quero continuar sozinho. Eu poderia ter pedido para que Korin e Johrgrund viessem comigo. Bastava não ter falado nada, e eles viriam. Não sei por que os impedir de vir, se não queria estar sozinho.

Silêncio.

— Isto é estranho. Sei que é. Mas talvez eu tenha que enfrentar Zamir de novo. Talvez tenha de enfrentar Áxia. De alguma forma, esta luta é pessoal demais. Korin é meu melhor amigo... Mas não quero compartilhar isso com ele.

Ruff desfez a posição de mãos postas, gesticulou.

— Quero compartilhar com você, Bellitz. Não consigo explicar, mas sinto que posso compartilhar isso com você. Não *preciso* explicar. Você me conhece. Se vou enfrentar meu antigo amor, gostaria que fosse a seu lado.

Ele se ergueu, a lama do pântano escorrendo de seus joelhos.

— Eu só a vi algumas vezes. Mas você sempre esteve junto de mim. Sei que você me conhece, sinto como se a conhecesse também. *Quero* conhecê-la. Quero saber como é a vida de uma celestial. Quais são as tarefas que os deuses lhe impõem. Qual é a sensação de falar diretamente com eles. Quero saber o que você pensa de tudo isso, o que sente. Quero saber tudo pelo que você passou antes. Quais são suas aspirações. Você sempre esteve a meu lado, mas isso já não basta. Quero ouvir sua voz.

Olhou em volta, um pouco embaraçado.

— Você não tinha motivo nenhum para continuar me ajudando. No início era sua missão, mas você foi além. Por quê? Por que me acha merecedor de sua ajuda? O que você fez por mim... Sua presença... Sua lealdade, sem que eu fizesse nada em troca... Nunca tive nada assim. Não sei como retribuir.

Então completou:

— Quero você como minha companheira neste combate, Bellitz.

Ficou calado um tempo. Depois balançou a cabeça e olhou para cima de novo.

— É mentira. Estou usando justificativas. Uso este combate como uma desculpa para chamá-la. Quero você perto de mim, e só.

Fechou os olhos. Sentiu seu coração bater rápido. Imaginou, como algo deliciosamente irreal, que iria abrir os olhos de novo e Bellitz estaria ali. Seu estômago foi tomado por uma bola de gelo ao pensar isso.

Abriu os olhos e viu apenas o pântano.

Deu um sorriso triste. Suspirou resignado e começou sua jornada.

Ruff avançou no pântano, correndo contra o eclipse que se aproximava. Era uma região imensa, labiríntica. Ele se guiava pela sensação da magia, mas não era uma linha reta ou um mapa preciso.

Depois de uma semana, admitiu que estava perdido.

Ruff foi atacado por criaturas do pântano, que morderam seus calcanhares sem nunca serem vistas. Expulsou-as com golpes de seu martelo, mas o atacaram de novo enquanto dormia, fugindo logo em seguida. Ele passou a usar sua magia divina para fechar seus ferimentos, evitando que infeccionassem. Após dez dias, Ruff viu-se ferido, exausto, perseguido pelos monstros que não enxergava. E perdido.

Rezou para Bellitz a cada anoitecer, esperando que o dia raiasse na manhã seguinte, que o eclipse não chegasse antes que ele completasse a jornada.

Após doze dias, Ruff pisou num conjunto de raízes podres e sua perna afundou no lamaçal. Um enorme tronco também apodrecido caiu sobre ele, fazendo um clangor contra sua armadura e prendendo-o debaixo do peso de madeira morta. A pressão empurrou-o para baixo, para a água do pântano, ameaçando submergir sua cabeça. O fundo do pântano começou a ceder sob ele, tragando-o. Ruff fez força e rezou a São Arnaldo. Mas, usando sua magia para se curar constantemente, não foi capaz de invocar o poder do santo e viu-se indefeso frente àquela armadilha da região traiçoeira. Sua boca submergiu e ele sentiu o gosto da água podre. Sapos observaram-no, impassíveis, enquanto afundava.

O clérigo riu para si mesmo.

— Korin tinha razão. Eu não devia ter vindo sozinho.

Sentiu uma mordida no calcanhar. As criaturas do pântano, que ele não via, mas que o acossavam em sua jornada, não demoraram para se aproveitar de sua fraqueza. Ruff estava preso sob o enorme tronco, sentindo o lodaçal engoli-lo, e o nível da água já quase chegava a seu nariz. Seria uma morte estúpida. A morte de um estúpido, de alguém teimoso que nunca deveria ter nutrido ambições de salvar o mundo.

Ele pensou em seus amigos. No prior, na Irmã Sibrian, em todos os mortos queridos. Em Dunnius e Niccolas. Em Korin. Tentando respirar na água lodosa, sentindo-se afundar ainda mais, ele pensou em como estava decepcionando vivos e mortos.

Seu nariz submergiu e ele não tinha mais forças para se erguer. Os pulmões já estavam ardendo. E o que veio a sua mente não foram os amigos, não foi sua família.

Foi Bellitz.

No momento de desespero, Ruff desejou mais do que tudo que ela estivesse ali. Não podia rezar, o mundo já ficava escuro a seu redor — pontos de luz surgiam em seus olhos, sua visão periférica tornava-se enegrecida. Mas em sua mente quem surgia era Bellitz. Ele fez uma súplica muda, uma reza de morte para o pântano, e o alvo de sua prece era a celestial.

Seus olhos submergiram, e então sua cabeça. Ruff desapareceu na água.

Acima, a névoa do pântano adquiriu um tom dourado. O brilho se espalhou à frente de Ruff, penetrando no lodo, tomando sua visão. Logo, mesmo filtrada pelo nevoeiro opaco e pelo lodaçal, a luz era cegante e doeu em seus olhos.

Mas, em meio àquilo, submerso, ele sorriu.

Com um último clarão, o brilho se desfez. Ruff sentiu-se sendo puxado para cima e inspirou uma golfada deliciosa de ar. Abriu os olhos e lá estava Bellitz, em sua armadura dourada, com suas asas recolhidas, exibindo seu belo sorriso. Erguendo-o pelos ombros, forçando o tronco para cima.

— Há anos suplico aos deuses que me permitam ajudá-lo, Ruff Ghanor. Finalmente estou aqui.

Ele a olhou, incrédulo por um momento.

Segurando Ruff com um braço, Bellitz golpeou o tronco que o prendia, e a madeira explodiu em um milhão de farpas. Então a celestial o ergueu e o colocou sentado numa pedra protuberante. As criaturas do pântano fugiram, e a própria escuridão arrefeceu, como se temesse o brilho celestial.

Ruff ficou de pé, sorrindo, tomado por um sentimento acachapante de gratidão. Não sabia como cumprimentá-la. Era uma celestial, era uma guerreira, era uma amiga.

Ruff ajoelhou-se e tomou a mão de Bellitz na sua. Pela primeira vez a tocou, mas era o toque de metal com metal. A manopla da armadura de Arcanium e a manopla da armadura dourada. Tirou o elmo, aproximou a mão de Bellitz de seus lábios e beijou-a de leve. Não sabia como cumprimentá-la, mas aquilo parecia o certo. Ela era mais que uma nobre, mais que uma senhora da guerra. Era menos e mais que uma amiga. Ruff saudou-a como se ela fosse uma rainha, e Bellitz deu um riso de surpresa.

Ele se ergueu.

— Achei que eu fosse morrer — disse.

— Não é sua hora. Não pode ser sua hora ainda, Ruff Ghanor, como não foi tantas vezes. Eu garantirei que não é a hora em que você deve trilhar a jornada que todos os mortais trilham.

Ele estava vivo.

Graças a Bellitz.

— Áxia tem a Pedra dos Pecados — disse Ruff. — Eles vão invocar Baal. O dia do eclipse está próximo e temos pouco tempo.

— Não se preocupe, Ruff Ghanor — disse Bellitz. — Nós iremos recuperar a Pedra. Você receberá a coroa. Então será rei das Terras Livres.

A celestial falou isso e, um momento depois, já olhava em frente. Deu o primeiro passo em direção a Zamir e Áxia. Não havia um traço de dúvida em sua voz. Ruff maravilhou-se com aquela confiança. De alguma forma, sentia que, se Bellitz acreditava tanto nele, ele teria sucesso. Tudo ficaria bem.

Juntos, eles acharam o caminho e se defenderam contra as criaturas. Ruff seguiu-a, embrenhando-se mais e mais fundo nos Pântanos Cinzentos.

16 | Dois contra a escuridão

NO FIM DO primeiro dia de marcha, Bellitz estava inquieta.

— Sinto fedor de demônios.

Ruff segurou-se em uma árvore próxima, que mal aguentou seu peso. Ele ofegava e seus pés doíam horrivelmente.

— Chega, Bellitz. Precisamos fazer uma pausa.

A celestial tinha seguido em frente. Deteve-se e olhou para Ruff, intrigada.

— Já? Mas acabamos de fazer uma.

— Isso foi ontem à noite. Hoje não paramos nem para comer. Não lembra? Estava escuro quando descansamos.

Bellitz franziu o cenho, tentando relembrar aqueles detalhes.

— Estava escuro?

— Você não percebe o dia e a noite?

Ela abriu um sorriso.

— Você consegue contar quantas vezes a chama de uma vela se move na brisa, Ruff Ghanor?

— Não — admitiu.

— Claro que não. Porque é muito rápido. Assim são o dia e a noite para mim. O sol surge e se põe com velocidade alarmante. É impossível contar quantos desses ciclos se passaram num período de tempo. Eu enxergo as árvores crescendo, envelhecendo e morrendo. Consigo notar a erosão das montanhas. Mas o dia e a noite não significam muito para mim.

Ruff deu um riso cansado. Não conseguia imaginar como o mundo se apresentava para alguém que já havia vivido tanto tempo e viveria tanto tempo mais. Bellitz estava presente quando o primeiro Devorador de Mundos se ergueu. Talvez tivesse visto os humanos vivendo em cavernas, comunicando-se com grunhidos. E o que mais testemunhara? Talvez o surgimento dos elfos? Dos animais? Dos mares?

Talvez o nascimento das estrelas?

Com essas ponderações, acomodou-se numa pedra e retirou algumas partes da armadura. Seus pés precisavam de descanso. Seus ombros não aguentavam mais o peso do metal. Achou um pouco de ração de viagem embrulhada na mochila e começou a mastigar.

— Você disse que sentiu cheiro de demônios?

Bellitz fez uma careta.

— É o pior fedor que conheço. Agradeça por não ser capaz de sentir. Eles já estão aqui, Ruff Ghanor. O eclipse está perto e nossos inimigos têm os piores aliados possíveis.

O estômago de Ruff revirou-se com todas as implicações daquelas palavras. Era desconforto demais. Primeiro, o perigo óbvio que estava à frente. Segundo, a noção de Áxia invocando o avatar do inferno. Terceiro, Bellitz chamando-a de inimiga.

Quarto, e talvez pior, a noção da celestial de que demônios eram os piores aliados possíveis.

Na opinião de Ruff, esses eram os deuses.

Bellitz andou de um lado ao outro, chafurdando no pântano. Perguntou se Ruff já descansara o suficiente. Ele a lembrou de que precisaria no mínimo de algumas horas para dormir. O pântano já ficava escuro com o sol que se punha.

— Você gostaria de ver o mundo ser devorado? — perguntou Ruff, de repente.

Bellitz foi pega de surpresa.

— Não — ela disse. — Claro que não.

— Não faz sentido. Não acho que você esteja mentindo, mas não faz sentido.

Bellitz evitou o olhar dele.

— Quando você anunciou que eu era o Devorador de Mundos, estava genuinamente feliz — disse Ruff. — Você me protegeu durante toda minha vida para aquele momento. Revelou a armadilha dos deuses e ficou satisfeita.

— Não é uma armadilha — a celestial protestou. — É destino.

— Eu cresci achando que meu dever era derrotar Zamir. Quando consegui fazer isso, soube que ele era a última linha de defesa protegendo o mundo dos deuses. Para mim, isso é uma armadilha.

Bellitz não falou nada.

— E agora você fala que não quer ver o mundo ser devorado. Como pode ser? Você disse que eu serei rei. Por que pensa isso?

— Você me fez mudar de ideia, Ruff Ghanor.

Ele ficou olhando-a um tempo.

— Isso não estava planejado — Bellitz continuou. — O que os deuses planejavam para você era um caminho reto. Quando descobrisse a verdade sobre si mesmo, já seria tarde demais.

— Uma armadilha.

— Destino. E você descobriria que não adianta lutar contra o destino. Zamir já estaria morto e você não teria mais amarras a este mundo imperfeito.

Ruff sentiu-se gelar por completo.

— *Não teria mais amarras?* O que isso quer dizer?

— Os deuses...

— Os deuses planejaram a destruição do mosteiro? A morte do prior e de todos os outros? Os deuses fizeram com que...

— Não! — ela o interrompeu. — Sua perda não estava nos planos dos deuses. Mas Zamir é uma criatura de ódio e vingança. É claro que você perderia muito se o enfrentasse.

Ruff ficou pensativo.

— Mas eu não perdi tudo. Ainda tenho Korin, Dunnius e Niccolas. E um povo que preciso proteger. E agora Johrgrund, Lurius Minimus e cada vez mais pessoas que confiam em mim.

— Você mudou tudo, Ruff Ghanor.

Havia afeição genuína naquelas palavras.

— Você não matou Zamir — Bellitz continuou. — Poupou a vida de seus inimigos. Demonstrou piedade para com quem o atacou. Você se recusou a cumprir o desígnio divino. Você poderia destruir, mas tomou para si a tarefa de criar o que os deuses desejam.

Ele sorriu. O gelo que o havia tomado se desfez e agora ele sentia tremores curtos. Por alguma razão, estar com Bellitz provocava um ciclone de emoções conflitantes.

— Você disse que minhas palavras não faziam sentido — prosseguiu a celestial. — Mas foi você o responsável por minha mudança. Sim, quando revelei a verdade sobre você, eu estava feliz com a destruição iminente deste mundo. Mas continuei observando-o e protegendo-o, como era minha missão. E vi o que você fazia. Vi quando se ergueu de seu próprio desespero com uma ideia. Vi quando enfrentou privações para fazer sua proposta aos deuses.

— Por que não se revelou então? Seria bem mais fácil falar com você do que ir até o Fosso de Santa Crysnia.

— Porque eu não desejava facilitar sua busca.

Aquilo foi como um tapa no rosto de Ruff.

— De alguma forma, eu sabia — Bellitz sorriu e desviou os olhos. — Sabia que precisava admirá-lo. E, se lhe oferecesse um atalho, não teria essa chance. Os deuses não me deram a ordem de ir até você mais uma vez e eu não pedi. Queria ver até onde você iria por seu ideal.

Aproximou-se dele.

— E a resposta é que você iria até onde fosse preciso. Eu vi que não havia limite para seu esforço. Há muito sei que o mundo deve ser destruído. Eu lamentava a perda do que é belo, do que é bom. Lamentava a perda dos amores dos mortais. Via apenas os seres mais malignos defendendo este mundo imperfeito. Você foi o primeiro, entre mortais e deuses, que me ofereceu uma alternativa.

Silêncio.

— Você também mudou, Ruff Ghanor. Antes você me odiava.

— Não! — Ruff apressou-se.

— Não negue. Você me odiava, achava que eu era apenas uma serva desprezível dos deuses. Se pudesse, naquele dia, você teria me matado nos restos do covil de Zamir.

Ruff olhou para baixo.

— O que mudou, Ruff Ghanor? Por que antes queria minha destruição e agora reza para mim? Por que me via como um arauto do ódio e agora diz que sou sua companheira de batalha?

— Porque odiá-la não faz sentido — ele se sentiu nu, revelando algo que nunca falara a ninguém.

Hesitou por vários instantes, procurando as palavras. Decidiu que não havia palavras certas.

— Eu *queria* odiá-la, Bellitz. Odiá-la seria fácil e tornaria tudo claro. Mas não posso odiar alguém que me protege. Não sou capaz de tanto rancor. Você se dedicou a mim sem que eu merecesse.

— Era minha missão.

— Não, não era — ele sorriu. — Não em Abismo Sereno, quando você surgiu e impressionou a todos. Não quando foi até o inferno para conseguir o ritual que ajudou a me libertar. Você lutou por mim quando não era seu dever, sem razão nenhuma. Por que fez isso?

— Porque era você.

— Como posso odiar alguém assim?

Ficaram em silêncio.

Ruff sentiu uma chama dentro de si. Era admiração profunda. Ele continuava querendo saber tudo sobre ela.

— Já descansei o bastante. Vamos continuar.

E marcharam, agora sem falar nada.

Por mais dois dias eles avançaram, e Bellitz sentia cada vez mais cheiro de demônios. Às vezes tinha a impressão de que conseguia ouvir suas vozes ao longe, notar a vibração que seus corpos imateriais causavam na água lodacenta do pântano.

No quarto dia, foi Bellitz que teve de descansar, porque estava com febre. Ruff tocou em seu rosto e a pele da celestial estava fervendo. Ela suava — algo que ele nunca tinha conjecturado se anjos podiam ou não fazer.

— O que está acontecendo? — Ruff estava aflito.

— É a maldade, Ruff Ghanor. São os demônios. Eles estão muito perto.

Ruff achava que era dever dos anjos lutar contra demônios. Era verdade, a celestial esclareceu, mas chegar perto deles sempre exigia um período de aclimatação. Os anjos eram capazes de detectar a maldade — e poucas coisas eram tão ruins quanto demônios. Infelizmente, o mesmo sentido que notava o mal repugnava-se ante sua presença. Em casos extremos como aquele, a proximidade levava a um mal-estar generalizado.

Ruff cuidou de Bellitz durante um dia e meio. Durante esse tempo, ela tremeu e delirou. As penas de suas asas ficaram desarrumadas e tristonhas, como se estivessem murchas. Ele viu o tom rosado da pele de seu rosto transformar-se em uma palidez esverdeada. Os olhos de Bellitz tornaram-se injetados, entrecortados de vermelho e cercados por olheiras profundas.

— Você precisa tirar essa armadura — decretou o clérigo.

— A armadura de um anjo é sagrada.

— Passei tempo suficiente na enfermaria do mosteiro para aprender uma coisa ou duas, Bellitz. E nenhum paciente meu fica de armadura. Não importa que não precise descansar ou que seja um guardião imortal da bondade.

Tirou-lhe a armadura dourada com cuidado. Deitou-a num leito improvisado e quase seco, feito de alguns tecidos que ele carregava na mochila. Então cobriu Bellitz com o único cobertor que levava. Aquilo foi um alívio para a celestial.

— Não há problema se for você — disse Bellitz. — Confio minha armadura e minha espada a você.

— Descanse.

Ela fechou os olhos e ficou um longo tempo inerte. Se fosse humana, Ruff chamaria aquilo de sono. Mas Bellitz continuava consciente. Era apenas seu corpo físico que não suportava mais o esforço da proximidade dos demônios e da jornada pelo pântano.

— Não precisa ser forte agora — disse Ruff. — Agora pode contar comigo. Não precisa ser forte o tempo todo.

— Que vergonha para um anjo — ela riu com voz fraca. — Eu lutei contra batalhões de espíritos inquietos nas portas do limbo, Ruff Ghanor. Guiei as almas de um milhão de pecadores até seu castigo eterno. Estive no centro de um sol quando ele nasceu e voei entre mundos desertos. Anunciei a ascensão do primeiro santo e segurei a mão dele quando morreu. E agora... Estou doente.

Ruff ficou mudo. Em um punhado de frases, ela havia se mostrado muito mais do que ele sequer sonhara ser. Sentiu-se pequeno — e ao mesmo tempo imenso — por estar na presença de alguém assim.

— Um mortal cuida de mim — continuou Bellitz. — Que destino para um anjo.

— Isto é só um instante em sua vida. Não é nada.

Ela sorriu de olhos fechados. Ruff ficou calado mais um tempo.

— Bellitz... — ele hesitou bastante antes de continuar. — Se já fez tudo isso... Por que está aqui? Por que está comigo?

— Porque você é melhor do que tudo isso.

O coração dele disparou.

— Você está mesmo delirando — Ruff deu uma risada desconfortável.

— Depois da vida que tive, é aqui que quero estar, Ruff Ghanor. E isto é melhor do que o resto.

Ele segurou a mão da celestial. Ela respondeu sem muita força, então deixou os dedos penderem, soltos. Ficou parada, sem falar nada.

Ruff passou a noite em claro, zelando pelo descanso da paciente, rezando para que aquele não fosse o dia sem amanhecer.

Com o nascer do sol, Bellitz se sentiu melhor e quis levantar da cama improvisada.

— Já estou acostumada com a imundície dos demônios.

— Está forte de novo?

— Vou ficar bem. Quando os encontrarmos, lutarei como sempre.

Ruff ajudou-a a vestir a armadura dourada. Para isso, teve de chegar bem perto. Os cabelos de Bellitz cheiravam a algo vagamente doce e cítrico. Ela não tinha traços do suor que recobriu sua pele no dia anterior e a cor voltara a suas bochechas. Bellitz, por algum truque de sua natureza angelical, não parecia ficar suja.

— Tudo que você falou ontem era verdade? — Ruff perguntou.

— Anjos não mentem.

— Tudo que você falou ontem era verdade? — ele repetiu. E, de alguma forma, ela soube que era mais que uma pergunta sobre a veracidade dos anjos. Continha muita coisa não dita.

— Tudo — respondeu Bellitz.

Eles caminharam por mais um dia. Descansaram um pouco à noite, mas seguiram viagem em seguida.

E a manhã não chegou. O sol não se ergueu, tapado por uma sombra celestial.

Eles correram pelo pântano, sentindo a presença mais e mais próxima dos demônios.

Então, contra a escuridão do eclipse, enxergaram a cidadela.

Os demônios se aglomeravam, mas deixavam um espaço respeitoso ao redor de Áxia e Zamir. Os servos mortos-vivos vigiavam silenciosos e, atrás dos dois feiticeiros, estava o golem de carne.

O sol tentou se erguer, mas estava tomado por sombras. Era o amanhecer do eclipse, o dia escuro, e os Pântanos Cinzentos foram tomados pelo breu. Áxia exultou, os demônios sentiram seu poder aumentar. O dia que não se renovava, a esperança que não surgia. A noite prolongada que possibilitaria o surgimento de Baal.

Zamir começou a entoar cânticos numa língua estranha. Era um amontoado ininteligível de sílabas e sons desconexos para alguém sem treinamento. Mas, para Áxia, era a mais bela melodia arcana. Ela fechou os olhos e sorveu a voz rouca de seu mestre. O encantamento não era composto de frases contínuas, mas de palavras interligadas por conceitos, uma sintaxe oculta que só fazia sentido em conjunto aos gestos específicos e revelava-se apenas para os iniciados. Zamir gesticulou com as mãos e o ar ao redor dele brilhou com luz verde. A luz da magia. Áxia abriu os olhos para enxergar o balé arcano. Então soube que era sua vez.

À voz de Zamir, juntou-se a dela, e os demônios se agitaram. Áxia, a Dama de Ferro, gritou as palavras mágicas no topo de sua voz. Seus braços protegidos por metal desenharam símbolos profanos no ar da cidadela. Seu corpo também brilhou com a luminosidade verde.

Os demônios fizeram sua parte. Com vozes dissonantes, esganiçadas, lentas e frenéticas, entraram em uma cacofonia em sua linguagem sinistra. Eram milhares e cada um parecia falar algo diferente. Mas, aos poucos, as vozes se concatenaram. Os demônios iniciaram uma harmonia bizarra, que não era peculiar a sua natureza egoísta. Seus próprios gestos arcanos eram muito diferentes daqueles dos dois feiticeiros. Era uma dança macabra, um conjunto de movimentos obscenos com suas garras, suas caudas, seus tentáculos. Áxia observou a multidão de demônios no meio de seu êxtase mágico e notou que eles se mesclavam uns aos outros.

A carne etérea das criaturas era maleável. Eles passaram a fazer parte uns dos outros, seus corpos se combinando em novas formas terríveis. A multidão ficou mais compacta, juntando-se em um centro escuro, que acumulava a massa de maldade que era a união demoníaca. Ao mesmo tempo, a ladainha no idioma infernal continuou, nos gritos dos milhares de vozes.

E, aos poucos, surgiu uma voz nova. Uma voz grave, retumbante. Primeiro baixa e lenta. Logo, mais vigorosa. Embora fosse etérea, inaudível para ouvidos mundanos, era tão forte que fazia tremer o chão. Vinha do centro negro da massa pulsante de demônios.

Áxia sorriu. Era a voz de Baal.

Os movimentos da Dama de Ferro e de seu mestre se intensificaram. Uma linha de energia verde surgiu no pântano, aumentando de comprimento e estendendo-se rapidamente, perdendo-se de vista até cruzar a região alagada de uma ponta à outra. Então outra linha veio se juntar a ela. O ponto onde elas se cruzavam, na cidadela, brilhou forte. Uma terceira linha, uma quarta e uma quinta se formaram.

Quando a quinta linha de energia se desenhou, colossal sobre o pântano, um pentagrama estava formado. Um círculo de energia surgiu, ligando os vértices da estrela profana. Bem no centro do pentagrama, estava o golem de carne, o corpo-receptáculo para o demônio Baal.

A água do pântano ferveu onde as linhas de energia verde tocaram. A pedra da cidadela tornou-se negra com o contato.

Áxia sorriu largo, ergueu os braços. Seu momento de triunfo estava próximo, o ritual estava quase completo. Os demônios se juntavam numa única massa negra, amorfa. Mas logo deixou de ser amorfa: com seus olhos arcanos, ela conseguiu ver dois chifres gigantescos se erguendo do núcleo maligno. A coisa começou a tomar forma — uma cabeça, ombros. Então o que parecia ser corpos de demônios malformados revelara-se como garras. A mão colossal abriu e fechou lentamente.

Todo o pântano retumbou com a voz da coisa:

— *Eu... Sou... Baal.*

Áxia estendeu as duas mãos na direção do demônio que nascia. Sobre as palmas, estava a Pedra dos Pecados.

— Você tem fome, Baal! — gritou a feiticeira, sobre a algazarra dos abissais, das palavras arcanas de seu mestre, do chiado do pântano fervendo, do zumbido da energia mágica. — Aqui está seu banquete. Baal, devore a maldade e venha para nosso mundo!

O demônio Baal se ergueu na cidadela. Seu corpo etéreo era mais alto que a torre central da cidadela. Era todo negro e sua forma era difusa, como algo visto através de névoa ou um desenho a carvão borrado. Os demônios, antes relutantes, agora corriam para se juntar ao avatar do inferno, entregando sua individualidade a Baal.

No meio da cabeça negra encimada por chifres, dois olhos de chama se abriram.

Então surgiu uma bocarra cheia de presas brancas e afiadas. De alguma forma, era maior que a própria cabeça. E o breu em seu interior era mais negro que o corpo do avatar. Dentro da boca de Baal havia o esquecimento. Ele era capaz de mastigar almas e engoli-las, fazendo-as desaparecer para sempre.

Baal deu um passo lento e pesado em direção a Áxia. A maldade era tamanha que ela sentiu o estômago revirar, mas se esforçou a continuar olhando para a coisa. Ao mesmo tempo em que repugnava, Baal atraía. Ela quis fazer parte dele, quis ser um demônio para que pudesse se entregar e fortalecer aquela entidade.

Baal deu outro passo em direção a Áxia e à Pedra dos Pecados.

Logo atrás, estava o golem de carne.

Assim que devorasse a maldade dos elfos, Baal teria força para entrar no corpo artificial, passar ao mundo físico.

A garra negra se estendeu para Áxia.

A feiticeira esticou o braço para entregar o objeto ao avatar.

Então uma coluna de fogo desceu do céu dos Pântanos Cinzentos. Explodiu sobre Áxia e fez a Pedra dos Pecados voar para longe.

— Afaste-se, demônio! — bradou Ruff Ghanor. — O poder de São Arnaldo o exorciza!

Áxia deu um urro de frustração, enquanto a Pedra dos Pecados girava no ar. Ruff e Bellitz correram em direção aos dois feiticeiros — ele com o martelo e o escudo em punho, ela segurando a enorme espada com as duas mãos. O clérigo e a celestial atravessaram a multidão de demônios enfrentando a resistência de seus corpos. Embora as criaturas não fossem materiais, o ar estava denso de maldade. Os dois conseguiram enxergar os demônios mesmo em seu estado imaterial e viram Baal avançando devagar para a Pedra.

— Bellitz! — chamou Ruff.

Mas nem era preciso: ela já estava pronta. Tomou impulso com as pernas, saltou no ar e abriu as grandes asas. Cruzou o espaço como uma ave de rapina e agarrou a Pedra dos Pecados.

O avatar do inferno emitiu um gemido gutural. Bellitz bateu as asas com força e ganhou os céus, subindo para fora do alcance das criaturas.

E, súbito, todos os olhos demoníacos estavam em Ruff Ghanor.

Ele cruzou o olhar com Áxia e Zamir, que estavam no centro da praça da cidadela.

Por baixo do elmo de Arcanium, a face de Ruff era uma careta de horror.

— O que aconteceu, Áxia? O que você fez? O que deixou ele fazer com você?

Aquela não era mais Áxia. Não era a Áxia que ele conhecera, que ele amara um dia. De início, ele nem mesmo a reconheceu — achou que era mais uma serva morta-viva de Zamir, uma amaldiçoada entre tantos que o tirano usara no passado.

Uma armadura de ferro negro se mesclava a sua carne. A pele era branca e esverdeada, marcada por veias escuras. Seus lábios eram negros. Metade do rosto estava coberta por uma máscara de ferro negro que se moldava ao crânio. Deste capacete, brotavam dois chifres grandes e retorcidos. As mãos eram cobertas por manoplas rebitadas na carne. E havia rebites por todo seu corpo, unindo tecidos vivos e metal duro para sempre.

Mas algo na boca visível, sob o elmo, e algo na sinuosidade do corpo e na fluidez dos movimentos revelaram. E então a voz. A bela voz de Áxia era a única coisa que parecia intocada por aquela transformação profana. A voz de timbre límpido, mas que perdera todo seu tom zombeteiro. Veio carregada de ódio quando disse palavras terríveis:

— Áxia era meu nome de escrava. Agora sou livre. Agora sou a Dama de Ferro.

— Por que, Áxia? Por que se submeteu a *isso?* Por que não podia aceitar quem você era?

— Eu tentei aceitar, Irmão Ruff Ghanor. Mas seus deuses e seus santos não me aceitaram. Agora não sou mais uma de vocês. Não sou mais humana.

— Não fale com os inferiores, Dama de Ferro — interrompeu Zamir. — Eles só merecem a morte.

O tirano caído tinha o ódio estampado no rosto. Sua boca era um esgar de maldade e sua pele estava crispada de fúria. Zamir gritou palavras mágicas e fez um gesto com as mãos. Então uma nuvem negra espiralada emergiu de seus dedos e avançou rápida até Ruff.

— São Arnaldo me protege! — exclamou o clérigo.

A nuvem negra chocou-se com uma barreira invisível a seu redor e se dissipou. Enquanto isso, Áxia fez um gesto com as mãos cercadas de ferro e, da água fedorenta do pântano, surgiram dezenas de lanças negras, pingando lodo. As armas gotejantes então foram arremessadas contra Ruff.

Todos na cidadela ouviram o som alto de vidro se quebrando quando a proteção divina de Ruff foi vencida pela magia de Áxia. As lanças amassaram seu escudo, bateram em sua armadura de Arcanium, entraram pelas frestas, arrancaram sangue. E os demônios que ainda não haviam integrado Baal começaram a se materializar.

Assim como fora há tantos anos, nos túneis da montanha de Thondin, os abissais tinham corpo físico, mas sua imagem era dissimulada. Ruff foi atacado por várias das criaturas ao mesmo tempo, por todos os lados. Girou o martelo para revidar, mas errou — eles não estavam realmente onde sua imagem mostrava. A névoa cinzenta do pântano se erguia, tomando a cidadela. A forma escura de Baal parecia consumir a luz, então o ambiente se tornou uma confusão de sombras e opacidade.

Baal urrou, esticando seu corpanzil etéreo para cima, tentando agarrar Bellitz. A forma era maleável, e ele ficou mais fino e comprido, transformando-se em um tipo de tentáculo para tentar alcançar a celestial. Do tentáculo principal surgiram dezenas de flagelos delgados, dardejando e serpenteando ao redor de Bellitz. Ela se esquivou com agilidade, dançando no céu para a esquerda e a direita, não permitindo que o avatar tocasse a Pedra. Se Baal começasse a devorar a maldade élfica, teria forças para entrar no mundo físico.

Com um grito de guerra, Ruff saltou, deixando um rastro de corpos de demônios sendo jogados para todos os lados. Suas botas de Arcanium impulsionaram o salto muito além do que sua mera força permitiria, e ele aterrissou bem em frente a Zamir e Áxia. Enquanto aterrissava, bateu com o martelo no chão, e a Cidadela de Ulma tremeu.

Ruff sentiu o sabor delicioso do mundo sendo destruído, a energia fluindo para ele e fechando seus cortes, amainando suas dores, curando seu corpo. Uma pequena cratera se formou no local do impacto de seu martelo e, da cratera, uma rachadura larga se estendeu, serpenteando entre Áxia e Zamir. As pedras que formavam a praça cederam, o piso inclinando-se e as duas metades se afastando. Por instinto, Áxia estendeu a mão em direção a seu mestre. Zamir, em sua forma humana ainda frágil, perdeu o equilíbrio e caiu no chão duro, enquanto a terra tremia. O lodaçal do pântano fez ondas violentas, encharcando todos os combatentes, sacudido pelo terremoto.

Os demônios enxamearam mais uma vez sobre Ruff. Fizeram peso com suas formas etéreas e quase sólidas, puxando-o para baixo, arranhando-o. Os mais famintos buscavam sorver sua mágoa para com Áxia, tentavam achar um farelo de alimento no meio da batalha. Ele saltou de novo, desta vez na direção de Zamir. Em pleno ar, ergueu o martelo, então o desceu contra o corpo do tirano caído.

— Devia tê-lo matado quando tive a chance — rosnou o clérigo. Ele estava pronto a terminar o serviço que começara anos atrás.

— *Não!* — gritou Áxia, e a energia arcana verde brilhou a seu redor.

Um emaranhado de correntes e lanças de metal negro surgiu das sombras, na frente do tirano. O martelo de Ruff bateu na barreira, causando o som forte de um gongo. Zamir se levantou, tentando manter o equilíbrio em meio ao tremor.

— Pare de protegê-lo! — Ruff se virou por um instante para Áxia.

— Quer vingança contra alguém, Ruff? Então se vingue de mim! Eu sou a culpada.

Ele hesitou por um instante. Então viu tudo escuro: Zamir conjurou de novo a nuvem negra e dessa vez ela engolfou o clérigo.

A nuvem entrou pelas frestas da armadura, pelo visor do elmo, tocou na pele de Ruff como se ele não estivesse protegido. O toque era gelado e agonizante. Ele sentiu a magia roubando sua força vital. A nuvem começou a adquirir um tom avermelhado, enquanto sugava o sangue de Ruff Ghanor. Zamir mantinha os dedos em movimento arcano, a nuvem funcionando como um contato entre ele e Ruff.

O clérigo cruzou o olhar com Áxia. Por um instante, eles realmente viram os olhos um do outro: Ruff por trás do elmo de Arcanium e Áxia sob a máscara da Dama de Ferro.

Ela fez um gesto arcano.

E então hesitou.

Mais e mais demônios amontoaram-se sobre Ruff Ghanor.

Ele sentiu o sangue indo embora, a fraqueza aumentando. Estava sozinho e cercado de inimigos.

— É isso que os deuses querem. — disse Ruff, quase para si mesmo, entre dentes.

Zamir deu uma risada descontrolada. Um riso sem humor, mas repleto de prazer. Estava muito perto de se vingar da humilhação que sofrera.

— É isso que os deuses querem — repetiu o clérigo, e era quase uma súplica.

A nuvem negra já era totalmente vermelha, tingida pelo sangue de Ruff.

Então ele fez o que os deuses queriam e achou que sentia a aprovação das divindades muito pior que o ódio do dragão caído.

Ruff gritou, sem palavras, como um animal. Mais uma vez bateu com o martelo no chão e a praça da cidadela virou pó. Uma torre próxima desmoronou, o pântano foi tomado pelo som ensurdecedor da destruição do Devorador de Mundos.

Ruff e Zamir afundaram no lodaçal em frenesi, subitamente sem nada que os sustentasse. Os demônios afundaram com eles, alguns se jogando na água malcheirosa em busca de sua presa.

Então a lama formou um redemoinho e se afastou para todos os lados, abrindo um círculo de vazio. No centro, Ruff Ghanor, encharcado, ainda afundando um pouco no lodo mais firme que havia no fundo do pântano. Também havia sustentação para ele em alguns restos de pedras e nas fundações da cidadela. Zamir estava perto do clérigo, caído. Áxia saltou para perto deles. Um anel brilhou, moldado sua manopla, e ela controlou a água com suas mãos. Ao redor, a cidadela tremia, mas ainda conseguia permanecer de pé.

Ruff não estava mais ferido. A energia que devorara naquele arroubo restaurou seu corpo. Ele sentia apetite por mais e assustava-se com a própria voracidade.

— É tudo culpa sua! — gritou Áxia. — Maldito seja você, Ruff, e maldito seja seu santo! É culpa sua e não descansarei enquanto você não morrer!

— É tudo culpa *sua!* — Ruff gritou de volta. — Você e seu mestre me obrigam a ser o Devorador de Mundos! Por que não pode aceitar viver em paz como todos, Áxia?

— *Agora* você e seu povo oferecem-me a paz? Depois de tudo que fizeram para mim, oferecem-me a paz? Agora terão *guerra!*

Bellitz dançava no ar, escapando de Baal, e o avatar do inferno começou a se desfazer. Sem a energia da Pedra dos Pecados, a forma tênue de Baal se fragmentava, começou a se desfazer em rasgos de carne demoníaca etérea e escura. Eram como fiapos de névoa e sumiam após alguns instantes. Os próprios demônios que tinham se entregado para compor o avatar se desfaziam, tendo entregado suas existências por nada.

Baal emitiu um lamento comprido, penoso. Transformou seu corpo em uma única haste com a bocarra cheia de presas brancas e abriu-a, tentando morder Bellitz. A celestial endireitou o corpo em pleno ar e cravou a espada angelical no céu da boca do avatar. Puxou a lâmina para trás, rasgando o que seria a cabeça malformada de Baal, mas isso pareceu corroer a espada. Fiapos negros bruxuleantes grudaram-se no metal, comendo-o como ferrugem veloz. Bellitz deixou cair a espada no pântano. A arma afundou com um ruído úmido.

Então Bellitz estendeu uma das mãos para Baal e emitiu um brilho dourado cegante.

— Os deuses o exorcizam!

O avatar rugiu um novo lamento, afastando-se do poder divino. Se estivesse completo, se tivesse a força da Pedra, Baal teria rido daquilo. Mas, ainda meio formado, ele era fraco. Baal recuou. Passou por Áxia e tentou encostar no golem de carne. Contudo, seu corpo imaterial não era capaz de se fundir com o construto sem o banquete de maldade.

Lá embaixo, os demônios materiais atacavam Ruff. Ele os mantinha afastados com seu martelo. Lutava em meio ao redemoinho de água do pântano, as paredes de água mantidas de pé pela magia do anel de Áxia. Um abissal com pernas de bode e cabeça de crocodilo saltou para ele. Ruff bateu com seu escudo na bocarra aberta do ser, enviando-o para trás. Em seguida deu um passo à frente, combinando o movimento com um golpe forte do martelo. Rachou o crânio do demônio e virou-se para o próximo, que lhe chicoteava as costas com tentáculos cheios de navalhas. Ruff girou, acertando a cara do inimigo com o martelo. Ele caiu e Ruff pisou em seu pescoço, atacando o próximo em seguida. Seu corpo já deveria estar exausto, mas ele havia devorado uma parte substancial da cidadela, havia desintegrado metade da praça e tombado uma torre. Estava alimentado, seus ferimentos estavam curados, ele tinha vigor para continuar lutando o dia inteiro.

Áxia correu por trás dele até Zamir. Os demônios emergiam da água, escondendo-se e revelando-se para lutar melhor. Áxia amparou Zamir e então os dois dispararam sua magia contra Ruff. Zamir fez surgir uma labareda, enquanto Áxia criou correntes com espinhos e anzóis que brotaram de sua manopla e das sombras, para se fincar no corpo dele. O clérigo urrou e contorceu-se de dor.

— Vá embora! — gritou Áxia. — Vá embora e leve seu anjo consigo! Você acha que sabe o que é ser bom, Ruff? Você sempre foi o escolhido! É *fácil* ser bom quando é amado! Tente ser bom quando todos o odeiam. Tente ser bom quando o único ser que o acolhe é chamado de monstro!

— Não posso ir embora — disse Ruff, enquanto batia em um demônio. — Eu a conheço, Áxia. Isto tudo é para me atingir! Você invocou este demônio para me matar, não é mesmo? Para desfazer o que estamos fazendo!

— Porque você é o Devorador de Mundos! Você precisa ser combatido!

— Não, Áxia — ele esmagou o peito de um abissal e parou um momento, tomando fôlego. — Você se tornou uma inimiga, serva de um tirano. *Você* precisa ser combatida.

Por trás da máscara da Dama de Ferro, o rosto de Áxia se encheu de ódio.

— *Serva de um tirano?*

Áxia fez as lanças negras atacarem Ruff de novo.

— *Serva de um tirano?*

Seis demônios jogaram-se sobre o clérigo e os joelhos dele se dobraram sob o peso das criaturas.

— Toda sua vida é baseada em mentiras! — Áxia gritou. — Você mentiu quando disse que Zamir estava morto. Tentou enganar todos para formar sua irmandade de nobres que se achavam heróis. *Você é o verdadeiro tirano, Ruff!* Você sempre lutou em nome dos mais poderosos, virou as costas aos fracos! Considere-nos malignos, despreze nossa magia. Invada nossos lares e mate nossos mestres. Nada importa, pois venceremos no fim! Onde estão seus deuses agora? Onde está seu santo?

Zamir já estava de pé. Áxia fez as águas levarem-nos para cima, até os restos da praça, enquanto Ruff ainda estava engalfinhado com os demônios.

Então Áxia fez um gesto e o redemoinho cessou. As paredes líquidas perderam a força e toneladas de água caíram sobre Ruff Ghanor.

Ele girou sem controle, levado pela força da água em frenesi. Não conseguia enxergar nada no breu lamacento e perdeu a noção de onde ficava a superfície. Enquanto isso, os demônios continuaram agarrados a sua armadura, a seu elmo, e morderam, arranharam, enfiaram seus flagelos por qualquer abertura, tentaram arrancar sua carne dos ossos. Ruff se debateu, mas a falta de fôlego e a desorientação foram demais para ele. Acabou soltando o martelo. Usou a mão livre para segurar o pescoço de um demônio, tentando ao menos levar algum deles consigo.

Nos céus, Bellitz protegia a Pedra dos Pecados. Viu Áxia e Zamir emergindo para fora da água e escondeu o objeto por instinto. Olhou para trás e Baal se desfazia. Já estava bem menor — sua carne desfiando-se, alguns demônios que ainda mantinham um resquício de identidade fugindo do ser coletivo. Tão perto do golem de carne. Mas, ao mesmo tempo, a uma distância impossível.

Áxia entoou palavras arcanas e um emaranhado gigantesco de correntes com navalhas surgiu das rachaduras na pedra, de pontos ocultos na escuridão. As correntes deram um bote contra Bellitz, enroscaram-se em seus braços. O metal tentou fazer com que ela soltasse a Pedra dos Pecados. Zamir emitiu a nuvem negra das pontas de seus dedos e o breu espiralou em volta da celestial.

Bellitz olhou para baixo e viu a agitação na água, onde, no meio das ondas de lodo, Ruff lutava com os demônios.

Então ela mergulhou para baixo.

Jogou-se com toda a força de suas asas, sentindo seu sangue divino ser drenado pela magia de Zamir e resistindo à força do ferro comandado por Áxia. Manteve os braços junto ao corpo, protegendo a Pedra. Bellitz afundou no pântano. As navalhas que entravam em sua carne divina arrancavam sangue. Não enxergou Ruff, mas sentiu sua alma de clérigo e de Devorador assim como conseguia sentir a maldade dos abissais. Segurando firme a Pedra em só uma mão, envolveu Ruff com o outro braço e, então, impulsionou-se para cima.

A celestial e o clérigo emergiram do pântano. Ruff respirou o ar mais doce de sua vida, à beira do afogamento, tossindo água. Bellitz ergueu-o pelo céu, um braço sob sua axila, enquanto segurava a Pedra, resistia às correntes e sofria com a nuvem negra, agora já vermelha com seu sangue. Os demônios que estavam agarrados a Ruff atacaram-na. O belo rosto angelical estava transfigurado numa máscara de esforço, os dentes arreganhados. Bellitz se ergueu no céu com Ruff, então se deixou cair, impulsionando-se para trás. Clérigo e celestial rolaram no chão de pedra cheio de rachaduras da cidadela.

— Não consigo lutar e proteger a Pedra ao mesmo tempo! — disse Bellitz.

Ruff cuspiu água do pântano, esforçando-se para ficar de pé, e estendeu a mão.

No meio de todo o caos, falou com calma fria:

— Dê-me.

Bellitz entregou-lhe a Pedra dos Pecados. Ruff jogou seu escudo no chão e segurou o objeto com as duas mãos.

Zamir engolfou-o com a nuvem negra.

Áxia fez um vagalhão de lodo do pântano se erguer sobre os dois, criando sombra — bastava soltá-lo para que todo o poderio da água caísse neles.

E centenas de demônios enxamearam em direção à dupla.

— Vocês querem a Pedra dos Pecados? — Ruff sorriu para os demônios. — Pois vejam!

Então ele sentiu as partículas que compunham aquele objeto. A força imaterial contida dentro dele, vários milênios de toda a maldade de um povo. Ruff apertou a Pedra nas duas mãos.

E ela rachou.

O clérigo se sentiu tomado por uma energia que parecia infinita. Fez a Pedra dos Pecados tremer e uma segunda rachadura apareceu. Sentiu o mal élfico nas palmas das mãos e começou a devorá-lo também.

Ruff pareceu ficar maior, urrou de voracidade. Juntou as mãos e a Pedra dos Pecados desapareceu ante seu toque de ruína. Sugou para dentro de si também tudo que estava dentro dela. Naquele momento, entendeu verdadeiramente o que ele mesmo era: o Devorador de Mundos, capaz de consumir a maldade que os deuses tanto odiavam.

Todos os demônios gritaram de desgosto, sentindo o cheiro do banquete que haviam perdido. Áxia berrou e fez o vagalhão descer sobre Ruff e Bellitz. Mas Ruff, alimentado pela Pedra, estava poderoso demais. Estendeu a mão e a gigantesca onda ferveu, desfazendo-se antes de tocar nele. A seus pés, o chão da cidadela rachou.

Bellitz aproveitou o momento e voou, chocando-se contra Zamir. O tirano caído desfez a magia, sua nuvem negra sumiu no ar.

Os demônios se descontrolaram. Jogaram-se contra Ruff, mas também contra Bellitz, contra Áxia, contra Zamir. Enfurecidos pelo que haviam perdido, revelaram sua natureza traiçoeira, querendo apenas a destruição de tudo que não era eles mesmos.

E então o pântano se iluminou.

Tímido, fraco, ainda semidevorado pelo eclipse, o sol surgiu.

Era apenas um pedaço, uma lâmina de luz solar, mas já quebrava a escuridão.

O eclipse acabara, o dia sem amanhecer havia amanhecido. A hora de Baal havia terminado. E a fúria dos demônios não conheceu limites.

Os dois feiticeiros, de repente avassalados por abissais, repeliram-nos com magia e recuaram. Zamir fez um gesto arcano e uma roda de fogo verde surgiu no céu.

— O poder de São Arnaldo os exorciza! — gritou Ruff, afastando os demônios de si.

— O poder dos deuses os exorciza! — Bellitz fez eco, e uma dezena de demônios fugiu.

Áxia e Zamir recuaram até o portal de fogo que o tirano caído havia aberto, repelindo os demônios com sua magia.

— Não fuja, Áxia! — Ruff berrou. — Não fuja, vamos resolver tudo agora mesmo!

— Você já resolveu, Ruff — ela falou, com ódio e tristeza na voz. — Você resolveu tudo, quando escolheu não ficar de meu lado.

Zamir atravessou o portal. Em seguida, Áxia fez o mesmo. Os dois sumiram no círculo de chamas. Então, com um brilho de fogo verde, ele desapareceu.

Ruff e Bellitz estavam cercados por demônios, mas protegidos pelo poder divino. Costas com costas, ambos brilhando de magia e milagres.

— Vocês já foram vencidos pelo primeiro Devorador de Mundos — Ruff deu um sorriso lupino. — Tiveram de convocar uma horda de dragões. E agora? Acham que podem vencer o segundo Devorador?

Os demônios correram para eles, presas e garras prontas para dilacerá-los.

O Devorador de Mundos e a enviada dos deuses lutaram juntos contra as hordas infernais até que os demônios fugiram.

Ruff e Bellitz não se moviam há vários minutos. Estavam ambos sentados, exaustos, nos restos da praça da cidadela. Embora a destruição fosse terrível naquele local e houvesse uma grande mistura de destroços e água do pântano, a maior parte da cidadela estava intacta.

— O ar aqui ainda é fétido — disse Bellitz.

— Demônios?

— Mortos-vivos — ela respondeu, franzindo o nariz.

— Precisamos destruí-los agora? — ele ainda estava recuperando o fôlego.

— Não. Agora não.

— Certo. Depois levantaremos e destruiremos os mortos-vivos. Agora não.

Continuaram mais alguns minutos estáticos.

— Eu gostava daquele martelo — disse Ruff, quebrando o silêncio.

— Depois podemos procurar seu martelo. Algo tão mágico assim pode ser detectado.

— Depois levantaremos, procuraremos o martelo e destruiremos os mortos-vivos. Agora não.

Ela deu um riso fraco.

— E sua espada? — perguntou Ruff.

— Era só uma ferramenta. Receberei outra.

— Dos deuses?

— Sim.

— Que inveja.

Bellitz ficou um tempo sem responder. Ruff sentiu que aquele não era só um silêncio cansado como os outros. Era um silêncio cheio de hesitação.

— Não me inveje porque recebo tantos presentes dos deuses, Ruff Ghanor — a celestial disse, por fim. — Não inveje quem tem benfeitores tão poderosos. Esses benfeitores também são mestres muito poderosos.

Ruff se virou para olhá-la.

— Você também os questiona.

Ela ficou muda.

— Você também tem dúvidas — Ruff tirou o elmo. — O tempo todo? Desde o início?

— Não. Como eu disse antes. Só comecei a questionar quando você me mostrou uma alternativa.

— Eu quero saber, Bellitz. Diga-me o que você pensa.

Ela olhou para baixo, um pouco envergonhada de si mesma.

— Os deuses fizeram os mortais assim. Criaram todas suas imperfeições. Deram-lhes escolhas. Mas apenas algumas escolhas eram corretas, e vocês não sabiam quais. Os deuses queriam a perfeição, mas criaram seres imperfeitos para alcançá-la. Os anjos já existiam, Ruff Ghanor. Os deuses já tinham filhos perfeitos.

— O que eles querem, então? Por que nos criaram, apenas para nos punir?

— Não sei. Mas acho que a resposta é assustadora demais.

— Fale, Bellitz.

— Eles os criaram porque *podiam.* Por capricho. Para ver raças imperfeitas esforçando-se ao máximo para viver um ideal impossível. Para serem obedecidos.

— E, quando falhássemos... Haveria o Devorador.

Silêncio.

— Talvez estes sejam os últimos dias de nosso mundo — falou Ruff.

— Não. Você vai impedir que isso aconteça.

— Talvez eu falhe.

— Não vai falhar.

Ruff sorriu, apesar de si mesmo.

— Por que tem tanta fé em mim?

— Porque o conheço.

— Eu não mereço...

— Não se preocupe com merecer ou não, Ruff Ghanor. Quem se preocupa com merecimento são os deuses. Eu não tenho tanto livre-arbítrio quanto os mortais, mas sou livre ao menos em algumas coisas. Sou livre para sentir o que quiser. Então não venha me dizer quem merece ou não minha fé. Quem merece ou não meu... — deteve-se.

Ela o conhecia. Conhecia-o, sabia o que ele era e testemunhara seu passado. Sabia de seus erros, de suas fraquezas, e não parecia se importar. Bellitz não tinha rancor ou mágoa. Bellitz não queria mudá-lo ou culpá-lo.

— É tudo muito complicado — disse Ruff. — O fim do mundo, o julgamento dos deuses. Áxia e Zamir. O ódio que ela tem por mim e o que fizemos um ao outro. O que eu sou. Parece que estou me afogando, Bellitz. São coisas demais.

— Não, Ruff Ghanor. Na verdade, só há uma coisa importante aqui.

Ruff olhou em seus olhos. Bellitz estava tão exausta quanto ele, mas de alguma forma permanecia imaculada. A imundície do mundo não a tocava. E, olhando em seu semblante, tudo era mesmo simples.

— Eu viajei ao inferno e ao paraíso — disse Bellitz. — Ao limbo e ao mundo material. Eu ouvi deuses e demônios. Conversei com santos e julguei pecadores. E você também tem seu passado. Você também é o que é, também foi o que foi. Mas nada disso existe, Ruff Ghanor. Não vê? Não percebe que nada disso existe agora?

Ele tentou pensar em Áxia. Em Zamir. Nos deuses. No Devorador de Mundos. Tudo parecia muito, muito distante. Ele olhou o semblante de Bellitz e sentiu um peso deixando seu peito.

Era como se, por estar lá, ela fizesse o passado não existir.

Nem o passado dele, nem o passado dela. Não eram o Devorador de Mundos e o anjo que anunciara seu destino. Eram Ruff e Bellitz, e nada mais importava.

— Bellitz... — ele começou. — Com você, sou livre.

— Eu não sou tão livre quanto você — disse ela. — Existe algo que não posso evitar sentir e que não foi minha escolha.

Ele não respondeu. Então ela completou:

— Porque você nunca me deu alternativa.

Ruff Ghanor a beijou, sentindo uma alegria e um alívio que nunca sentira antes.

— Ainda temos uma chance — disse Áxia.

Zamir era o dragão caído, era um feiticeiro poderoso. Mas ela tinha a versatilidade dos humanos.

— Os mortais falam e os boatos correm — ela colocou a mão no braço de seu mestre. — E ainda temos uma chance.

17 | o leão e a cabra

RUFF E BELLITZ se ergueram, acharam armas na cidadela e passaram dias vasculhando-a, destruindo todos os mortos-vivos que encontraram. Só então puderam estar um com o outro em paz, entregues e sem medo.

Os cavaleiros de São Theodric abriram a porta da torre para admitir os peregrinos. Ainda havia quem fosse até Rocha Celeste, prestar homenagem ao local da morte da Madre Heléne, mas o verdadeiro milagre estava ali. Eles tinham renomeado a construção como a Torre da Boa Morte. Cerca de trinta pessoas aguardavam do lado de fora, no descampado que havia em volta da torre. Quando a porta foi aberta, seus rostos se iluminaram.

— Bem-vindos, devotos de São Theodric — disse um cavaleiro que guardava a porta. — A Santa da Boa Morte lhes espera.

Era manhã, e o frio da madrugada começava a se dissipar sob o sol. Os peregrinos tinham provado sua devoção ao ficar a noite inteira aguardando do lado de fora. Eles entraram e passaram por um saguão onde um baú de madeira aguardava por suas doações.

Aquelas pessoas eram humildes, mas cada uma depositou o que podia no baú. Moedas, pães, uma joia de família, um pedaço de carne defumada, um par de botas. Tudo seria útil para os cavaleiros. Eram cavaleiros pobres, que tinham abandonado toda a opulência do passado para se dedicar só à manutenção do corpo da madre. Eram como monges, seu voto de pobreza implícito e mais verdadeiro do que qualquer reza. Era o voto de quem se põe numa situação de miséria da qual não há saída.

Os peregrinos subiram as escadas em espiral, acompanhados por dois cavaleiros. Havia uma eletricidade de entusiasmo no ar, mas ninguém falava. Eles estavam ansiosos por testemunhar o milagre e mesmo assim se mantiveram em silêncio respeitoso. Só o barulho dos passos anunciou sua chegada.

Quando alcançaram o último andar da torre, viram quatro cavaleiros guardando algo grande, retangular, oculto sob um veludo negro. Os quatro cavaleiros eram orgulhosos, peitos estufados e queixos erguidos por acreditar na santidade de sua missão. Mas suas roupas estavam puídas. Suas bochechas, magras e rentes ao osso, contavam uma história de fome.

Os peregrinos se ajoelharam e fizeram uma oração em coro.

Então um cavaleiro se aproximou do enorme objeto coberto de veludo e puxou o tecido. Revelou uma caixa de vidro. Dentro dela, um trono. Sentada no trono, de armadura, olhos fechados e expressão tranquila, a Madre Heléne, da Ordem de São Theodric.

Houve um engasgo coletivo. Alguns peregrinos começaram a chorar. Era a Santa da Boa Morte e ela de fato estava preservada como se ainda estivesse viva.

Aquela gente convivera com a morte em cada dia e cada ano de sua vida. Primeiro, sob a garra de Zamir. Depois, no caos de senhores da guerra, mercenários e nobres em conflito. Após isso, com a ameaça do exército da cabeça de cabra. A morte era sua companheira e seu medo muito real. Ver a madre superiora encarando a morte sem ser maculada, desafiando a decadência da mortalidade, enchia seu coração de esperança.

— Vocês podem se aproximar — disse um cavaleiro. — Com calma. Um por vez.

Uma mulher jovem tomou a frente e logo uma fila se formou atrás dela. Foi até perto da caixa de vidro. O cavaleiro pegou uma chave que trazia pendurada no pescoço e abriu a porta da caixa. Então a devota se aproximou e, com os olhos fechados, beijou a mão morta da Madre Heléne.

— Bendita seja você que tocou aquela que venceu a morte — recitou o cavaleiro. — Maldito seja o traidor Ruff Ghanor.

— Maldito seja o traidor Ruff Ghanor — repetiu ela.

A mulher agradeceu em silêncio pela honra de tocar os lábios na pele fria da santa morta e reafirmou seu ódio por aquele homem que pisava nos desígnios de São Theodric e matara uma clériga tão bondosa.

Foi seguida pelos outros peregrinos. Eles tiveram permissão de beijar a mão de Heléne ou de, com cuidado, tocar em sua testa. Cada um ouvia:

— Bendito seja você que tocou aquela que venceu a morte. Maldito seja o traidor Ruff Ghanor.

Eram o pequeno povo de São Theodric. Unidos num amor e num ódio.

Os cavaleiros ouviram passos nas escadas abaixo. Eram passos pesados, metálicos, ressoando nos degraus de pedra. Estranharam, porque seus companheiros não deveriam subir. Súbito, um grito mesclado a um gargarejo — o som inconfundível de uma garganta sendo cortada. Os passos chegaram mais perto, já estavam quase no último andar. Os peregrinos se reuniram, alarmados, um deles gritou de medo. Os cavaleiros sacaram suas espadas. Dois foram para junto do corpo da Madre Heléne, e outro trancou de novo a caixa de vidro.

Então a mulher surgiu no topo das escadas. Não era humana.

Pelo menos, não era mais. A Dama de Ferro era algo além.

Não era preciso esperar para ouvir suas motivações — um cavaleiro atacou-a com a espada.

A mulher bloqueou o golpe com o antebraço, rápida e forte demais para uma mortal. Então, com a outra mão, enfiou os dedos na garganta do homem, dilacerando-a. Antes que outro cavaleiro conseguisse atacar, ela estendeu a mão e fez surgirem quatro correntes finas de metal, com anzóis nas pontas. Os anzóis atingiram o homem no rosto, prenderam-se em sua pele e seu osso. Então as correntes se retraíram, arrancando o rosto do cavaleiro e esfacelando seu crânio. Ele berrou de agonia e caiu de joelhos, para morrer em dor.

Os peregrinos começaram a correr escada abaixo, mas a feiticeira fez um gesto e uma parede de ferro bloqueou a passagem, cortando um dos miseráveis ao meio e criando um banho de sangue. O punho da feiticeira se fechou, ela entoou palavras numa voz límpida que parecia deslocada naquele corpo grotesco. Então lanças surgiram do chão, correntes emergiram das sombras e do nada. Os peregrinos foram perfurados, dilacerados, rasgados pelo ferro que ela invocou.

Os outros cavaleiros atacaram, mas foram presos por correntes que caíram do teto e espiralaram em volta de seus corpos como cobras.

A feiticeira foi até a caixa transparente que continha a Madre Heléne. Deu um soco e quebrou o vidro. Então segurou com força a testa do cadáver incorrupto.

— Heléne, você morreu por culpa de Ruff Ghanor. Eu invoco os poderes da morte em vida para falar com seu espírito. Diga-me se quer a vingança. Una-se a mim na luta.

Os olhos do cadáver se abriram.

Não era uma reanimação verdadeira. Heléne parecia ainda estar morta. Suas pálpebras se mexeram como partes de um boneco. Então sua mandíbula se abriu. A voz que emergiu de sua garganta era a voz de uma morta. Seca, ríspida, mal encaixada. Pronunciando mal as palavras, confundindo-se com a língua. A Madre Heléne falou:

— Ruff Ghanor é o Devorador de Mundos.

— Eu sei. Ele é a ruína do mundo, Heléne. Você irá se unir a mim na vingança?

O rosto da morta ficou estático por um momento. Então ela disse:

– Sim.

Com aquela palavra, o espírito novamente deixou seu corpo para esperar o momento de se reerguer.

Demônios riram de satisfação ao redor. Tornaram-se visíveis, voejaram pela sala e logo farejaram a refeição lauta que eram os cavaleiros sobreviventes. Homens cheios de raiva e senso de injustiça. Seguraram-se em suas cabeças, sorvendo seu rancor. Então entraram em seus corpos, possuindo-os.

Estavam deitados, olhando um para o outro e conversando, há várias horas. Eles haviam disposto cobertores de viagem sobre o chão da cidadela, e suas armaduras estavam espalhadas em volta. Ruff ainda estava maravilhado com a brancura da pele da celestial. Os músculos de seus ombros, as curvas de seus seios, a força delicada de suas asas. E, talvez acima de tudo, seu cheiro.

Uma onda de afeição tomou-o. Ela estava no meio de uma frase, mas ele a interrompeu com um beijo.

Ela riu ante o ímpeto dele, mas então ficou séria e abraçou-o. Os beijos levaram a mais uma vez sobre os cobertores, e eles exploraram os corpos um do outro com curiosidade e ânsia.

Depois ficaram abraçados. Ruff ofegava, mas a celestial não demonstrava qualquer cansaço.

— Desde quando você sabia? — perguntou Ruff.

— Sobre você?

— Sobre nós.

Ela sorriu, meio embevecida por estarem juntos.

— Desde antes da revelação — respondeu. — Acho que desde que guiei você e Korin para Lago de Pó. Eu ainda não sentia o que sinto agora, mas soube que você não era um mortal como os outros que ajudei. Havia algo diferente.

Ele escutou com atenção.

— Soube com mais certeza quando você desafiou os deuses — continuou Bellitz. — Eu não entendia o que era aquilo, mas estava fascinada. Queria acompanhar seu caminho mais do que os outros santos e profetas.

— Você viu meu pior.

Bellitz franziu o cenho.

— O que você quer dizer?

— Você me viu relutando, lamentando minha sorte. Você me viu ser idiota.

— Quando?

Ele ficou calado, envergonhado.

— Está falando de Áxia? — Bellitz pronunciou o nome que ele não queria dizer.

— Você me viu ir atrás dela, ficar cego para suas traições. Esforçar-me por ela, defendê-la...

— Isso é o passado, Ruff Ghanor.

— Mas por que continuou vendo o melhor em mim? Se via também o pior?

— Porque decidi que, se quisesse estar perto de você, deveria aceitar seu pior. Mortais não são deuses. Não são perfeitos. Você é um mortal e tem um lado ruim, como todos. Se eu quisesse evitar essa dor, ficaria com os anjos.

Ruff foi tomado por uma sensação estranha no peito. Era ótima, mas tão intensa que doía um pouco. Bellitz o aceitava. Ela o conhecia e o aceitava. Era de certa forma inútil, com ela, tentar ser o que ele não era. Pela primeira vez, ele se viu sem meias palavras, sem jogos e amarras.

Impossível não a comparar a Áxia. Durante anos, ele e Áxia haviam estado juntos e não estado, haviam se unido e se separado. Ele precisara ter cuidado com Áxia, esquivar-se de seus ódios e suas mágoas. Com ela, sentira-se culpado por sua devoção ao prior, por sua dedicação ao treinamento. De certa forma, sempre fora desconfortável estar com Áxia. Agora ele podia ser franco. Não adiantava fingir com alguém que o conhecia daquela forma.

Não havia esconderijo e isso era um pouco assustador, mas convidava. Bellitz o aceitava — mesmo que ele quisesse relutar, ela tornara isso impossível. Ruff era dela agora.

— E você? — perguntou Bellitz. — Desde quando sabia?

Ele desviou os olhos.

— Pode falar — ela riu. — Não ficarei magoada.

— Só descobri de verdade logo antes de viajar até a Floresta Alta.

— Tudo bem.

— Eu não entendia antes. Você foi a estrela dourada desde o início, e eu me sentia bem quando a enxergava. Mas não sabia que você era uma pessoa. Havia um instinto que me dizia que era algo mais que um sinal, mas...

Ele procurou as palavras, então continuou:

— Mas eu achava que era a presença do santo. Afinal, julgava que só ele podia me deixar tão seguro. Então você fez a revelação e eu a odiei.

Ele sentiu uma vergonha aguda ao falar aquilo. Era uma emoção tão longe do que existia agora que parecia outra vida. Outra pessoa. Ruff mal se reconhecia naquele rapaz que, sobre as ruínas do covil de Zamir, havia recebido a notícia de seu próprio destino.

— Tudo bem — repetiu Bellitz.

— Eu achava que você fazia parte do plano dos deuses e me senti traído.

— Eu fazia parte. Ainda faço.

— Mas eu não sabia que você queria algo para mim, além de me ver destruir o mundo. Entenda, aquele foi o pior momento de minha vida, Bellitz. Que São Arnaldo me perdoe por meu egoísmo, mas foi pior até mesmo do que a destruição do mosteiro.

— E o que mudou? Por que você começou a rezar para mim?

Ele teve de pensar um pouco.

— Quando o choque e o ódio passaram, eu vi que sua estrela continuava me trazendo segurança. E você me ajudou quando não precisava. Quando eu só demonstrava ódio e fraqueza, você veio em meu auxílio.

— Fiz o que pareceu certo.

— Eu sentia algo diferente então, mas não sabia o que era. Diabos, pareço um garoto, mas demorei para notar.

Ela riu.

— Então... — Ruff deixou a frase no ar um tempo. — Então eu finalmente percebi que queria você comigo nesta jornada. Você e mais ninguém.

— Por quê? — ela falou, doce.

— Talvez porque eu soubesse que iria enfrentar Áxia e precisava lembrar de que existem outras pessoas no mundo, pessoas que valem a pena. Talvez...

— Fale.

— Talvez porque eu precisasse mostrar a mim mesmo o que é o amor.

Eles ficaram quietos, sérios. Era uma palavra grande a ser dita meros dias depois de seu primeiro beijo.

— Eu sei que não deveria dizer isso ainda, Bellitz. Sei que vai contra tudo que se deve fazer. Mas não posso mentir para você. Não sei como será o futuro e posso estar botando tudo a perder, mas sei o que sinto.

— E o que sente? — com um fio de voz.

— Eu amo você.

E, com aquilo, ele estava entregue. Não tinha mais nenhum resquício de medo ou máscara. Ela o conhecia, o aceitava, e ele falou a maior verdade de sua vida.

E estava tão feliz que nem esperava nada em troca, mas ela falou:

— Eu também amo você, Ruff.

Ficaram muito tempo só abraçados.

— O que vamos fazer agora? — a celestial perguntou.

— Precisamos achar meu martelo. Então vamos destruir aqueles mortos-vivos, imagino.

— Não, seu tolo — ela sorriu. — O que vamos fazer a partir de agora? Sobre nós?

Ele engoliu em seco.

— Eu gostaria de estar com você. Gostaria que fôssemos um casal. E, se dermos certo... Gostaria que tivéssemos um futuro.

— Eu também gostaria disso.

Ele deu uma risada de alívio. Apesar do momento, do que estavam dizendo um para o outro, ele tivera medo.

E, ao mesmo tempo, era um medo rápido, leve. Tudo com Bellitz parecia ser fácil. Não laborioso, cheio de dúvidas e desconfianças.

Limpo. Puro.

Ele a amava, e não havia mais nada no mundo.

Eles acharam o martelo, embora só depois de muita procura. Em meio a tudo aquilo, Ruff estava verdadeiramente feliz, pela primeira vez desde que soubera ser o Devorador de Mundos. E, olhando o rosto de Bellitz, só podia supor que ela estava feliz também. Não tinha a menor dúvida. Estava no furor de um amor novo — considerava-se capaz de qualquer coisa e nada do que iria fazer podia dar errado.

Também jogaram o golem de carne no pântano. Quando a cidadela enfim estava limpa, Ruff implorou por um dia de descanso.

— Por quê? — perguntou Bellitz. — Podemos viajar até a Floresta Alta, dar a notícia aos elfos, juntar seu exército de novo.

Ruff olhou-a com desolação.

— Porque se continuar por muito mais tempo, eu vou morrer, Bellitz. Lembre-se de que não sou um anjo.

— Você precisa dormir, comer e descansar — ela levou a mão à testa, como se lembrasse de um detalhe desimportante. — Que mania irritante.

Então Bellitz desatou a rir.

Ruff olhou a gargalhada com prazer imenso, querendo sorver cada nuance das expressões dela. Bellitz, uma celestial, rindo como uma aldeã. Era mesmo algo extraordinário.

Eles descansaram naquele dia.

— Acho que vou ocupar esta cidadela — disse Ruff, horas mais tarde, dentro de uma das torres. Eles haviam acendido uma das lareiras do local e aproveitavam o calor.

— Por quê?

— Para que não continue sendo um antro de maldade. Foi aqui que eu e você estivemos juntos pela primeira vez. Gostaria que se tornasse um local de alegria.

— E o que pensa em construir aqui? — ela sorriu com interesse genuíno.

— Um mosteiro — ele respondeu, também sorrindo. — Um mosteiro isolado, assim como foi o lugar onde eu cresci. Um santuário onde clérigos possam meditar em paz, longe do mundo. E onde pessoas que quiserem essa mesma paz possam levar vidas simples.

— No meio de um pântano?

— Eu cresci entre montanhas, perto de algo que todos chamavam de Túnel Proibido. Para quem via de fora, podia ser árido e mortiço, mas para nós era um lar. Acho que isto pode ser um lar, mesmo em meio ao pântano.

— Você vai conseguir — ela disse, com simplicidade, e era tudo que ele precisava ouvir.

No dia seguinte, eles reuniram suas coisas e começaram a marcha até a Floresta Alta. Os Pântanos Cinzentos eram ladeados por uma cadeia de montanhas e, num sopé, acharam um túnel comprido. Decidiram seguir por ele, esperando encontrar um atalho que os poupasse de toda a jornada pelo lodaçal. Dias depois, chegaram ao interior de um castelo e Ruff foi reconhecido por seus ocupantes, mesmo nunca tendo estado ali. Era o Castelo do Outono Eterno, o primeiro lugar que Korin conquistara em seu nome. Ruff e Bellitz foram festejados como um casal de altos nobres.

— Acho que darei este castelo para um homem de meu exército — disse Ruff. — O filho dele quer ser um nobre. Acho que ele merece.

— Eu sei. Lurius Minimus, não?

— Você sabe tudo?

— Só a seu respeito — com uma piscadela zombeteira.

Eles seguiram viagem, após perderem algum tempo se orientando na região. Ruff quis saber mais sobre a vida de Bellitz. As histórias da celestial não acabavam. Ela vivera uma existência longa e rica, cheia de aventuras. Conhecera centenas de pessoas, participara de momentos marcantes da história. Em comparação, o tempo que já havia passado com ele era menos que um piscar de olhos. Isso intimidava, mas também fazia com que ele se sentisse o mais importante dos mortais.

Ruff perguntou sobre a linhagem dos Ghanor e Bellitz contou o que sabia. Ela acompanhara alguns reis da família. Abençoara dois deles, guiando-os em batalha contra goblins selvagens. Observara de longe quando se tornaram tiranos e foram depostos.

— Os Ghanor eram tão bons e tão ruins quanto você pode imaginar, Ruff — ela disse. — Uniram muitos povos, numa época em que precisavam ser unidos. Mas também esmagaram quem se opôs a eles. Um rei Ghanor bondoso era como o sol no céu do reino. Fazia tudo dar certo. Mas um rei Ghanor maligno era um pesadelo. E ainda pior porque os Ghanor se achavam no direito de decidir o que era o bem e o mal.

Ruff ficou calado.

— Algumas pessoas, na época, disseram que os Ghanor queriam fazer guerra contra os deuses. Não era isso. Se fosse, tudo seria mais simples.

Bellitz olhava o horizonte, perdida nas memórias.

— A grande ameaça dos Ghanor era que eles se tornaram muito parecidos com os deuses. Juízes absolutos, cheios de poder.

— Eles estão olhando? — perguntou Ruff, de repente.

— Quem?

— Os deuses. Eles estão nos observando? Você fala contra eles.

— Eles não veem tudo. Os deuses estão muito, muito distantes. Se estivessem perto, enxergassem tudo e pudessem tocar no mundo livremente, não haveria necessidade de um Devorador de Mundos.

— Eles sabem onde você está agora?

— Sabem que estou no mundo físico. E sabem que estou com você. Talvez só lembrem de mim como um indivíduo porque minha missão o envolve. Não sabem mais do que isso e não podem ver e ouvir tudo que faço e falo.

— Quanto tempo até que eles a chamem de volta?

Silêncio.

— Você é minha missão, Ruff — Bellitz falou devagar. — Eu posso decidir como a cumprir. Preciso me dobrar às vontades dos deuses, mas para eles o tempo passa de forma diferente. Posso ficar aqui até que eles tenham algum dever para mim.

— E então?

— Se me derem outra ordem... Então eu terei de tomar uma decisão.

— Decisão?

— Depois que o plano der certo, poderei obedecer aos deuses e ficar com você, protegê-lo sem desviar seu destino. Mas, caso algo dê errado, vamos enfrentar qualquer consequência juntos.

— Se os deuses decidirem que o mundo deve ser destruído...?

— Vamos lutar contra isso juntos.

Ruff segurou a mão dela com força.

Eles chegaram à Floresta Alta. As árvores não tentaram afastá-los. O encantamento já estava muito fraco e não havia ninguém para mantê-lo. Atravessaram a mata, deparando-se com novos sinais de depredação. Desviaram-se de um enorme incêndio e encontraram um templo antigo reduzido a escombros.

Então entraram na cidade. A capital élfica tinha cheiro de morte. Corpos estavam estendidos no chão. Algumas das maiores construções jaziam em ruínas. Eles viram dois batalhões se enfrentando com selvageria e se esconderam atrás dos restos de um museu. Enfim, chegaram ao Palácio do Expurgo. Ruff notou as marcas de repetidos ataques — os elfos enlouquecidos haviam tentado entrar à força. Os restos de quinze ou vinte atacantes contavam a história de seu fracasso. Pelas marcas nos corpos, adivinhou que Johrgrund havia dado cabo deles.

Ruff botou as mãos em concha e chamou pelo nome de Korin.

O general surgiu em uma janela quebrada e abriu um sorriso enorme ao vê-los. Pouco depois, dois elfos que Ruff não conhecia abriram as portas do palácio, após desfazer uma barricada em seu interior. Ruff e Bellitz entraram, enxergando vários sobreviventes élficos que haviam chegado durante o tempo em que ficaram fora. Em vez de um mero punhado, já deviam ser cinquenta ou sessenta. Se estavam ali, era porque sabiam controlar seus instintos.

Ruff e Bellitz adentraram um saguão largo, na entrada do palácio. Ouviram o som de correria e passos pesados — era Johrgrund.

— Já quase esqueci de você — disse o gigante, com um sorriso no rosto. — Se ficasse muito mais tempo fora e eu o visse na estrada, tentaria matá-lo.

— Foi assim que começou nossa amizade — disse Ruff, abraçando o homem bestial e ignorando seu cheiro forte.

— É verdade! — lembrou-se Johrgrund. — Tentei matá-lo e você me deu uma surra. Ainda bem que geralmente consigo matar quem tento ou então teria amigos demais!

Logo surgiu Korin.

Ruff sorriu para ele e segurou a mão de Bellitz.

Korin não precisou de palavras. Entendeu o que acontecia e correu para abraçar o clérigo. Então abraçou também a celestial, num arroubo inesperado.

— Vocês serão perfeitos juntos — disse ele, com as mãos nos ombros dos dois.

Ruff, Korin, Johrgrund e Bellitz marcharam para a praça central da Cidade da Floresta Alta, seguidos por Thenyssa e um batalhão de elfos armados. Edyriell liderava os elfos, andando pouco atrás do grupo principal.

As dezenas de elfos que agora acompanhavam Ruff haviam sido recrutados, é claro, por Korin. Assim como fizera com os humanos, o general acolhera todos os refugiados élficos que haviam procurado segurança no Palácio do Expurgo. Muitos estavam tomados pela loucura, mas Korin, Edyriell e Thenyssa controlaram-nos até que recuperassem parte da sanidade. Logo, assim como aconteceu fora da floresta, a notícia de que havia um refúgio se espalhou. Mais e mais elfos foram buscar a fonte dos boatos.

Thenyssa lembrava de seus nomes e suas histórias e isso lhes deu algum alívio. Korin e Edyriell lhes deram armas, recolhidas à noite das ruínas de palácios e quartéis. Dentro do Palácio do Expurgo, eles voltaram a uma vida que fazia um pouco de sentido.

Korin recrutava e disciplinava com uma naturalidade impressionante. O talento que se desenvolvera desde a jornada até Lago de Pó, vários anos antes, quando ele notou que o povo precisava de um santo, aprimorou-se nos anos como general e agora chegava ao ápice. Com seu bom humor e seu jeito franco, Korin sabia desarmar. Havia sido assim desde a infância, quando conquistou a amizade de Ruff e insistiu até que os clérigos o treinassem em combate. Era difícil não gostar dele e mais difícil ainda não acatar suas sugestões.

Que agora eram as ordens de um comandante, mas continuavam parecendo sugestões.

Um pequeno bando de elfos canibais, como uma matilha de cães ferozes, espreitou-os por alguns minutos. Johrgrund rosnou para eles e os canibais se espalharam, amedrontados. Eles marcharam então na direção do exército do Rei Dargann e foram recebidos com flechas.

Mas tinham seus próprios arqueiros para revidar.

— Dargann! — vociferou Ruff. — Continue me atacando e morrerá! Da primeira vez, viemos em paz e tínhamos poucos guerreiros. Agora estamos dispostos a lutar e contamos com nosso próprio exército. Não selvagens, como vocês, mas soldados leais!

O rei deu ordem para que seus homens parassem de atirar.

Ruff foi até o centro exato da capital, no meio dos palácios, sob as vistas do Rei Dargann e de seus homens. Subiu numa pilha de escombros que antes fora um conjunto de belas estátuas de mármore. Achou uma superfície razoavelmente plana e sentou-se com as pernas cruzadas, as costas retas.

Então fechou os olhos e começou a entoar uma reza repetitiva a São Arnaldo.

Os soldados élficos postaram-se ao redor dele. Johrgrund ficou mais perto, com uma expressão feroz para quem ousasse incomodá-lo. Korin deu ordem para que seus comandados montassem um acampamento. Bellitz desapareceu num clarão de luz, pairando mais uma vez como a estrela dourada, dezenas de metros acima da cabeça de Ruff.

Então Ruff ficou meditando, observado pelos elfos intrigados.

Após cinco horas de meditação, Ruff passou a brilhar com uma luz azul. Elfos de toda a cidade começaram a se reunir ao redor dele, atraídos pela estrela dourada e pela luminosidade.

Após dez horas, os primeiros elfos de fora da cidade chegaram.

Ruff continuou rezando e meditando, impassível. Nuvens escuras se formaram sobre a Floresta Alta, e logo chovia. A estrela dourada continuou brilhando no céu. Ruff continuou meditando e rezando.

A luz azul se projetou para cima, furando as nuvens e englobando a estrela dourada.

Os elfos da Floresta Alta eram selvagens, estavam tomados por seus instintos e apavorados com a própria agressividade. Não eram racionais. Enxergando aquilo, rumaram em números cada vez maiores para o centro da cidade, observando com curiosidade, esperança e temor o humano que meditava e brilhava.

Quando se passou o primeiro dia de meditação ininterrupta, já havia pessoas acampadas em volta, aguardando para ver o que aconteceria.

Quando o segundo dia de meditação se passou, outro rei selvagem veio observar o que acontecia, acompanhado por seus súditos. Eram menos de duzentos, mas estavam armados e tinham pinturas ferozes no rosto. Contudo, vieram cautelosos, reverentes. O rei examinou Ruff e seu séquito.

Então decidiu se ajoelhar.

O primitivismo dos elfos impelia àquele comportamento devoto.

No fim do terceiro dia, outros dois reis com suas comitivas vieram prestar reverência ao clérigo que meditava em sua luz santa — ou ao menos estudá-lo. O número de elfos aglomerados em volta de Ruff já chegava ao primeiro milhar. A estrela dourada pairava sobre sua cabeça, a coluna de luz azul descia do céu como uma bênção.

De alguma forma, unidos pela presença impressionante de Ruff, os elfos não lutavam. Ficavam quietos, como se esperassem alguma coisa.

O batalhão comandado por Korin manteve controle sobre todos os outros. Outras barracas foram erguidas e centenas de elfos acamparam em torno do local agora sagrado. Eles passaram a viver ali — comendo, dormindo e recuperando algum sentido de comunidade. Mas Ruff não comeu ou dormiu. Manteve-se acordado pela disciplina rígida e pela magia divina do santo. Observá-lo acalmava os elfos, trazia constância de volta a seu mundo.

No quarto dia, um grupo de druidas veio examinar o clérigo humano. Eles chegaram com galhadas na cabeça, mantos feitos de penas costuradas e peles de animais. Seus cabelos eram endurecidos com seiva de árvore. Animais da floresta os seguiam: águias, lobos, até mesmo um urso. Os druidas abriram caminho por entre a multidão e os soldados de Korin. Postaram-se em volta de Ruff. E se juntaram à reza — murmurando sua devoção não aos deuses, mas à natureza. A luz azul ficou mais forte.

No quinto dia, vários milhares de elfos já estavam na cidade. Os lugares mais próximos a Ruff eram disputados. Mas os elfos não lutavam. A presença santa lhes deu uma referência, foi um guia mudo. Eles não sabiam para onde direcionar a escuridão em sua alma, então a direcionaram para aquilo. Olharam a coluna de luz azul e o jovem clérigo meditando sem cessar e não pensaram mais na maldade dentro de si mesmos. Invadidos pelo sentimento de curiosidade, pela sensação de que algo sagrado estava acontecendo ali, deixaram de sentir com tanta força a dor de reconhecer feiura em si mesmos.

No sexto dia, o Rei Dargann caminhou até o sopé da pilha de escombros e lá depositou sua enorme espada. Ajoelhou-se e falou algo em voz baixa para Ruff. Ninguém ouviu, mas o rei virou as costas e saiu aliviado. Limpou a tinta de seu rosto e seus braços. Disse a seus guerreiros que não era mais rei. Ninguém era. Há milênios não havia um rei dos elfos da Floresta Alta. Os homens de Dargann seguiram o exemplo de seu líder: depositaram os arcos e as espadas ao pé da pequena colina.

No sétimo dia, os outros guerreiros os imitaram. Elfos que serviam a todos os reis selvagens colocaram suas armas numa pilha semicircular cada vez maior em volta dos escombros. Os reis abdicaram de seus títulos autoimpostos. Apenas o batalhão de Korin permaneceu armado.

Ao anoitecer do sétimo dia, Lyrianna, a filha de Edyriell, finalmente chorou a morte de sua mãe. Agarrou-se ao pai e contou-lhe tudo de que sentia falta, confessou toda a mágoa, desabafou sobre a raiva de ter sido roubada daquele amor e de como continuava a amar a mãe, mesmo morta. Então adormeceu no colo de Edyriell e teve o primeiro sono pacífico desde que aquele pesadelo começara.

No amanhecer do oitavo dia, Ruff se ergueu.

A estrela dourada desceu do céu e retomou a forma angelical de Bellitz. A coluna de luz azul brilhou ainda mais forte, acordando todos os que ainda dormiam, e então se concentrou em Ruff. O clérigo queimava com chamas azuis, a magia de São Arnaldo concentrada em todos aqueles dias de meditação. Ruff fez um gesto e as árvores queimadas cresceram de volta, em poucos minutos. A cidade se encheu de nova vida.

— Elfos da Floresta Alta! — exclamou Ruff. — Vocês perderam sua Pedra dos Pecados. Sua própria maldade ficou solta dentro de seus corações. E sua floresta queimou.

As palavras reverberaram, amplificadas pelo milagre da magia divina.

— Eu fui buscar sua Pedra de volta. Atravessei os Pântanos Cinzentos na companhia de um anjo. Enfrentei a bruxa que a roubou e os demônios que desejavam consumi-la. — Fez uma pausa. — E venci.

Um murmúrio de espanto se alastrou pelos elfos. Alguns cochicharam sobre a volta da Pedra, finalmente. Dezenas começaram a chorar, ansiosos por se livrar da própria maldade.

— E o que trouxe de volta... É isso.

Ruff mostrou as mãos espalmadas.

Vazias.

Um uivo de dor cortou a multidão. Vinha de algum elfo qualquer, contava toda uma história de esperança e desapontamento. Os elfos ficaram inquietos. Outros gritos surgiram dentre os milhares ali reunidos. Eles queriam a Pedra dos Pecados. *Precisavam* da Pedra dos Pecados. Sua sociedade ruíra sem ela.

— A Pedra dos Pecados não existe mais! — gritou Ruff, acima do alarido. — Eu a destruí!

Um elfo correu do meio do povo para atacar o clérigo com as mãos nuas. Johrgrund o deteve, agarrando seu tronco com a mão.

— Eu sou Ruff Ghanor, o Santo de Pés Descalços. O escolhido de São Arnaldo. *E eu devorei sua maldade.*

Isso fez com que eles congelassem. Olharam Ruff com devoção renovada. Se antes a Pedra consumira toda sua escuridão, ali estava um homem que afirmava ter feito o mesmo. Um homem abençoado pelos deuses, seguido por um anjo.

— Eu tenho o poder de desfazer seus pecados. Antes sua maldade estava armazenada na Pedra, mas agora ela *não existe mais.*

Silêncio reverente.

— Durante os últimos dias, vocês estiveram reunidos aqui, em paz. Sem a Pedra dos Pecados, mas convivendo uns com os outros. Irei lhes dizer o milagre que fiz para que isso acontecesse.

A expectativa era palpável.

— *Nenhum.*

Ruff abriu os braços.

— Nenhum milagre é necessário. Os pecados de sua raça foram consumidos. Não existem mais. Os pecados que cometeram nos últimos meses não têm importância, porque, nesses dias, vocês viveram em paz. *Existe* escuridão dentro de cada elfo. Sempre existirá. Não há problema.

A luz azul se intensificou a seu redor. Ele flutuou a alguns centímetros do chão.

— Os elfos não precisam ser perfeitos. Eu sou o enviado dos deuses e digo que os deuses não querem isso! — mentiu. — Respirem aliviados, elfos da Floresta Alta, porque não precisam mais temer sua maldade.

Então sorriu:

— Eu os perdoo.

Era tudo que aquele povo desejava ouvir.

Depois de milênios temendo a si mesmos, fugindo da verdade a seu próprio respeito, queriam mais do que tudo serem aceitos.

Validados.

Perdoados.

Os elfos da Floresta Alta se ajoelharam em torno de Ruff Ghanor. No dia seguinte, começaram a lenta reconstrução de sua sociedade.

Ruff e Korin saíram da Floresta Alta seguidos por cerca de quinhentos soldados élficos. Eram homens e mulheres com décadas de treinamento, embora pouca experiência em batalhas reais. Alguns ali haviam sido súditos de reis selvagens, ateado fogo a árvores e construções ou até mesmo sido canibais. Todos aqueles crimes foram perdoados.

Não existia passado, apenas futuro.

Os elfos eram liderados por Edyriell, que marchava com seus filhos. Junto ao exército estavam Johrgrund e Bellitz. Thenyssa, a Memória da Floresta Alta, acompanhava o grupo. Ela carregava um pequeno baú. Dentro dele estava a Coroa de Ghanor, que Ruff ainda não vira.

A jornada de volta até a cidade de Ghanor foi alegre. Ruff estava aliviado pelos sucessos mais recentes. Respirava melhor agora que os elfos começavam a se reerguer e estava ansioso por usar a coroa. Toda a encenação no centro da cidade élfica deixara-o desgastado e até mesmo envergonhado de si mesmo, mas ele sabia que era necessária. E a perspectiva de ser um rei não era muito animadora — mas ele mantinha em mente que esta era a chance dos mortais frente ao julgamento dos deuses, então se entusiasmava.

Acima de tudo, durante aquela viagem, Ruff aproveitou a companhia de Bellitz.

Os dois marcharam lado a lado, na frente do exército, conversando o tempo todo. A celestial possuía um arsenal infinito de histórias sobre seus feitos, as pessoas que conhecera e os eventos que presenciara. Ruff se interessava por tudo. Em troca, tinha muito pouco a oferecer — mas Bellitz desejou saber o que ele sentira em cada momento marcante de sua vida, quis ouvir as histórias que ela já conhecia pela perspectiva do clérigo.

À noite, eles se deitavam juntos, em uma grande tenda, ou se afastavam de todos e dormiam sob o luar. Bellitz era intoxicante. Cada minuto com ela era menos sério, mais divertido, mais prazeroso do que seria normalmente. Em segredo, Ruff começou a pensar em chamá-la de rainha, mas sabia que era muito cedo para isso. Riu de si mesmo e da própria ansiedade. Mas, mesmo com pouco tempo junto a ela, sabia que Bellitz estaria com ele no futuro.

Desejava que fosse para sempre.

— Os deuses irão me chamar logo, meu guerreiro — disse Bellitz, certa noite. — Não sei quanto tempo ficaremos separados.

Ela começara a chamá-lo assim: "meu guerreiro". Com a celestial, ele sentia que era um guerreiro, que estava pronto para qualquer batalha. E que pertencia a ela.

— Então vamos aproveitar todo o tempo que temos juntos! — Ruff respondeu, atacando-a com um abraço em meio a risos.

A gargalhada de Bellitz era linda. Ela ria solta, como quem não possuía mágoa. Seus ombros largos se mexiam bastante, suas asas se agitavam com o riso. Bellitz era descontraída e afetuosa. Sua companhia era fácil e ela sempre estava feliz por vê-lo.

— Os deuses irão chamá-la de volta... — Ruff balançou a cabeça. — Precisava haver algum lado ruim em estar apaixonado por uma celestial.

— Para mim também não é fácil — ela piscou um olho. — Estou apaixonada por um rei.

Eles encontraram o exército de um senhor da guerra na estrada e tiveram de lutar. Combater ao lado de Bellitz mais uma vez foi um prazer. Os elfos demonstraram disciplina e técnica. Johrgrund pisoteou os inimigos e fez com que fugissem apavorados. O combate foi vencido com um número mínimo de mortes. Uma centena de guerreiros até mesmo se juntou a Ruff.

Por fim, eles chegaram à cidade de Ghanor. Um garotinho que brincava na estrada viu o exército chegando, viu a armadura de Arcanium reluzindo ao sol e voltou correndo às muralhas para contar aos vigias. A cidade ficou em polvorosa. Quando o exército cruzou os portões, os cidadãos gritaram de alegria. Elfos, humanos, um gigante e um anjo foram recebidos com uma chuva de pétalas. Clérigos e soldados esperavam a comitiva e se juntaram a ela. Crianças correram ao lado dos soldados, maravilhadas com a imponência e as orelhas dos elfos.

Ao todo, havia se passado um ano desde que Ruff saíra da capital com Korin e Johrgrund para encontrar sua própria história na Floresta Alta. O reencontro foi vibrante e tinha o sabor de algo merecido, conquistado ao custo de muito sofrimento.

O sino da catedral badalou forte, em comemoração. O Irmão Dunnius e o Irmão Niccolas estavam na porta da igreja, esperando Ruff com sorrisos enormes. O clérigo os abraçou, depois Korin jogou-se sobre os três com alegria. Os irmãos ajoelharam-se para Bellitz, mas ela sorriu e pediu que se erguessem.

Ruff olhou tudo aquilo e lembrou de como os demônios haviam estado famintos. Não havia mesmo tanta maldade nas terras. Não havia tanto desespero e tanto ódio.

O mal não era mais uma mazela indomável. Aos poucos, tudo voltava a ser verde e bom.

O exército chegou ao castelo e Ruff foi recebido pelo velho espadachim Lurius Minimus. Com seus longos bigodes brancos e sua espada delgada na cintura, o ancião parecia um brigão de taverna que já havia visto dias melhores, mas tomara conta do castelo durante a ausência do clérigo e do general. Ruff disse que já achara um castelo para seu filho, que tanto queria ser um nobre, e que a família Minimus teria um ducado.

Eles entraram no castelo enquanto os vivas da cidade morriam aos poucos, embora os sinos continuassem. Edyriell e seus filhos foram instalados em quartos, assim como a sábia Thenyssa. Ruff Ghanor abriu a porta de seus aposentos para Bellitz. Antes que ela pudesse entrar, segurou-a no colo. E assim cruzaram a porta, sob risadas da celestial. Ruff depositou-a na cama e os dois passaram dois dias lá dentro, juntos, vendo outras pessoas apenas quando algum servo lhes trazia almoço ou janta.

Ruff e Korin estavam na sala de guerra do castelo. Na verdade, "sala de guerra" era como resolveram chamar a maior sala do lugar, onde havia uma grande mesa e espaço para mapas. Nenhum dos dois fazia ideia sobre como designar funções para cada cômodo em um castelo, mas achavam que precisariam de uma sala onde se reunir e traçar estratégias. Thenyssa havia pedido uma reunião ali.

— Como anda a vida de casado? — perguntou Korin.

Ruff olhou para baixo e sorriu, como um garoto.

— Não sou casado.

— Mas quer ser! Eu o conheço. Juntou-se há pouco com sua celestial e no primeiro dia já pensava em alianças.

Ruff balançou a cabeça. Mas então respondeu:

— Está ótima. Por São Arnaldo, Korin, não sei se isso é vida de casado ou é só uma ilusão de quem se conhece há pouco tempo, mas nunca pensei que pudesse ser tão bom.

— Ótimo ouvir isso, Ruff. É assim que *deve* ser. Sem tanto sofrimento.

— E eu sei que sou o maior idiota que os deuses criaram por pensar assim tão cedo, mas quero um futuro com ela. Já fiz promessas e não me arrependo. Mesmo se tudo desmoronar, não me arrependerei. Com Bellitz, não tenho medo de nada.

— E você não deve ter. Basta olhar para ela para saber que é verdadeiro.

Foram interrompidos pela chegada de Thenyssa. Ruff e Korin ainda não sabiam direito como tratá-la. Na Floresta Alta, era uma amaldiçoada, recebendo muito respeito, então sempre faziam reverências. A elfa carregava um fardo de pano.

— Humanos são esquisitos — ela começou. — Aqui está um que quer ser rei e se curva para uma estudiosa! Pelo menos é uma boa esquisitice, então não reclamarei. Gosto também de seu esforço para me conseguir chá decente, mas o chá humano é mesmo lamentável. O tipo de coisa que os elfos dão para seus cães apenas se os coitados se comportaram muito mal. Mas, enfim, tenho aqui algo para você, futuro rei humano.

Ela se aproximou da grande mesa de pedra e desenrolou nela seu fardo de pano. Era uma flâmula comprida, um estandarte que parecia muito antigo. Cheirava a idade. Exibia um orgulhoso leão.

— Este é o estandarte dos Ghanor! — anunciou Thenyssa.

Ruff tocou o tecido. Era áspero e parecia frágil, como se pudesse rasgar ao menor descuido. Deveria, afinal, ter séculos e séculos de idade. Mas havia nele uma espécie de energia, uma gravidade entranhada. Ele traçou com os dedos o contorno do leão. Sentiu-se estremecer. Ali estava sua ascendência. Seu legado.

— O brasão de sua família era o leão, futuro rei, como deve saber pelas esculturas e pelos afrescos que adornam seu castelo. O leão dos Ghanor rugiu por todas as terras durante muito tempo e rugiu também na Floresta Alta. Aqui, no centro de seu poder, você usa a cabeça de cabra como símbolo, mas naquela época o povo respeitava o leão. Você não deseja começar uma nova linhagem como um usurpador, não é mesmo? Deseja que eu legitime seu poder. Bem, farei o que me pedir, porque ajudou meu povo. Mas, se quer mesmo ser legítimo, esta é a marca de sua família.

Thenyssa não esperou que fizessem perguntas: saudou ambos e foi embora, deixando a bandeira na mesa. De qualquer forma, Ruff ficou mudo por vários minutos. Não sabia que perguntas fazer; estava absorto em seu passado.

— É isto, Korin — disse, por fim. — É isto. Este é o estandarte que será erguido nas Terras Livres e no mundo. A bandeira do leão.

Korin franziu o cenho.

— Você está louco? Já tem um estandarte. A cabeça de cabra.

— A cabeça de cabra é um estandarte que inventamos. Que *você* inventou. Serviu bem para nós, mas não é o verdadeiro. Este é o brasão dos Ghanor.

— Exatamente! A cabeça de cabra é *nossa.* É sua! Este é o brasão de uma família de tiranos.

— Korin...

— Uma família que começou com a bondade, mas decaiu para a tirania. Por que você pensa em adotá-lo?

— Não preciso pensar. Eu *vou* fazer isso.

— E todas as pessoas que já se uniram sob a cabeça de cabra? — a voz de Korin se ergueu.

— Elas não se uniram por causa de um estandarte — Ruff deu um passo para trás. — Uniram-se a nosso redor. Porque *você* as uniu, se vamos ser francos. Elas não vão se importar com o estandarte que usarmos. E quem ainda não se uniu a nós olhará esta bandeira e saberá que o rei legítimo está de volta.

— Ninguém *lembra* do rei legítimo.

— Vamos lembrá-los. E será verdade. Se fizéssemos isso sob a cabeça de cabra, estaríamos mentindo.

— É uma traição com quem estava conosco desde o começo — Korin argumentou.

— Não é! Eles serão valorizados. Mas precisamos nos preocupar com o futuro.

O general olhou o pedaço de pano como se fosse uma cobra prestes a mordê-lo.

— De qualquer forma — disse — por que você precisa de Thenyssa, da coroa ou mesmo deste estandarte? Você tem Bellitz. Ela lembra do reinado dos Ghanor e é um anjo. Muito mais confiável que uma elfa.

— Eu quero que tudo seja verdadeiro — Ruff fechou o punho, com uma intensidade de entusiasmo. — Quero que, se houver um estudioso que pesquise a linhagem, ele veja que os Ghanor se reergueram, não que um monge armado conquistou um reino para si. Bellitz impressionaria o povo, mas Thenyssa apresenta provas. E eu amo Bellitz, mas Thenyssa é mortal. Ela é uma de nós. Ela estará trazendo para todos a verdade sobre o rei.

Korin ainda não estava convencido.

— Precisa ser perfeito, Korin — Ruff disse por fim. — Não podemos deixar a coroação na mão de Bellitz porque os deuses podem roubá-la a qualquer momento. Eu confio totalmente nela, mas é uma celestial.

Korin foi até o amigo e deu-lhe um tapa carinhoso no ombro. Julgava que Ruff estava um pouco transtornado demais, é claro — mas tinha o coração no lugar certo.

— Vou deixar tudo certo antes da coroação — Ruff continuou. — Vou reconstruir o mosteiro de São Arnaldo para que os clérigos possam viver em paz e reclusão mais uma vez. Os nobres terão seus títulos. Vou prometer novos títulos a famílias plebeias que me apoiaram. Vamos construir uma nobreza que nos apoie.

Korin tirou a mão do ombro de Ruff. Franziu o cenho, olhando para ele com estranhamento.

— O quê? — disse o general.

— Vamos construir uma nobreza. Você sabe.

— Não, não sei! Na verdade, nem reconheço este plano!

— Korin, precisamos de nobres.

— Por quê?

— Porque o povo obedece a nobres!

Korin deu alguns passos para trás, erguendo as mãos como se quisesse se proteger da ideia.

— Isso é muito diferente do que começamos a fazer — disse.

— Você sabe que preciso ser rei!

— Eu sei, mas achei que *você* seria o rei. Não alguém que pensa no brasão de sua família ou em se cercar de nobres pomposos. Quando teve de usar um brasão pela primeira vez, você se achou ridículo. Quando chegou a Lago de Pó, você não se uniu aos nobres. Você os depôs.

— Agora é diferente.

— Por quê?

— Porque eu tentei fazer de nosso jeito puro e bondoso e uma maldita duquesa quase tomou o poder, seu parvo!

— Não me chame de parvo e não grite comigo, Santidade-Majestade!

— Pare de zombar de mim, sua mula teimosa! Você vai ser o primeiro a se tornar nobre!

Com essa frase, Korin parou de gritar — ficou assustado de verdade. Arregalou os olhos.

— Ei, espere aí! Quem disse que eu quero ser nobre?

Ruff ergueu uma sobrancelha, intrigado.

— Claro que você precisa ser nobre! Estamos juntos desde o começo.

— Já pensou em me perguntar se eu quero entrar nessa vida de títulos e pompa? Estou bem feliz com meu exército.

— Deixe de ser obstinado, Korin. Você continuará sendo o general, mas também será um duque. Você e Lurius Minimus serão os mais altos nobres das terras.

— O que é outro erro, se quer minha opinião. Você vai dar um título para o velho porque o filho dele quer muito ser um nobre? Quem mais quer ser nobre é quem menos merece ser.

— Por essa lógica, você merece muito.

— Mas não serei. Fiquem vocês dois com seu sangue azul e suas reverências. Já derramei muito de meu sangue no campo de batalha e ele é bem vermelho, como o dos plebeus.

Ficaram os dois calados, emburrados.

— Pelo menos colabore, então — disse Ruff. — O Duque Minimus será chefe da guarda e...

— *O quê?* — Korin pareceu ter levado um soco.

Ruff deixou a boca pender. Não entendia o susto do amigo.

— Minimus será o chefe da guarda? — Korin estava indignado. — *Eu* sou o chefe da guarda!

— Você é o general dos exércitos, Korin!

— Então agora os homens ficarão divididos. Ótimo.

— Você não pode estar em dois lugares ao mesmo tempo! Enquanto estiver em campanha, Minimus liderará a guarda real. Apenas isso!

— E será muito fácil para mim manter o respeito e a disciplina dos soldados quando há um maldito *duque* no comando de seus colegas. A quem acha que eles vão se reportar?

— Isso se resolve facilmente. Basta você aceitar ser um nobre.

— *Não quero ser nobre!* Quantas vezes preciso repetir?

— Eu também não quero! Mas precisamos fazer o que não queremos!

Korin não continuou gritando. Pelo contrário, foi frio:

— Existe um outro jeito de fazer as coisas, Ruff. Um outro jeito de reinar. Mas você não quer.

— Korin...

— Mais de um ano atrás, neste mesmo castelo, você me pediu para bater em você de novo se um dia agisse como um Ghanor. Bem, você está agindo como um Ghanor.

— E vai me atacar?

Os dois ficaram se medindo.

— Este é o modo *deles,* Ruff. Dos Ghanor. Da Duquesa Ludmilla. Da Madre Heléne. Até mesmo de Zamir, se você analisar com frieza. Decidir que algumas pessoas são melhores que outras e que podem ditar como todos devem viver. Este não é nosso modo.

— Eu avisei o que aconteceria. Contei o novo plano, depois que vocês me libertaram em Rocha Celeste. Serei rei e depois vou conquistar o mundo.

— Não dessa maneira. Se agir assim, outras pessoas podem até conquistar o mundo. Nobres, provavelmente. Mas não você.

— Existe mesmo algo de tão errado assim em ser um Ghanor?

Korin ficou um tempo em silêncio. Então suspirou e disse:

— Você está acreditando em sua própria lenda. Fique com seu duque e seu estandarte.

Saiu da sala de guerra. Ruff ficou lá dentro, remoendo as palavras. Não conseguia ver como o amigo podia achar que ele estava errado.

— Os deuses me chamam, meu guerreiro. Tenho apenas mais uma noite.

Ruff e Bellitz aproveitaram a última noite dela. Ficaram juntos o tempo todo, deitados e também conversando. Ruff explicou sobre a teimosia de Korin e seus próprios motivos para fazer o que fazia.

— Você não pode cometer nenhum erro — disse Bellitz. — Isso é o que Korin não enxerga. Se apenas um nobre sequer entrar em guerra porque acha que você não é legítimo, os deuses podem considerar sua missão um fracasso e então o mundo estará condenado.

— Eu sei! Korin é que finge não saber. As coisas não podem mais ser como eram no mosteiro ou em Lago de Pó. Se eu pudesse, usaria seu testemunho para me legitimar e tornaria todos iguais na terra. Mas isso é arriscado demais.

— Você precisa da Memória da Floresta Alta — Bellitz ficou séria. — Eu o amo e farei tudo por você, Ruff. Mas não dependa só de mim.

— Eu não dependo de você — ele olhou para ela com delicadeza. — Apenas a quero comigo sempre.

Quando Ruff acordou, a celestial não estava mais lá. Ele ficou de mau humor por causa da cama fria, mas olhou pela janela. A estrela dourada brilhava no céu da manhã.

Bellitz estava sempre com ele.

Estariam juntos de novo em breve.

Um exército de costureiras e dois estudiosos de heráldica foram recrutados para a confecção dos novos brasões. Em algumas semanas, a cabeça de cabra deixou de tremular nas torres da cidade de Ghanor e o leão se ergueu. Ruff sentiu uma pontada de melancolia ao guardar seus antigos estandartes, mas sabia que aquilo era o melhor. Arautos foram mandados para percorrer as terras com o novo símbolo.

Ele e Korin se falaram pouco em todo esse tempo. Estavam ambos irritados e ocupados e nenhum dos dois queria dar o braço a torcer. Mas Ruff sabia que logo seriam os melhores amigos de novo. Era apenas uma briga passageira.

Então, certa manhã, Ruff saiu da cidade sem se despedir. Deixou instruções detalhadas para Dunnius, Niccolas e Lurius Minimus sobre o que fazer em sua ausência. Ele passaria muito tempo fora: iria voltar com um mosteiro reconstruído para a Ordem de São Arnaldo. E então se tornaria rei.

A viagem até os Pântanos Cinzentos foi tranquila.

Mas, quando Ruff chegou lá, não estava sozinho.

18 Antes do anoitecer

A ESTRELA DOURADA brilhava no céu.

Ruff atravessou os Pântanos Cinzentos com um sorriso no rosto. A jornada foi dura, como na primeira vez, mas agora o trabalho à frente era convidativo. Ele carregava não apenas armas e armadura, mas ferramentas. Já visualizava como a cidadela ficaria quando estivesse pronta. Ele só começaria o trabalho, é claro. Construiria o mais fundamental, consertaria o que ele mesmo destruíra na batalha contra os demônios e principalmente faria uma obra que esperava mais do que tudo. Estava ansioso.

Durante a viagem, teve de destruir alguns punhados de mortos-vivos. Trabalho tedioso, fácil, lúgubre. Ruff sabia que, quando tudo ali estivesse pronto, não poderia mais haver cadáveres ambulantes. Os clérigos que habitariam aquele novo mosteiro estariam isolados com as pessoas que escolhessem lá viver. Mas estariam em paz. Nada de mortos-vivos, tiranos ou mesmo das preocupações da vida mundana. Ele imaginou uma grande biblioteca, com copistas trabalhando dia e noite para espalhar conhecimento. Também já sabia quem seria o prior.

Chegou à cidadela. Observou tudo com um cansaço prévio. Era mesmo bastante trabalho. Havia rachaduras por toda parte, alguns prédios estavam comprometidos. Boa parte da praça central fora desintegrada. Após ele terminar, seria preciso uma equipe extensa de pedreiros e um punhado de arquitetos para completar tudo.

No dia seguinte, acordou bem cedo, rezou ao santo e começou o trabalho.

No início, duvidou se aquilo daria certo. Foi até o que restava da praça central, tocou o chão e concentrou-se. Sentiu a pedra conectada com o resto do mundo. Era como sentir o metal, a técnica que Thondin lhe ensinara. Então, como um músculo invisível, o poder do Devorador de Mundos aflorou. Ruff sentiu a pedra tremer de leve, controlada, sob suas palmas. Aos poucos as áreas comprometidas se esfarelaram. Pedaços instáveis do chão se desfizeram sem terremoto, sem mais destruição, sem rachaduras. Aos poucos, a estrutura começou a se tornar saudável de novo.

Horas se passaram nisso. Então Ruff tentou o que mais duvidava dar certo. Ajoelhado, pôs as mãos na altura do peito e fechou os olhos. Sentiu o ar, as coisas do mundo ligadas umas às outras. Seu apetite de Devorador era profundo e aquelas sensações eram como o cheiro de um banquete para um homem faminto. Mas anos de disciplina haviam dado a Ruff a capacidade de se controlar. Em vez de se atirar no banquete, ele apenas estendeu sua percepção mais para longe, pelo lodaçal, mantendo em mente a conexão entre tudo.

A praça começou a vibrar com um rosnado baixo de pedra.

Então as pedras afundadas emergiram do pântano, sob o controle de Ruff. A terra entregou o que estava em seu interior, formando uma colina cada vez maior de escombros e pedra viva. Ruff deixou que ficasse alta, bem acima da linha do solo, então largou tudo. As rochas caíram com um estrondo enorme e se acomodaram aos poucos.

Ele então caminhou até ali e tocou no monte de pedras. De novo, usou seu poder de forma controlada. As pedras erodiram devagar, assentando-se umas nas outras. A colina diminuiu de tamanho vagarosamente. Ruff devorou também o espaço entre cada pedra e assim elas se encaixaram.

Duas semanas depois, a praça estava pronta. O chão ficou plano, consumido pelo Devorador até a forma perfeita. A fundação era sólida, porque não havia ar entre cada pedra, apenas milhares de junções. Ruff olhou para seu trabalho e sorriu.

— Vocês me deram o poder de destruir — falou sozinho, para os deuses. — Mas eu construí algo. Não esperavam por essa, hein?

O que Ruff mais temia era ser o algoz do mundo. Mas estava cada vez mais afastado disso. Criara esperança com Korin. Estava criando uma vida com Bellitz. Começava a criar um mosteiro. E criaria um reino. A coroa era uma realidade.

Mas ainda havia muito a fazer. Ele consumiria as torres comprometidas, que representavam maior risco. Faria de algumas delas estruturas novas. E haveria a obra principal. Era o melhor, e ele iria deixá-la para o fim. Pretendia saborear aquele trabalho até a última gota.

Não havia mais servos mortos-vivos. Não havia nem mesmo a multidão de demônios ávidos. Áxia e Zamir chegaram sozinhos a uma caverna vazia.

O tirano caído possuía muitos covis, relíquias de sua época de glória. No passado, os esconderijos contavam com pequenos exércitos, hordas de hobgoblins prontos a fazer a vontade do dragão. Agora estavam desertos.

Zamir e Áxia chegaram no covil e encontraram-no saqueado. Os antigos servos do tirano haviam se aproveitado para levar tudo que podiam. A caverna era extensa, ligada a um conjunto de túneis, e tinha vários cômodos escavados na pedra viva. A pequena biblioteca tinha queimado. Zamir segurou as cinzas dos livros nas mãos encarquilhadas e lamentou em silêncio a ignorância de seus guerreiros bestiais. Os tesouros tinham sido roubados. Sobravam poucas obras de arte, cujo valor os hobgoblins não entendiam. Também não havia ninguém para obedecer.

Áxia passou o dia erguendo novos mortos-vivos para serem seus criados. Enquanto isso, Zamir sentou-se numa pilha de escombros no centro do covil.

Zamir não admitia, mas estava com fome. Áxia comeu algumas rações de viagem e ofereceu-lhe um pouco.

— Não! — o tirano deu um safanão, derrubando a comida. — Eu devorava rebanhos de gado! Aldeias de humanos! Devorei outros dragões! Não comerei... Isso.

— Pois devia — respondeu Áxia. — Alimenta. Você nunca passou fome antes, acha que ainda pode rejeitar comida.

A garota não usava sua forma de Dama de Ferro — tinha aparência humana, com pele rosada e corpo esguio. Usava um vestido vermelho colado ao corpo, mas já rasgado. Seus cabelos estavam soltos e era um prazer senti-los assim. Estava usando uma de suas únicas chances de ser humana de novo. Depois que voltasse à forma da Dama de Ferro, só lhe restaria mais duas transformações, e então o corpo de ferro seria permanente.

— Por que se mostra assim, Dama de Ferro? Esta não é mais você.

— Em breve, não serei mais assim. Quero aproveitar um pouco.

Zamir deu uma risada de desdém.

— Aproveitar a humanidade? Como? Esta forma é repugnante! — fez um gesto para si mesmo. — Por que você desejaria usar sua forma de escrava quando lhe dei uma forma de poder?

Áxia fechou os olhos. Doía ouvi-lo falar sobre como a forma humana era fraca e nojenta. O próprio ódio que Zamir agora tinha por si mesmo machucava. Não importava o que ela fizesse: seu rosto natural, sem a máscara, e seu corpo de nascença, sem as placas metálicas, nunca seriam bons o bastante para o mestre.

Zamir se ergueu e foi até ela. Pegou seu rosto com a mão e fez com que ela o olhasse nos olhos.

— Ouça, Dama de Ferro. Você não é como eles. Você é mais, muito mais. Foi a primeira aprendiz que aceitei em todos esses séculos. Ofereci a morte em vida para muitos, mas sempre foram servos. Existiam vários generais mortos-vivos, mas apenas uma de você.

O coração de Áxia se aqueceu com aquelas palavras. Zamir era seu mestre.

Zamir era seu lar.

— Não lhe dei poder sobre a morte? — continuou o tirano caído. — Não lhe dei a capacidade de nunca mais sofrer uma perda, como você queria?

— Sim.

— Não se rebaixe ao nível da escória, Dama de Ferro. Não admita comer o que eles comem, viver como eles vivem. Você é mais! Criaturas como nós, superiores a todas as outras, não podem se submeter. Triunfaremos ou morreremos, mas sempre com dignidade.

Ela sorriu.

— Então abandone essa aparência ultrajante. Nunca mais use seu nome de escrava. Admita que, como humana, você não é nada.

O sorriso se desfez.

Áxia virou-se de costas. Em breve, seria só a Dama de Ferro. As transformações seriam cada vez mais penosas e cada vez deixariam mais sequelas. Áxia tocou numa placa metálica em seu ombro, agora parte permanente dela. Apesar de estar na forma humana, a transformação deixara aquilo para trás.

Mas ser a Dama de Ferro valia a pena. Significava nunca mais ser submetida à violência dos ignorantes. Valia a pena não ter alma e perder o próprio corpo. E os poderes valiam a pena. Se ela fosse a Dama de Ferro quando ainda era adolescente, poderia ter prevenido a morte de seu irmão, Rion. Como Dama de Ferro, Áxia nunca mais perderia ninguém.

Exceto, talvez, ela mesma.

— E qual é nosso próximo passo, mestre? — ela perguntou com voz pequena, ainda de costas.

Pôde notar o sorriso superior de Zamir, mesmo em silêncio. O tirano tocou na placa metálica em seu ombro. Para ele, não era um defeito. Não — era uma qualidade, uma força. Os sentimentos que ela nutria por seu mestre eram um turbilhão. Ele a amava de seu jeito. Considerava-a especial e fraca, poderosa e repugnante.

Mas nunca, nunca a traíra.

— O próximo passo é a última coisa que você deve fazer com este corpo repelente, Dama de Ferro.

Zamir segurou seu ombro com mais força.

— Não dependeremos mais de servos estúpidos ou demônios traiçoeiros. Teremos um príncipe para erguer um novo império. Eu serei de novo um tirano e você será minha rainha.

O coração de Áxia bateu forte.

— Chegou a hora — disse Zamir. — Você está pronta. Você me dará um filho.

Há muito Zamir sugeria que aquele dia iria chegar. Áxia não sabia como se sentir em relação àquilo.

Lembrou-se de anos atrás, quando fizera um pequeno ritual furtivo no mosteiro; um ritual que mudara o destino das terras. Agora fez de novo algo secreto. Escondida do mestre, fez um novo ritual. Rápido e oculto, algo que dizia respeito somente a ela mesma.

Então, no anoitecer seguinte, ela foi até a câmara principal das cavernas.

Havia uma grande plataforma circular de ferro suspensa por correntes. Um pentagrama de sangue estava desenhado sobre o metal. Em cada vértice, uma tocha ardia. Na plataforma também havia algemas negras.

O restante da caverna era escuro, iluminado apenas por braseiros que exalavam cheiro forte.

Zamir observava.

Áxia ficou nua e deitou sobre a plataforma.

As algemas se fecharam em seus pulsos e tornozelos. Zamir começou a entoar um cântico, enquanto balançava um aspersório cheio de incenso com cheiro de enxofre. Ele andou devagar ao redor da plataforma suspensa. Da língua ininteligível dos arcanos, sua fala mudou para o idioma das Terras Livres.

— Com fogo e enxofre; com sombra, sangue e metal. Assim se forma minha cria.

— Assim se forma minha cria — repetiu Áxia.

Ela abriu os olhos por um instante. Rostos gargalhantes de demônios surgiram e desapareceram no teto negro da caverna.

— Com fogo e enxofre; com sombra, sangue e metal. Assim crio meu futuro.

— Assim crio meu futuro.

As chamas rugiram alto. Os vários braseiros expeliram cheiros mais fortes — o cheiro podre de enxofre e também o cheiro doce de ervas queimando. Cheiro azedo de preparados alquímicos.

— Com fogo e enxofre; com sombra, sangue e metal. Assim invoco a magia.

— Assim invoco a magia.

Zamir deixou o aspersório pender sobre Áxia. A fumaça fedorenta tomou forma, como um humanoide pouco menor que ela. A coisa flutuou sobre Áxia até se deitar sobre ela. A garota sentiu a fumaça quente em sua pele. Então a criatura de fumaça entrou por seus poros, mesclando-se a seu corpo.

Zamir largou o aspersório e tomou uma adaga. Fez um corte no próprio pulso e molhou o dedo no sangue que escorria. Desenhou um pentagrama na barriga nua de Áxia.

— Com fogo e enxofre; com sombra, sangue e metal. Assim formo um cavaleiro.

— Assim formo um cavaleiro.

As sombras da caverna pareceram rastejar até Áxia. Então a cobriram. Todo seu corpo ficou negro como a noite.

As chamas das tochas de repente explodiram. Áxia foi coberta por fogo e gritou. Ela queimava, mas não era consumida. Apenas sentia a agonia da imolação, sem morrer.

— Com fogo e enxofre; com sombra, sangue e metal! Assim a engravido!

— *Assim terei seu filho!* — gritou Áxia, em meio aos berros de dor.

Zamir então segurou a adaga e a enterrou no estômago da discípula. Era o ingrediente que faltava, o metal. As sombras se desgrudaram do corpo dela, espiralaram ao redor da lâmina. O fogo se concentrou na adaga e a derreteu. O metal líquido escorreu pela ferida aberta para dentro da barriga de Áxia, misturando-se com o sangue. Ela sentiu cada agonia.

— Você está grávida, minha discípula.

Áxia sorriu em segredo.

Estava quase pronto. Ruff tinha aproveitado os últimos meses trabalhando com as ferramentas e o poder do terremoto, mantendo a cabeça livre para pensar em seu futuro reinado. A cidadela já estava preparada para receber os monges que iriam habitá-la e os trabalhadores que terminariam de construí-la. Ele imaginou aquele lugar fervilhando de gente, sinos tocando na hora das orações, acólitos atarefados correndo de um lado para o outro sob as ordens dos clérigos. Imaginou crianças como ele mesmo fora, explorando a cidadela e o pântano ao redor, assim como ele explorara o mosteiro, a aldeia e o bosque. Mas nenhuma daquelas crianças cresceria sob a sombra de um tirano. Na cabeça de Ruff Ghanor, a cidadela abandonada era um lar para gerações ainda não nascidas, um local de alegria.

Então, com um sorriso no rosto, ele levou suas ferramentas de volta à praça central. Já havia, ao longo dos meses, separado as melhores pedras, aquelas que iriam se transformar em sua maior obra. Elas o aguardaram durante todo aquele tempo, sob chuva, sol e névoa, intocadas. Ruff montou sua bancada de trabalho e começou a esculpir.

Moldar a rocha não era difícil. Seu poder de Devorador de Mundos lhe dava um conhecimento instintivo de como golpear a pedra para que ela não se quebrasse e só cedesse o necessário. O trabalho mais árduo era facilitado pelos terremotos contidos. No centro da praça, Ruff começou a esculpir uma enorme estátua da cabeça de São Arnaldo, como havia na torre do campanário, no mosteiro onde ele crescera. A boca da estátua era muito aberta e larga. No mosteiro, tivera a função de abrigar o sino. Ali, ele tinha uma ideia diferente.

Passou semanas esculpindo, lembrando das técnicas do anão Thondin. Ele fora o maior ferreiro do mundo, capaz de fazer aflorar do metal qualidades mágicas. Thondin não trabalhara com pedra.

Mas Ruff sentia a pedra assim como sentia o metal. Colocou a ponta de seu formão encostada na rocha e bateu com o martelo, enviando o poder do Devorador através das ferramentas. Sentiu cada partícula que formava aquela estátua reverberando, notou como elas se conectavam umas às outras. E, assim como o metal cantava, a pedra também cantou para ele. O som das batidas retumbando na rocha era música, a pedra disse do que era capaz e revelou seu potencial oculto.

Ruff martelou o formão, moldou a rocha. Revelou a testa do santo, suas sobrancelhas, seus olhos. Escavou a bocarra e dentro dela uma espécie de garganta. Com as mãos dentro da boca de São Arnaldo, forçou a pedra, mas a respeitou. Empurrou-a para que não deixasse de fornecer nada de seu poder interior, mas não tentou impor nada que já não estivesse ali. Adquirindo a forma do santo, a pedra conheceu-o, dialogou com os pensamentos e as memórias de Ruff. A pedra se transformou um pouco no santo. Esculpir pedra era como martelar o metal, era como os ensinamentos de Thondin. Tudo uma coisa só: minerais saídos do mundo, partes de um todo que ele sentia com seu poder de destruir — que ele usava para criar.

Então, com uma última martelada, ajustando com perfeição as pálpebras de São Arnaldo, Ruff Ghanor terminou a escultura e chorou. Era o centro de seu futuro mosteiro, a cabeça do santo vigiando todos, como fora em sua infância.

Ele se ajoelhou em frente à estátua da cabeça de São Arnaldo e rezou por horas. Rezou em agradecimento ao poder que recebera do santo e ao treinamento que viera do prior. Rezou pedindo força para as batalhas que viriam e sabedoria para decidir quais delas lutar. Rezou pedindo que o mundo não fosse destruído, que ele conseguisse saciar os deuses e poupar os mortais.

Ruff Ghanor sentiu uma conexão com o santo como nunca sentira antes. Quis alimentar os famintos naquela cidadela, quis alimentar os famintos no mundo todo. Quis acabar com a miséria e o sofrimento e, acima de tudo, quis que não fosse ele a causa de ainda mais sofrimento.

Ruff perdeu a noção do tempo ali rezando.

Abriu os olhos porque um brilho sublime inundou os arredores. Primeiro achou que fosse Bellitz, mas era uma sensação diferente. De alguma forma, parecia o prior — era o brilho de um pai, uma sensação de acolhimento e aprendizado, uma cobrança com um abraço.

Ruff se virou e, atrás dele, estava um homem simples. Pés no chão de pedra da cidadela, sem nem mesmo calçar sandálias. Um manto de tecido marrom, puído e remendado. Ombros estreitos e magros, mas o maior sorriso que Ruff já vira. O homem tinha cabelos ondulados, derramando-se até o pescoço, e olhar singelo. Estendeu a mão para o clérigo.

Ruff aceitou o gesto e, quando tocou a mão do outro, começou a chorar.

— Não fique assim, meu filho — disse São Arnaldo. — Só estou aqui para conversar.

Ruff quis se ajoelhar de novo. Ele estava ali: o santo, seu padroeiro e protetor. Aquele que lhe concedera a magia divina. Quando os deuses se mostravam tirânicos, aquele que acalentava e nutria.

São Arnaldo.

— Fique de pé — disse o santo. — Para podermos conversar como amigos.

Num impulso, Ruff se atirou nos braços da entidade. Era muito maior que o santo. Mas São Arnaldo sustentou-o sem esforço.

— Diga-me, meu senhor — suplicou Ruff. — Estou fazendo o bem?

— Está, meu filho.

Ruff começou a soluçar.

— Você está fazendo o melhor nas piores circunstâncias. Estes são tempos de provação, meu filho, e quero que continue o que está fazendo. O povo depende de você. Você lhes dará comida e proteção. Mas precisa continuar em seu caminho.

— Qual é o caminho?

— Eu não posso lhe dizer — sorriu São Arnaldo. — Você deve saber. No fundo de sua alma, você conhece o caminho do amor, que já está trilhando há tanto tempo. Você sabe quem o ajuda e quem o puxa para baixo. Você conhece seus próprios anjos e demônios.

— Eu não queria nada disso. Queria apenas continuar no mosteiro.

— Nenhum de nós deseja nossos fardos, mas eles são nossos. Siga o caminho, meu filho. Siga o caminho e faça o bem.

Ruff lembrou-se de Korin, aconselhando-o a não ir sozinho combater Áxia e os demônios. Mas no fim ele não estivera sozinho, e tudo ficara bem. Lembrou-se do estandarte do leão e do estandarte da cabeça de cabra. Era necessário mudar. Aquele era o caminho?

— Nem mesmo os santos estão em paz nesta época, meu filho. Há um santo atormentado, e você irá encontrá-lo. Mas não deve fraquejar. Não deve odiar. Confie no amor.

— Conte-me mais.

— Ouça o que sua alma diz. Não tenha medo de falhar e terá sucesso.

— Meu senhor...

O santo fez um chiado com a boca, calando Ruff. Abraçou-o mais forte, como se o clérigo fosse uma criança.

— Construí esta estátua pelo senhor...

— Eu sei, meu filho.

Ruff Ghanor acordou, sem saber quantas horas havia dormido.

Sob a estátua estava uma enorme pilha de arroz.

A pedra não decepcionara: como um milagre do santo que alimentava os famintos, ela deu alimento. A estátua de São Arnaldo vertera arroz, e ninguém nunca passaria fome na cidadela. Ele não sabia o que fora sonho e o que fora uma visão. Não sabia o que era poder da rocha e o que era milagre do santo.

Mas ali estava. Comida para os famintos.

Ele agradeceu à pedra, agradeceu a São Arnaldo e agradeceu a Thondin.

E comeu.

Estava pronto. Ruff terminou de recolher suas coisas e se preparou para ir embora. Era madrugada. Ele não trajava sua armadura, mas a roupa leve que usara naqueles meses de trabalho.

Em breve, usaria os trajes de um rei.

Já possuía uma coroa, um castelo e um exército. Começaria enfim seu reinado.

Ouviu passos.

Virou-se rápido, a mão segurando o cabo do martelo por instinto.

De trás de uma torre, surgiu uma garota. Corpo esguio, magro e atraente. Cabelos revoltos, rosto belo e franco. Tinha um vestido vermelho justo em seu corpo, mas seu jeito não era formal ou mesmo sedutor. Era bem-humorado e simples. Ela caminhava com os braços estendidos ao longo do corpo, como uma menina.

Ruff a conhecera quando ela era uma menina.

— Olá, Ruff.

Ele segurou o martelo com as duas mãos. Áxia deteve-se a alguns metros.

— Não vai precisar de armas — ela deu um sorriso triste. — Não vim aqui como a Dama de Ferro.

— Você *vai* precisar se defender se não for embora daqui, Áxia.

— Daqui? De *minha* cidadela?

— Você roubou muito mais de mim do que eu roubei de você.

Áxia fechou os olhos e suspirou de cansaço.

— Certo, Ruff. Pode me atacar se quiser. Não vou me defender. Nem vou falar nada. Se é isso que acha correto, faça.

O clérigo hesitou.

— O que você quer, Áxia?

— Conversar.

— Não tenho nada a conversar com você.

— Não mesmo? — ela balançou a cabeça. — Em todos esses anos em que nos encontramos apenas como inimigos, você não ficou com nada não dito?

Ele respirou algumas vezes.

— Isso cheira a uma armadilha.

— Não. Não cheira. Você me conhece melhor que isso.

— Você já me enganou outras vezes. Já houve outras armadilhas.

— É verdade — Áxia admitiu. — Mas nunca vim a você assim e o traí. Talvez num salão cheio de nobres, eu o tenha traído. Ou no covil de um dragão, abraçando-o com desejo. Sua inimiga e sua amante podem tê-lo traído. Mas quando foi que sua amiga o traiu, Ruff?

Ele olhou em seus olhos por longos momentos. Áxia tinha várias faces, era verdade. Mas aquela parecia a face mais verdadeira, mais franca. Nem mesmo quando os dois estavam trocando juras de amor ela era tão honesta como quando estava simplesmente conversando, contando a ele o que não contava a mais ninguém. Áxia feiticeira era perigosa. Áxia amante era letal. Mas Áxia amiga era inofensiva.

— Por que agora? — perguntou Ruff.

— Porque esta é a última vez em que você vai me ver assim — fez um gesto para o próprio corpo. — Eu sou capaz de me transformar na Dama de Ferro e de novo em Áxia, mas as transformações são cada vez mais penosas. Custam cada vez mais. Em pouco tempo a transformação será definitiva, Ruff.

Ele franziu o cenho. Com aquelas palavras, não deixou de sentir pena dela. Uma certa melancolia nostálgica.

— Sua Áxia está deixando de existir — ela descobriu o ombro, revelando a placa metálica que já fazia parte de sua pele.

Apesar de si mesmo, Ruff sentiu uma fisgada de lágrimas nos olhos. Queria tocar no ombro de Áxia, confortá-la de alguma forma. Ver se estava bem, tentar ajudar.

— O que é isso? O que foi essa mudança?

— Meu mestre vendeu minha alma aos demônios, Ruff. Estou vazia.

— Não...

— É verdade. Não tenho mais alma, mas tenho meu corpo e minha magia. Foi uma troca justa.

— Não faça isso — ele disse. — Não se transforme. Abandone Zamir.

— Já é tarde demais — ela deu um riso frustrado. — Nós somos inimigos, Ruff. E, assim como você se transformou, eu também vou me transformar. Você deixou de ser o homem que eu conhecia, tornou-se um santo de armadura. E agora será um rei, não é mesmo?

— Áxia...

— Minha transformação não será tão bonita. Eu serei uma bruxa inumana. Se uma velha curandeira já era odiada por ser bruxa, imagine um monstro de ferro que comunga com demônios. Eu serei odiada por todos, você será amado. É nosso destino.

— Não precisa ser assim.

— Eu não tenho lugar em seu mundo, Ruff. Mas tenho lugar no meu. Com Zamir.

Ficaram se olhando.

— Por que fez aquilo? — perguntou o clérigo. — Por que cometeu o massacre em Abismo Sereno? Por que tirou meus poderes?

— Porque sua irmandade iria acabar com as chances de Zamir se reerguer. Nosso plano não deu certo, é claro. Você deixou meu mestre muito fraco e sozinho. No fim, os únicos que conseguiram fazer frente a você foram outros clérigos e mesmo eles fracassaram. Nada nunca pôde lhe deter, Ruff. Mas eu vou continuar tentando.

Ele ergueu o martelo.

— Não hoje — disse Áxia. — Mas é isso que somos agora. Somos duas pessoas que se odeiam e se enfrentam, até que um de nós tenha coragem de matar o outro.

— Eu não odeio você. Tenho pena.

— Eu também não odeio você.

Silêncio.

— Ele a trata bem, pelo menos? — Ruff largou o martelo no chão e olhou para o lado.

— Zamir?

— É claro.

Ela deu de ombros, de novo uma menina.

— Você não pode pensar em Zamir como um humano, mesmo que o tenha condenado a essa forma. Zamir é um dragão e dragões têm sentimentos diferentes dos nossos.

— Ele a trata bem?

— Melhor do que os humanos.

— Ele a tornou uma serva, não é mesmo? — Ruff de repente sentiu-se invadido por um furor raivoso. — É um tirano e não reconhece ninguém como seu igual! Mesmo frente a alguém superior, é arrogante!

Áxia notou o elogio oculto — Ruff dizendo que ela era superior ao dragão. Mas fingiu não ouvir.

— Ser tratada como uma serva é melhor do que ser tratada como aberração — Áxia retrucou. — Pelo menos com Zamir sou uma discípula e meu poder não é considerado profano. Pelo menos tenho *alguém,* mesmo que seja alguém tão horrível assim.

— Você tinha...

— Não venha me dizer que eu tinha você, ou Korin, ou qualquer pessoa no mosteiro! Você é um santo e tem obrigações. Korin nunca disfarçou: não confiava em mim muito antes de tudo acontecer. E os clérigos? — fez um riso de desdém. — Eu estava sozinha, Ruff. *Completamente* sozinha. Tem noção do que é isso?

Ele tentou responder, mas ela o interrompeu.

— Claro que não sabe! Porque você sempre teve muita gente! Tem ideia do que é se sentir tão isolada durante tantos anos? Tem ideia da solidão que leva alguém a ser companheira de um dragão?

— *Chega, Áxia!* — ele gritou.

Ela estava ofegando.

— Chega — Ruff repetiu. — Não quero essa discussão com você. Se vai ser assim, então que seja uma luta. Mas, se veio para conversar...

Silêncio.

— Você não está sozinho — ela disse.

Ruff engoliu em seco.

— Nunca está sozinho — Áxia continuou. — Quem é ela?

— Eu esperei por você durante anos...

— Não precisa se desculpar. Quem é ela?

— Bellitz — Ruff sentiu um sorriso se formar ao pronunciar o nome, mas o reprimiu, meio envergonhado. — É uma celestial. Você a viu em Abismo Sereno e no covil de Zamir, após a batalha. Ela me ajudou muitas vezes durante os anos. É uma guerreira.

Áxia se aproximou de Ruff.

— Ela parece muito bondosa. Diferente de mim. Não é nem um pouco maligna.

— Você não é maligna, Áxia.

— O que sou, então?

Chegou mais perto.

Ruff não se afastou.

— Abandone Zamir — disse Ruff.

— Não.

— Desista de se transformar — ele insistiu em voz baixa.

— Não, Ruff. É o que sou. Por que não admite que sou maligna?

Mais perto.

— Você não é maligna.

— Eu o traí.

— Existe o perdão.

— Eu nunca me encaixei, Ruff. Sempre estive sozinha. Por que não admite isso?

— Você não estava sozinha. Sempre me teve.

— Eu não era a coisa mais importante para você.

— Era. Sempre foi.

— E agora? — ela sussurrou.

— Áxia...

— E agora? Continuo sendo a mais importante, como sua inimiga? Seu ódio o consome?

— Já disse. Eu não a odeio.

— Continuo sendo importante para você? Está obcecado por mim e por minha maldade? Fica pensando em formas de me matar?

— Não quero matá-la.

— O que você quer então, Ruff?

Num ímpeto, Ruff enlaçou-a pela cintura e beijou-a com força. Áxia colocou as mãos em sua nuca, acariciando seus cabelos negros. Eles se abraçaram com a sofreguidão da saudade. Ruff abaixou seu vestido, ela o olhou com respiração pesada e expressão lânguida.

Deitaram-se na praça da cidadela, perdidos um no outro, transportados para um tempo mais simples, quando não eram um santo e uma bruxa.

A estrela dourada parou de brilhar.

19 Queda

QUANDO O AMOR de uma celestial foi traído, o céu ficou negro.

Os demônios de toda a região confluíram para a cidadela, sentindo o cheiro de um banquete. Enquanto Ruff e Áxia se perdiam um no outro, sob a vista da estrela dourada que confiara no clérigo sem hesitação, os abissais chegaram rindo e festejando. O ato de maldade, a traição da confiança de um amor dedicado, emanou do casal que se engalfinhava no chão da cidadela. Era o mal, era o egoísmo, a loucura, o instinto humano que desde o início se espalhara no mundo como uma mazela indomável.

Os demônios sorveram a maldade e ficaram fortes.

Ruff tinha olhos apenas para Áxia, perdido nas curvas conhecidas, na sensação familiar e deliciosa que só ela proporcionava. Sentiu o gosto de sua boca e o prazer único de seu corpo. Sobre ela, olhou em seus olhos, com uma expressão séria, voraz, e ela o agarrou forte. Ruff não notou as gargalhadas a seu redor, os milhares de demônios que os cercaram e se tornaram maiores. Não viu os olhos de brasas, os imensos sorrisos brancos cheios de presas afiadas, os tentáculos, as caudas pontudas e os chifres. A cidadela ficou escura, a escuridão demoníaca, e o ar ficou denso, pesado com a forma imaterial dos abissais.

Ele não notou quando a estrela dourada desapareceu, porque havia esquecido de que ela estava no céu.

E foi essa frieza que alimentou as crias do inferno como nem mesmo mil anos de maldade élfica poderiam fazer. O santo caiu, o mortal exemplar mostrou-se tão torpe e vil como todos os outros. Os demônios gritaram, em suas vozes esganiçadas e guturais, que a humanidade vinha toda da mesma sarjeta e nenhum era melhor que os demais.

Ruff era o pai que batia nos filhos, a mãe que abandonava a família. Ruff era o comerciante que enriquecia enquanto seus empregados passavam fome, o nobre que mandava soldados para morrer por um capricho. Ruff era o aldeão que incriminava um vizinho por inveja, o garoto que aterrorizava outras crianças, o caçador que matava animais por diversão. Sobre Áxia, grunhindo e ofegando, esquecido de Bellitz e de sua promessa, Ruff era todos os pecadores.

Ele rugiu em cima de Áxia, segurando-a com força.

Ela gritou sob ele, enterrando as unhas em suas costas.

O céu estava negro e, após aquela noite, o dia não amanheceu. O banquete era infinito. Os abissais tinham um inimigo em comum.

O demônio Baal se ergueu nos Pântanos Cinzentos.

— O que eu fiz? — disse Ruff, levando a mão à cabeça.

Áxia ainda estava nua. Ergueu-se e se espreguiçou.

— Nada que não quisesse — ela respondeu.

Ruff olhou em volta. Viu que o pântano estava mais escuro. Sentiu o fedor residual dos demônios. Atônito consigo mesmo, virou-se para um lado e para o outro, como se ainda houvesse inimigos ali. Fez menção de segurar o martelo, mas sabia que não havia nada a combater. Os abissais não estavam mais ali. Seus olhos treinados e abençoados enxergaram apenas as sombras das criaturas, rastros tênues de sua passagem. No fundo do estômago, como um medo ancestral, Ruff soube que os demônios que haviam estado lá tinham presenciado tudo. Soube que seu ato teria consequências.

— Bellitz... — ele olhou para cima.

Mas não havia nenhuma estrela. Apenas o negrume que sua maldade deixara.

Ao longe, como um terremoto intermitente, pôde ouvir os passos etéreos de Baal.

Então, sem ninguém mais a quem recorrer:

— Por que, Áxia?

— Acha que a culpa é minha?

Ele segurou as têmporas, rangendo os dentes.

— Não... Não é.

Ruff não fora enfeitiçado. Não consumira uma poção. Não se enganara. Ruff soubera o que estava fazendo, e não havia desculpas.

— Porque, no fim, você é igual a nós — ela disse.

Caminhou até ele, ainda nua.

— Porque você tenta negar a natureza da humanidade, Ruff, mas sabe o que somos. Sabe que nossos salvadores são demônios e que apenas um dragão tirano pode nos proteger dos deuses. Sabe que os humanos nunca serão bons.

Pausa.

— Sabe que uma celestial nunca irá lhe satisfazer.

Ele urrou. Não fez menção de atacá-la, porque aquilo seria ainda pior. Áxia não se moveu, apenas ficou parada perto dele.

Ruff sentiu um desejo maior do que nunca de beijá-la de novo.

O mal já estava feito.

Ela estava logo ali.

Ele já havia se afundado.

Só mais uma vez.

Chegou perto de Áxia, que continuou estática. Ela abriu de leve os lábios para receber os seus.

Então Ruff se jogou para trás, como se precisasse arrancar a si mesmo da presença dela.

— Diga-me pelo menos... — ele começou, ajoelhado, de costas para ela. — Diga-me pelo menos que este não foi seu plano desde o começo.

— Não foi, meu amor — ela falou. — Vim aqui para conversar. Não menti. Mas sabia que você acabaria vendo como estava errado.

Foi até ele e tocou seus cabelos, carinhosa.

— Sabia que você acabaria percebendo que é como todos nós. Você é como uma bruxa... E como os aldeões cheios de ódio que a perseguiram desde a infância.

Beijou sua cabeça.

— Adeus, Ruff.

Áxia vestiu-se e se afastou, desaparecendo nas sombras. Ruff ficou de joelhos, chorando por tudo que havia jogado fora.

Ele passou horas atravessando os Pântanos Cinzentos, desesperado para voltar à cidade de Ghanor. O medo que havia se instalado no fundo de seu estômago, na base de sua espinha, não passava. A traição que cometera e o fato de ter perdido Bellitz o atacaram de novo, e de novo, e ele chorou, soluçou. Quando aquilo parecia se afastar, ficar menos real, de repente o atingia de novo como um soco, ele perdia o fôlego e engasgava.

As horas se passaram e o dia não amanheceu.

Ruff não enxergava demônios, mas traços das criaturas estavam por tudo. Sua maldade era um miasma que se espalhava feito névoa, fazia a pele se arrepiar e repugnava.

Ao longe, sempre ao longe, o retumbar dos passos imateriais de Baal.

A imagem do avatar do inferno se erguendo surgiu de novo, e de novo, em sua mente. Baal era uma lembrança constante, como se houvesse um cheiro familiar que trouxesse de volta uma época antiga. O inconsciente criava a imagem de Baal, identificava o retumbar quase inaudível como seus passos.

Ruff ouviu uma gargalhada ao longe, mas não soube se era real ou alucinação por falta de sono. Perdeu a noção do tempo, porque o pântano continuava sempre à frente, sempre para todos os lados, com suas árvores caídas cheias de limo e seus juncos atrapalhando o caminho. Sentiu fome e tentou comer, mas vomitou logo em seguida. Teve nojo da maldade ao redor e, acima de tudo, teve nojo de si mesmo. Não sabia há quanto tempo viajava quando enfim o cansaço o venceu. Precisou dormir.

Vieram os sonhos. Primeiro, sonhos de abissais e de ruína, da perdição da raça humana. Ele acordou inúmeras vezes, exausto, apenas para mergulhar de novo na escuridão de sua própria mente.

Em seguida, vieram os sonhos de que estava tudo bem. De que ele não fizera aquilo ou de que Bellitz o perdoava. Nesses sonhos, o sol nascia e ele podia se erguer de novo. Acordar desses sonhos era tortura demais e ele se forçou a levantar e continuar em frente.

Um pensamento repetitivo não lhe deixava: se pudesse apagar o último dia, fazer novas escolhas, seria forte. Pouparia a si mesmo da perdição, pouparia aqueles que confiaram nele da humilhação e do desapontamento. Ruff pensou nisso com tanto fervor que quase se convenceu de que era possível, num mundo de conjecturas.

Mas nunca poderia voltar atrás. Seu erro seria seu para sempre.

Ele seguiu, alucinando, chorando e odiando-se, e o céu continuou negro. O cheiro de demônio ficou cada vez pior. Ruff achou que nunca sairia dali, que aquele era seu purgatório, sua punição. E, ante essa perspectiva, quase sorriu, porque seria um alívio. Ser punido, mesmo que por toda a eternidade, significava não ter de lidar com as consequências.

Mas aquele não era o purgatório, apenas os Pântanos Cinzentos. E ele seria obrigado a arcar com o futuro de seus erros. Ruff não podia fugir de si mesmo.

Os passos de Baal continuavam, sempre longe. Sempre tênues, mas sendo percebidos num espaço entre a imaginação e o ouvido.

Após muito tempo — ele não sabia quanto — Ruff emergiu do pântano. Pisar em terra seca foi delicioso. Ele fechou os olhos e rezou para que houvesse luz à frente, para que o anoitecer não fosse eterno.

Não foi atendido.

A planície era mais clara, mas também cinzenta.

Ainda era noite, a noite do inferno sem estrelas. Ruff sentiu as pernas amolecerem ao perceber que sua traição havia espalhado a escuridão por todas as terras. Também ali, na planície, havia a vaga impressão infernal. Ele olhou em volta e uma colina tinha, na grama seca que a cobria, a sugestão de um sorriso largo e maldoso. Um riacho se dividia em dois e era como um par de chifres. A terra parecia estar toda contaminada pelo inferno, e era culpa dele.

O céu começou a ser cortado por relâmpagos, mas não chovia. Num dos clarões, Ruff viu ao longe a silhueta gigantesca de Baal. O avatar do inferno era muito maior que a torre de um castelo. Seus chifres roçavam as nuvens. Ele sumia contra o negrume do céu, mas aparecia nas luzes súbitas.

Num dos clarões, Ruff viu que Baal olhou para trás, para ele, e sorriu seu sorriso de abismo.

E Ruff não enxergava ninguém. Progrediu por mais um tempo indefinido pelos campos, onde não era dia e não era noite, e não encontrou nenhum viajante. A prosperidade que ele construíra com a derrota de Zamir tinha ido embora.

Aquilo era o que acontecia quando os demônios estavam bem alimentados e tinham interesse em dominar a terra dos homens.

Caiu de joelhos de novo, com as mãos postas. Chorando, desesperado, falou apenas uma palavra:

— Bellitz...

O céu continuou negro e indiferente.

— Bellitz...

E não houve resposta. Ruff não viu a estrela dourada, muito menos a bela celestial a quem havia prometido sua lealdade. O clérigo não tinha mais orgulho ou espaço em sua alma para meias palavras.

— Bellitz, eu imploro, venha. Estou sozinho e não sei o que está acontecendo. Preciso de você. Preciso de ajuda. Os demônios estão fartos e poderosos, e é tudo culpa minha. Mas com você posso enfrentá-los. Não peço seu perdão ou mesmo seu amor. Apenas sua ajuda.

Nada.

— Eu imploro, Bellitz, o resto da humanidade não merece pagar por meu erro.

Nada.

O mundo dos homens e dos deuses continuou indiferente às súplicas e à fé de Ruff Ghanor, então ele precisou se levantar e continuar andando.

Enfim, após um tempo incalculável, encontrou uma pessoa na estrada. Era um homem velho, curvado sob um fardo impressionante de feno. O peso era claramente demasiado para o ancião, e Ruff correu para ajudar.

— Senhor, deixe que o alivie.

O velho olhou para ele com um sorriso. Algo no brilho de seus olhos provocou em Ruff um calafrio.

— É claro, rapaz — ele disse. — Claro. Pode me aliviar.

Mas não fez menção de largar o fardo. Em vez disso falou:

— Mate-me.

Ruff deu um passo cambaleante para trás.

— Mate-me, jovem. Acha que quero viver? Veja o fardo que carrego e a condição deplorável de minhas costas. Acha que para mim a morte não seria misericórdia?

— Não... — Ruff estava confuso, não sabia se aquilo era sonho ou realidade. — Deixe que eu carregue seu fardo.

— De que adianta, rapaz? Então ficará você sob este peso e, mais cedo ou mais tarde, você ficará velho como eu e suas costas ficarão curvadas. Seus ossos doerão apenas por você estar vivo e você desejará a morte. Assim como eu desejo.

— Não... Você não merece morrer. Merece ajuda.

— Não mereço morrer? Você não me conhece, jovem. Você me vê e julga-me com olhos de piedade, mas não sabe o que já fiz. Quando era jovem, roubei as roupas de uma lavadeira porque quis ficar mais bonito. As roupas pertenciam a um nobre, ele a acusou de ladra e mandou chicoteá-la. Eu assisti à punição e nada falei. Seus ferimentos infeccionaram e ela morreu desprezada. Eu fui a uma taverna com minhas roupas novas e menti que era filho de um comerciante rico. Enganei uma rapariga e deitei com ela. Ela engravidou, mas eu fugi.

Ruff estava mudo, horrorizado.

— Quando minhas roupas já estavam sujas da estrada e eu não podia mais enganar as moças, tomei-as à força. Tive fome e matei um estalajadeiro de beira de estrada para comer de graça em sua estalagem.

— Isso não é verdade.

— Matei crianças que haviam sido testemunhas de meus crimes. Acusei muitos outros, como a lavadeira. Assisti a suas execuções. E, quando já tinha visitado todas as aldeias ao redor, vi que havia muitos como eu. Eles haviam aprendido comigo e agora eram iguais. Eles mataram e roubaram, cometeram os piores atos sob o sol, porque podiam.

— Ninguém pode...

— Mate-me.

Ruff se afastou.

— *Mate-me.*

— Quem é você?

— Eu sou apenas um mortal. E é isso que somos. A morte é o que merecemos.

Um relâmpago caiu ao longe, atrás do velho. No clarão, Ruff viu o contorno de asas emplumadas em suas costas.

— Você é um anjo! — acusou.

O velho largou o fardo e endireitou-se. Sorriu para Ruff com o mais belo e aberto dos sorrisos. O sorriso de Bellitz. E seus olhos rebrilharam com um azul límpido e profundo.

— Sou um celestial, mas a humanidade é o que lhe apresentei, Devorador de Mundos. Todos são assim, inclusive você. Existe uma cura para seu desespero.

Ruff tremia. O velho chegou perto dele e agarrou seu pulso.

— *O terremoto.*

— Não!

— Este mundo é podre, Devorador. Todos os mortais são podres. O único amor verdadeiro que você conheceu em sua vida não é mortal, é de uma celestial. E você o jogou fora em nome de uma mortal que matou sua família. Essa é a humanidade. Você partiu após trocar farpas com seu melhor amigo, porque seu orgulho falou mais alto. E a inveja dele também. Isso tudo é uma mazela indomável. Mas existe uma solução. Um fim para seu sofrimento.

Então ergueu a mão de Ruff pelo pulso.

— *Devore tudo.*

— Não!

Ruff empurrou o velho. Ele cambaleou para trás, então suas asas surgiram e ele brilhou com luz dourada. Num instante, já não era mais um velho, mas um homem forte, com cachos loiros compridos. Ele pairou a um metro do chão.

— Seu plano falhou. Os deuses aceitaram sua proposta, mas você mostrou que a humanidade não tem salvação. Os demônios estão fortes e saciados, e só há uma maneira de evitar tudo isso.

— Cale a boca!

— *Devore o mundo.*

— Nunca!

O próximo relâmpago veio acompanhado de um clarão dourado e o anjo desapareceu.

Ruff continuou em frente.

Seguiu sem noção do tempo, porque não sentia fome e se obrigava a comer algumas mordidas de ração — vomitando em seguida a maior parte. Dormiu em intervalos irregulares, quando a exaustão o vencia, mas os sonhos eram tão ruins que não havia qualquer repouso verdadeiro. Há muito ele já não sabia o que era a presença demoníaca real e o que eram alucinações. Ruff ouviu vozes, enxergou vultos distantes. Em mais de uma ocasião, julgou ter visto Korin, mas a imagem se desfez. Também pensou que via Bellitz, sorrindo, mas era um sonho — suas pernas fraquejaram de cansaço, ele dormiu em pé e caiu no chão, machucando o nariz. O gosto de sangue e a dor foram quase um alívio.

Enxergou então outro viajante. Um homem a cavalo, vestindo roupas nobres: uma casaca escura e uma camisa de mangas folgadas. Era jovem e forte, com uma cabeleira negra brilhosa.

— Guerreiro! — cumprimentou o desconhecido, com um sorriso. — Que bom encontrá-lo aqui. Estou procurando todos os lutadores das terras.

Ruff se aproximou, cauteloso. O homem estendeu a mão e ele a apertou. Era bem real.

— Quem é você? — perguntou o clérigo.

— Sou apenas alguém preocupado com o estado de nossa terra. Está vendo o céu? As colinas? Breu e cinza até onde a vista alcança! Estaremos condenados se não fizermos algo a respeito!

— Isso é culpa minha — disse Ruff, apesar de si mesmo.

O homem riu.

— Acho difícil, guerreiro. O que acontece aqui é maior que qualquer um de nós. É algo que existe há muito tempo e vem dos deuses. Não é culpa de ninguém! Mas, unidos, podemos mudar isso.

— Eu vou mudar isso. É minha culpa e minha responsabilidade.

— Com o devido respeito, duvido muito, guerreiro. Eu já tenho muitos soldados a meu serviço. Milhares e milhares de pessoas de todos os feudos, todas as cidades, que irão enfrentar a escuridão. E preciso de muitos mais. Preciso de você.

Estendeu a mão a Ruff.

— Não — o clérigo balançou a cabeça, tentando clarear os pensamentos. — *Eu* farei isso. Serei rei e afastarei a escuridão.

— Você sozinho não pode fazer nada. Diz que é rei, mas mais parece um viajante perdido. Sua armadura está suja e você claramente não come há dias. O que pode um vagabundo esfomeado e solitário fazer contra toda essa escuridão? E como você pode ascender à realeza se vai desmaiar de fome daqui a, no máximo, um dia ou dois?

— Preciso chegar à cidade de Ghanor. Lá está minha coroa.

— Não existe coroa em nossas terras. Mas existe este cavalo. Suba nele e venha comigo. Irei levá-lo até meu exército, lá você será alimentado. No meio de tantos guerreiros exatamente iguais a você, irá perceber que nada é sua responsabilidade ou sua culpa. Será bem tratado. Esquecerá seu sofrimento.

— Não. Eu preciso...

— Seus amigos já estão lá. Estão esperando. Esqueça a fantasia de ser rei. Junte-se a mim e lute em minhas fileiras.

— É minha culpa. Minha responsabilidade.

— Não, é culpa dos deuses. Você não tem culpa de nada. Nenhuma responsabilidade. Nunca quis realmente ser rei, não é mesmo? Não parece melhor viver uma vida simples, aceitando que a escuridão é causada por um poder muito superior?

Sua mão continuava estendida. Ruff deu um passo na direção dele.

— Não... Isto não está certo. Quem é você?

— Eu sou um santo.

Um relâmpago fez sua silhueta ficar negra — tudo, exceto pelos olhos de brasa e o sorriso muito branco. Com o clarão, a sombra de dois chifres surgiu em sua cabeça.

Era um demônio?

Mas então Ruff viu o brasão bordado em sua casaca. O falcão carregando uma espada. Um brasão conhecido.

— *São Theodric?* — disse o clérigo, horrorizado.

— Sou o único santo que desafia seu poder, Devorador de Mundos. O único que se coloca contra os deuses e junto aos verdadeiros protetores dos mortais. Você matou meus cavaleiros, destruiu minha ordem, mas eu lhe ofereço um lugar nas fileiras demoníacas. Você não será rei. Não será nada.

— *Não!* — Ruff gritou.

— Os demônios sempre protegeram a humanidade dos deuses. Se você quer negar o destino imposto pelas divindades, junte-se a nós.

— Um santo... Não é possível...

— Sozinho você já falhou. Os mortais são pecadores sujos e você não passa de um deles. Os deuses os odeiam, mas os demônios os amam, porque vocês os alimentam. Entre nós, você seria valioso, mas não teria responsabilidade. Poderia ficar com Áxia e ser um guerreiro.

Sorriso. Mão estendida.

— Basta aceitar minha proposta.

— Vá embora!

Ruff encontrou força no desespero e correu. Seus pulmões arderam, mas ele continuou pela estrada. O santo corrompido continuou a cavalo atrás dele. Tinha um fedor muito característico.

— Você ouve os passos de Baal ao longe e sabe que ele chegará primeiro a Ghanor, Devorador. Os demônios sempre o temeram, mas agora não precisam mais temer nada. Eles estão aqui e estão lá. Estão falando em seu ouvido e estão com Korin e Johrgrund. Eles viram seu espetáculo com Áxia. Estão sempre com você.

Ruff não respondeu, apenas continuou correndo.

— No fim, os mortais não conseguirão, Devorador. Precisarão recorrer aos abissais de novo. Talvez contra você.

Ruff teve um vislumbre de um exército inteiro marchando contra ele mesmo. Um demônio pairando sobre cada soldado.

— Ou talvez você seja um de nós.

Um novo vislumbre — Ruff liderando um exército, mortais e demônios misturados, atacando uma hoste de anjos.

— De qualquer forma, *nós* somos os protetores do mundo. Não você. Se quiser proteger os mortais, deverá se aliar a nós.

Ruff caiu de cansaço.

O cavaleiro apeou e começou a erguê-lo. Ruff desvencilhou-se e empurrou-o.

— *Não* — rosnou o clérigo. — Eu rejeito deuses e demônios!

São Theodric olhou-o com um sorriso e uma sobrancelha erguida.

— Eu sou Ruff Ghanor, e sou o rei. E nós conseguiremos *sozinhos.*

O santo riu e deixou de ser um humano. Num brilho mesclado de azul e verde, um cheiro fétido de incenso em enxofre, ele se tornou um enorme falcão com uma espada nas garras. Então voou para longe. De alguma forma, quando Ruff olhou de novo, o falcão estava no ombro do gigantesco demônio Baal, muito à frente.

— Nem deuses, nem demônios — Ruff disse para si mesmo, entre soluços. — Sozinhos.

O castelo de Ghanor acordou no meio da noite com gritos. Korin saltou da cama e, vestido apenas com uma calça, agarrou a espada que mantinha sempre perto da cabeceira. Disparou pelos corredores, gritando alarme e juntando-se aos guardas. Ordenou a alguém que trouxesse sua armadura, mas não queria perder tempo. Correu, acompanhado por seus soldados, até a fonte dos gritos.

No salão principal do castelo, quatro guardas estavam de pé, lâminas sangrentas em punho, sobre os cadáveres de dois de seus colegas. O chão estava manchado de vermelho.

— O que está acontecendo? — exigiu o general, peito nu, mas cheio de autoridade. — Venham me enfrentar, traidores!

Os quatro assassinos olharam para Korin e sorriram. Seus sorrisos não pertenciam a humanos — eram largos demais, seus dentes eram quase pontiagudos. Havia neles uma maldade que Korin nunca vira em um mortal.

Apenas em demônios.

Os quatro fugiram, correndo pelo castelo, gargalhando. Passaram pelo filho de um deles, que fora acordado pela confusão. O garoto abriu os braços para a figura do pai e tombou ante uma espada. Os quatro riram, perseguidos pelos homens de Korin.

Juntaram-se a duas cozinheiras que haviam massacrado um grupo de colegas da cozinha com facas de trinchar carne. Um cavalariço tinha matado dez cavalos, uma aia sufocou a dama a que servia com um travesseiro. Um nobre que visitava o castelo bateu em um serviçal até que ele desmaiasse e continuou batendo até que o pescoço do homem pendesse sem vida. Dois caçadores que dormiam com os soldados dispararam seus arcos contra os adormecidos. E, em todo o castelo, as gargalhadas se multiplicaram, até que todos os assassinos se juntaram no portão principal e atacaram as sentinelas.

— Entreguem-se agora e terão um julgamento justo! — gritou Korin, esbaforido, depois de correr meio castelo atrás dos matadores. — Vocês nunca conseguirão escapar!

Então uma serva com o avental sujo de sangue olhou para ele e deu o mesmo sorriso enorme, cheio de presas brancas. Agachou-se e saltou, erguendo-se a vários metros do chão. Alcançou uma janela e quebrou-a. Então fugiu, rindo.

Korin viu os sinais demoníacos em todos eles e avisou a seus guerreiros para terem cuidado.

Eles atacaram, mas os assassinos correram para todos os lados. Os homens de Korin alcançaram uma dupla que lutou até a morte. Johrgrund, acordado no meio da gritaria, rugiu e balançou seu mangual, destroçando quatro deles. Os outros escaparam, espalhando-se pela cidade.

E em tavernas, em casas adormecidas, em sedes de guildas e oficinas de artesãos, as gargalhadas cortaram a noite. Garfos, lençóis, espadas e marretas foram usadas para espetar, estrangular, cortar, quebrar. As vítimas acordaram para a morte e a última coisa que viram foi o rosto deformado daqueles em quem confiavam: o sorriso largo e demoníaco dos possuídos.

Centenas de assassinos correram pela cidade até alcançar o portão principal. Lá, mataram os guardas e fugiram para a noite.

— São demônios! — gritou Korin, nas ruelas da capital, para todos e para ninguém. — Não são as pessoas que vocês conhecem! Devem estar possuídos! São demônios!

Mas isso não foi consolo para quem foi traído por quem mais amava. Para quem viu a morte de surpresa e ouviu as gargalhadas.

A cidade de Ghanor foi tomada pelo medo. Com o medo, veio a desconfiança e o ódio. A traição e a ganância. Alguns recorreram à maldade para se proteger, outros viram no caos oportunidade de lucro. E ninguém conseguia enxergar, mas demônios estavam por ali, invisíveis, devorando tudo aquilo. O banquete recomeçara.

A noite não acabou em Ghanor. As horas se passaram e não houve nascer do sol. O povo teve certeza de que era o fim do mundo e clamou por seu santo, seu salvador, o clérigo Ruff Ghanor.

Mas Ruff não estava em parte alguma. Alguns amaldiçoaram seu nome, e os demônios beberam sua decepção.

Enquanto isso, os possuídos se reuniram com possuídos de outras cidades, outros feudos. Havia cavaleiros, guardas e soldados. Todos com o mesmo sorriso, a mesma gargalhada.

Eles se uniram em um exército liderado por uma mulher.

Uma cavaleira trajada em armadura completa, com o brasão de São Theodric.

— O traidor Ruff Ghanor irá pagar — disse a Madre Heléne, com a voz do demônio Baal.

20 | cavaleiros do inferno

NA TORRE DA Boa Morte, a sede dos devotos de São Theodric, os cavaleiros possuídos viram o dia não amanhecer e sorriram seu sorriso de abismo.

Eles guardavam o corpo incorrupto de Heléne, a madre superiora de sua ordem, morta por uma fera a serviço do traidor Ruff Ghanor. Seu ódio pelo criminoso que se dizia santo era terreno fértil para demônios e só crescia à medida que as bandeiras do falso profeta se erguiam pelas terras. Os cavaleiros já haviam recebido a visita da Dama de Ferro antes. Vários morreram e outros foram possuídos pelos abissais. Mas eles mantinham suas memórias, mesclavam suas personalidades de clérigos militantes com a escuridão do inferno.

Os cavaleiros sentiram uma enorme ligação com seu padroeiro quando São Theodric, também irado com a destruição de sua ordem, se deixou engolfar pelo rancor demoníaco.

Eles continuaram em sua missão, preservando o corpo da Madre Heléne em sua torre cheia de demônios, até que mais uma vez foram visitados pela Dama de Ferro.

Os passos metálicos ecoaram pelas escadas e os cavaleiros de São Theodric se ajoelharam em reverência. A mulher coberta de ferro negro adentrou o último andar da torre, o santuário da madre superiora, e foi acolhida pelos abissais. A escuridão dominava o céu lá fora, no dia que nunca nascera, e era ainda maior ali dentro, na sala densa com os corpos etéreos. Mas logo a escuridão ficou ainda mais impenetrável.

Passos retumbantes, imensos, imateriais, se aproximaram da torre, cada um gerando um tremor.

Era Baal chegando perto, e o negrume que engolfou a construção só foi quebrado por seus enormes dentes brancos e por seus olhos chamejantes no meio do vazio.

— Vocês odeiam o mesmo mortal — disse Áxia para os demônios, abrindo os braços num gesto ritualístico. — O mortal que fez com que passassem fome, que os humilhou. O servo dos deuses que ameaça devorar o mundo. Vocês odeiam Ruff Ghanor e sua raiva os une.

Os possuídos gritaram e gargalharam, sentindo o avatar do inferno entrar na sala.

— O dia que não nasce está aqui mais uma vez! — Áxia continuou. — A maldade dos mortais enfim gerou consequências. Uma celestial foi traída e a escuridão do inferno recobre os céus.

O santuário de Heléne foi tomado pela bocarra e pelos olhos de brasa de Baal.

— Existe um banquete que nunca acabará — proferiu Áxia. — A traição de Ruff Ghanor foi o ponto mais baixo desta geração de mortais. O Santo de Pés Descalços não é melhor que nenhum pecador, e o próprio Santo Cavaleiro abraçou as hostes demoníacas. Comam, refestelem-se na maldade. Usem-na para vir a nosso mundo!

Áxia se aproximou da Madre Heléne, em sua caixa de vidro. A proteção já estava quebrada. Então a feiticeira pegou o rosto inerte do corpo incorrupto com os dedos de sua manopla.

— Por fim, aqui está o corpo que não morre! Preservado pela fé dos mortais e pela bênção de um santo corrompido. Uma fé baseada em ódio contra Ruff Ghanor. Um santo que decidiu que só os demônios podem salvar o mundo. O espírito desta mulher paira perto do mundo material, clamando por vingança. E seu corpo está pronto para recebê-lo, Baal!

No primeiro ritual, eles haviam usado o golem de carne. Era o plano desde o início, o hospedeiro criado para o avatar do inferno. A criação do golem demorara anos. Fora a primeira tentativa, segundo o estratagema que Áxia e Zamir haviam elaborado há muito. Era um corpo poderoso.

Mas o corpo incorrupto da Madre Heléne era ainda mais.

O golem estava no fundo da água do pântano. Áxia poderia tê-lo recuperado. Mas há muito ela sabia da existência deste outro hospedeiro, maldito e abençoado.

Chegava a hora do poder de um santo e dos demônios se unirem contra o Devorador de Mundos.

A escuridão espiralou e concentrou-se ao redor do corpo de Heléne. Áxia viu quando o espírito da cavaleira foi sugado de volta para dentro do corpo, com o avatar do inferno.

Heléne abriu os olhos, que agora eram negros.

Ergueu-se da cadeira onde, morta, ficara posada por tanto tempo.

— Dê-me uma espada — exigiu a madre superiora, que era Baal. — Chegou a hora da punição.

O céu continuou negro, e até mesmo o mais reles plebeu podia sentir o fedor dos demônios no ar. Passou-se um mês desde a noite dos possuídos. Mais do que o medo da escuridão que não passava, mais do que o pesar e o horror por haver enterrado seus entes queridos, os habitantes da cidade de Ghanor experimentavam uma inquietação indefinível. Era a presença imaterial dos abissais no ar.

Korin acordou com a notícia de que uma multidão se reunia na frente do castelo. Eles exigiam uma audiência com a autoridade governante. Ruff não voltara. O general ainda estava esfregando o sono dos olhos, na frente do pajem que o havia acordado, quando o Irmão Niccolas bateu na porta e entrou sem esperar resposta.

— Eles estão desesperados, Korin — disse o monge. — Precisamos fazer algo.

— Precisamos de Ruff — Korin respondeu, levantando-se da cama e começando a se vestir.

Pela janela, ambos podiam ver um dos estandartes do leão pendendo de uma torre, iluminado por tochas. A noite contínua exigia tochas e lampiões o tempo todo. O leão dourado na bandeira adquiria um ar agourento na luz bruxuleante.

— Ruff não está aqui — disse Niccolas. — Você está.

— Bem, eu não sou a autoridade neste castelo. Sou um general plebeu. Temos um duque.

— Lurius Minimus ainda não é duque — respondeu Niccolas, balançando a cabeça com impaciência. — E esta não é hora para questionar as decisões de Ruff. O povo precisa de você.

— Não estou questionando. Só falando a verdade. Ruff fez uma bagunça, envolveu nobreza e brasões antigos nisso tudo e então foi embora. Agora não sabemos quem está no comando, o povo não sabe quem procurar e ninguém sabe o que está acontecendo.

— Os clérigos sabem o que está acontecendo — Niccolas estava muito sério. — Os demônios estão muito poderosos nesta terra.

— Acho que precisamos de um santo então. Mas eu sou só um homem.

Niccolas ficou com a boca apertada, desaprovando em silêncio. Niccolas já tinha muitos fios de cabelos brancos. Começava a entrar na meia idade. Se fosse um fazendeiro, passando a vida em trabalho pesado sem descansar, já seria considerado um velho. Se fosse um soldado, já teria ferimentos demais e lutaria com dificuldade. Apenas sua vida tranquila garantia que, naquela idade, ainda estivesse tão vigoroso. Cerca de cinco anos haviam se passado desde a queda de Zamir. Todos estavam sentindo a passagem do tempo.

E todos sentiam que o tempo poderia estar acabando. Demônios com muito poder. Maldade, medo e desespero reinando na terra. Era uma sentença de morte para o mundo.

— Muito bem — disse Korin. — Vou tomar o controle disso. Afinal, é o que faço desde sempre.

Korin vestiu-se e desceu as escadarias, acompanhado por uma escolta de guardas. Lurius Minimus também se juntou a ele. Embora o general desaprovasse a ascensão da família Minimus à nobreza, o velho espadachim era leal. Na verdade, o problema de Korin não era com o homem, mas com a decisão de criar títulos. De qualquer forma, não era hora de pensar naquilo. No salão principal do castelo, dezenas de plebeus falavam ao mesmo tempo. O Irmão Dunnius, de pé numa escadaria no centro do salão, tentava se fazer ouvir e manter a calma, sem sucesso.

Korin surgiu e tomou o lugar de Dunnius. O clérigo agradeceu a São Arnaldo pelo alívio e ficou atrás do general. A algazarra aumentou ainda mais. Todos gritaram esperando uma solução, exigiram saber o que acontecia. Todos tinham olheiras e estavam mais magros. A noite contínua era exaustiva e a comida já estava escasseando.

O general olhou aquilo e, por um instante, tremeu. Não sabia o que fazer. Se Ruff estivesse ali, bateria com o martelo no chão e uma rachadura calaria a boca de todos. Ou então uma luz divina brilharia sobre ele. Ele faria algo milagroso ou extraordinário e acalmaria os ânimos. Korin, mais do que nunca, sentiu agudamente a diferença entre eles. Ele não era Ruff, não podia resolver os problemas como um santo.

Então desceu a escadaria e resolveu-os como um homem.

Um ferreiro alto, de ombros largos, vestido com um avental de couro, vociferava sua apreensão. Gritava para se fazer ouvir acima dos outros, estava bem na frente do grupo. Korin foi até ele, tomou suas mãos e disse:

— Calma, irmão. Vai ficar tudo bem.

A seu lado, uma taverneira também estava indignada e amedrontada. Havia sido uma mercenária na juventude, guardava o físico dos dias de combate. Korin colocou a mão em seu ombro e disse:

— Eu sei. Vamos resolver tudo juntos.

E passou por entre os outros, falando com cada um. A multidão acalmou-se aos poucos, vendo o general tão perto. O sorriso franco de Korin os desarmou. Ele exalava confiança, certeza, mesmo que não sentisse nada disso na realidade. Korin voltou então à escadaria e falou com eles.

— Estamos passando por mais uma provação. É verdade.

— Vamos todos morrer! — disse alguém.

— Não — ele sorriu. — Não vamos morrer. Vamos ficar bem, porque ficaremos juntos e lutaremos juntos.

Um burburinho passou entre os cidadãos.

— O que está acontecendo, general? — quis saber alguém. — Por que o dia não nasce?

Korin respirou fundo. Debateu consigo mesmo um instante, então decidiu não mentir.

— Estamos sendo acossados por demônios.

Um silêncio fúnebre se abateu sobre todos.

— Mas isso não é causa para desespero! Significa apenas que não foram seus amigos e familiares que os traíram naquela noite, um mês atrás. Foram demônios. Um inimigo externo. E podemos vencer qualquer inimigo.

— Somos mortais, general! — veio uma voz do fundo. — Como podemos combater demônios? Onde eles estão?

— Podemos combatê-los justamente porque somos mortais! — Korin deu um sorriso, escondendo o medo que sentia. — Demônios nos temem mais do que tudo, porque dependem de nós. Eles se alimentam de nosso desespero. Basta termos confiança e ficarmos juntos e tudo estará bem. Estaremos fortes e eles, fracos.

— Mas então por que eles nos atacam agora? A noite que não passa é nossa culpa?

Korin hesitou um momento. Então foi verdadeiro de novo:

— Não é nossa culpa. Mas não sei a razão.

Os cidadãos se surpreenderam com a franqueza.

— Não sou um mentiroso — continuou Korin. — Vocês podem confiar em mim quando digo que podemos vencê-los, porque não falo só coisas agradáveis. Eu mesmo já venci demônios.

Contou então a história da montanha infestada de demônios, de como ele e Ruff haviam combatido as criaturas.

— Precisamos de Ruff Ghanor! — concluiu o ferreiro, interrompendo Korin.

— Sim! Onde está Ruff Ghanor? — falou alguém.

— Ele precisa vir nos salvar, assim como salvou os elfos.

A história da Pedra dos Pecados e do resgate da Floresta Alta já era bem conhecida na cidade de Ghanor, pois muitos elfos agora moravam lá, participando do exército. Aquilo só aumentara o mito ao redor do Santo de Pés Descalços. Ele derrotara o dragão, fora abençoado por um anjo, destruíra os inimigos na cidade de Rocha Celeste e concedera o perdão aos elfos. Korin viu o clamor por Ruff se espalhar no povo.

— Ruff Ghanor está entre nós! — falou sem pensar.

O povo ficou em silêncio. O Irmão Dunnius olhou para ele como se tivesse enlouquecido. Não sabia o que o general falaria a seguir. Na verdade, nem o próprio Korin sabia. Procurou algo a dizer em instantes que pareceram uma eternidade, sob o olhar ansioso dos cidadãos.

— Ruff sabe o que estamos passando e estende seu poder a nós! Quando precisarmos, ele irá nos ajudar, mesmo que seu corpo não esteja aqui.

— Ouvi dizer que Ruff Ghanor pode estar em dois lugares ao mesmo tempo — ofereceu alguém.

— Ninguém sabe a real extensão da bênção do Santo de Pés Descalços — disse Korin, solenemente. — Mas, enquanto estivermos juntos e confiantes, os demônios serão fracos frente a nós. E, enquanto formos leais a Ruff Ghanor, ele irá nos proteger.

A multidão dirigiu um olhar beatífico para o general.

— Perguntem aos que estavam conosco desde o início, no mosteiro de São Arnaldo. Ruff nunca nos abandonou! Mesmo quando passou anos afastado, sempre voltou para nos proteger. Foi assim quando ele tomou a cidade de Lago de Pó e entregou-a aos necessitados. Ruff Ghanor está entre nós!

A multidão gritou de fé, pedindo a bênção de São Arnaldo e Ruff Ghanor.

Korin achou que aquilo estava sob controle.

No dia seguinte, os batedores avançados tocaram o alarme. Um exército se aproximava da cidade de Ghanor.

Quatro mil guerreiros marcharam à noite contra a cidade de Ghanor. Eram os assassinos possuídos que se ergueram na própria cidade. Eram bandidos e desesperados encontrados na estrada. Eram milícias de senhores da guerra rebeldes e soldados de cidades não leais a Ruff. Eram os que se agarravam à ganância e recusavam a irmandade. Eram os que olhavam com desconfiança a união que se espalhava pelas terras, temerosos de que seu ouro fosse tomado. Eram aqueles governados por desconfiança, por ambição.

À frente de todos, havia cavaleiros. Eles erguiam o estandarte de São Theodric, o falcão segurando a espada, e vociferavam ódio sagrado contra o traidor e sua gente.

Sobre cada um deles havia uma sombra. Em suas bocas havia a sugestão de sorrisos largos demais, em seus olhos havia um brilho que parecia brasas. E, às vezes, sob relâmpagos, podia se ver uma escuridão em forma de chifres em cada cabeça. Às vezes, tentáculos pareciam circundar seu tronco. Seus rostos, de relance, pareciam tomados por pelos negros e grossos. Quelíceras, espinhos e lâminas quitinosas. Vislumbres dos demônios que parasitavam suas almas e habitavam seus corpos.

Entre eles, às vezes era visto um belo homem de cabelos negros sobre um cavalo. Alguém que não trajava armadura, mas se vestia como um nobre. Ninguém sabia seu nome, mas os cavaleiros se sentiam mais fortes quando ele aparecia.

E o exército era liderado por uma mulher. Uma bela cavaleira trajada em armadura completa. Seu rosto branco era duro e inflexível. Seus cabelos loiros eram amarrados num coque frouxo. Ela cavalgava um cavalo pálido e seus olhos eram totalmente negros. Quando ela andava, cada passo era leve, mas também retumbava por quilômetros em um som sutil, formado na mente dos mortais. Sua sombra se projetava por centenas de metros. A Madre Heléne, a Santa da Boa Morte, era o demônio Baal e estava ali para completar sua vingança. Os devotos de São Theodric, possuídos ou não, seguiam-na com fanatismo absoluto. Afinal, para eles a santa fizera mais do que morrer bem: triunfara sobre a morte. Cada um via os milagres que sua fé lhe mostrava.

O exército liderado por Heléne havia sido detectado por batedores. Chegaria em duas semanas. Talvez menos.

— Como vamos enfrentar um exército de demônios? — disse Korin, na sala de guerra.

Lurius Minimus bateu com seu punho na mesa.

— Vamos lutar! E, se não vencermos, pelo menos vamos mostrar aos desgraçados que o inferno era bem melhor do que encarar nossos homens!

Dunnius e Niccolas se entreolharam. O castelo ainda não fora totalmente adaptado para Johrgrund, e o gigante não participava da reunião. Mas Korin sentia que sua presença era necessária. Certamente seria no combate.

— Não podemos jogar fora tudo que fizemos nos últimos anos, Minimus — disse Niccolas. — Se a cidade cair, se a união criada por Ruff e Korin cair...

Não continuou o pensamento.

— Se tudo isso desabar, reconstruiremos! — disse o velho espadachim.

— Não — Korin cortou-o sem alterar a voz. — Não, tudo que está aqui precisa ser preservado. Estas terras precisam ficar em paz, e depois os outros reinos.

— Isso é impossível...

— Se isso não acontecer, os deuses destruirão o mundo!

Lurius Minimus ficou em silêncio. Korin, Dunnius e Niccolas então lhe contaram a verdade sobre o Devorador de Mundos e a missão de Ruff.

— Se os demônios triunfarem aqui, entraremos em mais uma era de desespero — Korin balançou a cabeça. — Assim como era com Zamir. Talvez a noite não dure para sempre, mas isso não importa. Precisamos aplacar os deuses.

— Precisamos de Ruff — disse Dunnius.

Korin sentiu o sangue ferver. Para ele, Ruff era mais do que um irmão. Os dois compartilhavam tantas memórias juntos que suas vidas eram quase uma só. Haviam passado juntos pelos primeiros combates, pelas primeiras perdas, pelas primeiras mortes. Alguns segredos haviam pertencido só aos dois, assim como incontáveis piadas e confissões. Desde o início, Korin fora atraído por Ruff e despertara nele uma amizade profunda. Mas Korin estava cansado de Ruff. Cansado das decisões do amigo, de sua teimosia, do modo como vinha desempenhando a grande missão. No início, criar um estandarte para Ruff fora um engodo, algo para unir os sobreviventes do mosteiro e garantir-lhes entrada numa cidade. Agora o estandarte era algo sincero. Chamar Ruff de santo fora um exagero, mas agora ele se portava como alguém acima dos mortais. A amizade entre os dois não diminuíra. Mas Korin estava cansado. Muito cansado. Mais uma vez, eles precisavam de Ruff — e Ruff não estava em parte alguma.

Súbito, os olhos do general se iluminaram com uma ideia.

— Ruff está entre nós — disse, quase para si mesmo.

— O quê? — Niccolas franziu o cenho, não entendendo.

— Eu estou cansado de Ruff. O povo não está. O povo está ansioso por Ruff, e eu lhes falei que o poder de Ruff está entre nós. É fácil. Vamos fazer Ruff estar aqui.

— Mas não temos a armadura — argumentou Dunnius. — Antes, eu me disfarcei, mas agora...

— Não precisamos de armadura — Korin sorriu. — A nós pertence o terremoto.

Todas as pessoas capazes foram postas a cavar na frente da cidade. Korin sabia que eles tinham no máximo dez dias até que a proximidade do exército inimigo impossibilitasse uma operação daquele tamanho. O general chamou os engenheiros e arquitetos que habitavam a capital. Ordenou que projetassem o que ele precisava rapidamente. Uma grande rede de túneis começou a ser formada na frente da cidade de Ghanor. Não era um fosso, mas passagens subterrâneas cobertas, sustentadas por vigas de madeira.

Os túneis eram instáveis, pois a velocidade necessária tornava impossível construir com muita segurança. Houve dois desabamentos e alguns trabalhadores morreram. Korin chorou suas mortes em segredo, odiando o que precisava fazer. Mas ele era o general. A ele cabiam aquelas decisões. E ele traria o poder de Ruff até o povo, mesmo que o maldito clérigo estivesse longe mais uma vez.

Com dez dias de escavação, os túneis estavam quase completos.

Quase.

O exército demoníaco já estava perto demais. Era possível enxergar traços de sua aproximação no horizonte. Korin decidiu que era arriscado demais continuar com os trabalhadores ali. De qualquer forma, o povo precisaria estar descansado para defender a cidade. De nada adiantava trabalhar até o último minuto.

A armadilha estava quase pronta.

Quase.

Trabalhando com os engenheiros, ele havia pensado numa reação em cadeia complexa, um sistema que garantiria que o plano funcionasse sem arriscar muito a vida de ninguém. Mas não houvera tempo para aquilo.

Ele teria de arriscar uma vida importante. A vida de alguém leal, que não merecia ser usado daquela forma.

As tochas de quatro mil guerreiros possuídos por demônios surgiram na noite quando Korin foi até Johrgrund. O gigante estava concentrado, devorando alguns porcos assados. Perdido em pensamentos sobre o combate que viria.

Korin explicou o que precisava dele.

— É claro, Korin — disse Johrgrund. — Por que está tão preocupado?

— Você não está entendendo — o general retrucou. — Você pode... Provavelmente vai...

— Não me chame de burro! Posso não ter essa cabecinha pequena e cheia de palavras complicadas que vocês têm, mas não sou idiota.

— Não estou insultando-o, Johrgrund! Mas você não está entendendo...

— Estou entendendo sim, pequeno general. E não me importo.

Korin olhou para baixo, envergonhado de si mesmo.

— Desde o início, só usamos você como uma arma.

— Ainda bem! Vocês me dão tudo de que preciso, me deixam esmagar quem precisa ser esmagado e não me envolvem em suas bobagens. Nem os reis vivem tão bem entre os gigantes, Korin! Além disso, Ruff já me condenou à morte uma vez, entre os elfos, e continuo aqui, comendo e arrotando. A morte é fraca demais para me carregar! E, entre nós, acho que a desgraçada tem medo de mim.

Num arroubo, Korin abraçou o gigante. Arrependeu-se só um pouco, porque Johrgrund fedia horrivelmente. Mas era um amigo leal.

O exército de possuídos cercou a cidade de Ghanor. Suas gargalhadas cortaram a noite contínua. O fogo de suas tochas fez suas sombras demoníacas dançarem nas muralhas.

A maldade dos abissais estava refletida na aparência do exército. Suas armaduras desencontradas estavam sujas de sangue. Eles haviam forjado espinhos nas placas de metal e suas armas eram serrilhadas. Suas bandeiras eram agressivas. Alguns deles ostentavam colares feitos de orelhas, outros colecionavam cabeças. O exército dos possuídos exalava uma nuvem de sanguinolência e barbárie, uma ameaça de destruir toda a ordem que se impusera sob a bandeira da cabeça de cabra e o estandarte do leão.

Baal, no corpo da Madre Heléne, estava à frente do exército. Acompanhado por dez cavaleiros em armaduras ensanguentadas, foi até as portas da cidade. Eles carregavam estandartes esfarrapados, manchados de sangue, retratando o falcão e a espada. Os estandartes pendiam de lanças e, na ponta de cada lança, havia uma cabeça humana. Também haviam empalado um pobre falcão de verdade e a carcaça do animal apodrecia em uma haste.

Um relâmpago cortou a noite quando um dos cavaleiros soou uma trombeta. Era um sinal universal, exigindo a presença do comandante inimigo.

Os portões de Ghanor se abriram. Korin, trajado em sua armadura de placas e cota de malha, cavalgou para fora da cidade. Com ele, também a cavalo, Dunnius, Niccolas e Lurius Minimus. Johrgrund não os acompanhava, pois já estava posicionado para o plano. Um grupo de elfos acompanhava a comitiva.

Heléne cavalgou à frente e estendeu um pergaminho. Korin também tomou a frente de seu grupo. Chegou perto da madre superiora sem entender o que estava vendo. Sentiu-se gelado com sua presença. Por um instante, teve uma vertigem: a cavaleira parecia muito maior do que era realmente. Ou talvez fosse Korin que se sentisse pequeno perto dela.

— Heléne... — começou o general. — Como... Você voltou dos mortos? Por que está do lado dos demônios?

— Somos os mestres deste mundo — disse Heléne/Baal, com a voz entrelaçada do demônio e da clériga. — Este é o exército que vencerá o traidor Ruff Ghanor. Todos que ficarem em nosso caminho serão trucidados.

Korin estava tonto.

— Este exército não recuará, mortal. Este exército não desistirá. Seu povo é fraco e faminto. Nós somos incansáveis. Nosso alimento é infinito. O pior que os mortais podem fazer irá nos fazer rir, pois este é o exército de Baal.

Um relâmpago pontuou o discurso.

— Como... O que está acontecendo, Heléne? Você também está possuída! Você nos odiava, mas não a ponto de...

— Olhe em meus olhos, servo do traidor, e veja o que sou. Olhe na escuridão que sou eu e veja o abismo no qual o mundo cairá.

Apesar de si mesmo, Korin olhou.

Olhou e viu o inferno.

Além do rosto bonito de Heléne, ele viu um milênio de escravidão e sofrimento. Viu hostes demoníacas sem fim se unindo para atormentar os mortais, e todo o povo em correntes, lutando por seus mestres diabólicos. Korin viu fogo consumindo a terra e sombra eterna. Viu Zamir, sob as ordens do inferno, reinando sobre a humanidade escravizada.

E viu a reação dos deuses.

Na visão dentro dos olhos de Heléne, Korin viu a fúria das divindades e os incontáveis Devoradores de Mundos. Pragas, desastres, feras, guerreiros. Algozes de todas as formas, com todos os tipos de poderes, assolando a terra, cumprindo a ânsia divina por destruição. E os demônios enfrentando-os. Uma eternidade de batalhas, nas quais não havia vencedores.

Mas os mortais sempre perdiam.

— Sou Baal e sou todos os demônios. Sou Baal e este mundo é meu. Sou Heléne e sou todos os mortais que odeiam Ruff Ghanor. Sou Heléne, a Santa da Boa Morte, e carrego a palavra de um santo.

De longe, o cavaleiro de roupas nobres e cabelos negros brilhosos apenas observava.

— Nenhum de meus guerreiros terá medo — o demônio e a cavaleira anunciaram. — A força de Baal é a força do inferno. Continuaremos até que todos vocês estejam sendo devorados por vermes ou lambendo nossas botas. O exército de Baal é invencível.

Heléne/Baal estendeu de novo o pergaminho a Korin.

O general tremia quando tomou o rolo das mãos da criatura.

— Estes são seus termos de rendição — disse Heléne/Baal, na voz límpida de sua forma humana mesclada à voz gutural do avatar do inferno.

Korin abriu o pergaminho.

Os cavaleiros demoníacos riram. Korin não conseguiu evitar arregalar os olhos para aqueles termos.

— Cada família na cidade de Ghanor deve sacrificar um de seus membros — disse Heléne/Baal. — Todos em condições de lutar deverão se juntar a nosso exército, para saquear e matar pelas terras. Ruff Ghanor deve ser acorrentado e entregue, para que possa ser torturado e executado. Suas igrejas devem ser queimadas e todos devem renegar seus deuses e santos, exceto São Theodric. Todos então irão jurar lealdade ao inferno.

Korin manteve o olhar fixo em Heléne, segurando-se no cavalo para não cair de tontura.

— Recusem e seu destino será ainda pior — disse o avatar do inferno. — As igrejas queimarão da mesma forma, mas seu povo será executado sob tortura. Os demônios reinarão e São Theodric punirá os infiéis. O Devorador de Mundos morrerá.

— Vocês, demônios, temem Ruff — disse Korin, com esforço. — Sempre levam uma surra dele.

— O Devorador de Mundos foi vitorioso no passado. Agora... — Heléne abriu seu sorriso largo demais. — Agora ele é o responsável por tudo isso.

E, no meio das mentiras dos demônios, o que mais aterrorizava era a verdade. Heléne/Baal olhou fundo nos olhos de Korin, e o general sentiu a certeza macabra de que o demônio não precisava mentir. Bastava falar a realidade.

— Seu líder os traiu, pois essa é sua natureza. Ele nos deu poder e possibilitou que decretássemos a noite eterna. O Devorador de Mundos não é seu aliado, humano. Assim como todos os mortais, ele nos alimenta com maldade e pecado.

Korin jogou o pergaminho no chão.

— Sim — disse o general. — Ruff não é um santo. Ruff é como nós. E, se ele for culpado por tudo isso... Eu o perdoo.

Heléne fez um esgar de nojo.

— Vocês serão nosso banquete, humano!

— Fuja, demônio! Não tenho medo de você!

A madre superiora e seus cavaleiros recuaram, enquanto a noite relampejou, ameaçadora. Korin limpou suor frio da testa.

Era mentira. Ele tinha muito medo.

No dia seguinte, o inferno atacou.

Korin estava nas muralhas, à vista do povo armado. O tropel dos cavalos inimigos ensurdecia todos, as gargalhadas do exército demoníaco causavam arrepios nos defensores. Com escadas, com aríetes, com espadas e machados, centenas de soldados possuídos correram para a cidade de Ghanor, prontos a lançar sua selvageria contra os mortais.

O Irmão Niccolas havia abençoado Korin. A voz do general se elevou sobre o alarido terrível do ataque.

— Ruff Ghanor está entre nós! — gritou Korin. — Não duvidem, não temam, porque Ruff Ghanor está aqui! Ele nos abençoa hoje e sempre!

Os guerreiros possuídos já quase alcançavam as muralhas.

Na cidade, atrás dos portões, guardas, soldados e cidadãos armados preparavam-se para lutar pelas próprias vidas. Eles ouviram as palavras do general e rezaram. Confiaram no Santo de Pés Descalços, mesmo que não soubessem como ele poderia ajudá-los.

— Rezem a Ruff Ghanor! Orem pelo terremoto!

E, dentro dos túneis, Johrgrund ouviu o barulho de centenas de cascos de cavalos e solas de botas acima de sua cabeça. O exército inimigo avançava, e o gigante agiu.

Usando o mangual em seu braço, o gigante desferiu um golpe estrondoso numa grande viga de madeira que sustentava o teto do túnel. O objeto se esfacelou e a terra começou a desmoronar. Johrgrund correu em frente, fugindo do desabamento, e chegou a outra viga. Bateu nela, quebrou-a, e o túnel entrou em colapso.

O gigante continuou correndo, sempre logo à frente do desmoronamento. E, a cada viga de derrubava, aumentava a instabilidade daquela rede de túneis. Johrgrund gritou para si mesmo, de pura selvageria, desafiando as incontáveis toneladas de terra que caíam a seu redor. Sempre em frente, chegou a mais uma viga e derrubou-a, sem temer a fúria cega do desabamento. Ele havia feito uma promessa a Korin e nem mesmo pensou em deixar de cumpri-la.

— Quem é o Devorador de Mundos agora? — rugiu Johrgrund, para a escuridão e a terra que caía. — Quem os deuses e os demônios temem?

Correu e derrubou outra viga.

— Tentem me deter, deuses de merda! — urrou Johrgrund. — Vocês têm medo de mim! Nem a morte, nem o inferno, nem todos os anjos podem comigo! Vou devorar todos!

Do alto das muralhas, Korin viu o chão desabar sob os soldados possuídos. Os demônios e seus cavalos se apavoraram por aquele terremoto criado por humanos, caíram numa cratera cada vez maior, enquanto, lá embaixo, Johrgrund continuava a fazer o solo ceder.

— Ruff Ghanor está entre nós! — gritou Korin, erguendo a espada.

O povo da cidade gritou com ele, erguendo suas próprias armas. Eles não eram estúpidos, sabiam que a escavação era a causa do desabamento. Mas não sabiam que um gigante entregava sua vida para fazer aquilo acontecer. Ouvindo o estrondo da terra e os gritos de desespero dos inimigos, eles se sentiram infundidos com o poder de Ruff Ghanor, o poder do terremoto. Se o santo causara o terremoto de longe, em conjunto à escavação, ou se fora o espírito dele que proporcionara um estratagema nada milagroso, não sabiam. Mas experimentaram um momento de vitória, inspirados por Ruff.

— Abram os portões! — ordenou Korin.

Então os guerreiros de Ghanor despejaram-se sobre a vanguarda do exército demoníaco, que caía na cratera. Corpos sobre corpos, cavalos sobre humanos possuídos, e terra sobre todos, cedendo ante seu peso, soterrando-os. Os defensores da cidade cercaram os demônios e, num terreno mais elevado, golpearam com fervor. Mataram e mataram, enquanto os possuídos tentavam se erguer.

Do alto das muralhas, os elfos puxaram seus arcos e fizeram o trabalho de açougueiro com a precisão e a delicadeza de que só aquela raça era capaz. Suas flechas se cravaram em pontos exatos para causar agonia e semear o caos no exército inimigo.

Korin olhou aquilo com um misto de orgulho e pânico. O chão enfim parou de ceder — todas as vigas estavam quebradas. O general se preparou para dar a ordem de retirada, antes que o grosso do exército inimigo contornasse a cratera e atacasse os defensores pelos flancos. Pensou em Johrgrund, soterrado, sem ar e sem luz.

Então dez corpos de possuídos foram atirados para cima, como uma explosão. Johrgrund surgiu triunfante do meio da cratera. Coberto de sangue e terra, enfurecido, berrando e ofegando.

— Mandem o mundo em cima de mim! — urrou o gigante. — Mandem algo mais pesado! Podem vir, todos os deuses e demônios de uma vez!

Deu um golpe imenso com o mangual, destroçando seis possuídos que se erguiam no meio da confusão.

Rindo, Korin deu a ordem de retirada. Trombetas soaram por todas as muralhas, e os soldados de Ghanor começaram a recuar, golpeando os possuídos que tentavam atacá-los. Johrgrund, urrando, esmagando quem estivesse a sua frente, abriu caminho pela terra que ainda se movia, por cadáveres e corpos ainda vivos, por entre espadas e machados. Fez uma trilha de destruição, até que alcançou o exército de Ghanor.

Os humanos abriram espaço para ele e cercaram-no, protetores. Então todos recuaram juntos, sob flechas e lanças inimigas, para dentro dos portões. Os elfos deram cobertura para a retirada, transformando a morte em uma arte. As portas se fecharam e os possuídos ficaram do lado de fora.

Johrgrund deu dez passos dentro de Ghanor. Então cambaleou e, com um estrondo que se ouviu na cidade inteira, caiu.

— Clérigos! — chamou Korin, enquanto descia das muralhas. — Clérigos, agora!

O gigante foi acudido e apenas os milagres de São Arnaldo mantiveram-no vivo.

Ghanor sofreu poucas baixas. O inimigo perdeu algumas centenas. Numa situação normal, talvez aquela demonstração fosse suficiente para debandar um exército inimigo — mas o inimigo era o exército de Baal, e ele sabia que os soldados infernais não iriam recuar. Korin pensou qual seria a estratégia para os próximos ataques.

Então decidiu que, naquele momento, mais importante do que planejar era agradecer a Johrgrund, o salvador da cidade de Ghanor.

Enquanto os possuídos se recuperavam da primeira derrota e os defensores se reorganizavam, uma figura solitária se aproximou da cidade. Chegou sem ser visto, evitando as sentinelas. Foi até um conjunto de pedras soltas encostadas à muralha, que escondiam uma velha saída de esgoto. Retirou as grades de metal e se embrenhou nos túneis.

Emergiu no meio da cidade. Estava exausto e cambaleante. Foi até o castelo. Os guardas apontaram suas lanças para ele. O homem ergueu a mão.

— Não... Eu sou... Seu líder.

Eles então se ajoelharam para Ruff Ghanor.

Ruff cambaleou até o quarto de Korin. Pediu apenas que acordassem o general. Quando foi anunciado, Korin já estava de pé, sob a luz de um lampião.

A porta do quarto foi fechada. Apenas os dois ali dentro.

Korin ficou em silêncio.

— É minha culpa — disse Ruff. — É tudo minha culpa.

— O que você fez?

Sem resposta.

— O que você fez, Ruff?

O clérigo olhou para seu amigo com lágrimas nos olhos. Estava magro e cansado. Não só cansaço físico — o espírito parecia ter se esvaído de seus olhos. Estava curvado e envergonhado, como um criminoso pego em flagrante. Arrependido como um penitente.

— O que você fez? — Korin insistiu.

— Eu traí Bellitz.

O general virou as costas.

— Os demônios estavam sem força, Korin. Estavam fracos e esfaimados. Tudo estava dando certo. Então... Eu traí a confiança de Bellitz e isso foi maldade suficiente para alimentá-los. Eu os alimentei com minha maldade. Isso fez surgir a noite eterna.

— Eu devia esperar isso.

— Não consegui resistir. Eu estava na cidadela e então...

— E então Áxia chegou — Korin interrompeu-o.

Ruff não respondeu. Nem precisava.

— É claro que foi com Áxia — disse Korin. — Por ela, você faz qualquer coisa. Por ela, você põe a perder tudo pelo que seus amigos e seu povo vêm trabalhando há cinco anos. Há muito mais do que isso!

— Eu não sabia...

— *Você* precisa ser rei. *Você* precisa ser o exemplo para nós. Como pode ser tão egoísta?

Ruff começou a chorar.

— Preciso que me perdoe, Korin.

Korin se virou para ele. Pôs a mão em seu ombro.

— Não.

Ruff se abraçou no amigo.

— *Por favor...*

— Não. Chega. Você sabe que foi arrogante, de novo e de novo. Fez tudo sozinho, mesmo quando *avisei* que daria errado. Você mudou o sonho. Você quer um reinado com brasões, nobres e hierarquia. E você mesmo põe tudo a perder. Não o perdoo, Ruff.

— Preciso de você, Korin.

— E poderá contar comigo. Nós vamos lutar juntos. Vamos proteger este povo e você vai liderá-los. E eu vou embora.

Ruff se afastou dele.

— O quê?

— Não aguento mais. Não tenho lugar aqui e não concordo com o modo como você está cumprindo a missão.

— Você é o verdadeiro líder, Korin. Você é o general. Você manteve tudo funcionando.

— Sim, e por isso você fica longe. Você se perde em seu egoísmo. Chega. Você escolheu títulos de nobreza e estandartes com leões bordados.

Você escolheu Áxia. Agora, de uma forma ou de outra, vai lidar com as consequências de suas escolhas. Não estarei mais aqui para manter as coisas no lugar. *Você* será o rei.

Ruff caiu sentado em uma cadeira. Afundou o rosto nas mãos e soluçou.

— Chore agora, longe dos ouvidos de todos — disse Korin. — Amanhã, você será forte. Será um líder, um rei e um santo.

Respirou fundo.

— E estará sozinho.

21 | A noite do julgamento

O EXÉRCITO DO inferno cercou a cidade de Ghanor. Na noite contínua, as gargalhadas e os tambores de guerra dos possuídos ressoaram por dias. O povo de Ghanor estava amedrontado e acuado. A primeira vitória, liderada por Korin, rechaçou os invasores e garantiu que não haveria derrota sem luta aguerrida. Mas era insuficiente para garantir a segurança de todos. As forças diabólicas preencheram com terra, destroços e corpos o enorme buraco na frente da cidade, preparando o terreno para o ataque que viria. Ainda havia mais de três mil soldados do lado de fora das muralhas, liderados pelo demônio Baal. Eles acamparam em volta da cidade, comemorando o massacre que sabiam que viria, o banquete que o medo dos humanos iria lhes trazer.

Heléne/Baal permanecia distante de seus soldados, cercada por cavaleiros de São Theodric, sempre rondando sobre seu cavalo pálido. Observando-a de quando em quando, a figura aristocrática de cabelos negros e roupas nobres. O Santo Cavaleiro.

Na cidade, Ruff Ghanor reuniu seu conselho na sala de guerra. Lurius Minimus, Edyriell, Dunnius e Niccolas. E Korin. Os dois não haviam mais falado sobre Korin ir embora desde a chegada de Ruff. Era um imenso monstro invisível no meio da sala, algo que todos sabiam estar lá, mas que ninguém mencionava.

— O cerco pode demorar semanas ou meses — disse Ruff, quando todos estavam acomodados. — Precisamos nos preocupar com comida e remédios.

Todos assentiram. Começava agora uma corrida contra a fome. Sem contato com rotas comerciais e fazendas, o maior aliado dos sitiados era a comida e seu maior inimigo era a morte à míngua. Nenhum povo resistiria heroicamente de estômago vazio.

— Temos alimentos ainda para duas ou três semanas com racionamento severo — disse o Irmão Niccolas, remexendo em pergaminhos com anotações e números.

— Remédios por enquanto não são problema — emendou Dunnius. — Conseguimos que vários acólitos desenvolvessem a magia divina nos últimos anos. Basta manter uma vigilância estrita para os primeiros sinais de doenças sérias e levar os primeiros infectados à catedral para serem curados. Podemos guardar os remédios para o caso de uma verdadeira epidemia.

Todos assentiram com a cabeça. Parecia um plano sólido.

— Não, vocês não entenderam — disse Ruff. — Precisamos nos preocupar com comida e remédios para os inimigos.

Os cinco homens olharam para ele como se tivesse se transformado em um hobgoblin.

— O quê? — Lurius Minimus quebrou o silêncio.

— Eles têm acesso ao mundo exterior, mas nenhuma linha de suprimento — disse Ruff. — Não há um feudo apoiando-os, ou mesmo uma parte do exército dedicada a conseguir comida. São só guerreiros. Vão passar fome.

— Melhor que eles passem fome do que nós! — protestou Edyriell.

— Não — Ruff estava muito sério. — Melhor que ninguém passe fome. Além disso, exércitos sitiantes costumam desenvolver doenças e eles não têm clérigos. Precisam de nossos remédios.

— É um exército do inferno! — Lurius insistiu. — Já lutei com muita gente, mas nunca vi nada pior! Um exército do inferno que ataca numa noite que não se vai.

— Os demônios não têm escassez de alimento. Mas os corpos que eles possuíram têm. Vamos compartilhar nossa comida e nossos remédios com o inimigo, pois os possuídos não têm culpa de serem possuídos.

— Entre eles também há rebeldes! — Lurius bateu com seu punho encarquilhado na mesa. — Guerreiros de regiões que se recusam a se unir a nós!

— E por isso mereceriam a morte? Eu serei rei, mas não serei tirano, Lurius Minimus. Todos já vivemos sob o regime de alguém que matava os descontentes, e sabemos o que isso significa.

— Eles não farão o mesmo por nós — disse Edyriell, em indignação quieta. — Ficarão com seus suprimentos *e* os nossos.

— Sei que não farão o mesmo por nós. Isso quer dizer que não somos, ainda, tão ruins quanto demônios. Graças a São Arnaldo.

A sala de guerra foi tomada pelas vozes do conselho. Todos objetaram, disseram que o povo de Ghanor acabaria morrendo em lugar do inimigo. Que Heléne usaria essa misericórdia contra a cidade, forçando um cerco mais longo para que os defensores sofressem. Todos falaram ao mesmo tempo, exceto Korin.

Korin se ergueu da cadeira, foi até Ruff e disse:

— Quer levar os suprimentos amanhã?

O clérigo sorriu para seu amigo. A sala silenciou. De alguma forma, todos sabiam que a decisão estava tomada.

— Preparem-se! — gritou Ruff, de dentro da armadura de Arcanium. — A meu sinal!

Ele tinha o martelo e o escudo em punho. Estava logo atrás dos portões de Ghanor e ouvia o alarido dos soldados infernais do outro lado. Àquela distância, já podia sentir o cheiro de enxofre que emanava dos possuídos, escutava suas vozes com os ouvidos e a mente. A seu redor, um destacamento de soldados, encabeçado por Lurius Minimus e Johrgrund. Protegiam carroças cheias de suprimentos. Korin ficaria coordenando os defensores do lado de dentro e Edyriell lideraria os arqueiros na muralha.

— Ainda não... — disse Ruff, calculando a capacidade de reação de seus guerreiros. — Agora!

— Abram os portões! — gritou Korin.

A ordem foi repetida e enormes manivelas foram giradas, com som de metal contra metal. Os grandes portões de Ghanor se abriram lentamente. Os invasores estavam esperando e despejaram-se para dentro da cidade. Edyriell comandou seus elfos arqueiros para que disparassem e eles fizeram chover setas de pontas metálicas contra os inimigos.

— Avancem! — gritou Ruff. — Pela misericórdia de São Arnaldo!

Ele correu e os defensores correram com ele, todos com os escudos à frente do corpo. Empurraram os possuídos, enquanto as flechas os desestabilizavam e impediam um ataque compacto. Johrgrund rugiu e saltou sobre seus próprios aliados, indo cair no meio dos inimigos. Usou seu corpanzil para empurrá-los de volta, atravessou o portão recebendo golpes de espadas e lanças. Ruff e seus homens vieram logo atrás, dando suporte para o gigante.

— Tragam as carroças! — ordenou o clérigo.

Soldados protegidos por armaduras pesadas, defendidos por colegas que seguravam escudos acima de suas cabeças, empurraram as carroças cheias de comida e remédios. Assim que cruzaram os portões, foram atacados pelo inimigo e estariam indefesos, não fossem seus companheiros.

Lurius Minimus, apesar da idade, saltou para o combate, protegendo os que empurravam as carroças. Viu um possuído erguer um machado sujo contra um soldado de Ghanor e fez um floreio com sua espada de lâmina fina, estocando o inimigo nas costas. Outro veio em seu lugar, brandindo uma espada enegrecida e cheia de mossas. O velho espadachim esquivou-se para o lado e chutou o tornozelo do inimigo, fazendo com que se desequilibrasse. Então perfurou sua garganta com um golpe refinado da espada. O possuído agarrou o próprio pescoço e gorgolejou sangue.

— Nunca tive de matar tanta gente para poder ajudar! — riu Lurius.

Johrgrund enviou três inimigos para os ares com um chute. Quando outros tantos enxamearam sobre ele, o gigante bateu com seu mangual no chão, mantendo-os a distância.

— Ruff diz que não devemos matar muitos de vocês! — gritou ele, indignado. — Então se afastem ou vou desobedecer meu amigo!

E Ruff sentiu-se solto no combate. Teve de lembrar a si mesmo de que o objetivo não era a morte.

Quando cinco possuídos vieram atacar as carroças, Ruff correu para encontrá-los, pegando-os de surpresa. Bateu com o escudo no rosto do primeiro, atordoando-o e arrancando sangue. Empurrou-o contra o segundo, e os dois cambalearam para trás. Ruff então golpeou com o martelo na têmpora do terceiro, ouvindo o osso se esfacelar. De novo, lembrou a si mesmo que não deveria ter prazer com aquilo. Abaixou-se, evitando uma estocada de lança, então se ergueu com o martelo, acertando o queixo de um inimigo de baixo para cima. Restavam três — um ferido, outro recuperando o equilíbrio e um terceiro que o atacou com um tridente. Ruff golpeou a arma, quebrando seus dentes metálicos, e golpeou de novo, afundando o peito do possuído. Então se virou num repelão, encarando os últimos dois. Saltou, caindo com o martelo sobre um ombro e quebrando-o. Por fim, chutou o estômago do último, que fugiu.

As carroças já estavam no território dos possuídos.

— Recuem! — gritou Ruff. — Deixem os suprimentos aqui!

Então os defensores da cidade bateram em retirada, devagar, caminhando para trás, com escudos e armas na frente dos corpos. Foram atacados até que conseguiram cruzar de novo os portões e viram-nos se fechando a sua frente.

Ruff estava ofegante, mas subiu às muralhas. Do alto das ameias, enxergou os inimigos agarrando a comida que haviam recebido, dividindo-a e disputando-a. Viu também, ao longe, a figura de Heléne sobre o cavalo pálido. Rezou a São Arnaldo por um milagre simples e sua voz se projetou para fora da cidade.

— Baal! Veja a misericórdia de São Arnaldo! Veja a grandeza do povo de Ghanor! Vocês nos atacam, mas recebem nossa generosidade. Nos odeiam, mas recebem nosso perdão. Nós lutamos porque precisamos, Baal, e não queremos continuar matando-os.

O exército inimigo olhou-o, em meio a sua algazarra. Mas Heléne/Baal estava silenciosa e parada.

— Acolheremos todos aqueles que quiserem se livrar dos demônios em seu interior. Suas decisões e seus erros até agora podem ser perdoados e apagados. Só existe o futuro! Continuem nos atacando e iremos apenas nos defender. Continuem nos odiando e iremos lhes oferecer amizade. Continuem acampados ao redor de nossas muralhas e dividiremos o que possuímos com vocês.

Ruff tomou fôlego e completou:

— Todos são bem-vindos! As crias do inferno não são seus mestres, são parasitas! Aceitem nosso amor e deixem este exército de escuridão!

Então se voltou para a cidade.

— Não há razão para medo! Nunca estaremos desunidos. Somos mais fortes que o inferno e mais resistentes que qualquer inimigo. Vejam o que construímos nesta cidade! Este é o lar de todos. É com este espírito que venceremos os demônios, pois eles dependem da maldade e do desespero! Então sorriam para seus inimigos, abracem seus algozes. Então, com nossa força, expulsaremos os demônios de volta a seu abismo!

Ergueu o martelo e o povo gritou:

— *Ghanor! Ghanor! Ghanor!*

Era o nome de seu líder, de seu santo, e era o nome de sua cidade. Naquele momento, era o nome de todos eles. Todos pertenciam a Ghanor e, inflamados pela figura de Ruff, sentiam-se prontos para morrer e viver em nome de um sonho. Abraçar os inimigos e torná-los fracos. Lutar contra eles sem medo.

Horas depois, algumas dezenas de soldados infernais bateram nos portões, implorando passagem antes que seus próprios companheiros conseguissem matá-los. Korin deu ordem para que fossem admitidos. Os defensores deixaram-nos entrar e viram que o olhar daqueles homens era diferente. Eles estavam arrependidos e queriam expulsar os demônios de dentro de si.

Ruff foi à entrada da cidade recebê-los.

Baal circulou pelo exército sobre seu cavalo pálido.

Os soldados inimigos desertores ainda estavam possuídos, os clérigos decretaram. Assim, foram abrigados na catedral, para que vivessem ali por enquanto, sem que pudessem fazer mal aos defensores.

O templo estava lotado, cheio de feridos, de sacerdotes, trabalhando e rezando, e agora também dos recém-chegados. Eles eram bem tratados, mas não podiam ficar livres na cidade.

O Irmão Dunnius se aproximou de um deles. Era um guerreiro barbudo, já grisalho. Seu rosto era todo entrecortado de cicatrizes. Ele estava deitado numa cama improvisada, num canto da nave central da igreja. Seus pés e suas mãos estavam amarrados, para que ele não ferisse a si mesmo e a outras pessoas. O guerreiro se debatia, mas Dunnius viu em seu olhar que não queria fazer aquilo. Era um olhar de súplica, um pedido de ajuda.

— *Tire essa coisa de dentro de mim* — implorou o desertor.

Dunnius engoliu em seco.

No meio do alarido que era a catedral durante o cerco, nada mais parecia existir, exceto aquele homem. Acólitos passavam em uma meia corrida para lá e para cá, moderando a pressa apenas segundo a solenidade exigida pelo ambiente. Clérigos mais graduados esqueciam todo o protocolo, gritando uns para os outros por bandagens, livros de orações, tigelas de comida.

O Irmão Dunnius secou o suor da própria testa e colocou as mãos no peito do ex-inimigo.

— Eu sei que você não faz isso porque quer — disse, com mansidão. — Não é sua culpa. Isso é o que Ruff diria, e acredito que é verdade! Não é sua culpa, você apenas estava vulnerável e um demônio se apossou de sua alma.

— *Tire-o de dentro de mim* — suplicou o homem.

Mas, com a mesma voz:

— *Clérigo maldito, você fornica com porcos, vou comer suas entranhas...*

Dunnius fechou os olhos e começou a rezar.

— São Arnaldo, veja este homem perdido. Veja tudo por que passou. Veja como ele precisa de sua ajuda. São Arnaldo, eu suplico, venha a nós. Eu imploro, cure-o de sua aflição. Afaste o inferno. Afaste o inferno. Afaste o inferno.

— *Irmão, por favor! A dor é enorme! Por favor!*

Dunnius tremia de esforço. Seu cenho estava franzido. Suor começou a brotar em gotas largas de sua testa e seu pescoço.

— Afaste o inferno. São Arnaldo, toque a alma deste homem para que os demônios tenham medo. Tire o abismo deste corpo. Afaste o inferno.

— *Você será minha prostituta no inferno, desgraçado! Vou usá-lo e depois mutilar seu rosto! Vou quebrar seus ossos e arrancar seus dentes!*

As pernas de Dunnius fraquejaram, mas ele se segurou na cama do paciente. Não notou, mas já havia um semicírculo de acólitos e alguns clérigos assistindo ao ritual que ele tentava fazer.

Afinal, expulsar demônios de um local era tarefa quase simples. Mas exorcizar um abissal que possuía um corpo era raro e difícil, e todos queriam ver se daria certo.

— O inferno é longe daqui!

O possuído deu um guincho, retesando o corpo e forçando as amarras. Dunnius começou a entoar um cântico numa língua sagrada, fazendo movimentos ritualísticos e ensaiados.

Então a luz azul da magia divina emanou de seu corpo.

— O inferno é longe daqui!

O demônio gritou, pela garganta do possuído. Então, por sua boca, seus olhos, suas narinas e suas orelhas, brotou uma névoa negra de cheiro horrendo. Espiralou e formou-se em um pequeno diabrete, com cabeça de bebê humano e uma bocarra circular, cheia de dentes pontudos, no meio do rosto. O demônio berrou de pavor do Irmão Dunnius e voou para longe, mais rápido do que os olhos humanos podiam acompanhar.

Dunnius caiu de joelhos, ofegante, exausto.

— *Obrigado, São Arnaldo* — disse, sob a respiração.

A notícia do milagre se espalhou.

Ruff soube o que fazer com aquilo. Talvez fosse dispendioso demais exorcizar um por um os desertores. Mas o milagre de Dunnius seria compartilhado e seria útil.

Após a primeira semana, passaram fome.

A cidade de Ghanor começou um racionamento severo de comida. Os soldados e clérigos passaram a distribuir rações para a população, concedendo a cada um o mínimo para sobreviver. Houve, entre o povo, quem se ressentisse dos presentes que haviam dado ao inimigo e da acolhida a soldados infernais desertores. Ruff não temia um levante da população ou moral baixo nas tropas. Quando a fome chegou, ele surgiu na janela de uma torre no castelo, com o povo reunido abaixo.

— Não temam a fome, pois somos filhos de São Arnaldo! Não temam o inimigo, pois ele depende de nós. Apenas nosso ódio e nosso medo podem alimentá-lo. Basta que continuemos firmes e eles cairão!

Os cidadãos olhavam para ele querendo acreditar, mas era difícil.

— O tempo corre contra eles. *Não* contra nós! Apenas a fome é nossa inimiga! Eles têm inimigos muito mais perigosos. Nossa força, nossa união, nossa fé! Logo estarão desesperados, pois não iremos alimentá-los. Logo eles serão obrigados a nos atacar e então estaremos em vantagem.

Os punhos se fecharam na multidão. Os rostos estavam duros de certeza e vontade de lutar. Mas também já mostravam sinais de magreza.

— Ghanor nunca cairá! — gritou Ruff. — *Nunca!* Enquanto mantivermos nossa fé, as muralhas de Ghanor continuarão firmes! Não precisamos temer nada!

Ruff ouviu gritos de "Ghanor! Ghanor!" espalhados na multidão.

— Eles vieram do inferno... — disse, com um sorriso confiante. — Desejarão voltar para lá! *Por Ghanor!*

E o povo respondeu como um só:

— *Ghanor! Ghanor! Ghanor!*

A fome cresceu na cidade. Um oficial sugeriu que poderia haver um mercado negro de alimentos, que alguns poderiam estar engordando e enriquecendo com a miséria dos demais.

Ruff segurou seu ombro.

— Mesmo se alguém estiver fazendo isso, prefiro lidar com o culpado depois do que desconfiar de meu povo. Nenhuma casa será invadida. Confiaremos na palavra de todos.

O homem saiu meio desconcertado.

Ruff não ordenou que nenhum guarda investigasse casas em busca de comida escondida. Assim como pedia a fé do povo, teve fé neles.

Lurius Minimus foi ter com o clérigo.

— Tem certeza de que isso é sábio? Apenas confiar cegamente em todos?

Ruff deu um riso triste.

— Somos todos pecadores, Lurius. Mas todos temos o potencial para a bondade. Nunca poderia pedir a confiança do povo sem confiar nele primeiro.

Assim, ninguém denunciou ninguém. Mas, na segunda semana, três mercadores confessaram que possuíam comida armazenada, que vendiam a altos preços. Nenhum deles foi punido; todos foram acolhidos após uma promessa de contribuir com a defesa da cidade.

— Não cabe a nós julgar — disse Ruff. — Não cabe a nós punir.

Logo após isso, mais cinquenta soldados do inimigo suplicaram para entrar na cidade. Queriam expulsar seus demônios e pediam perdão.

No início da terceira semana, a fome imperava. Ruff decidiu que era hora de botar em prática o plano que vinha armando desde o começo.

Todos os clérigos foram postos nas muralhas, vestidos em seus robes e mantos. Alguns eram pouco mais que crianças — acólitos que ainda tinham muito a aprender sobre a doutrina religiosa. Outros eram velhos que, após uma vida de orações sem resposta, haviam se tornado milagrosos quando conheceram os monges de São Arnaldo. E todos seguiam o santo, mas havia aqueles apadrinhados por Santo Otto e Santa Galateia, Santa Imuen e Santa Fryeda. Eles se reuniram nas muralhas e começaram a rezar.

Ruff, com sua armadura de Arcanium, estava no centro, bem de frente para o exército inimigo. A seu lado, o Irmão Dunnius. Ruff enxergava Heléne muito pequena, lá embaixo, indo para um lado e para outro sobre o cavalo.

Ruff ergueu as mãos.

— São Arnaldo está conosco. Com ele não tememos.

E os clérigos, em uníssono, responderam:

— *São Arnaldo está conosco.*

— Acolhemos as almas dos justos e dos injustos. Alimentamos o generoso e o avarento. Entre nós não há lugar para o ódio. O inferno é longe daqui!

E os clérigos repetiram:

— *O inferno é longe daqui!*

Então entraram em uma ladainha sagrada, um mantra repetitivo multiplicado por dezenas de vozes. Estavam nas ameias, seus corpos eram visíveis para o inimigo, mas não temiam. Ruff, com as mãos postas em reza, fechou os olhos, ignorando Baal e o exército lá embaixo.

— *O inferno é longe daqui. O inferno é longe daqui.*

Ruff ouviu trombetas de guerra do inimigo, mas mal registrou o som. Estava absorto na própria reza. Apenas imaginou que Baal já notava o que ele iria fazer.

— *O inferno é longe daqui. O inferno é longe daqui.*

À afirmação repetida de novo e de novo, misturavam-se palavras em idiomas antigos, fórmulas santas bem decoradas e aprendidas por todos os clérigos. Era tudo parte de um ritual ancestral, uma sequência predeterminada que invocava o poder dos santos e reafirmava a fraqueza dos demônios. Algo exaustivo, mas que Dunnius provara ser possível.

As trombetas de guerra soaram de novo. Ruff teve de se controlar para não sorrir.

— *O inferno é longe daqui. O inferno é longe daqui.*

O exército inimigo ergueu-se numa gritaria avassaladora, milhares de gargantas urrando umas sobre as outras. Ruff ouviu som de cascos de cavalos e botas no solo, o ranger de madeira que denunciava um ataque iminente. O inimigo avançou com escadas compridas e máquinas de cerco. O ataque começou.

Ruff brilhou com a luz azul da magia divina. Logo, os demais clérigos também emitiram o brilho azulado e a noite contínua se iluminou. A ladainha ficava cada vez mais intensa, mais fervorosa. O exército demoníaco correu para as muralhas da cidade de Ghanor, mas seus guerreiros estavam ofuscados.

— *O inferno é longe daqui. O inferno é longe daqui.*

Então o próprio céu se iluminou com o azul dos deuses. Os inimigos foram banhados por raios da energia santa e gritaram. Acima da barulheira ensurdecedora, Ruff ouviu um rugido baixo, grave, que fez tremer as muralhas.

Era Baal:

— *Ataquem! Matem os clérigos!*

A primeira máquina de cerco chegou ao portão de Ghanor. Era um aríete, uma espécie de veículo coberto, dotado de um tronco sustentado por correntes. Os inimigos puxaram o tronco para trás e soltaram-no. Os portões receberam o primeiro golpe do aríete, mas resistiram.

Um grupo de possuídos levou a primeira escada de cerco às muralhas. Juntos, os guerreiros infernais ergueram a escada e encostaram-na nas ameias da cidade. Se os defensores das muralhas fossem guerreiros, empurrariam a escada e derrubariam os invasores. Mas eram apenas clérigos perdidos em oração e continuaram rezando enquanto os inimigos subiram.

— *O inferno é longe daqui. O inferno é longe daqui.*

O primeiro guerreiro possuído surgiu nas ameias. Tinha uma faca entre os dentes e um sorriso largo demais, ansioso por matar.

Ruff Ghanor abriu os olhos.

— O inferno é longe daqui! — gritou. — *São Arnaldo, expulse-os de volta ao inferno!*

Uma explosão de luz azul emanou dos clérigos e toda a área ao redor da cidade foi tomada pelos gritos agonizantes de centenas de demônios. Ruff viu as formas etéreas, como sombras semimateriais, espiralando para fora dos corpos possuídos, sendo puxados pela força invisível dos deuses. Os abissais guincharam, suas gargalhadas se transformaram em lamentos doloridos.

— Eu os exorcizo em nome de São Arnaldo!

O exorcismo era um ritual complexo. Afastar demônios imateriais não era tão difícil, mas arrancá-los dos corpos que haviam possuído beirava o impossível. Fazer isso com tantos milhares era um feito inédito, até onde ele sabia, mas os demônios tinham sido enfraquecidos ao longo daquelas semanas.

Havia pouca maldade, pouco pecado e pouco ódio na cidade de Ghanor. Os inimigos estavam fracos e Ruff expulsou-os de volta ao inferno.

Os atacantes que subiram as escadas despencaram, seus corpos subitamente moles. A equipe do aríete largou a arma de cerco, gritando e segurando as cabeças. E, no exército todo, centenas de soldados ficaram desnorteadas. Tentaram fugir, correndo na direção contrária a seus companheiros. Largaram as armas ou simplesmente gritaram, atônitos. Acima deles, uma massa negra, pontilhada por centenas e centenas de olhos e presas, espiralou para longe.

Ruff calculou que talvez quinhentos possuídos tivessem sido exorcizados. Teria de ser suficiente. O exército inimigo ainda não estava derrotado — e ainda havia os que lutavam por vontade própria, sem nenhuma possessão demoníaca. Acima de tudo, havia a promessa de Heléne/Baal, de que um exército sob seu comando nunca recuaria. A força do inferno estava naqueles guerreiros.

Na melhor das hipóteses, Baal seria exorcizado de Heléne.

Mas Ruff viu a madre superiora no meio do campo à frente, cercada por seus cavaleiros, tentando conter os soldados.

Sua outra esperança era que o avatar do inferno recolhesse seu exército e aguardasse para atacar outro dia — assim poderia haver outro exorcismo.

Mas Heléne/Baal fez soar as trombetas de guerra e, mesmo em meio ao caos, continuou atacando. Longe, surgiu o cavaleiro aristocrático — São Theodric apadrinhando com seu ódio.

— Muito bem — disse Ruff Ghanor, entre dentes. — Vamos resolver isso hoje.

— Clérigos, recuem! — gritou Ruff. — Para a catedral!

Os homens e as mulheres santos correram pelas escadarias que ficavam dentro das muralhas. Estavam exaustos e os mais fortes precisavam amparar os mais fracos, pois o exorcismo era extenuante. Alguns despencaram pelas escadas, quebraram ossos. Um velho sacerdote morreu, e nada pôde ser feito para salvá-lo. Mas era o preço da guerra santa. De qualquer forma, seu papel naquele lugar acabara — agora deveriam ficar de prontidão para curar os feridos. Enquanto eles se derramavam lá embaixo, Korin coordenava os soldados para tomar seu lugar.

Assim que o último clérigo saiu das muralhas, o general ordenou:

— Subam! Rápido!

E seus soldados obedeceram, correndo escadarias acima.

Os clérigos haviam ido embora e os soldados ainda não haviam chegado. Ruff ficou sozinho sobre as muralhas. Segurou firme o martelo e de novo achou Heléne/Baal no meio do exército.

Apontou para a cavaleira com sua arma. Um relâmpago cortou o céu da noite e Ruff enxergou a silhueta enorme e chifruda do avatar do inferno acima de sua forma humana.

No portão, uma nova batida do aríete. O exército infernal era grande e havia muitos possuídos e rebeldes dispostos a quebrar as defesas de Ghanor. Várias escadas de madeira estavam encostadas nas muralhas e grupos de inimigos subiam, ansiosos por matar. Korin chegou às ameias esbaforido, espada já em punho, seguido por seus homens. Eles logo ocuparam o topo das muralhas.

O primeiro soldado inimigo surgiu com sua cabeça acima do muro, subindo a escada, e Korin empurrou-o com toda a força. Conseguiu mover a escada alguns centímetros para trás e, antes que ela caísse de novo, o general chutou a cara do inimigo, enviando-o, com toda a escada, para baixo. Todos os soldados que escalavam caíram por cima dos outros lá embaixo, berrando.

— Ghanor! — gritou Korin.

Vários outros grupos de atacantes chegavam. Os soldados de Ghanor empurraram as escadas, mas em alguns pontos não havia defensores suficientes e os inimigos conseguiram subir pela muralha sem resistência.

Ruff correu para um desses pontos. Foi recebido por três possuídos que se acotovelavam sobre a muralha, protegendo a chegada de seus companheiros. Os três estavam armados com espadas e gargalhavam. Ruff atacou um deles, que bloqueou seu golpe com a lâmina. Mas o metal da espada se partiu e a cabeça do martelo afundou o peito do inimigo. Ruff então se virou e deu um encontrão forte com o escudo no segundo, fazendo-o voar e cair no chão, do outro lado da muralha, sobre seu próprio exército. O terceiro, contudo, era mais perigoso: sua língua se estendeu um metro para fora da boca, chicoteando Ruff com um fio afiado como navalha. A língua enrolou-se no antebraço do clérigo, prendendo a mão do martelo, e o inimigo puxou-o para perto, tentando achar uma fresta na armadura por onde enfiar a espada. Ruff abaixou e ergueu o escudo, batendo com a borda metálica na língua do guerreiro e decepando-a. Então, com o martelo livre, Ruff esmagou seu crânio.

Os soldados de Korin chegaram para enfrentar os inimigos que aqueles três protegiam. Ruff ouviu a voz de seu amigo:

— Desça, Ruff! Eles vão precisar de você lá embaixo!

Como uma confirmação disso, os portões tremeram com um novo golpe do aríete.

— Se as muralhas forem dominadas, desça também! — gritou Ruff. — Não jogue as vidas de seus soldados fora!

— Ei, eu sou o general! — Korin sorriu como nos velhos tempos.

Então, confiando no amigo, Ruff correu para as escadarias internas da muralha, descendo até a entrada da cidade.

Perto dos portões, o restante do exército de Ghanor estava pronto. Lurius Minimus comandava os guardas que se postavam mais atrás, escondidos em ruelas laterais, prontos para emboscar os invasores. Edyriell estava à frente dos elfos. Johrgrund postava-se logo atrás dos portões, esperando ansioso pela chegada do inimigo. E mais centenas de guerreiros estavam lá, liderados por sargentos, ouvindo o combate nas muralhas e aguardando a hora de agir.

Uma nova batida do aríete fez os portões racharem. Pela abertura, Ruff pôde ver a face sádica de um soldado possuído.

Ele esperava estar fazendo a coisa certa. A batalha nas ameias estava aguerrida, mas Korin sabia o que fazia. E ele mesmo seria necessário no chão, para lutar contra alguém a cavalo.

O aríete golpeou de novo; o portão quase cedeu.

— Estejam prontos! — gritou Ruff. — Por São Arnaldo!

— *Por São Arnaldo!* — repetiram os guerreiros, e então o portão se quebrou.

As duas faces de madeira e metal voaram para os lados, enquanto soldados infernais correram para dentro da cidade de Ghanor. Eles se aglomeravam uns com os outros, sem tática ou preocupação com segurança. Eram possuídos, e os demônios que os controlavam não se importavam com seus corpos. Ou eram apenas desesperados que achavam que nada tinham a perder.

Johrgrund deu um urro bestial e golpeou com seu mangual de cima para baixo, matando dois inimigos no mesmo instante. A arma presa ao antebraço do gigante era tão pesada que só poderia ser erguida por três ou quatro humanos, mas ele preparou outro golpe sem dificuldade e varreu mais três atacantes, transformando-os em uma ruína sangrenta. Ruff teve um frio no estômago e agradeceu em silêncio por Johrgrund estar do lado deles. Não sabia se poderia vencê-lo de novo caso ele se tornasse um inimigo.

— Quero sentir o gosto de carne de demônio!

Um bando de possuídos investiu contra ele; lanças, espadas e maças ensanguentadas e prontas para mais matança. Uma maça se partiu contra o ombro de Johrgrund. Ele abriu a boca em um rugido terrível, e dois inimigos tentaram lhe enfiar as lanças garganta adentro. O gigante fechou a boca, mordendo as lanças, quebrando metal, madeira e dentes. Começou a gargalhar ao mastigar os restos das armas, sangrando pelas gengivas. Pisou em um possuído, esmagando sua cabeça, e girou o mangual, destroçando outros dois corpos, fazendo seus ossos virarem papa dentro da carne.

— Venham, homenzinhos! Venham, diabos e filhos de putas infernais! Venham todos, estou com fome!

Com a mão esquerda, agarrou a cabeça de um soldado inimigo. Como se para pontuar suas bravatas, mordeu-lhe o peito, destruindo o esterno e as costelas. Jogou o cadáver para longe e voltou-se a outros três.

Os possuídos correram para longe de Johrgrund. Um deles tropeçou e o gigante riu ao alcançá-lo. Saltou sobre ele, esmagando-o. Então viu um possuído logo à frente desmaiando: uma nuvem negra deixou o corpo.

O demônio desencarnou de seu hospedeiro, por puro pavor da fúria do gigante.

— Volte aqui, demônio de merda! — gritou Johrgrund, girando o mangual, que passou inofensivo pelo demônio imaterial. — Volte aqui, posso matá-lo melhor!

Os soldados de Ghanor tinham tanto medo de Johrgrund quanto os inimigos. Ruff Ghanor observou aquilo com uma fascinação mórbida.

— Ele está possuído — choramingou um soldado próximo a Ruff. — Por São Arnaldo, ele está possuído. Ninguém pode ter tanta alegria em matar.

Ruff colocou a mão no ombro do soldado.

— Não — disse, com voz firme. — Não, eu não acredito que Johrgrund possa ser possuído. Os demônios podem possuir quem tem rancor e ódio, quem tem malícia e traição. Johrgrund é só destruição. Não podem possuí-lo, assim como não podem possuir um leão enfurecido. Não podem possuí-lo, assim como não podem possuir um vulcão ou uma tempestade.

Os defensores formaram uma parede de escudos e receberam a investida dos inimigos com firmeza. A primeira leva de possuídos jogou-se sobre eles, sendo empalados por suas lanças ou esmagados pela pressão dos companheiros atrás. A entrada da cidade era larga, mas logo se transformou num caos de corpos se empurrando e tentando cortar uns aos outros. A batalha quando um exército entrava em uma cidade fortificada era a curta distância; um teste de força e resistência, sem espaço para golpes vistosos.

Ruff achou um espaço na multidão e avançou até a parede de escudos. Os homens abriram uma fresta para ele e o clérigo travou seu escudo com os dos companheiros à esquerda e à direita, ficando firme.

— Resistam! — gritou Ruff. — Resistam, por São Arnaldo!

Os possuídos gritavam blasfêmias e empurravam a parede dos defensores, tentando golpear como conseguiam. O cheiro de corpos mal lavados misturava-se ao cheiro de enxofre e ao hálito de álcool dos guerreiros dos dois lados. Manter um exército totalmente sóbrio era tarefa quase impossível, e Ruff sabia que talvez metade de seus soldados estivesse bêbada para encontrar a coragem de enfrentar o inimigo. O calor era insuportável, e Ruff sentiu a nuca ficar ensopada de suor.

Ele ergueu o martelo e golpeou, quebrando a clavícula do guerreiro a sua frente. O homem escorregou devagar para baixo, não conseguindo nem mesmo cair direito no meio da aglomeração, enquanto outro, logo atrás, estendia o braço com uma espada, tentando estocar alguém por sorte. Ruff atacou de novo, forçando a lâmina para baixo e batendo no braço do inimigo. Então sentiu algo líquido sob seus pés e escorregou, demorando um instante para achar firmeza de novo. Um gorgolejar sofrido a seu lado denunciou: o homem a sua direita tinha levado um corte na virilha e estava morrendo. Seu sangue se derramou pelo chão, fazendo uma poça. Enquanto Ruff se erguia de novo, três possuídos jogaram-se sobre ele, fazendo um dente na parede de escudos, batendo com machado, espada e maça na armadura de Arcanium. A algazarra ao redor do clérigo já era total, mas sua cabeça foi preenchida pelo clangor metálico das armas batendo no elmo e ele ficou desorientado. O calor aumentou. Enquanto um dos inimigos batia repetidamente no elmo de Ruff, outro agarrou-se a ele, enfiando a espada pelas frestas da armadura até que a ponta afiada da arma encontrou pele. Ruff sentiu uma dor aguda no peito, sentiu o interior da armadura começar a se encharcar de líquido quente, e o clangor continuou. O calor era cada vez maior, a gritaria do combate se misturava às risadas dos atacantes. O movimento das ondas de inimigos contra a parede de escudos transformava o mundo em um mar de corpos, e Ruff sentiu estar se afogando.

Caiu com um joelho no chão.

O ataque continuou. Ruff ergueu o escudo, protegendo-se como podia, e raciocinou que aquela era uma maneira estúpida de morrer. Ele vencera Zamir, vencera os demônios nos Pântanos Cinzentos, mas não conseguia ficar de pé no meio de uma parede de escudos com três soldados anônimos golpeando-o.

A espada do inimigo se cravou mais fundo.

Súbito, todo o alarido foi cortado por um rugido de Johrgrund. Os inimigos que estavam sobre Ruff voaram, com vários perto deles. Ruff aproveitou o momento de alívio e ficou de pé. Antes que os infernais se reagrupassem, ele ordenou:

— Abram caminho! Deixem-nos passar!

A parede de escudos então se dividiu, cada metade para um lado, os soldados prensando-se contra os prédios, com escudos à frente dos corpos. Formaram um corredor. A horda de possuídos correu adiante, alguns ainda atacando, mas a maioria ignorando os defensores na ânsia de tomar a cidade.

As janelas do segundo e do terceiro andares dos prédios em volta se abriram. O povo de Ghanor surgiu, com pedras, tijolos, telhas, todo tipo de objetos pesados nas mãos. E fizeram chover isso sobre os atacantes. Crânios se racharam ante a barragem. Os inimigos gritaram quando óleo e água ferventes foram jogados sobre eles. Mas continuaram em frente.

De repente, ouviu-se a voz de Lurius Minimus:

— Capas vermelhas, ataquem!

A guarda da cidade de Ghanor surgiu das ruas laterais, emboscando os atacantes com suas lanças compridas. Dezenas de corpos foram perfurados no mesmo instante. Então os guardas soltaram as lanças, deixando-as presas nos inimigos, e sacaram as espadas, fechando as ruas e avançando para a matança.

Ruff gritou:

— Soldados, formem a parede!

Seus homens forçaram o caminho à frente e formaram a parede de escudos de novo — metade voltada para fora, detendo os inimigos que chegavam pelo portão, metade voltada para dentro, atacando os que haviam passado. Costas com costas. Assim, formou-se uma zona de morte, em que os inimigos estavam trancados entre Ruff e Lurius e logo foram massacrados.

Os guardas juntaram-se aos guerreiros de Ruff em uma força compacta, empurrando os inimigos para fora da cidade. A pressão das duas forças combinadas era demais e a horda começou a recuar. Espremido entre os inimigos e os aliados, Ruff conseguiu olhar para cima por um instante, tentando ter uma ideia da situação de Korin. Um possuído despencou das muralhas, indo morrer sobre um telhado mais abaixo. O clérigo imaginou que lá em cima a batalha também estava equilibrada.

Trombetas frenéticas soaram do meio do exército inimigo, fora da cidade. Os possuídos entenderam o sinal e recuaram com mais velocidade, andando para trás enquanto se protegiam. Ruff enfim chegou aos portões, com a parede de escudos. O inimigo estava quase totalmente fora da cidade de Ghanor. As trombetas continuavam soando.

— Alto! — ordenou Ruff, e sua ordem foi repassada por inúmeros sargentos, pelas batidas de tambor e pelos movimentos de bandeiras. — Fiquem parados!

As linhas de soldados mais atrás pararam de empurrar, e então Ruff e seus companheiros dos dois lados ficaram sob o portão destruído, vendo o exército demoníaco se reorganizar. Como uma só criatura, as forças infernais se abriram, dando espaço à cavalaria. A liderança de Baal emprestava-lhes resistência inumana — eles não paravam, jogavam-se no moedor de carne sem medo ou hesitação. Ruff engoliu em seco, tentando se preparar para o que viria.

Os cavaleiros usavam pedaços desencontrados de armaduras sobre trapos imundos. Tinham barbas cheias e desgrenhadas, carregavam escalpos de inimigos vencidos pendurados na roupa. Seus cavalos eram ferozes, imbuídos com a fúria dos ginetes, e pateavam o chão, ansiosos por lutar. Os cavaleiros brandiam lanças, cimitarras, machados. Carregavam estandartes retalhados de São Theodric, cabeças de adversários no topo das lanças, carcaças de animais em decomposição.

À frente deles, estava a Madre Heléne.

Contrastando com a selvageria de seus comandados, o avatar do inferno usava a forma humana imponente e contida da Santa da Boa Morte. Sua armadura não tinha se sujado durante todo o cerco ou a batalha, os cabelos loiros continuavam em um coque e ela tinha um sorriso de desdém no rosto. Estava desarmada.

— Preparem-se para a carga! — gritou Ruff. — Johrgrund, a mim!

O gigante colocou-se logo atrás da primeira linha da parede de escudos. Não usava um escudo, mas seu poderio físico seria necessário para resistir à investida da cavalaria diabólica.

Ruff travou o olhar com Heléne. Os olhos negros da hospedeira de Baal convidavam ao abismo. O avatar do inferno fez um gesto com o braço e uma espada negra surgiu em sua mão. Parecia não ter peso ou consistência. Toda a luz sumia para dentro da arma e olhá-la era como olhar num abismo sem fundo.

— Chega de truques — disseram as vozes de Heléne e de Baal em uníssono. — Eu contra você, traidor. O mestre deste mundo contra o falso santo.

Heléne gesticulou à frente e o inferno fez carga contra a cidade de Ghanor.

A cavalaria inimiga se chocou contra a parede de escudos. Duas lanças dos defensores perfuraram os corpos de cavaleiros, mas isso não os deteve. A força dos corcéis era grande demais e toda a linha de defesa foi arremessada para trás. Os animais atravessaram a brecha na parede, atropelando os defensores mais atrás. Johrgrund conseguiu matar um cavalo e um cavaleiro com um golpe enorme de seu mangual, mas outros passaram por ele.

Ruff recebeu uma lança inimiga no escudo, desviou-a empurrando para o lado, enquanto o guerreiro a sua esquerda era empalado e levado embora por um cavaleiro. O clérigo então golpeou com o martelo o joelho do ginete a sua frente, destruindo-o. O homem gritou de dor e seu cavalo empinou. Ruff bateu no peito exposto do animal e ambos desabaram em meio ao som de ossos quebrados.

O terreno em volta do portão era uma confusão de sangue, gritaria e metal. Ruff ainda sentia o ferimento no peito latejar e seus braços começavam a perder o movimento. A armadura era quente demais para lutar naquelas condições, e ele estava com muita sede, suando cada vez mais. Não sabia como estava a situação mais atrás, muito menos nas muralhas. Não sabia se inocentes já estavam morrendo nas mãos dos invasores ou se havia outros focos de invasão.

Súbito, Heléne surgiu a seu lado. O guerreiro à esquerda de Ruff ergueu o escudo e gritou, numa bravura de desespero, tentando estocar a madre superiora com a espada. O enorme cavalo pálido pisou com seu casco no escudo do homem, amassando-o e jogando o soldado para trás. Então Heléne golpeou com sua espada, acertando o ombro do guerreiro.

Ele não sangrou. A carne e a cota de malha apenas desapareceram e ele gritou de agonia como Ruff nunca ouvira alguém gritar antes. Então a espada negra continuou para baixo, dividindo o guerreiro em dois num corte grotesco, sem sangue, devorando tudo que compunha aquele homem sem encontrar resistência. Enfim, o soldado morreu e parou de gritar.

Ruff tinha a boca entreaberta. Uma gota de suor caiu de sua sobrancelha e fez arder seu olho. O coração disparou.

— Heléne! Baal! — gritou. — Deixe os mortais! Enfrente o Devorador de Mundos!

O cavalo pálido relinchou e o avatar do inferno sorriu para ele.

Ergueu a espada e investiu contra Ruff.

Heléne/Baal cavalgou para cima de Ruff. O clérigo viu os cascos enormes avançando para seu rosto e seu peito, esquivou-se para o lado num passo rápido. Aproveitou a posição e atacou com o martelo, visando as costas da madre superiora. Como se cavalo e cavaleira fossem um só, o animal foi mais veloz: escoiceou Ruff com as patas de trás, enviando o clérigo contra a parede do portão.

Suas costas bateram forte na pedra e ele sentiu o fôlego ir embora. Teve tempo de olhar ao redor e viu que a parede de escudos se desfizera completamente — a luta contra os possuídos estava espalhada pelas ruas da cidade e o resto do exército inimigo aguardava do lado de fora. Rilhou os dentes e confortou-se com aquilo: a batalha era entre ele e Baal, não precisava se preocupar com outros.

O avatar do inferno virou o cavalo e investiu contra Ruff de novo. Estendeu o braço e a espada negra se projetou como uma lança. Ruff se abaixou e parte da pedra atrás dele deixou de existir, consumida pela lâmina demoníaca. A muralha da cidade fez um som preocupante de terremoto, ameaçando desabar. Heléne retirou a lâmina enfiada na pedra sem dificuldade, cortando-a. Ruff rolou para o lado, virou as costas para Baal e correu, tomando distância. O avatar do inferno foi persegui-lo, mas Ruff se virou de novo e então saltou contra Baal.

As botas da armadura de Arcanium impulsionaram um salto inumano. Ruff ergueu o martelo em pleno ar. O demônio preparou-se para bloqueá-lo com a espada, mas no último momento Ruff colocou o escudo à frente do corpo, chocando-se com Heléne/Baal. A criatura foi jogada do cavalo e os dois inimigos rolaram pelo chão enlameado. Ruff ficou de pé num salto e desceu o martelo sobre Heléne, que ainda se erguia. A cavaleira bloqueou o golpe com o antebraço. A força fez com que ela deslizasse para trás, mas não foi ferida. Baal atacou com a espada, Ruff recebeu o golpe com o escudo. A lâmina negra comeu o metal sem encontrar resistência. Ruff jogou os restos do escudo no chão e segurou o martelo com as duas mãos.

Agora os dois estavam fora da cidade, em campo aberto. O exército infernal observava a luta, gritando blasfêmias contra Ruff e exaltando o nome de Baal. O avatar do inferno golpeou com a lâmina em arco e Ruff recuou para evitar o golpe. De novo e de novo, e então ele estava de costas contra os inimigos. Um possuído enfiou uma faca por uma fresta na armadura de Ruff. Ele sentiu dezenas de mãos agarrando-o por trás. Baal inspirou e preparou um golpe.

E então Ruff sorriu.

Uma ponta de espada surgiu no peito da Madre Heléne, fazendo-a sangrar um líquido negro e fedorento. Ela olhou para baixo com seus olhos negros, para o próprio ferimento, incrédula.

— Sentiu minha falta? — gritou Korin, puxando a espada das costas do inimigo.

Korin chegara correndo, por trás, e golpeara Heléne numa estocada certeira. A espada construída na forja do inferno de Thondin era afiada e mortal e atravessou o corpo da madre como se fosse uma inimiga qualquer. Ruff sentiu uma onda de alívio ao ver o amigo, riu dentro do elmo apesar da situação preocupante. Desvencilhou-se das mãos que o agarravam, batendo com o cotovelo em um rosto. Sentiu o sangue escorrer pelas costas, mais um foco de dor, mas conseguiu se afastar da horda. Heléne/Baal virou-se e atacou Korin, que saltou para trás, evitando a espada negra. A lâmina do demônio acertou o chão, cortando uma pedra em duas e fazendo um pedaço de terra deixar de existir.

— Como está o combate nas muralhas? — perguntou Ruff, correndo para longe dos possuídos e atacando Baal.

— Vencido! Meus homens estão descendo!

— Desocupem as muralhas! — gritou o clérigo. — Rápido!

Os soldados de Korin vieram correndo para enfrentar o exército infernal fora da cidade. A linha de frente dos possuídos foi obrigada a ignorar Ruff para lidar com a nova leva. Os dois amigos então atacaram Heléne, espada e martelo unidos numa dança treinada, forçando o demônio em forma humana a se esquivar continuamente.

Uma trombeta cortou o ar. Korin reconheceu o sinal.

— Estão todos fora da muralha! — anunciou.

— Mande recuarem!

Os dois correram para dentro da cidade de novo, seguidos pelos soldados. Baal soltou um rugido, achou seu cavalo e montou, indo atrás deles. Os guerreiros infernais correram em perseguição, imitando seu líder.

Os soldados de Ghanor cruzaram o portão, seguidos por Korin e, por último, Ruff. Estavam de volta dentro da cidade. O clérigo se virou, respirou fundo.

E golpeou a muralha.

Ruff sentiu a batida do martelo reverberar por seus braços, seu corpo, sua alma de Devorador de Mundos. Sentiu cada minúscula partícula que compunha a muralha. Era algo apetitoso, dava-lhe vontade de destruir. Enquanto o exército demoníaco se aproximava em corrida, Ruff reuniu sua energia, ainda no meio do golpe.

Então fez força e a muralha da cidade de Ghanor explodiu na direção do exército inimigo.

Não apenas um terremoto, não só um desabamento. Centenas de toneladas de pedra voaram em avalanche contra os atacantes, silenciando-os num estrondo assustador. O cavalo de Heléne empinou, Ruff conseguiu ver o pavor nos olhos demoníacos. Então não viu mais nada, porque Baal, no corpo de Heléne, foi soterrado com todos os outros.

A noite foi tomada por uma nuvem de poeira visível a quilômetros de distância. Todo o terreno à frente da cidade era agora uma desolação de pedras que escondiam cadáveres esmagados. Korin e seus soldados olharam a destruição, impressionados. Dentro da cidade, a batalha ainda rugia.

— Vamos ajudar lá dentro! — ordenou Ruff, apontando para as ruas de Ghanor, onde os defensores enfrentavam cavaleiros.

Korin assentiu, mas então um ruído diferente surgiu do meio do mar de escombros que era a planície.

Um rugido, como um terremoto.

Ruff ficou firme.

Um facho de escuridão projetou-se do meio das pedras.

A espada negra cortou os escombros, como se eles fossem nada. O corpo da Madre Heléne se ergueu. Ensanguentado, marcado, sujo, esfolado.

Mas vivo.

Era o corpo que não morria, o corpo incorrupto da Santa da Boa Morte com o poder de milhares de demônios.

O avatar do inferno rosnou apenas duas palavras:

— *Ruff Ghanor.*

Edyriell deu um grito de guerra musical, que soava como o canto de um pássaro e inflamou os corações élficos como um toque marcial. Era um grito antigo, que aquela raça não precisava usar desde antes da Pedra dos Pecados. Algo quase esquecido, mas que fazia parte de uma tradição guerreira que tinha virado teoria e arte.

Agora, era prática e sangue. Os elfos avançaram, saltando como gafanhotos por sobre os escombros da muralha de Ghanor, para cima do exército infernal.

Toda a vanguarda do inimigo fora esmagada e a frente do campo de batalha era uma devastação de pedras, terra revirada, ossos e partes de corpos. Nenhum batalhão normal poderia avançar por ali, mas os elfos mal tocavam cada pedra com seus pés leves, pulavam de uma à outra em zigue-zague, numa dança que parecia caótica, mas era planejada e ensaiada. A retaguarda do exército infernal, feita de mercenários, renegados e rebeldes, urrou em fúria ao enxergar as criaturas belas se aproximando com suas lâminas delgadas e seus arcos. Então, sob as ordens de senhores da guerra e sargentos sanguinários, apontaram seus próprios arcos e bestas e dispararam.

O ar cheio de pó e denso com os gritos e grunhidos da batalha escureceu com as flechas do inferno. Mas os elfos avançaram. Sua dança levou-os de um lado ao outro, cruzando-se, passando por cima e por baixo uns dos outros, em cambalhotas e saltos acrobáticos. E eles desviaram das setas, torceram seus corpos para evitá-las, como se soubessem onde cada uma estaria.

Ao lado de Edyriell, um elfo recebeu uma flecha na garganta e caiu pesado no chão, subitamente perdendo a graça que tinha em vida. O líder do batalhão élfico não se deteve: cantou de novo seu canto de guerra e os elfos responderam. O chão ainda tremia com os efeitos do poder do Devorador, as cordas dos arcos faziam barulho contínuo, os infernais gritavam seu ódio e dezenas de trombetas soavam ao mesmo tempo. Mas aquela melodia doce e assustadora cortou o ruído do campo de batalha. Algo tão belo no meio do morticínio exalava uma confiança terrível. Os elfos avançaram, saltando e cantando, como feras, como aves de rapina, e seus inimigos tremeram.

— Disparem! — ordenou Edyriell, e a dança se tornou letal.

Enquanto saltavam — em pleno ar ou no instante em que tocavam o solo — os elfos sacavam flechas, encaixavam-nas nas cordas dos arcos, puxavam, faziam mira e disparavam. E, no meio do zigue-zague, as flechas pareciam vir de todos os lados. Suas trajetórias se curvavam, acertando os infernais pelos lados. Elas descreviam caminhos elípticos e acertavam-nos por cima. Disparadas por elfos que davam cambalhotas, elas vinham até mesmo de baixo. De repente, os guerreiros do inferno viram as setas élficas surgindo de todos os lugares para onde olhavam.

Um sargento começou a gritar ordens, mas foi atingido no olho e morreu na hora.

E as setas se cravaram em gargantas, virilhas, corações. Sempre certeiras, nunca por acaso.

Os infernais fraquejaram.

Quando notaram, os elfos já estavam sobre eles. Edyriell deu mais um grito musical e eles sacaram espadas compridas e delgadas, fazendo um som metálico que era belo e aterrorizante. Então os elfos se chocaram com os soldados do inferno. Pularam por cima dos golpes de seus inimigos, acertaram-lhes em cheio nas partes mais vulneráveis, bloquearam seus golpes com maestria.

Eram artistas da guerra. E, vendo aquilo como arte, sem fúria e sem medo em suas almas, eles executaram uma obra-prima.

Edyriell decapitou um guerreiro, abaixando-se para não se sujar com o sangue que espirrava, e então sentiu um terror gelado tomá-lo. Teve vontade de se ajoelhar, e foram apenas a disciplina e a lembrança de seus filhos na cidade de Ghanor que impediram que se prostrasse. Sua mão tremeu quando um cavalo negro passou a galope por ele, carregando um ginete trajado em roupas nobres.

Outros elfos não tiveram tanta força de vontade: largaram as armas e se ajoelharam, quando São Theodric atravessou o campo de batalha.

Edyriell arregalou os olhos. Não sabia direito quem era aquele homem, mas a presença sagrada e profana era forte o bastante para avisá-lo de que era alguém perigoso. Com a mão em concha ao lado da boca, deu outro grito musical, esperando que Ruff o ouvisse.

Heléne deu um passo na direção da cidade. Seu corpo permanecia humano, mas a pisada retumbou, como se ela pesasse o mesmo que um castelo. Ruff ergueu o martelo, desafiante. Relâmpagos cortaram a noite e a madre superiora deu um sorriso que pareceu dividir sua cabeça. Sombras de chifres surgiram contra o brilho do raio.

— É sua culpa, traidor. É sua culpa, Devorador de Mundos — Ruff ouviu a voz grave e lenta do demônio mesclada à voz musical de Heléne. — *Toda a morte hoje é sua culpa. Veja o massacre a seu redor. Veja o que você é. Tudo é culpa sua. Estas são suas pegadas no mundo.*

O clérigo rilhou os dentes. Já não sentia mais dores, pois o poder do Devorador tinha restaurado seu corpo. Mas uma agonia mais funda, mais incômoda, assaltou-o. Era a noção de que Baal não mentia.

Ruff correu para a inimiga. Golpeou-a com o martelo, mas Heléne desviou sem dificuldade. Então, rápida como o bote de uma cascavel, atacou com sua espada negra. O instinto de Ruff foi aparar o golpe, mas no último instante percebeu que aquilo destruiria seu martelo de Arcanium. Jogou-se para trás, deixando a lâmina escura passar por cima dele. A arma se estendeu, como se fosse um chicote, e matou três soldados de Ghanor que corriam mais atrás.

Heléne avançou para ele. Cravou a espada de cima para baixo, mas Ruff conseguiu rolar para o lado. A lâmina negra perfurou o chão como se fosse nada, fazendo tudo que tocava deixar de existir. Heléne então chutou Ruff, antes que ele conseguisse se erguer. Com uma força descomunal para aquele corpo, o chute fez o clérigo voar metros para trás. Ruff bateu de costas com uma enorme rocha pontuda e perdeu o fôlego. Levantou-se e viu oito de seus soldados correndo para enfrentar Heléne. Tentou gritar para que recuassem, mas era tarde demais. A madre superiora dançou em volta deles, dividindo seus corpos com a lâmina negra, matando-os sem derramar sangue. A visão dos pedaços de gente caindo no chão sem sangrar era repugnante, e Ruff teve vontade de fechar os olhos.

Então ouviu, vagamente, por trás do alarido da batalha, um chamado de Edyriell. O elfo avisava de algum perigo.

Ruff correu para enfrentar a Madre Heléne, mas percebeu que ela não lhe dava atenção. Depois de destroçar seus soldados, a cavaleira possuída por Baal estava com os olhos em algo além, do outro lado do campo de batalha, através da poeira que tomava tudo no ar. Ele chegou até Heléne/Baal, golpeou com o martelo, mas o avatar do inferno apenas evitou o golpe. Então desferiu uma barragem de ataques com a lâmina negra, fazendo Ruff recuar.

O clérigo ouviu o tropel de um cavalo se aproximando.

Sentiu uma compulsão por se ajoelhar.

Então viu São Theodric, o cavaleiro no cavalo negro, emergindo da nuvem de poeira. O cavalo saltou os últimos metros, e Heléne agarrou-se na sela. Fez uma acrobacia e montou atrás de seu santo padroeiro. Segurou-o pela cintura e dirigiu um olhar escuro para Ruff.

— *A maldade está aqui, Devorador de Mundos. A maldade está em você. Você irá condenar este mundo ou será corrompido por ele. A vitória será dos deuses ou dos demônios. Nunca sua. Nunca dos mortais.*

Então o santo e a cavaleira cavalgaram para dentro da cidade de Ghanor, levando o inferno consigo.

Ruff, a pé, saiu correndo atrás dos inimigos. Achou um cavalo perdido, assustado no meio dos escombros, e agarrou suas rédeas. Saltou sobre ele e tocou a montaria a toda velocidade para alcançar Baal e São Theodric.

Nas ruas de Ghanor, os defensores lutavam com cavaleiros infernais e possuídos desgarrados, numa guerrilha desunida. Santo e cavaleira cortaram os focos de combate, atropelando soldados dos dois lados. Heléne usou sua espada negra para destruir defensores, reduzindo-os a pedaços horrendos. Ruff ouviu os gritos dos guerreiros enquanto seus companheiros tinham aquele destino macabro.

A noite e a poeira obscureciam quase toda a visão. Ghanor se descortinava apenas perto de focos de chamas — tochas ainda acesas e incêndios gerados no meio do combate. Ruff perseguiu os dois inimigos e notou, com horror, que eles iam para a catedral. O centro da fé, o local onde os clérigos estavam. A resistência de Ghanor dependia da fé. Se a catedral fosse corrompida, se os clérigos fossem mortos ou possuídos, tudo estaria perdido.

Ouviu em sua mente:

— *Entregue-se a nós, Devorador. Entregue seu corpo para que meus guerreiros o matem. Entregue sua alma para me alimentar. Entregue seu destino e sirva ao inferno. Caso contrário, os deuses vencerão. O mundo acabará.*

Não sabia se era a voz de Baal ou de São Theodric. Não sabia qual dos dois seria pior.

Ruff cavalgou desesperado atrás do cavalo negro. O avatar do inferno e o Santo Cavaleiro estavam quase alcançando a catedral de Ghanor.

— Basta um toque em seus amigos, Devorador. Um toque e eles morrerão. A menos que se entregue a nós.

Ruff não conseguia enxergar direito nem a dois palmos à frente. Mas, num relance, viu Niccolas caído num beco, usando sua magia para curar um soldado ferido. E, no instante em que cruzou o olhar com o amigo, viu que ele estava horrorizado.

— Dunnius está na catedral, Ruff!

Ruff tocou o cavalo mais depressa. Dobrou uma esquina e chocou-se com um grupo de soldados infernais. O animal atropelou-os, mas eles conseguiram cravar suas lanças no peito desprotegido. Cavalo e cavaleiro tombaram, rolando pela ruela. Ruff desvencilhou-se, urrando de esforço para sair de baixo do corpo moribundo do cavalo e empurrando os soldados inimigos. Girou o martelo às cegas e correu, correu, ignorando-os, querendo apenas chegar à catedral.

Viu o prédio com as portas abertas. Nas escadarias que levavam ao interior, pedaços de corpos de defensores e clérigos. Baal e São Theodric haviam chegado.

Na escuridão da noite contínua, Ruff viu o brasão do falcão com a espada brilhar por um instante sobre a catedral de Ghanor.

Ruff correu pelos degraus até a entrada do templo e viu o Irmão Dunnius liderando um grupo de clérigos. Eles estavam de joelhos e suas mãos brilhavam com a luz azul da magia santa. Estavam curando soldados.

Soldados inimigos.

A sua frente, no meio da nave da igreja, o grande cavalo negro com os dois ginetes sagrados e infernais.

Heléne desmontou.

São Theodric fez o cavalo empinar, sua presença parecendo dominar todo o ambiente.

— Esta igreja agora é minha! — anunciou o santo corrompido. — Sua religião não tem mais poder! Ajoelhem-se e sirvam a seu novo mestre!

Ruff deu um passo à frente, mas algo fez ele se deter.

Dunnius olhou para São Theodric e falou, com toda a simplicidade:

— Já estou ajoelhado.

Então, com sua singeleza, curou mais um soldado inimigo.

— Estes guerreiros não têm culpa — disse o Irmão Dunnius. — Foi o que o prior nos ensinou, o que Ruff nos ensinou, o que São Arnaldo nos ensinou. Eles não têm culpa. Faça o que quiser, seja santo ou demônio. Eu continuarei aqui.

São Theodric fez menção de avançar.

Mas, de alguma forma, não conseguiu.

Um acólito começou a tremer incontrolavelmente e chorar. Dunnius dirigiu-se a ele com calma absoluta:

— Fique tranquilo. Nós estamos cumprindo nosso dever. E, enquanto cumprirmos nosso dever, tudo ficará bem.

Os demônios não tinham poder naquele ambiente.

Se houvesse luta, os infernais venceriam.

Mas ali, sob a liderança doce do Irmão Dunnius, havia apenas amor.

Heléne avançou, a espada negra na mão, e Dunnius não hesitou por um instante. Curou mais um soldado inimigo.

A madre superiora ergueu a espada e então uma luz azul sublime tomou toda a catedral.

Ruff começou a chorar no mesmo instante. Pois, no meio do brilho, viu um homem de pés descalços. Vestido num manto puído que pendia de seus ombros estreitos. Tinha um sorriso tranquilo no rosto. Abriu os braços e todos se sentiram acolhidos, pois aquele era São Arnaldo.

Heléne/Baal estremeceu.

— Não, Theodric — disse São Arnaldo, em sua voz de pai, irmão e protetor. — Este não é você.

O cavalo negro resfolegou e começou a patear o chão. Enfim derrubou o cavaleiro santo. São Theodric ergueu-se quando São Arnaldo chegou até ele.

E abraçou-o.

— Este não é você, Theodric.

Dunnius curou mais um ferido, sua fé renovada. Mas não chorava, não louvava o santo. Apenas cumpria seu dever. Ruff ouviu-o dizer aos demais clérigos:

— Vão embora.

E eles correram para fora da igreja, passando pelos santos, pela Madre Heléne, pelo próprio Ruff Ghanor.

Dunnius seguiu curando, dedicado ao dever e ao amor.

São Arnaldo falou:

— Chega de luta, Theodric. Chega de ódio.

Heléne/Baal estremeceu. Ruff viu o corpo da madre superiora tremeluzir. Os soldados feridos, curados pelo Irmão Dunnius, olhavam São Arnaldo com beatitude, muito mais do que o medo e o respeito que tinham por São Theodric e pelo próprio Baal. E olhavam o próprio Dunnius com gratidão.

O tempo pareceu parar na catedral. Os inimigos estavam estáticos. Dunnius, pela primeira vez, olhou nos olhos de Ruff. Sorriu e disse uma frase simples:

— Faça o que tem de fazer, Ruff.

E Ruff sabia.

Tocou na parede da catedral e o prédio começou a tremer. Dunnius tentara até o último instante ter piedade para com os inimigos e isso fora mais poderoso do que qualquer arma.

Mas as batalhas se resolviam com sangue.

As primeiras rachaduras se espalharam pelas paredes. Pedregulhos despencaram do teto.

— Dunnius... — disse Ruff, devorando, chorando.

— Vale a pena, Ruff — com um sorriso. — Vale a pena.

As rachaduras tomaram o teto abobadado da catedral, enquanto Ruff Ghanor sentia o júbilo da destruição. As minúsculas partes que compunham a igreja falavam com ele, ele sentia cada uma ressoando. Tomou fôlego antes que ela desabasse.

— Vale a pena, Ruff.

— Perdoe-me.

— Eu o perdoo, meu filho — com um sorriso tranquilo.

Ruff Ghanor deu um urro e golpeou a parede da catedral. O Devorador de Mundos fez a igreja cair de uma vez só sobre santos e demônios.

E sobre seu mentor, um de seus melhores amigos. Um de seus pais. Ruff Ghanor, o Devorador de Mundos, matou o Irmão Dunnius para salvar seu sonho.

Ruff recuou pelas escadarias da catedral, sob o terremoto e uma nova nuvem de poeira. Caiu, rolando os últimos metros, mas seu corpo fortificado pela destruição não se importou. Ergueu-se e observou a pilha de escombros que havia sido o templo. Por um instante, achou que tudo acabara. Quis chorar, mas a tristeza era demais até mesmo para isso.

Então a lâmina negra cortou as pedras.

Heléne se ergueu mais uma vez.

O corpo incorrupto já não estava mais intacto. A perda da bênção de São Theodric havia feito algo com a forma humana de Baal. A madre superiora levantou-se coberta de sangue negro, seus cabelos desgrenhados, sua armadura amassada. Um braço pendia, frouxo, ao longo do corpo. Mas sua expressão tinha ainda mais ódio.

— Não preciso de santos, Devorador de Mundos. Não preciso de mortais. A noite continua eterna, os demônios continuam sendo seus senhores. Entregue-se ou veja o mundo ser destruído.

— Você precisa dos mortais — Ruff rosnou. — Precisa como Baal e precisava como Heléne. Quem quer que você seja, irá passar fome sem os mortais. Não será nada sem subordinados para comandar. Você depende de nós e é por isso que somos mais poderosos.

Heléne/Baal urrou. Atacou Ruff com a espada, que se estendeu, mas o clérigo saltou para trás.

— Venha, Heléne! Venha, Baal! Nossa batalha não vai se resolver num templo aos deuses e aos santos. Vamos lutar no centro de poder dos mortais!

Ruff evitou mais um golpe e saiu correndo. Atravessou as ruelas da capital e subiu a colina, rumo ao castelo de Ghanor.

Ao redor, a batalha ainda rugia. A força de Baal continuava com os possuídos, muito além do que o mais fanático dos exércitos permaneceria lutando. Mas os defensores também não fraquejavam. Os clérigos curavam guerreiros dos dois lados. O amor era palpável, a lealdade era mais forte que o medo. E, apesar de todas as dificuldades, a esperança fulgurava na cidade de Ghanor, enquanto o povo via seu protetor lutando a seu lado. Os elfos lutavam com gratidão por Ruff, apegando-se a sua civilização no meio do caos. Johrgrund, atacando sem parar desde o início, intimidava os possuídos.

Os demônios não tinham dentro de si a capacidade para a bravura, então hesitaram.

Ruff chegou à frente do castelo de Ghanor. Virou-se para ver Heléne terminando de subir a colina. Atrás dele, a estátua do leão no pórtico principal. Ao redor da colina do castelo, o exército de Ghanor, ainda lutando.

De centenas de gargantas, começou a emanar um cântico cadenciado:

— *Ghanor! Ghanor! Ghanor!*

Heléne/Baal rugiu de ódio ao notar que, mais uma vez, o alimento escasseava ali.

— *Não adianta, Devorador. Você ainda precisa me vencer.*

Ruff deu um passo para trás. Tocou a estátua do leão e a pedra se esfacelou.

Então, o demônio em forma de leão estava liberto e rugiu para Heléne. A um gesto de Ruff, a entidade saltou sobre ele em um bote contra a madre superiora.

O leão demoníaco era imaterial, mas sua presença tinha força e peso. Caiu sobre Heléne/Baal, derrubando o avatar do inferno. Mordeu o corpo físico da inimiga, e suas presas passaram inofensivas pela carne. Mas a fera puxou a cabeça para trás e arrancou fiapos negros da carne etérea de Baal.

O demônio-leão servia aos Ghanor. Era formado pelo rancor, pelo ódio e pela tirania da família. Era leal a Ruff antes do inferno. E, com sua forma etérea, podia enfrentar o avatar.

Heléne golpeou com a espada negra e o leão sangrou um fluido esverdeado que se desfez como névoa. A fera segurou com suas patas a madre superiora e mordeu de novo, destroçando o corpo demoníaco de Baal. Heléne cravou a espada negra na boca do leão e a fera mordeu. A lâmina de trevas ficou presa nos dentes. Então, ao mesmo tempo, a espada se quebrou, com um barulho horrendo, como pregos de metal raspando contra vidro, e a cabeça imaterial do leão foi destruída pela lâmina.

O demônio dos Ghanor tombou, sua forma etérea já se desfazendo. Olhou para Ruff uma última vez, como se procurasse a aprovação do herdeiro.

Então deixou de existir.

Heléne se ergueu. Ruff podia ver a carne de sombras de Baal esfiapando-se, fugindo do corpo da madre superiora. Os olhos negros ondularam, deixaram aparecer a esclera e a íris. Heléne estava desarmada, alquebrada, perdendo o demônio em seu interior.

— Renda-se — disse Ruff. — Não precisa acabar assim.

— *Nunca* — disse a cavaleira, com um eco da voz do demônio.

— Acabou, Heléne. Mais uma vez, acabou, e talvez possamos salvá-la.

— *Você é um traidor e um mentiroso. Baal ainda está dentro de mim. Baal tem poder.*

— Baal não tem poder contra nós.

De dentro do castelo, surgiram os soldados que eram a última linha de defesa de Ghanor. Os fanáticos, aqueles que lutavam por Ruff Ghanor porque dele tinham recebido uma nova vida. Eram os prisioneiros libertados de Rocha Celeste que, por vontade própria, agora viviam nas masmorras do castelo. Eles enxergaram a madre superiora, que comandara a cidade e a ordem que os havia aprisionado, e atacaram com a fúria de quem não tinha nenhum sentimento, exceto lealdade por um salvador.

E, do sopé da colina, ouviu-se:

— *Ghanor! Ghanor! Ghanor!*

O general Korin liderou o exército colina acima. Os soldados investiram em um ataque contra sua inimiga.

Eles vieram por todos os lados. Ex-prisioneiros e cidadãos, fanáticos e soldados. Armas, pedras, pedaços de madeira, punhos e pés se uniram numa fúria que pertencia à cidade toda, a todo o povo. A Madre Heléne foi avassalada pela carga de centenas de guerreiros leais a um sonho, uma causa, um líder, um santo.

Baal ainda estava dentro dela, mas ferido. Enfraquecido pelas presas do leão demoníaco e principalmente enfraquecido pela vontade dos mortais.

Ninguém nunca soube de quem veio o golpe que derrubou a Madre Heléne. O corpo que não morria enfim morreu. A raiva da massa destruiu--a. Nada restou de quem um dia fora a maior ameaça à cidade de Ghanor.

Na cidade toda, ouviu-se:

— *Ghanor! Ghanor! Ghanor!*

E, sob o cântico de união e vitória, o sol surgiu de novo no céu das Terras Livres.

22 Ghanor

O IRMÃO DUNNIUS recebeu o funeral de um santo. Niccolas leu passagens de textos sagrados e Ruff falou sobre como seu sacrifício havia conquistado a vitória. Mas nada daquilo significava coisa alguma para a família do morto.

Korin procurou Ruff depois da cerimônia e achou-o chorando convulsivamente, escondido num corredor.

Mesmo dentro de seu quarto, Ruff conseguia ouvir o burburinho no castelo. A cidade de Ghanor estava tomada por visitantes de todas as Terras Livres e também dos reinos além. Seis meses haviam se passado desde a batalha contra o exército demoníaco e o funeral do Irmão Dunnius. Aos poucos, a planície à frente da cidade estava sendo limpa dos destroços da muralha e um novo muro estava sendo construído. Aos poucos, o terreno da catedral estava sendo limpo e preparado para a reconstrução. Aos poucos, o povo que já tinha enterrado tantos mortos estava também enterrando as memórias ruins.

A cidade estava cheia de bandeirolas e ouro. Os nobres que não puderam se hospedar no castelo enchiam as tavernas e as estalagens. Ruff sentiu um frio no estômago, pois, na última vez que algo assim acontecera, Áxia atacara. Para evitar uma nova tragédia, ele ordenara que sentinelas vigiassem todo o perímetro da cidade e cada corredor do castelo. No caso de algum ataque, ele seria avisado em instantes. Contava com seus amigos e suas armas e esperava que isso fosse suficiente.

Mas não era um ataque que o amedrontava naquele dia.

Seu medo era ficar sozinho.

Batidas na porta. Antes que ele pudesse responder, Korin entrou.

O general estava vestido para o evento de gala. Aquela era uma ocasião que não acontecia naquelas terras há séculos. Eles sabiam que estavam construindo a história. Mas Ruff estava sentado na cama, curvado sobre si mesmo, olhando para o chão. Tremeu quando ouviu Korin dizer:

— Está na hora, Ruff. Eles estão prontos para você.

O clérigo fechou os olhos e suspirou. Então se ergueu.

Korin já começava a sair do quarto quando Ruff deteve-o com uma mão no ombro.

— Espere. Precisamos conversar.

— Não acho que tenhamos mais nada para conversar, Ruff — o outro falou, de costas.

Ruff sentiu um nó na garganta.

— Fique, Korin. Por favor. Eu preciso de você.

Ele se virou. Ruff sempre fora um pouco mais alto que Korin, mas agora a postura do clérigo tornava-o mais baixo. Korin segurou seu braço.

— Não, não precisa. Eu lutei a seu lado e vou ficar com você hoje, porque não iria abandoná-lo neste dia. Mas, depois disso, não tenho mais lugar aqui.

— Esta é a cidade que você conquistou.

— A cidade que tem seu nome.

— Por favor, Korin...

— Não faça isso, Ruff. Não me obrigue a falar tudo de novo. Você sabe o que aconteceu. Sabe as decisões que tomou. E até acho que esteve certo em muitas delas. Mas meu lugar não é aqui.

Ruff enxergou as bandeiras com o leão dourado penduradas. Pensou na nobreza que se reunia ali e nos nobres que seriam erguidos por seu decreto. Korin não desejava nada daquilo. Mas não havia opção.

— Muito bem — disse o clérigo. — Vamos.

O outro bateu com a mão em seu ombro, fazendo barulho na armadura.

— Obrigado por tudo, Korin.

— Não precisa agradecer.

Então Ruff Ghanor se empertigou e saiu do quarto, seguido pela última vez por seu general.

Havia uma guarda de honra esperando do lado de fora — os capas vermelhas de Lurius Minimus. Quando Ruff caminhou pelo corredor, no meio de seu cortejo, começou a ouvir trombetas anunciando sua proximidade.

Enfim adentrou o salão principal do castelo. Uma multidão ocupava quase todo o espaço. Todos trajados em armaduras, mas também com capas luxuosas, casacas bordadas com fios preciosos, joias extravagantes. Lá estava Johrgrund, tendo a contragosto tomado banho. Os corredores do castelo haviam sido adaptados para permitir sua passagem, porque Ruff não admitiria fazer aquilo sem ele. Lá estava Edyriell, com seus filhos. Lá estava Niccolas, sem Dunnius.

E havia um pedestal onde repousava a coroa de Ghanor. De um lado, Thenyssa, a Memória da Floresta Alta. O outro lado estava vazio.

Ruff caminhou altivo até o pedestal. Korin postou-se perto dele. Niccolas se aproximou. Ruff se ajoelhou e foi abençoado pelo clérigo.

Ruff rezou. Não sabia se aquilo iria dar certo, mas era sua última aposta para a coroação. Ele rezou com fervor, sussurrando um único nome:

— *Bellitz.*

Os convidados não sabiam o que deveria ou não acontecer. Apenas aqueles mais próximos a Ruff entendiam o significado daquela oração. Talvez nada acontecesse, aquela fosse uma cerimônia mundana e então seu poder provavelmente seria contestado no futuro. Mas eles apostaram. Ruff Ghanor rezou e, quando abriu os olhos, um brilho dourado tomou o salão.

Os nobres fizeram um ruído de assombro. Ajoelharam-se enquanto uma bela forma humana, trajada em armadura dourada, se mostrou.

— Obrigado — sussurrou Ruff.

A celestial Bellitz abençoou Ruff, apesar de tudo que houvera entre eles. Colocou-se do outro lado do pedestal.

Ruff se ergueu e a cerimônia começou.

Thenyssa estendeu um pergaminho e começou a ler, em sua voz límpida.

— A linhagem de Ghanor governa estas terras. O trono e a coroa são direitos da família. Há muito, os Ghanor foram destronados por atos tirânicos. Mas hoje apresenta-se um novo descendente! Ele tem direito a reinar por seu sangue e merece reinar por seus feitos. A Memória da Floresta Alta lembra-se de seus antepassados. Ruff Ghanor tem a marca de nascença, tem o poder de sua linhagem. É meu testemunho, sob a vista de um anjo, que ele é o último descendente dos Ghanor e deve ser rei!

Niccolas tomou a palavra:

— Se existe aqui alguém que contesta o direito de Ruff Ghanor, que se manifeste agora.

O ambiente ficou em silêncio solene.

Então Bellitz tomou a coroa nas mãos. O ouro do objeto rebrilhou com o dourado de sua armadura. Ela abriu as asas, apresentando-se majestosa e sobrenatural.

— O que tem a dizer àqueles que serão seus súditos, Ruff Ghanor? O que pretende fazer com esta coroa?

Ruff virou-se para encarar a multidão.

— Aqueles que foram leais a mim serão recompensados. Os guerreiros e chefes que comandaram homens em meu nome serão elevados à nobreza, a começar por Lurius Minimus, que será Duque do Castelo do Outono Eterno!

A multidão aplaudiu.

— O mosteiro de São Arnaldo foi reconstruído no meio dos Pântanos Cinzentos, como a Cidadela de São Arnaldo, e será ocupado pelos clérigos, monges e leigos que lá desejarem viver. A Cidadela de São Arnaldo será para sempre protegida pelo reino. E estará sob o comando do Prior Niccolas.

Niccolas fechou os olhos num sorriso enorme, pleno de orgulho por si mesmo e por Ruff. Lembrou-se de Dunnius, seu melhor amigo, e teve orgulho por ele também. O Irmão Dunnius havia morrido para que tudo aquilo existisse.

— E estas terras serão conhecidas por um nome diferente. Não serão mais as terras de Zamir ou mesmo as Terras Livres. Este é, agora e para sempre, o Reino de Ghanor!

A multidão explodiu em vivas. Bellitz deu um passo à frente, com a coroa sobre a cabeça de Ruff. Ele se virou e os dois se olharam. O clérigo sussurrou:

— Você não ficará aqui?

— Você sabe que não, Ruff — a celestial respondeu, também em sussurro.

Ele fechou os olhos, sentindo mais uma vez o golpe da rejeição e o peso da própria culpa.

— Perdoe-me.

— Você não precisa de meu perdão. Você está acima dos mortais e dos demônios. Logo estará acima dos anjos e dos deuses. Você será o salvador do mundo, Ruff Ghanor. Mas não ficarei com você, porque você não merece.

— Por favor, Bellitz...

— Não cabe mais a você pedir por favor. Você será o rei. Será supremo e estará sozinho.

Ruff fechou os punhos e respirou fundo.

— Este é seu destino, Ruff Ghanor — ela sussurrou.

— Preciso de você.

— Talvez. Mas eu não desejo ficar com você.

A voz de Bellitz não tinha raiva, apenas uma tristeza suave, quase doce. Por isso, era definitiva.

Ruff olhou para a celestial que perdera. Olhou para seu melhor amigo, Korin, que perdera também.

Soube o que devia fazer.

Bellitz fez o gesto para depositar a coroa sobre a cabeça do futuro rei. Ruff deteve-a. Ergueu as mãos, segurou ele mesmo o objeto e tirou-o da celestial.

Virou-se para a multidão.

— Ninguém tem autoridade para me coroar. Este é o Reino de Ghanor e aqui ninguém está acima de mim.

Os nobres e guerreiros gritaram o nome de Ruff. Fora do castelo, ouvindo o barulho longínquo e pressentindo o que acontecia, o povo também começou a urrar de alegria. A cidade se ergueu em exaltação a Ruff Ghanor.

— Eu me coroo o soberano de Ghanor — disse o rei, e sua voz forte preencheu todo o salão. — Rei Ruff Ghanor I.

Naquela noite, Ruff foi deitar muito tarde, após atender a dezenas de súditos, receber pilhas de presentes e ouvir incontáveis juramentos de lealdade. Após ver a partida de seu melhor amigo e de seu amor.

Agora se deitava na cama de um rei, inquieto, remexendo-se entre as cobertas. Assaltado por sonhos intranquilos, meio desperto e meio dormindo.

De repente, um brilho no quarto fez com que abrisse os olhos.

Era um brilho esverdeado.

Ruff sentou na cama, o coração disparando, para enxergar uma forma conhecida de pé a alguns metros de distância.

Cabelo revolto. Sorriso franco. Vestido vermelho. Uma placa metálica no ombro, maculando um eterno jeito de aldeã. Corpo esguio, mas agora diferente.

Áxia segurava a própria barriga com carinho, exibindo com orgulho a gravidez avançada.

Aproximou-se dele em passos leves. Manteve uma mão sob a barriga e com a outra tocou o rosto do antigo amante.

— Serão três bebês, Ruff — ela sorriu. — Eles são seus.

AGRADECIMENTOS

CHEGAMOS AO FIM de mais um romance. Não importa quanto se escreva, cada um deles é especial — pelo menos para mim. E, como sempre, não estive sozinho nesta guerra. Provavelmente, se estivesse sozinho, eu teria sido só mais um corpo estendido no campo de batalha, um buraco na parede de escudos. Para não alimentar os demônios com ingratidão, vamos aos agradecimentos.

Obrigado a Alexandre Ottoni, Deive Pazos, Andreia Duboc Pazos e todo o pessoal do Jovem Nerd pela força, pelo profissionalismo e pela paciência. Por mais que pareça lenda, escritores também precisam comer, e vocês garantem que isso aconteça.

Obrigado a Marcelo Cassaro, Rogerio Saladino e J.M. Trevisan, pelas primeiras chances e por me ensinar como trabalhar com editores. Minha carreira não estaria onde está sem esses ensinamentos.

Obrigado a Guilherme e Rafael Dei Svaldi, por me garantirem uma segurança nesta profissão que poucos conquistam — e também pela amizade que já rendeu inúmeros personagens e incontáveis horas de risadas.

Obrigado a André Rotta por me deixar roubar o Theodric e transformá-lo em santo, e a todo o pessoal do RPG por fazer parte do maior e melhor laboratório de criatividade do mundo.

Obrigado a Eduardo Spohr, companheiro no ofício da escrita, por todas as horas de troca, conversa, podcasts e aprendizados. Ter um paladino no grupo é sempre garantia do favor dos deuses!

E, como não poderia deixar de ser, muito obrigado aos leitores, a razão disso tudo. O primeiro volume de A Lenda de Ruff Ghanor foi um sucesso graças a vocês. Todos que fizeram resenhas, falaram em podcasts, opinaram no Twitter e no Facebook, comentaram com amigos ou simplesmente leram e se divertiram são os grandes responsáveis por isso tudo. E um obrigado especial a todos que rolaram dados usando alguma ideia apresentada nestes livros. O RPG vai dominar o mundo!

Ficamos por aqui, mas temos um encontro marcado em mais um capítulo na saga de Ruff Ghanor. Algumas coisas planejadas antes mesmo do primeiro livro ainda não aconteceram, e não vejo a hora de jogá-las em cima de vocês. Até lá!

JOVEMNERD.COM.BR

JAMBOEDITORA.COM.BR